名探偵傑作短篇集
御手洗潔篇
Masterpiece Selection
Great detective Kiyoshi Mitarai

数字錠

Masterpiece Selection
Great detective Kiyoshi Mitarai

1

私が御手洗《みたらい》との長いつき合いを思い起こす時、いつも頭に浮かぶのは彼の風変わりな性格のことである。

不可解な事件や物事に接した時に彼の頭脳が見せる驚くべき分析力や、整理能力の緻密《ちみつ》さなどは、それはそれで尊敬に値するが、そういった能力は、彼以外にも多くの先達《せんだつ》に前例があることと思う。私が彼のたび重なる傍若無人《ぼうじゃくぶじん》の仕打ちに堪《た》え、辛抱強く友人づき合いを続けたのは、ひとえに彼のこの風変わりな性格が何故《なにゆえ》のものかと、私の好奇心をそそったからにほかならない。

私同様、わが友のこのある意味では珍妙ともいうべき存在に興味をひかれる読者の方々は、やはり同じ思いと推察するので、私は今回ここにひとつの思い出話を披露しようと思う。

あれは例の『占星術殺人事件』が解決してまもなくだったと思うから、一九七九年の暮れのことだった。十二月に入り、クリスマスも近づき、街は年末のあわただしさを見せつつあった。

当時私たちは、私の最初の本、『占星術殺人事件』の出版がすんなりと決まり、初版の印税が入ったこともあって、綱島《つなしま》から横浜馬車道《ばしゃみち》へと引っ越しの準備を進めている最中だった。したがってわれわれも世間同様落ちつかない気分でいた。そんな時、突然例の竹越文彦《たけごしふみひこ》刑事の訪問を受けたのである。

今思い出してみれば、あの事件も他のものと同様、御手洗の分析的能力が明らかなかたちで示され、一緒に働いた私に深い感銘を与えはしたが、私がこれまでに知る多くの不可解な例に較べ、特に鮮やかだったというわけではない。にもかかわらず、あの事件は私にとって他を圧するほどに忘れがたい事件なのである。御手洗潔《きよし》という男の、風変わりで挑戦的な性格が、あのようなかたちで現われようとは、私は予想もしなかった。そして正直に告白すれば、深く感動もしたのである。

近頃、私は未知の読者から多くの手紙をいただくようになった。御手洗の近況を報《しら》せ、早く別の事件を教えろというのである。まったく予想外のことだった。私から見ればあれほど欠点の多い男が、これほどに世間から好意的に迎えられようとは夢にも考えなかった。

ほかの仕事で忙しく、私は今までわが友を紹介する仕事を怠《おこた》ってきたが、この点をここで深く詫《わ》び、久方振りに御手洗を読者の前に紹介する一回目として、私は一九七九年のクリスマスの、「数字錠」事件を選びたいと思う。もし読者諸兄が私同様御手洗の性格に心ひかれ、そのよってきたるところを推理したいと思っておられるなら、あの事件こそ最もふさわしいと考えるからである。

竹越刑事は御手洗の占星学教室に入ってくると、ご無沙汰しております、また十月は大変失礼いたしましたとわれわれに丁寧に頭を下げ、来客用の粗末なソファに腰をおろした。彼はひどく恐縮しているようだった。部屋のあちこちに荷造りして置かれた引っ越し用の荷物を眺めながら、彼はしばらく無言だった。

「引っ越しをしようと思うんですよ」

御手洗はやりかけていた仕事を中断し、抽斗《ひきだし》に放り込むと、竹越刑事の前の椅子に廻ってきながら言った。

「ほう、どちらにです？」

刑事は訊《き》いた。

「横浜の馬車道です。いい話があって、急なことなものですからね、あわてて荷造りをしているところなんです。ちらかしていてすいませんね」

「とんでもない！」

御手洗は腰をおろした。

「何かご用だったんですか？」

「実は、ちょっとした難事件を抱えまして……」

そう言ってから、刑事は間《ま》をおいた。それから言いにくそうに続けた。

「こんなふうに顔を出せた義理ではありませんが、あれは今年の春の事件でしたか、例の梅沢家の事件で大変お世話になり、先生の大変な手腕を拝見させていただいたものですから、今回も、ちょっとご相談にあがれないものかと……」

そう言って刑事は御手洗の顔色を見た。彼は御手洗のことを【先生】と呼んだ。私の友は、鹿爪《しかつめ》らしい顔をして、顎《あご》のあたりをさかんに撫《な》でていた。話を聞こうかどうしようかと、迷っているようにみえた。そして意を決したように、こんなふうに言う。

「その事件というのは、むずかしい事件ですか？」

すると竹越刑事はひどく恐縮した。

「はあ……、その、簡単な事件ならよかったのですが、お忙しいところ、まことに恐縮なのですが、いくらかこみ入った……」

「ああそれなら結構です！」

御手洗は明るい顔になった。

「お話しいただけますか。石岡《いしおか》君、ぼくはコーヒーね」

「はあ……」

刑事は言い、私はやむを得ず立ちあがった。

そうはいうものの、御手洗は私がコーヒーを淹《い》れて戻ってくるまで、事件の話を始めるのを待っていてくれたらしい。私がコーヒーカップを刑事の前に差し出すと、待ってましたというように、彼は話しはじめた。

「むずかしい事件です。しかしこの前のもののように、署の連中全員がお手あげで、お宮入りが目前というわけではないのです」

すると御手洗が、明らかにがっかりするのが解った。では全員お手あげになってからもう一度いらして下さい、自意識の強い彼がそう喉《のど》まで出かかったのが解った。

「実は犯人の目星はついているんです。まだ一人に絞りきれずにいるんですが。ただこの怪しい連中が、犯行を為《な》すのが物理的にむずかしい、とこういう状況なんです」

「ほう」

御手洗はやや気のなさそうに、椅子の背にそり返った。警察官連中がまだ手をあげているわけでもなく、さらに犯人の目星までつけている、そう聞いて彼はいくぶんやる気をなくしたのである。

「四ツ谷駅付近、正確には新宿区四谷一の六の×に、吹田《ふきた》電飾という、小さい看板屋があるんです。社長を入れて、従業員がわずか六人という小さな会社なんですが、この社長、吹田久朗《ひさお》五十一歳が殺されたんです。

犯行日時は、もう五日前になりますが、十二月十二日、朝八時から九時の間。凶器はその会社で、アクリルや塩化ヴィニールを削るのに使っていた、大型の登山ナイフです。

この会社は、看板製作の会社です。看板の注文を受け、造って、持っていって取りつける、こういう仕事です。看板はブリキなどの金属も多いが、アクリル、塩化ヴィニールなどのプラスチック類も多い。こういうものの切断は、当然電動ノコギリを使いますが、細かい部分の細工に、登山ナイフも使うそうです。こういうナイフが、会社の仕事場にはいくらでも転がっていた。調べによれば、八丁ありました。このひとつで、吹田社長の心臓をひと突きです。あおむけで死んでおりました」

竹越刑事は、黒革の手帳でなく、グリーンの表紙のメモ帳を開き、読みながら説明する。

「正面からですか？　争った形跡は？」

「ありません。というのは、吹田社長は仕事場の隅のソファで、仮眠中だったと思われるんです。眠っているところを正面から、この犯人は卑怯《ひきょう》にも刺した」

「なるほど」

「八時から九時というと、時間帯としてもえらく早いです。社長自らそんなに早い時間より出社していたかというと、そうではなく、被害者は、仕事で徹夜をしたわけです。それでいっ時《とき》仮眠をとっていた」

「ふむ」

「そもそもこの吹田電飾という会社は、腕に覚えのある吹田社長が、一人で始めたような会社なわけです。吹田社長の腕が抜群なんですな。他の若い社員は、いってみれば社長のお手伝いのようなものでして、社長に代わって看板が描けそうな者というと、北川幸男《ゆきお》という社員が一人だけでしょう。そういう状態です。

　ですから看板描くだけだったら、社長が一人でできるわけです。事件のあった日、前日より急ぎの仕事が入っておりまして、十二日までに看板を仕上げなきゃいけなかったんですね。それで十一日から十二日にかけ、社長の吹田が一人徹夜で看板を描いていた。社員をあんまり残業させちゃ人件費が高くつくし、また残業させても看板描く腕のない者が多いので、あまり意味がないわけです。それより自分が夜っぴて看板を描き、出社してきた社員連中に朝一番で取りつけに行かせよう、とこういう段どりにしていたわけです。看板の取りつけというだけなら、若い連中にまかせることもできるんです。

　しかし出勤してきた社員連中は、社長の死体を見つけたというわけです。徹夜した時、仮眠をとったり、仕事中ちょっと休憩したりするために、仕事場の隅にソファがあるんですが、その上で吹田久朗は死んでいた」

「発見者は誰です？」

「トラックで出勤してきた社員四人です。この会社は、社長と、さっき話に出た北川幸男を除いて、若手社員四人は荻窪《おぎくぼ》の独身寮からトラック通勤をしているんです。社長は、会社から徒歩十分ばかりのところに家があります。北川幸男も、社から徒歩十五分ばかりのところにマンションを借りております。この二人は妻帯者ですので。

残る社員四人は、若いし、まだ独身ですので、独身寮から通ってきております。荻窪に、社長の吹田久朗の兄夫婦がやっておるアパートがあるんですね。このアパートの四部屋を、吹田電飾の社員寮にしているわけです。

このアパートの前には広い空き地がありまして、ここに会社のトラックが置けるわけです。むろんこれは兄の方に弟は駐車代を払っております。一方、四谷の会社の方は駐車場難でして、駐車場がないんです。しかし会社自体、そう大きくない貸ビルではありますが、ビルの一階全部を使っておりますので、それほど仕事がたてこんでいない限り、仕事場の隅にトラックの一台くらいは入るわけです。ですので、吹田社長は荻窪からの通勤組四人には、トラックで通勤させるようにしていたわけです。そうして仕事中トラックは仕事場の端に入れるようにするか、それができない時は道に置かせていた、とこういうことです。このトラックの四人が出勤してきて社長の死体を発見した、これが午前九時四十五分です。急を聞いて鑑識が駈けつけたのが早かったので、犯行時刻が八時から九時の間と、比較的短く絞り込めたわけです。

さて吹田社長に犯行の動機を抱く者ですが、これが二人ばかりいるんです。非常に明快な動機を持っておりまして、この二人のどちらかであることはほぼ間違いないんですが、絞りきれず、弱っているわけです。のみならず、この二人が犯行を為すのが物理的にむずかしい。

一人は石原修造といいます。四十一歳です。もう一人は馬場和夫、こちらは三十九歳です。

石原修造の方は遊び人で、中野坂上の青梅《おうめ》街道沿いに、二軒のスナックを経営しております。自宅も、このうちの一軒のスナックが地下に入ったマンションの四階です。

馬場和夫の方は堅気のサラリーマンで、八重洲《やえす》のMという貿易会社に勤務しております。自宅はやはり四谷にあります。四谷のマンションです。ただ現場である吹田電飾とはかなり離れておりまして、四ツ谷駅をはさんで反対側です。彼の家から四ツ谷駅までは徒歩十分というところですが、吹田電飾までとなると、急いでも十五分は最低かかります。むろんこれは徒歩なら、ということですが。

この二人には二人とも、吹田久朗に対して強烈な動機があるんです。というのも、株なんですな、銭の怨《うら》みというやつです。

この三人は、揃って九州は小倉《こくら》の出身なんです。東京に出てから知り合ったようなんですが。そこで、同郷のよしみか、三人で投機家グループを作っておったわけです。

いや、投機家というのは正確じゃないかもしれん、投機家というのは、動かす金が億単位のプロをいうんで、まあ動員資金量せいぜい二、三千万までというこのグループは、せいぜい投資家に毛のはえた程度というところでしょうが。

ここのところ、ちょっとした新規公開株ブームというものがありました。ご存知かどうか知りませんが、その中で最大の呼び物がG精機製作所でした。ここはなんといってても例のインベーダー・ゲームで大当たりをとりまして、いっ時は生産しても生産しても需要に追っつかないありさまでした。

続いてテレビ・ゲーム、室内体力測定器とたて続けにヒットをとばし、この九月、待望の公開上場されたら、一株額面の五十円が五十倍、二千五百円にはなるだろうと兜町《かぶとちょう》で噂のあったいわくつきのものです。

ところで吹田久朗は、以前仕事がらみのつき合い筋で、まだこのG精機が海のものとも山のものともつかない頃、七万株ほどなかば義理で持たされたらしいのです。しかしG精機はおととしあたりから急激に伸びはじめた。そこで仲間の石原と馬場が、この株を欲しがりはじめたわけです。そこで吹田は一年前、会社の資金繰りの必要もあって、この二人に二万株ずつ譲ってやったらしいんです。一株千百円ほどで譲られたという二人の話があります。つまり額面の二十倍以上ですかな。しかし、最初吹田が買い取ったり肩替わりした時の値段は、額面のせいぜい四倍から五倍だったということです。

とにかくそんなことがありまして、いよいよ会社の都合でのびのびになっていた公開上場がこの十月末に決まったわけです。

ところがここで、譲った株が惜しくなった吹田が、G精機に粉飾《ふんしょく》決算の噂があると二人をひっかけたらしいんです。粉飾決算というのは、御手洗先生はご存知ですか？」

「全然知りません」

と先生は応《こた》えた。刑事は困ったようだった。

「粉飾決算というのは、要するに利益の過大評価があるといったことで、大蔵省が決算内容のチェックを始めるらしいと、吹田はある有力な情報筋からこの話を聞いた、まだG精機の重役連中だって知らないはずだと、そんなふうに二人に言ったらしいのです。

これは、こんどのG精機のように、短期間に濡れ手で粟《あわ》の大儲《もう》けをしたような会社には、実にありそうなことだったわけです。もしもそれが事実で、大蔵省に粉飾決算が明らかになり、公開が無期限に延びたりでもすれば、二人の各々二万株は紙屑同然となる。そこで吹田は、今ならまだ事情を知らぬ某成金に押しつけることができる、自分はそうするつもりだが、あんたらはどうする？　とやったわけです」

「竹越さん、どうもそのへんの話は退屈しますな、ぼくは株のことがさっぱり解らないので。要するにその石原と馬場が、株で吹田に損をさせられたと、こういうことですね？　いくら損させられたんです？」

「ゼロです。吹田は二人から、売った時の値段で買い戻したんですから、数字の上での損はありません。しかし千百円の二万株といえば二千二百万円にもなります。二千二百万もの金を、一年もの間、一円も増やさずにただ遊ばせておいたわけですから、これは投資家にとっては、損失と同じです。早い話、銀行に預けたって年六分とすれば百三十二万円の利子がつくわけですから」

「なるほど。では百三十二万円の損失ですね」

「それだけじゃありません。吹田のやったことは完全な詐欺《さぎ》だったわけです。G精機に粉飾決算の事実などなく、大蔵省が動いたという事実もない。加えて吹田は、買い戻した株も合わせて七万株、某成金に押しつけたという事実もなく、ちゃっかり手もとに持っていたわけです。そして先々月の公開上場では予想通りG精機は二千五百円について、吹田は七万株で一億七千五百万円、ちょいと一億五千万ばかり儲けたという計算になります」

「ほう」

御手洗は頷《うなず》いた。

「これなら立派な動機になりますよ。二人それぞれ二万株ずつ持っておれば五千万円、買った時二千二百万だから、差し引き二千八百万円儲けられたはずなんです。それだけじゃない。はめられた怨みってものは大きい、株に血道をあげている銭の亡者どもですからな。現にこの二人、あちこちの飲み屋で、酔って吹田のやつぶっ殺してやるとわめいていたのを何人かに聞かれております。このままじゃあ絶対すまさないとも言っていたそうです。

もっとも吹田がこんなあくどい手に出たのも、それなりに理由があることではありまして、吹田電飾の経営状態が、どうやら今ひとつおもわしくないんですな。吹田自身、会社をたたんで、自分もどこか大きな会社に就職しようかなどと真剣に考えていたらしい。それを社員が懸命にとめているという、そういう状態だったらしいのです。

何しろ吹田電飾がなくなったら、先の北川は腕があるので何とかなるだろうが、残る四人はたちまち路頭に迷うわけです。アルバイトニュースでも買ってきて、仕事を探さなきゃならなくなる。

とにかく、吹田電飾というのはここ数年というもの、ずっと自転車操業のようなありさまだったようでして、看板屋というだけではなかなか儲かるものではないようです。これがネオン管の工場や職人でも持っていれば別なんですが、それもない。ネオンの仕事はいつも外注になってしまうわけです。いくらも儲からない。吹田社長はこの点を常々悩んでいたそうです。

ですから彼は、G精機の株を売ってみたり、また買い戻してみたり、そんなやりくりをしてどうにか息をつないできたわけです。こんどの大儲けでようやくひと息ついて社も安泰と、社員一同大喜びで、社長ともども飲み歩いたりしていたらしいんですが、その矢先にこんどは社長が殺されてしまいまして、みな蒼《あお》くなっているところです。

まあそういうわけで、吹田社長のこの詐欺まがいのやり口も、あながち責められないところはあるんですが、しかし石原と馬場はおさまらないでしょう」

「よく解りました。では残るは手錠を塡《は》めるだけではないのですか」

御手洗はつまらなそうに言った。こんな事件のどこがむずかしいのだと言いたそうだった。

「ところがそうはいかないのです」

竹越刑事は強く断言した。

「というと？」

「【数字錠】という錠前が、われわれの前に立ちふさがっておるんです。先生もご存知でしょう。小さい玩具《おもちゃ》みたいなカバン型の錠前で、数字を書いたリングが三層に重なっておりまして、三つのリングを回して、しるしのついた箇所に暗証番号を一列に並べると錠が開く、あの数字錠と呼ばれる錠前です」

「知っていますよ、その錠前は。しかしなんでそれが立ちふさがるんです？　吹田久朗の殺害死体が金庫にでも入っていて、数字錠がかかっていたってわけでもないでしょう？」

御手洗は刑事を前にやや不謹慎な軽口を叩いた。すると刑事は、一瞬ぽかんとしたような表情をした。

「それが、まさにその通りなんですよ。吹田社長がソファにあおむけに寝て死んでいた吹田電飾は、厳重に内外から鍵がかかっておりまして、横の通用口のドアの外側に、この数字錠が下りていたわけなんです。つまりこの現場は、いつぞやの梅沢家の事件と同じで、密室という、あれだったんですな。それもあって、先生好みかと考えまして、こうしてうかがったようなわけなんですが」

御手洗はいささか興味をひかれたようだった。ようやく身を乗り出した。

「密室ですって？　鍵がかかっていたっていうんですか？　何のための密室です？　犯人は、どうして現場を密室にする必要があったんです？」

「それが解らんのですよ」

「出入口はいくつあったんです？」

「二つです。ここに図も用意してきました。ひとつはこのシャッターですね。道路側に面した部分は全面的にシャッターです。これは内側からロックできます。シャッターを閉めて、シャッターの一番下についたスライドバーを左右に滑らせて、ロックするものです」

「ということは、シャッターは内側からしか開けられないんですか？　つまり室内側に入らなければ、シャッターのロックははずすことができない？」

「いえ、そうではありません。内側からはむろん今のようなやり方で、簡単に施錠も解錠もできますが、外側からも、鍵を用いれば今とまったく同じことができます。シャッターの外側にはキーホールがついているんです。そしてこの鍵は、トラック通勤組の最年長者、秋田辰男《たつお》という社員がいつも持っておりました。十二日朝も、この秋田という社員がこのキーでシャッターを開けて中に入り、被害者を見つけておりま

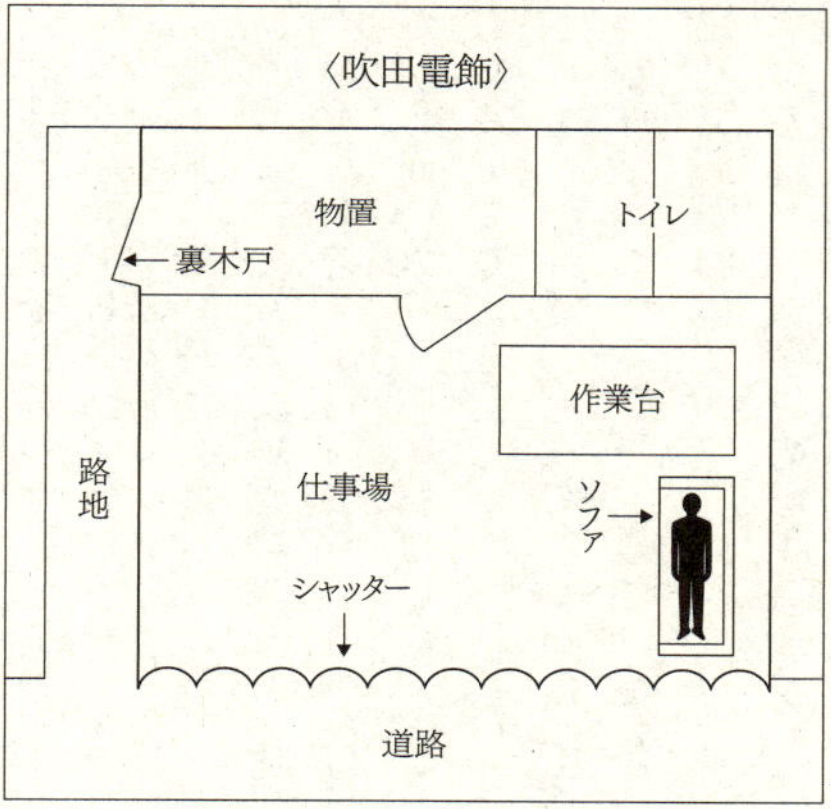

す。このキーは、社員では秋田が一人持っておるだけです。キーは二つあり、もうひとつは社長が持っておりました。北川幸男も持たされてはおりません」

「なるほど。であとは、数字錠のおりた横の出入口か」

「そうです。これはもう裏木戸という表現がぴったりの、板のドアがひとつついた、横手の路地からの出入口なんですが、ここに例のチャチな数字錠が下げられておりました。表の路地側にです。

　こんなものニッパか何かでねじ切れば一発ですし、あるいは板戸のことですから、蹴破ろうと思えばなんとかできたかもしれませんが、とにかく、そうされた形跡はありません。ここは破られた跡がないんです」

なんですね？」

「だがいくらチャチでも、三桁《けた》のキー・ナンバーを揃えなければ開かないことは確か
「そりゃあそうです。そしてここは開けられた形跡がない、しかし……」

「番号を知っているのは誰と誰です？」

「それが誰も知らんのです」

「誰も知らない!?」

「そうです。知っていたのは社長だけなんです。吹田社長が自分で買ってきて、自分でつけたんですから。こういうのは社員に教えれば、必ずどこからか外部に洩《も》れる、だから俺一人知っていればいいんだと、社長は言っていたそうです。社長は、女房にも教えておりません。

しかしこれは、それでも一向にかまわないわけです。こんな裏木戸は、まったく使っていなかったようですので。表のシャッターを開け閉めして、それだけで充分こと足りていたわけです」

「なるほど。数字錠のキー・ナンバーは社員も知らない。当然石原や馬場など、知るはずもないというわけですね？」

「そういうことなんです。それで私どもも困っておるわけなんです」

「なるほど」

御手洗は嬉しそうな声を出し、両手のひらを拝むようなかたちにすり合わせた。

「では残るはシャッターしかないということではありませんか？」

「そういうことですが、しかしそれがまず考えられないんです。なんといっても、石原や馬場にはシャッターの鍵がない」

「これまでの吹田とのつき合いのうちで、ひそかに鍵をかすめ盗《と》って、合鍵を造っておいたらいかがです？　あるいは、五人の社員連中とのつき合いのうちからでもいい。一緒に酒を飲んでいるうち、すきを見はからって三十分ばかり失敬した」

「石原、馬場は、吹田電飾の社員たちとは面識がないんですよ。したがってつき合いというものは全然ありません。

あとは社長ですが、彼は例の株の一件以来、警戒してこの二人とはいっさい会ってませんし、それ以前にも吹田は、この二人を信用してない形跡がありますしね、どうでしょう、そんなすきを見せるでしょうか」

「しかし数字錠の裏木戸があり得ないとなると、残るはシャッターの方しかあり得ないわけでしょう？」

「そうですが、しかしこのシャッターは開閉に大きな音がするんです。吹田電飾の入った貸ビルの二階に住んでいる夫婦があるんです。この夫婦が、十一日夕方六時半頃シャッターが閉じ、十二日の朝十時前にシャッターが開くまで——これは出勤してきた荻窪の四人組が開けた音ですが——その間、一度もシャッターが開く音はしなかったと言うんですよ。このシャッターは大変に大きな音がするので、二階に住んでいる者にはすぐにそれと解るんです」

「では時間をかけて、そろそろと開けていったらいかがです？　それなら二階の住人にも気づかれないし、ソファで眠っている吹田社長も起こさずにすむ」

「朝の八時から九時の間にですか？　もう道路に通行人も多いですよ。それにいつ社員が出勤してくるか知れたものではない」

「シャッターの鍵は二つあるんでしたね、あとのひとつはどこにあったんです？」

「殺された社長のポケットの中です。ズボンの右ポケットに入っておりました」

「ははあ、ではあらかじめこの鍵を盗み出しておき、まだ深夜のうちに仕事場に、シャッターをそろそろと開けて入り込み、吹田と話し込んでいるうち、彼が眠り込んだので刺し殺して、またそろそろとシャッターを閉め、鍵をかけてからその鍵を社長のポケットに戻しておくなんてことができるわけもないね、石岡君」

「できるわけないよ」

「どっちみちシャッターを閉める時点で、八時から九時までの出勤時間帯にかかっているんだ。竹越さん、この道は人通りは多いのですか？」

「大変多いです。出勤中のサラリーマンが多く通ります」

「目撃者は出ましたか？」

「今のところまだです」

「ぼくなら往来に面したシャッターの方は遠慮するね。そういう目的にかなっているのは何といっても裏木戸だ。こっちは細い路地の奥なんでしたね？」

「その通りです。しかも当時、ドアは資材の入っていたダンボール箱を積みあげたちょうど陰になりまして、うずくまってしまえば、往来からはまったく見えません」

「うずくまって、数字錠を開ける作業に没頭もできるというわけですね。こっちから指紋の類《たぐ》いはいかがだったんですか？」

「吹田社長のものが出ただけです。犯人がもしここを破ったとすれば、手袋をしていたのでしょう。ナイフの方も同じです」

「ふうん」

御手洗は考え込んだ。

「ところで馬場と石原ですが、もし彼らが表のシャッターなり、この裏木戸なりから入れたと仮定すれば、そうすれば犯行は可能なのですか？　犯行時間帯の彼らのアリバイなどはいかがです？」

「時間的には可能といえます。彼ら二人についてもう少し詳しく述べますと、まず馬場和夫の方です。三十九歳。彼は貿易会社に勤務する堅気の男ですが、彼は十二月十二日、四谷のマンションをいつも通り八時二十分頃出て、会社に向かっております。これは妻の証言もありますが、マンションを出る時管理人と顔を合わせておりまして、この管理人の証言もあります。

四ツ谷駅まで、馬場のマンションからは徒歩約十分です。途中に現場は通りません。駅をはさんで反対側ですので。そうして彼は九時五分前には八重洲の会社に出社し、タイム・レコーダーを押しております。きちんと八時五十五分という記録がカードに残っております。またこの出社時、カードというだけにとどまらず、馬場は社内で同僚と顔を合わせてもおります。したがってこの九時五分前に当人が出社した点を疑うことはできません。

こういうわけですので、普通に考えれば十二月十二日朝、馬場和夫には出勤する時間しかありませんが、自動車でも使って急いで吹田電飾を廻れば、これは不可能とは言いきれません。ただし、馬場は運転免許は持っておりませんが。

さて一方、堅気でないところの石原修造ですが、こちらのアリバイも、あってなきがごとしです。

そもそもこの朝の八時から九時という時間は、きわめてアリバイ証明が困難な時間帯でありまして、堅気の勤め人はちょうど通勤の時間帯にかかっております。一方遊び人連中はというと、まだぐっすりと眠っておるのです。この石原修造も例外ではありませんでして、捜査してみますと、案の定ベッドの中でした」

竹越刑事のメモを見ながらの説明は、次第に捜査会議での発言口調になってくる。こういう喋り方が、体にしみ込んでいるというふうだった。

「ベッドの中だったのですが、具合が悪いことに自宅のではなく、千駄ケ谷の愛人のベッドの中というので、少々ことがやっかいになりました。

起きたのは昼の十二時といいます。それまでずっと自分の隣りに石原が寝ていたことを女は証言いたしましたが、これが信頼のおけるものであるかどうかは大いに疑問です。

石原は、車の免許は持っており、車も所有しておりました。ただ彼の車が十一、十二日とずっと中野坂上の月極め駐車場から動いていないことは、彼の妻はじめ、駐車場付近の者から証言がとれております。したがって犯行時、彼の車が動いていないことは確かなんですが、どうでしょうか、千駄ケ谷と四谷といえば、目と鼻の先です。電車でもほんの二駅ですからね」

「なるほど、本人たちは事件に関してどう言ってます？」

「無関係だと言っております。それは吹田には怨みを持ってはおりましたが、殺してはもとも子もないと言っております」

「なるほど。ではついでに、社員たちに関しても説明を聞いておきましょうか」

「北川幸男に関しては申しましたね？　この男は三十四歳、腕があり、吹田社長の片腕といった存在です。ただ一人妻帯者で、四谷の、会社からは徒歩十五分ばかりのところにあるマンションを借りて住んでいます。

他の荻窪からのトラック通勤組は、最年長者が秋田辰男、彼がシャッターのキーを預っています。二十六歳。

あとは大久保修一二十四歳、土屋純太郎二十一歳、宮田誠十七歳、こうなっております。一番若い宮田を除いて、運転免許は全員持っております。ただし北川を除いて、独力で看板の文字が描けるほどに腕がたつ者は一人もおりません。せいぜい北川と社長の手伝いですね、看板描きに関しては。彼らの仕事はですから主として看板の運搬と取りつけですな。高い足場にあがり、取りつける。これもなかなか熟練を要するむずかしい仕事ですのでね」

「寮はどこにあるんです？」

「住所ですか？　杉並区天沼《あまぬま》二の四十一の×ですが」

「吹田電飾は？」

「新宿区四谷一の六の×です」

「ああそうですか」

御手洗は、訊いてはみたものの、メモする様子はない。

「いかがでしょう、以上でだいたい説明は終ったつもりでおりますが、何か先生のお考えがありましたら、是非お聞かせいただきたいのです」

「石原、馬場の二人以外に容疑者は見あたらないのですか？」

「まったく見あたりません」

「これだけでは絞りきれませんよ」

「絞りきれない、と言われますと？」

「可能性はまだたくさんあるのじゃないでしょうか。たとえば単なる物盗りではないと確実に否定できますか？　泥棒が物盗りに入ったが、思いもかけず社長が寝ていて、起きてきそうになったので殺した」

「それはあり得ないと思うんです。まず第一に、吹田社長は近くの作業台の上に上着を脱いで置いておき、毛布をかけて寝ていたわけなんですが、この上着の内ポケットには四十七万円入りの財布が入っておりました。この現金はまったく手つかずです」

「ほほう、そうなんですか！」

　すると御手洗は、ますます嬉しそうに手のひらを擦り合わせた。この瞬間から、彼がひどく浮き浮きしはじめたように私には見えた。

「会社のことですから、室内に当然電話はありましたね？」

「むろんありました」

「そしてこの馬場と石原は、吹田と三人で投機グループを作っていたくらいですから、当然親しかったはずですね？」

「まあそうです」

「ではこの不可解な事件を可能ならしめる方法も、まったくないではありませんね」

「と、言われますと？」

「この二人の共犯だとすれば、何とかやれないこともない。どちらか一人が電話で吹田を表に呼び出す。十一日の、まだ酒場が開いている時間帯にです。一緒に飲んでうまく吹田を酔わせ、シャッターの鍵を盗みだす、これを待機しているもう一人に手渡す、彼はそれでシャッターを開けておき、酒場に帰ってきて相棒に戻す。相棒はさらにこれをひそかに吹田に戻しておく。

そうしておいてシャッターを開けた彼は吹田電飾に戻り、室内に入って、物置にでもひそんで吹田を待つ。シャッターは内側からロックができる」

「しかしそれはどうでしょうか」

竹越刑事がすかさず反論する。

「シャッターは十一日夜から十二日朝にかけて、一度も開いていないというんですよ」

「二階の住人の証言ですね？　しかしそれは天井までめいっぱい開けたケースを言っ

ているのではありませんか？　そうなれば確かに大きな音がする。しかし、人間一人が身を屈《かが》めて表に出られるくらいの開け方なら、高さもわずかなものだし、おとなしくやれば音も小さいのじゃないですか？」

「しかし今おっしゃったやり方では、結局シャッターの鍵はやはり室内側に残ってしまうことになりますよ。石原か馬場かが室内に残り、首尾良く吹田を殺したにしても、彼が仕事を終えて表に出て、シャッターをもと通りにロックすることができない」

「では吹田から鍵をかすめ盗った時、素早く合鍵を作製してしまったというのはどうです？」

竹越刑事は首をかしげた。少しあきれたように見えた。

「そんな時間、合鍵屋がまだ開いてますかね」

「それに、そんな詐欺まがいの株の売買をやったばかりというのに、吹田社長がそんなに簡単に二人の電話の呼び出しに応じるはずもないよ」

横から見かねて私も言った。

「それに先生、石原修造の方は、十一日の深夜のアリバイなら確実にあるんです。深夜三時近くまで、自分の経営する店にいたんです。従業員も、何人かの客も、これは証言しております。

馬場の方も、十一時すぎまで銀座で飲んでおりまして、これもその店で裏がとれております。そのあと、十二時すぎに帰宅してからは家族の者の証言があります」

「そうかあ、残念だなあ！　ではこの線はいよいよ駄目だ」

御手洗はそう言って、元気よく立ちあがった。しかし言葉とは裏腹に、彼の表情には喜びがあふれているように、私には見えた。私は御手洗の真意をはかりかねた。

「先生、これもお訊きしたかったんですが、数字錠の組み合わせというのは何通りくらいあるものなんでしょう」

部屋をさかんに往ったり来たりしはじめた御手洗に向かい、竹越刑事は尋《たず》ねた。ところがそれが聞こえたのか聞こえないのか、御手洗はうつむいて無言だった。床を見つめたまま手を背後に組み、部屋中をせかせかと歩き廻った。そうして時々立ち停まっては何ごとかぶつぶつ言った。

「おい、御手洗君」

見かねて私が言った。しかし彼は一向に動ずる様子がない。何かに心を奪われ、夢中になっているのだ。

やむを得ず、私たちはじっと待った。荷造りした荷物に蹴つまずきそうになって、ようやく彼はわれに返った。

「石岡君」

と御手洗は言った。

「君、自分の部屋の荷造りはすんだのかい？」

「いやまだだけれど」

私は応えた。私たちはそれぞれ自分のところの荷物をまとめ、部屋を出て、横浜馬車道の広い部屋に一緒に移り住む計画でいた。

「今すぐ君のアパートへ行こうじゃないか。そして一緒に荷造りをするとしよう」

「御手洗君、そんなことはあとでいいじゃないか！」

「いや、今すぐやるんだ。その方がいい」

「おい御手洗君、ちょっと待てよ」

私はさっそく自分の身づくろいを始めているふうの御手洗に向かって言った。

「数字錠はどうなったんだ？　何通りある」

「何だって？」

御手洗は作業の手を停めず、言う。

「数字錠？　ああそうか！　数字錠ね。その数字錠の数字は一から九までだったんですか？　それとも、ゼロもありましたか？」

「ゼロもありました」

「では数字は十個だ。石岡君、九人の野球チームの打順は、何通りあるか知っているかい？」

「知らないよ」

「九の階乗《かいじよう》通りさ。九×八×七×六×五×四×三×二×一の答えだ。三十六万二千八百八十通り。このケースでは十人の野球チームだ、だから十×九×八×七×六×五×四×三×二×一、つまり三百六十二万八千八百通りあることになる」

「数字錠の組み合わせがそんなにあるってことかい？」

「そうだ。一一一から始め、一一二、一一三、と順々に試していき、それぞれに二秒ずつかかったとしようか、とすれば全部で七百二十五万七千六百秒必要だという計算になる」

「それはどのくらいの時間なんだ？」

「七百二十五万七千六百秒を六十で割ると、十二万九百六十分だ。これをさらに六十で割ると、二千十六、つまり二千十六時間だ。これを一日二十四時間で割ると八十四、つまり、これを全部試し終るのには八十四日を要することになります。二ヵ月半以上だ」

驚いたことにこの計算を、御手洗は空《そら》でやってのけた。

「八十四日、それではとても無理だな」

竹越刑事がそうつぶやくのが聞こえた。

2

中央線に乗り、私たちはサンドウィッチは何サンドが一番おいしいかという話に熱中していた。ドアが開き、御手洗がすっとおりたので、私もなんの疑いも抱かずついており《お》りた。そしてここがまだ目的の西荻窪のひと駅手前であることに気づいたのは、すでに電車のドアが閉まってからだった。

「御手洗君、ここはまだ荻窪だったよ」

私は言った。おやそうだったね、と御手洗は言った。

「だがこれも何かの縁だ。ちょっとここでおりて、街をぶらついてみないか」

「何のために？」

「吹田電飾の独身寮へ行ってみようじゃないか」

杉並区天沼二の四十一の×という住所を、御手洗は感心に憶《おぼ》えていた。彼はどういうわけか人の名前は全然憶えられないのだが、数字を憶えるのはひどく得意なのである。余談になるが、彼は三・一四という例の円周率を小数点以下三百桁まで丸暗記している。こんなもの憶えても一文の得にもならないと思うのだが、彼に言わせれば、あれはなんの苦もなく憶えられるものなのだそうだ。

御手洗が、一度興味深いことを私に語ったことがある。数字は各々強烈な個性を持っているというのだ。一と二とでは性格がまるで違う、一がアメリカ大統領のように派手な存在なら、二は引っ込み思案の虚弱児だと彼は主張した。この性格の違いは、人間の顔以上に特徴的で識別がたやすい。これを知れば、数字は簡単に頭に入るのだということだ。

ともかく私たちが荻窪の吹田アパートに着いたのは、十二月十七日のたそがれ時だった。殺された吹田久朗の兄夫婦、つまり大家の住まいはすぐに解った。アパートの棟の一部に立派な玄関がついていて、吹田家の部分だけが特別な造りになっていたからである。

玄関の前に、吹田電飾と書いたトラックが止まっており、これはかなり大型のトラックで、荷台には屋根も幌《ほろ》もない型式のものだった。どうやら四人の若い社員は、部屋にいるらしかった。社長が殺され、会社はお休みなのだろう。

玄関脇のチャイムを押すと、はいと奥の方で女性の返事があり、金属の装飾のついた化粧合板のドアがすぐに開いた。

私は驚いて目を見張った。そこに、二十歳くらいの大変な美人が立っていたからである。色白で、やや小柄な体格をしていたが、目が大きく、鼻筋の通った美しい女性だった。

「実はわれわれ、捜査一課の竹越刑事に協力を要請されまして、吹田電飾の四人の社員の方にお会いしてお話をうかがいたいと思って、こうして参上した者なんですが」

御手洗が言った。

「はあ……、お名前は」

「御手洗と申します」

「ちょっとお待ち下さい。父に取り継いでまいります」

彼女はいささかとまどったふうだった。無理もない。こんないい加減な自己紹介では、われわれの素姓《すじよう》など知れたものではないからだ。

やがて奥からのっしのっしと足音が聞こえ、ぬっと玄関口に体格のよい大男が現われた。五十代なかばくらいに見えた。

「吹田です」

大男は言った。

「どういうご用件？」

そこで御手洗はまたいい加減な自己紹介を繰り返した。

「お名刺、拝見」

と吹田はぶっきら棒な言い方をした。横で私の方があわてた。名刺などあるはずもないからだ。少なくともこういう場面で手渡すのにふさわしい名刺など、御手洗が持っているはずもない。

ところが御手洗はすましてコートの内ポケットから白い紙片を一枚抜き出し、相手に差し出した。私は驚いた。大男は老眼気味なのか、目を細め、瞼《まぶた》のあたりを皺《しわ》だらけにして名刺を読んでいたが、

「私立探偵さん？」

と言った。

「そうです」

御手洗は平然と応える。

「へえ、本当にいるとは知らなかった。そっちの人は？」

「助手です」

彼は言った。

「彼は今日入社したばかりでして、まだ名刺はできていないのです」

「じゃま、とにかくおあがり下さい。おい靖子《やすこ》！　お茶だ」

「恐縮です」

御手洗は言い、靴を脱ぎはじめた。

われわれは玄関脇の応接間に通された。

「変わったお名前ですな」

吹田久朗の兄は、太った体を窮屈そうに椅子に沈めながら、そう訊いてきた。

「そうですかね」

「おてあらいさん？」

「みたらいです」

相手の言を遮るように、御手洗は急いで言う。

初対面の人とは、彼は常に、こんな会話をする運命にあった。私は横でこういうやりとりを眺めるのが割合気に入っていた。

「横浜の馬車道に、事務所をお持ちで？」

「そういうことです」

早々と、御手洗は馬車道の住所で名刺を刷っているらしい。

「しかしなんですな、日本中にはあなたみたいな私立探偵さんは多いんですかな」

「多いですな、横浜だけでも数軒ありますので。もっともみんな浮気の調査が専門ですが」

「あなたの場合、違うんですか？」

「うちの場合、警察が手をあげた事件だけを扱います。ところで亡くなった吹田久朗さんのお兄さんでいらっしゃいますね？　お名前は、何といわれます？」

「吉文《よしふみ》です」

「吹田吉文さん、お宅のアパートを、吹田電飾の寮に提供してらっしゃるんですね？」

「そうです」

「では吹田さんのご職業は、アパート経営ということになりますね？」

「いや、そうではありません。私は新宿のＰスーパーというスーパーマーケットに勤務しております。今日はたまたま、こうして早く帰宅しておりますが。そこで売り場主任をやっております」

「吹田電飾の四人は、毎朝ここからトラックで通勤されていたとか」

「そのようです」

「しかし、道は混むでしょうね」

「いや、そりゃあ大変なもんでしょう。なにしろここから四谷までとなると、青梅街道から新宿通りのこの一本道を真っすぐ行くほかはないですからな。それが最短距離なんです。荻窪も四谷も、この一本道沿いにありますもんで。

ほかに、青梅街道をちょっと新宿と反対方向に戻って、四面道《しめんどう》から環八《かんぱち》に入り、高井戸《たかいど》から首都高速に乗るという手もありますが、遠廻りになるし、これも時間は大差ないようですな。高速の上も、朝のラッシュはひどいもんだから。それならむしろ高連代を節約した方がいいと思ったんでしょう、連中はいつも青梅街道を真っすぐに行っておったようです」

「どれくらいの時間がかかっていたふうですか？」

「さあて、二時間近くかかるんじゃないですか？　いつも八時にここを出て、着くのは早くて九時半だということですから。

ですから弟も、ここを八時に出ればそれでよしと、そういうことにしていたようです。九時半に着こうが十時に着こうがですな、それは道路事情ですから」

「八時にここを出発したという証明は、どうするんです？」

「それは娘の靖子が確認する係です。娘と家内が、アパートの男の子たちの面倒をみておりましたのでな」

「なるほど、ちょっと四人にお会いしたいのですが。特に会社の鍵を持っていた秋田辰男さんにお話をうかがいたい」

「それじゃ、娘に案内させましょう。四人に関してはあの子の方が詳しい。それにしてもお茶が遅いな。呼んできましょう、ちょっと失礼」

吹田吉文は大儀そうに立ちあがり、廊下へ出ていった。私は御手洗に小声で話しかけた。

「おい、君はいつから私立探偵になったんだ？」

「今日からさ。名刺が今日届いたんだ。知り合いに名刺屋がいてね、名刺を作らせろ作らせろと前からうるさいんだ。それで困ってしまってね。君も作るかい？」

「それにしても、私立探偵と刷り込むとはあきれたね」

すると御手洗は考え込んだ。

「刑事と刷り込んだ方がよかったかな……」

「占星術師は辞《や》めたのか？」

「辞めやしないさ。今までは犯罪研究が趣味の占星術師だったが、今日からは星占いが趣味の犯罪研究家というわけさ」

「その前は占星術が趣味の音楽家だと言ってなかったか？　まったく忙しい男だな」

「まずいことに、この前の梅沢家の事件の仕事が面白かったのさ」

「君が次に何をやるのか……」

その時吹田靖子が応接間に入ってきた。紅茶茶碗を三つ載せた盆を持っていた。

「吹田電飾の四人は今、自室にいらっしゃいますか？」

御手洗が吹田靖子に尋ねた。

「はい、いると思いますが、ちょっと解りかねます」

「ま、どうぞ、おすわり下さい」

御手洗が言い、吹田靖子は私の目の前にかけた。父親の吉文も入ってきて、もとの席にかけた。

私はじっと彼女の顔を見ていた。大変な美人だと思った。御手洗もなかなか愛想がよく、彼女の魅力が友人にも感銘を与えているように思われた。

「秋田さんというのはどんな方ですか？」

「秋田君は、一番年上だけあって、しっかりした人です。体も大きくて、声もはきはきして大きくて……」

「なるほど。年齢の順でいうと、次は……」

「大久保君です」

「大久保さんはどんな人です？」

「彼は、ひょうきんな人です。ちょっとそそっかしいところがあるけど、憎めない人です」

「あとは、土屋さんでしたか」

「彼もしっかりした人です。ちょっとずるいところもあるけど。仕事はきちんとやるし、叔父も、結構信頼してたみたいでした」

「もう一人、いましたっけ？」

「宮田君ですね、彼はまだ若いし、みんなのお手伝いみたいなものです。おとなしい、真面目な子です」

「みなさん、どういうきっかけで就職されたんですか？」

「知人からの紹介とか、あと新聞広告とか、です」

「なるほど。もう一人、北川さんって人がいましたね」

「北川さんに関しては、私よく知りません。でも、優秀な人だって話でした」

「亡くなった吹田社長は、どんな方でした？」

「いや、実に立派な男でしたよ。兄の口から申すのも何だが、親分肌でね、子分の面倒みのいい、実に情のある男でしたな」

兄の吉文が言った。

「靖子さん、いかがです？」

「私もそう思います。明るい性格で、うちの四人も、親爺さん、親爺さんて、とても慕《した》ってました。あんなことになるなんて、夢にも思いませんでした。私にはいい叔父でしたのに」

「なるほど。では仕事上の敵といった類いの人は」

「そりゃあるでしょう。弟は一応あれでも一国一城の主《あるじ》ですので、敵は当然あるでしょう。なんですか、石原とか、馬場とか、いるそうですな、弟に株でひっかけられたとか。何を言っとるんでしょうな！　そんなのはひっかけられた方が悪いんだ。勝負の世界なんだから。立場が逆なら、その連中だってやったに決まってるんだ。それをあんた……」

「ではちょっと四人の部屋、ご案内いただけませんか」

御手洗が言った。

吹田靖子の案内で三人で廊下を行くと、窓から吹田電飾のトラックが見えた。すっかり落ちきる前の冬のわずかな残り陽が、寒々と射している。

「あのトラック、四人乗れるんですか？」

御手洗が先を歩く靖子に訊いた。

「座席には三人しか乗れませんね」

彼女が答えている。

「だから、いつも一番年下の宮田君が、毛布をはおって荷台に乗せられてました」

「そりゃあ可哀想に。寒いでしょう」

「冬の間は大変だと思います」

部屋に行ってみると、社員たちはみな出かけていて、その宮田君が一人部屋にいるだけだった。

吹田靖子がノックし、宮田誠の部屋へ入る。私たちも続いて入っていくと、彼は驚いたように、すわり机にうつむけていたらしい顔をあげた。自動車のプラモデルが、机の上で組みあがりつつあった。

「みんなは?」

靖子が訊いた。

「吉祥寺《きちじょうじ》に飲みにいくって言ってました」

宮田誠は小声で答える。

「まあ。ご飯時までにちゃんと帰ってくるかしら」

「ほう! ずいぶん造りましたね」

壁の飾り棚の前に立っていた御手洗が、歓声めいた声を出した。部屋に入るや御手洗は無遠慮に歩き廻り、一番興味をひかれた一隅の前で立ち停まっていたのだった。

「なかなかよくできている。色もちゃんと塗ってあって、凝った出来だ。君はプラモデル造りの才能がありますよ。昔はぼくもさかんに造ったもんだ……」

御手洗は壁の一角を見つめると、うっとりとした口調になった。

「プラモデルも造ったが、ぼくの心をとらえたのは模型の電気機関車だった。HOゲージの電気機関車をよく造ったっけ。デパートの電気機関車売り場のガラスケースは、ぼくにとってさながら宇宙で、その前にしゃがみ込み、一日中だって見飽きなかったもんです。何故こんな美しいものがこの世にあるのだろうと思った。だからその頃、おとなになってお金ができたら、山や家や川をこしらえて、レイアウトを造るんだって固く心に決めていた。それというのも、機関車の模型はあんなに素晴しいのに、模型の家や樹々は造りが雑で、今ひとつぼくを感動させなかったからです。だからぼくは、おとなになったらこれより百倍優れたものを造るんだ、そう固く決心していた。おとなになって、今の模型好きが多少なりとも薄らぐなんて、夢にも思っていなかったからね。

それがいったい、どうしたていたらくだろう！　身長が伸び、つまらぬ世俗の分別とやらで身を汚すにつれ、ぼくはどこかで道を踏みはずした。いつのまにかあの純粋な気持ちを、ぼくはすっかり忘れてしまっている。おとなの世界に分け入り、もっと楽しいことを見つけたせいだろうか？　いやいやそうではない」

御手洗は腕を組み、立ったままじっと考え込んでしまった。

部屋の主は、すっかり驚いてしまったようだった。いきなりどこの誰とも解らぬ男が二人も勝手に部屋に入り込み、一人がひとしきりおかしな演説をしたかと思うと、いきなり黙り込んでしまった。当惑のきわみだったろうと私も同情するが、この内気そうな少年は、このおかしな男がどこの誰なのか、自分から問い質《ただ》すことができないでいるのだ。

「この人たち、探偵さんなのよ。吹田社長の事件調べてるんですって。秋田君たちに会いにきたんだけど、あいにく……」

「いやいや、そんなことはもうどうでもいいんだ！」

くるりと振り向き、御手洗が言った。

「犯人もなにも、すっかり解りきった事件だ。そんなことより君、何月何日生まれです？」

「一月八日生まれですけど……」

宮田誠は小さな声で答えた。

「ヤギ座ですか。一月八日なら音楽が好きでしょう？」

「そんなに好きではありません」

「そんなことはないよ。君は好きだよ！」

あきれたことに、御手洗はそんなふうに言うのだった。人の性格など、当人が一番よく知っている。大きなお世話というものだ。

「生まれた時間は朝の七時頃だね？　知らないか、そいつは残念！」

それからも御手洗は、歓迎されていないのを知ってか知らずか三十分ばかりねばっていたが、ほかの三人が帰ってくる様子もないので立ちあがった。

「さっき宮田君、音楽好きじゃないって言ってたけど、結構好きみたいなんですよ。前、山口百恵のレコード買って、聴かせてくれって応接間に持ってきて聴いていたことあるんです。でもすぐ飽きたみたい。そのままそこに置いてあるもの」

廊下に出ると、吹田靖子が言った。

「では彼のもっかの趣味は、プラモデル造りというわけですね？」

「そのくらいでしょうね……。いえ、そういえば前、銀座で食事がしたいって言ってたな」

「銀座で食事？」

「ええ、今少しずつ蓄《た》めている貯金がいっぱいになったら、一度でいいから銀座の一番いいフランス料理屋で食事をしてみたいんだって。それが子供の頃からの夢なんですって。あの子、田舎《いなか》育ちだし、家が裕福じゃなかったから。だから一緒についてきてくれませんかって、私の母に頼んでたみたいなんですよ」

「ほう、そうですか」

「そんなの趣味といえるかどうかは解らないけど。そんなこと言ってたって、母が以前私に言ってました。彼、私の母には何でも相談するらしいんです。まだお母さんに甘えたい年頃じゃない？　だから」

「お母さん、今は？」

「買い物です」

「どんな家庭に育ったんです？　彼は」

「あんまり聞いてもみないんです。可哀想だから。でも、なんでも複雑そうな話だったわね。お母さんが津軽で水商売してて、お客さんの男の人のところへ走ったんですって。誠君を連れて。ところがその男の人が乱暴者で、誠君と折り合いが悪くて、その上その男の人とお母さんとの間に赤ちゃんができちゃったりしたものだから、彼いたたまれなくなったたんじゃないのかな。中学卒業した日に家出して、一人で東京へ出てきちゃったんです」

「ほう、何故東京へ？　知り合いがいたんですか？」

「いなかったみたい」

「それなのに何故東京へ？」

「やっぱり、憧《あこが》れてたんじゃないんですか？」

「前の父親のところへ行ってもよかったじゃないですか」

「お父さんも再婚してたんです」

「ああなるほど！　東京へ出て、身寄りもないのにどうしたんです？」

「上野で、新聞の求人案内を見て、すぐその足で叔父の会社に来たんですって」

「なるほど。では吹田さんに拾われたわけだ」

「ええ」

「じゃあ吹田さんには恩がありますね。社長は宮田君の親代わりになってたんですね」

「ええ。でも彼を一番可愛がってたのは北川さんみたい」

「そうですか」

「でも彼、女性にはもてるのよ。あんな可愛い顔してるでしょう？　母なんかも、一生懸命可愛がってますよ」

「あなたもそうなんでしょう？」

「私は、年下は駄目」

吹田靖子は、私たちを気に入ったらしかった。気安そうな口をきき、玄関口まで送ってくれた。さらに名残《なご》りおしそうにサンダルを履《は》いて道まで出てくると、こう言った。

「よかったらまた来て下さいね。探偵さんてはじめてだから、お友達になりたいわ」

美人にそう言われて、御手洗もまんざらではなかったのだろう、

「それは光栄だ。是非また寄らせてもらいますよ」

と言った。この言葉に嘘はなく、その後彼は私に内緒で、彼女のアパートにちょちょく寄ることになるのである。彼も、吹田靖子を気に入ったのであろう。

「たいした美人じゃないか」

すっかり陽の落ちた街を駅に戻りながら、私は御手洗に言った。

「そうだね」

彼も素直に同意した。

「しかし社員の大半に会えなくて残念だったね」

「まあいいさ、おかげであのアパートへもう一度行く口実ができた」

御手洗がそう言ったので私は耳を疑った。彼がそれほど彼女を気に入っていたとは知らなかった。御手洗は浮き浮きしているように見えた。

「君は、あのアパートへ何しに行ったんだ？」

私は思わずそう訊いた。この事件に真剣に関わる気があるなら、荻窪の吹田アパートへなど行くより、四谷か中野坂上へ行き、馬場か石原に会う方がよほど重要というものである。

しかし御手洗は、事件に真剣に関わる気などさらさらないらしかった。

「あそこに寄った理由はただひとつ」

彼は嬉しそうに、コートのポケットから名刺の束を取り出した。

「この名刺を使ってみたかったのさ。君にも二、三枚あげよう」

「一枚でいいよ」

私は受け取り、街灯の明りにすかして読んだ。

「しっかし怪しげな名刺だな、私立探偵御手洗潔か」

だがこの日、確か十二月十七日だったと思うが、考えてみればこの日は記念すべき日であった。私立探偵御手洗潔が誕生した日ともいえるからだ。

「仕方がない。日本人というのは、名刺を見て安心する性癖があるからな。ほんの気休めか【おまじない】のようなものだが、こんなものでもなければ、人と会うたびに嘘をつきまくってなくちゃならない。

さてもう駅だ。この向こう側に、C軒という古い洋食店があったね、そこで夕食でも食べて、今夜は別れることにしようじゃないか」

そこで私たちは彼の提案通りにしたのだが、食事をして駅で別れてから、はて、御手洗は私の引っ越しの荷造りを手伝ってくれるのではなかったのかなと思い出した。しかしすでにもう手遅れだった。

3

それから一週間近くというもの、御手洗は引っ越しなどそっちのけで荻窪の吹田アパートへ通っているらしかった。もっともこれはあとで解ったことで、当初はいったいどこへ消えているのかと思っていた。

引っ越しの方は年内いっぱいのうちにやればよい契約になっていたから、別段どうでもよいことではあったが、時々御手洗がショートケーキの入った紙の箱をさげ、浮き浮きと荻窪に出かけていくのを見るのは、私には少しばかり気味が悪かった。これまでの彼は、どんな美人を前にしても少しも心を動かされたことがなかったからである。

彼女の方からも、時々電話がかかってくるようになった。二人の仲は、なかなか進展しているようだった。

御手洗潔という男は、見ようによってはあれでなかなかいい男なのかもしれない。私には少々個性が強すぎてハンサムとは到底思えないが、背が高いのは確かである。女性にもいろいろタイプがあろうから、たまには奇蹟が起こり、彼が女にもてても不思議はない。

十二月二十四日、クリスマス・イヴのことだった。街にはうるさいほどジングルベルのメロディがあふれて、われわれは昼食を終えて部屋に戻ってくると、表のクリスマス気分とは無関係に、御手洗の膨大な蔵書との格闘にとりかかったところだった。

そもそも不精者の御手洗が引っ越しなどという大事業を決意したのは、この書物群によって床が傾いたと大家に難癖をつけられたためである。書物を床に積み、御手洗がその上に腰かけて、私がすかさず紐《ひも》をかけるという要領で作業を繰り返していると、邪魔が入った。ドアがノックされたのである。

御手洗が返事をし、私はうんざりした。仕事がせっかく順調にいきはじめたところだったからだ。御手洗という男は、一度気が散ると、なかなかこういう退屈な仕事には戻ろうとしない。

しかし客人は、私にとっては悪い人物ではなかった。御手洗がドアを開けると、そこに宮田誠が立っていたのである。外は寒かったのだろう、鼻の頭を赤くして、唇も妙に赤く、まるで女の子のように見えた。

「やあ！　よく来てくれたね」

御手洗は嬉しそうな声を出した。

「どうせぼく閑《ひま》だから、引っ越しのお手伝いでもしようかと思って」

マフラーをほどきながら、少年は明るい声で言った。するとマフラーで彼の長い髪が乱れ、ますます女の子のようになった。

彼は実によく働いてくれ、不精者の御手洗も、客人がいるとあまりサボるわけにいかないらしく、意外によく動いたから、寝室をほとんど占領していた書物の山も、四時頃には大半が片づいてしまった。

「申し訳ないね」

御手洗が言った。

「お礼に夕食でもごちそうするよ。その前に今このおじさんがコーヒーを淹れてくれるからね」

「おじさんとは誰だ?」

私は気分を害して言った。しかし御手洗は私を無視し、少年に尋ねている。

「君はコーヒーは好きですか?」

「はい、東京へ来てからすごく好きになりました。東京には喫茶店が多いですからね」

「びっくりした?」

「はい。会社で仕事中も、休憩時間になってコーヒーを飲みにいくのが楽しみで」

そう言って、彼は顔を曇らせた。

「このおじさんのコーヒーは喫茶店のほどじゃないけど、まあまあいけるよ」

と御手洗はまだ言っている。私が何かうまい反撃の言葉はないものかと模索していると、ドアにまたノックが聞こえた。

御手洗が無言でドアに近づき、開けると、そこにまた意外な人物が立っていた。竹越文彦刑事である。御手洗に黙礼をし、私にもちょっと頭を下げると、部屋に入ってきた。

「ちょっと、こっちの方へ来たもので」

と彼は言い訳のように言った。それから宮田誠を見つけ、驚いた顔をした。

「おや、君は?」

「引っ越しの手伝いに来てくれたんですよ」

御手洗が言った。

「じゃあぼくはこれで」

宮田誠は言った。

「そう？」

「はい、ちょっと用事もあるものですから」

彼は言い、刑事の横を抜けて背後のドアに向かった。

「じゃあ食事は明日にしよう。明日の予定は？」

御手洗が訊き、

「別にありません」

と少年は応えた。それからわれわれ一同にちょっと頭を下げ、廊下へ出ると、静かにドアを閉めた。

「前からお知り合いだったので？」

刑事が訊いた。

「いや、こんどのことで親しくなったんです」

御手洗が答え、ソファを手で示した。私たちは落ちつかない床をジグザグに歩き、応接セットへ移動した。

「実は石原修造です、この男の逮捕に踏みきろうかと思いましてね」

ソファに腰をおろしながら、竹越が言った。すると、御手洗が一瞬鋭い表情をした。

「中野坂上の遊び人の方ですね？　しかし石原も馬場も、今ひとつ決め手がないのではありませんでしたか？」

「いや、馬場の方は無理です。こっちは堅気で、アリバイもほぼ信頼がおけます」

「石原の方は、確かにアリバイがしっかりしなかったが、しかし数字錠という壁があるでしょう。こいつを開けない限り、石原もあの密室には入れませんよ」

「それが難関です。その点は百も承知です。だから今までやつに手が出せずにいた。ここへうかがって、先生に数字錠の理屈をうかがわなければ、とっくにやつをひっぱっておったでしょう。

しかし、いつまでもこう、まごまごはしておれんのですよ。ほかに犯人が見あたらない事件なんだ。ほかに可能性があれば何も文句はないが、まるっきりないんですからな！」

「しかしどうやって石原を逮捕するというんです？　証拠がないでしょう？」

「別件でひっぱります」

すると御手洗は軽蔑したように鼻を鳴らし、横を向いた。

「別件ね！」

ご立派な考えだ、彼の表情がそう語っている。

「別件のネタにはこと欠かんのです。やつの素行には後ろ暗いところがいくらでもある。やつの経営する二軒のスナックも、ずいぶん怪しげなことをやっております」

「恥をかきたければ、それもよいでしょうな」

御手洗は、ついにそんなふうに言った。

「だが先生、こちらの身にもなっていただきたい」

竹越刑事も必死の声を出した。

「このままじっとしていても、われわれの恥は変わらんのです。先生が何ごとかご存知なら、どうか教えていただけませんか」

すると御手洗はさっと立ちあがった。いつかと同じように、また腕を背後に組み、部屋の往ったり来たりを始めた。

「何故ぼくのところへ来たんです、竹越さん。もうそうすると決めているのなら、黙ってそうなさればいい。何故ぼくのところへなど来たんです」

その言葉には、いつもの御手洗らしからぬ苦悩の響きが感じられた。

「それは……」

そう言って竹越刑事が、わずかに唇を噛《か》むのが解った。

「ですから指示を仰ぎたいと思ったからです。私はこんな人間だ、礼儀もろくに知っちゃおりません。だが、梅沢家事件で拝見したあなたの頭脳を、私は尊敬したんです。だから私は潔く以前の非を認め、あなたのご意見をうかがおうと思った。私は、それが男だと思ったんです」

立ち停まりかけていた御手洗は、またせかせかと歩き廻りはじめた。そしてゆっくり二度三度、首を左右に振った。

「竹越さん、こんなつまらぬことは言いたくないが、ぼくだってぼくなりにあなたのためを考えた。人はどう見ているか知らないが、これでも勝手気ままに行動しているわけではないんです」

そしてしばらくまた、黙って歩いた。

「だがあなたが今おっしゃっていることは、とても、残酷なことだ。あなたには、解りますすまい」

「私には解りません。私はあなたほど頭がよくない。とにかく、何とおっしゃられても、あなたがはっきり私の考えは違うとおっしゃって下さらぬ限り、私は今から署に戻り、その足で石原をひっぱります」

御手洗がわずかに唇を嚙み、気づかれぬよう深呼吸をするのが、私には見えた。

「あなたはすなわち、ぼくを頼っているんですか?」

「まったく、おっしゃる通りです」

竹越刑事はきっぱりとそう言った。

「どうですかね！」

すると御手洗は即座にそう言った。

「あなたがどこまでそのことが解ってらっしゃるのか。あなたがご自分で意識している十倍も、あなたの名誉はぼくにかかっているんですよ。いいでしょう！　あと数時間待って下さい。あと数時間後に、真相をすべて明らかにしてお目にかけます。

さあ石岡君、じゃあ出かけよう。そんなコーヒーなんていらない。コートを着たまえ、外は寒いぜ」

4

御手洗は黙って東横線のドアの脇に立ち、揺られていた。席が空き、私がうながしても、まるで動こうとはしなかった。

渋谷、新宿と電車を乗り継ぎ、中央線に乗った。

「どこへ行くんだ？」

私が尋ねると、

「荻窪だよ」

と彼が無愛想に応えたから、私はびっくり仰天した。

「まさか、荻窪の吹田アパートの四人のうちに犯人がいるなんて言いだすのじゃないだろうね！」

すると御手洗は、ちらと私を、さも小馬鹿にしたような視線で見た。

「名刺までお持ちの立派な私立探偵にこんなことは言いたくないが、まずあの四人は、吹田社長と吹田電飾あっての四人だぜ。会社がつぶれたら、たちまちその日から路頭に迷うような連中だ。実際、今路頭に迷っている。そんな連中が社長を殺せるはずもない。動機も抱くはずがない。そうだろう？」

私が言うと、御手洗は半分眠ったような顔で頷いている。

「今のがひとつ、それから、まずなんといっても物理的にこの四人には犯行は不可能だ。なにしろトラックに乗って、青梅街道を通勤の途上にあったんだからね。あの日、十二月十二日朝、ラッシュの青梅街道を、彼らは八時から延々一時間四十五分かかって四谷の会社に向かっている途中だった。おまけに抜け道、近道の類いはない。首都高速の上だって、青梅街道に負けず劣らずぎっしりの大渋滞だ。こんな状態で社長を殺すなんてね、鳥になって空でも飛べない限り、無理だ。

だが今のはむろん四人が共犯としての話だがね。だって四人が共謀しないと無理だ。君は若い社員四人が共謀して……」

「まあまあ石岡君、ご心配は感謝するがね、ほかでは失敗しても、ぼくはこういうケースでは抜かりはないよ。安心して横で見ていてくれたまえ。だが少々胸の痛む仕事だ。餌《えさ》を用意して、釣りをしようってわけだがね。こんどのことは、君好みの例の手に汗握る大衆読み物には向かないと思うよ。できたら君は西荻へ置いていきたいくらいなんだ」

御手洗は気重そうにそう言った。

荻窪に着くと、いつかと同じようにたそがれ時だった。御手洗は青梅街道を渡り、電話ボックスを探していた。そして、

「吹田吉文に用事があるのさ」

と言った。私は再びびっくり仰天した。

「吹田の兄貴？　被害者の兄貴が事件に関係しているのか!?」

「やれやれ、まったく短絡的だね君は。お、あそこにあった」

電話ボックスに御手洗が入り、私はドアを開け、閉まらないようにドアにもたれて立っていた。すると御手洗が電話に向かって話す声が聞こえた。

「私の方の調査で犯人が判明しました。ええ、むろん捕えます。弟さんのご無念を晴

らすことができますよ。警察ですか？　まだ知りません。警察が大袈裟《おおげさ》に動けば、犯人はたちまち逃げだせる位置にいるんです。そう、うまくやる必要がありますな。ところでここに微妙な問題がありまして、そのためには多少の資金が必要なんでしてね、亡き弟さんのために、出して下さるお気持ちはございませんか？　金額ですか？　そう、十五万もあれば大丈夫でしょう」

私は横で三たびびっくり仰天した。金には全然無頓着だった御手洗が、こんなセリフを口にするところを私ははじめて見た。

「領収書ですか？　むろん用意しますし、犯人を捕えてから何にどう使ったかの詳しい説明もいたします。領収書もお見せしますよ。しかし私どもも、多少の謝礼はいただかないと、何しろ看板をあげた商売ですので……。ああ、そうですか！　ではこれからすぐにうかがいます。なに、すぐ近くまで来ているんですよ。ではのちほど」

御手洗は電話ボックスを出てきた。私たちは並んで吹田アパートへ向かって歩きだした。私は複雑な思いを胸にたたんで無言だった。

御手洗は吹田家を訪ね、私は外で待っていた。十分もすると彼は表に出てきて、

「あの親爺、あとで明細を送れときたぜ」

と言った。この瞬間私は、ついに抑えていた気持ちのたがが
はずれた。

「見そこなったぞ御手洗君。そんな金を取るために君は、あんな名刺を印刷したの

か？　日頃の理想論はいったいどこに行った？　一日中ぐうたらばかりして、ろくに引っ越しの手伝いもしないでいて、やっと動きだしたと思ったらせっせと集金か？　感心なことだね！」

「吹田久朗は株で一億五千万円も儲けたんだろう？　たった十五万くらい何だっていうんだ。君だって前の事件の時さんざん言ってたじゃないか。この世は金だ、もっと常識を持てって。違ったっけ？」

「こんな厚顔無恥《こうがんむち》なやり方をしろとは言わなかった。まったく君は極端だな！　これじゃまるでごうつく爺さんだ。まったく見そこなったね、あきれてものが言えない」

「嫌なら別についてきてくれなくていいんだぜ」

御手洗は中庭の、例の吹田電飾のトラックの横を廻り、アパートの別の入口に向かって歩いていく。吹田靖子目あてに何度も通ってきているので、ずいぶん勝手に詳しくなっているらしい。入口のドアを開けるとさっさと靴を脱ぎ、来客用のスリッパを廊下へ放り出すと、あがり込んだ。

ひとつのドアをノックした。中から小さな返事があり、ドアが開いた。そこは宮田誠の部屋だった。

「やあまた会ったね」

御手洗は少年に向かって言った。

「ああ御手洗さん」

少年の方も嬉しそうな声を出した。御手洗の顔を見て喜ぶ人間というものは、日本列島に数えるほどだろうと思うが、どうやら彼は、その数少ない一人であるらしい。

「やっぱり帰っていたね。さっきはせっかく手伝ってもらったのに、何もお礼をしないで帰して申し訳なかった」

と案外しおらしいことを言った。私の方にも、たまにはそんなセリフを言ってもらいたいものだ。

その時、廊下をパタパタと駈けてくる足音が聞こえた。御手洗は部屋に入り込んでいたが、私はまだ廊下に立っていたので、やってきた人物が誰であるかがすぐに解った。吹田靖子だった。

駈けながら、私に会釈をした。軽くカールした髪が、肩の上で踊っていた。

今日は一段と美しく見えた。以前会った時より、またさらに美しくなったように私には思える。化粧をしているせいかもしれない。今まで念入りに化粧をしていたのだろうか。誰のために？　御手洗のため？　まさか！　私はすぐに打ち消した。

「御手洗さん」

彼女は部屋の中に声をかけた。

「いらしたって父に聞いて、きっとここだと思って」

彼女は言って、部屋の中に入っていった。

「お仕事なんですか?」

「いやそうじゃない。彼に引っ越しを手伝ってもらったので、お礼に一緒に食事でもしようと思って。だから、今夜彼の夕食は要りませんよ」

「わあお食事、いいですわね！　クリスマス・イヴの夜に外でお食事なんて素敵ね。私も、御手洗さんとお食事がしたいな」

私は、とたんに気分が華やぐのを感じた。彼女を入れて四人で食事か、そいつは悪くない。

私は御手洗が、当然彼女も食事に誘うものと思っていた。ところが、私の友人はあっさりとこう言ったのである。

「食事か、いいですね。だが、そいつはこんどにしましょう。今夜は彼と食事をしたいんだ」

御手洗のこの言葉は、まるで不必要なほどに冷たい響きを発散した。私は胸が痛んだ。

「そう……」

彼女は小さい声で反応し、まるで陽なたの残り雪のように、みるみる笑顔が消えた。

私の頭は混乱した。では御手洗は、彼女目あてでこのアパートに通ってきていたのではなかったのか――？　御手洗は、私同様吹田靖子にも無関心だった。宮田誠が壁にかけていたコートを取って手渡してやり、彼をせかして靖子の鼻先を抜け、廊下に出た。

アパートをあとにして駅の方へ向かう間、私は不機嫌を隠せなかった。御手洗の性急なやり方は、いかにも人情味を欠いていた。私は彼の気持ちが解らなかった。

「おい御手洗君」

私は言った。

「君はいったい何を考えているんだ？　よくそんな冷たい仕打ちができたものだな。今靖子さんがぼくらと一緒に来たがっていたのは君にだって解っただろう？」

「御手洗さん、靖子さんも一緒じゃいけなかったんですか？」

宮田誠も言った。私は続ける。

「まったく今日の君は、やることなすことといちいち気に入らない。いったい何を考えているんだ？」

青梅街道が見えてきた。

「さあて、タクシーでも拾って、豪勢にいこう！」

御手洗は陽気に言った。私はますます苦々しい気分になった。

「こんどはタクシーときた！　いったいどこへ行く気だ？　まったく何を考えてるんだか」

「さっきから君は何をごちゃごちゃ言ってるんだ？　ぼくは彼と夕食を食べる、そう考えているだけさ」

青梅街道に出ると、御手洗は右手をあげた。たちまちタクシーがやってきて停まる。御手洗は真っ先に乗り込んだ。続いて宮田誠が乗り、私が続いた。

ドアが閉まり、走りだすと、御手洗は陽気にこうわめいたものだ。

「銀座四丁目だよ運転手さん！　急いでね、ぼくらは腹が減っている。高速に乗りたければいくらでも乗ってくれていいよ。あれ？　石岡君、なんだ、君も来たのか！」

私は横を向き、商店街のクリスマスの飾りつけを見ていた。

5

銀座の歩道にも、耳に痛いほどジングルベルがあふれている。ひと頃ほどではなくなったとはいうものの、クリスマス・イヴの夜に、銀座へなど来るものではない。

私は当時、自慢ではないが銀座で飲んだことなど数えるほどしかなかった。それも安い店ばかりだ。したがって高級レストランの類いなど一軒も知らない。

私は、御手洗も金持ちだとは思わないから、彼にもその方面の知識があるとは考えなかった。私は不安いっぱいで彼についていっていた。

「さて、銀座で一番高級なフランス料理屋へ行くとしよう。ＭＰだ。これはシャンゼリゼにある本店と、同じ料理を食べさせる」

私はあわてた。

「なに？　君そんな店を知ってるのか？　そんな店じゃ、ネクタイがなきゃ入れないだろう？」

すると御手洗はこともなげに言った。

「ものを食べようってのに喉をしめつけてりゃ世話はない。必要ないね」

宮田誠の表情にも不安が現われた。私も、一人嘆いたものだった。

「ああ！　ネクタイをしてくりゃよかった」

ＭＰはビルの地下にあった。アールヌーヴォーふうの金属細工が手すりを飾った優雅な階段をおり、これも金属細工の透かし彫りのついたワイン棚の前の入口に立って、正装したボーイにうやうやしく迎えられると、厚い絨毯《じゆうたん》に靴が埋まった。予約している御手洗だが、と彼は出まかせを言った。

店内には、私がこれまで見たこともないほどに豪華なシャンデリアが下がっていた。壁には見るからに高級な木材が使われている。そしてこの表面にも、つたがからむようなアールヌーヴォー独特の彫刻細工が施されている。表面はよく磨かれ、光っているが、色自体は渋くくすんでいる。壁のところどころに楕円形や長方形のスペースがあり、そこには鏡か、ロートレックふうの絵がおさまっている。

赤い厚い絨毯が敷きつめられた店内には、白いテーブルクロスのかけられたテーブルが散在し、金髪の客たちが席を埋めていた。白い蝶ネクタイのボーイは、テーブルを縫って歩き、私たちを案内する。私もカーペットに足をとられぬよう気をつけながら続いた。

「あそこの席をお願いしたい」

御手洗はボーイに、これも豪華な螺旋《らせん》階段を昇ったあたりにある中二階の席を要求した。

夢中でその階段をあがると、さっと椅子が引かれ、夢見心地で腰をおろすと、椅子がちゃんとお尻の下におさまっていた。

白いテーブルにはシェイド付きの小さなランプが載っており、妙に光がちらちらすると思ったら、中に蠟燭《ろうそく》が燃えていた。

テーブルの上には、よく磨かれた店名入りの皿やナイフ、フォークがすでに置かれ、足の長い、華奢《きやしや》なグラスが立っている。まるで夢の中にいるような、半分気を失った心持ちでいると、目の前にさっと白い紙が広げられた。

これがメニューであると気づくのに、ずいぶん時間がかかってしまった。まるで英字新聞でも見せられたように、隅々まで英文字が埋めていたからだ。読めるのは値段らしい数字だけで、さっぱり意味が解らない。どうやら英語ではないようだ。もっとも、読めても事態は変わらなかったろう。というのも、私はフランス料理の名前など、ただのひとつも知らなかったからだ。

私はすっかりあがってしまい、自失していた。それが自分でもはっきりと解った。ボーイのとり澄ました完璧な物腰も、冷ややかに私の失敗を待っているように思われた。このままでは私は花瓶の水をがぶがぶと飲み、小皿の上に用意されたナプキンで頬かむりでもして、夢遊病者のごとく阿波《あわ》踊りなどやり出しかねない心地がしたので、溺《おぼ》れる者が藁《わら》をも摑《つか》む気持ちで御手洗の方を見ていた。まったく高い金を払ってまで何故こんな思いをしなければならないのだろう。これこそ不条理の極みというものではないか。

しかし御手洗は落ちついたものだった。いつも非常識な行動をとるくせに、こういう時は妙に落ちつきはらっている。そして、

「クリスマスに七面鳥を食べるなんてのはまったく芸がないね、宮田君」

などと言っている。宮田君もすっかり緊張しきって落ちつかないのが解る。

「しかし、せっかくだからやはり七面鳥をもらってみようか。君、七面鳥をポルト酒とフォン・ド・ヴォーで煮込むのはできますか?」

「七面鳥を、ですか?　はい、お客様のご希望とあれば」

ボーイは言った。

「是非試してみたい、きっと合うと思うんだ。それから、せっかくフランス料理を食べるんだ、フォワ・グラも食べなければね、宮田君。フォワ・グラ入りのソースでお願いしますよ」

「かしこまりました」

「君はどうする石岡君」

御手洗はいたずらっぽい目で私を見た。

「ぼ、ぼくもそれでいい!」

私は必死で言った。

「ではそいつを三人前だ。それから、と……、オードヴルはこのエスカルゴの昔ふうオードヴルというのがいいね。エスカルゴもフランス料理の特徴的なもののひとつだからね。石岡君、君は……」

「ぼくもそれでいい!」

「ではそれも三人前。それからこのムール貝のサラダ、リヴィエラふうというのもひとつもらっておきます。

　それからあとで、クレープ・スフレ、オレンジ風味と、コーヒーをそれぞれ三つ。そんなところでいいでしょう」

「ワインはいかがいたしましょう？」

「赤ワインのサンテミリオンを。一九六六年ものがいいな」

「承知いたしました」

　そしてボーイは私たちからメニューをとりあげ、無事に去っていった。

　私はまるで、自分の死刑執行が延期になったほどにほっとした。真冬なのに、体中に汗をかいた。緊張のあとの放心で、しばらくは口がきけないほどだったが、五分も経過するとようやく落ちついてきて、言葉が口に昇ってくるようになった。

「まったく君は得体が知れない人間だな。いつあんなフランス料理のわけの解らない名前を憶えたんだ？　ぼくにはまるっきりちんぷんかんぷんだ、呪文みたいに聞こえたぞ。フォワ何とかとか、フォン何とかって何なんだ？　いったい」

「フォワ・グラとフォン・ド・ヴォーだよ。ぼくはフランス料理については詳しいんだ。人間の食べ物について、以前論文を書いたこともある」

　まったくいろんなことをやっている男である。

「フォワ・グラというのは、普通強制飼育されたガチョウの肝臓なんだ。foie gras

というフランス語は『肥えた肝臓』という意味なんだよ。世界三大珍味のひとつとして、食通の間では有名だ」

「世界三大珍味って？」

「世界三大珍味というのは、フォワ・グラ、トリュフ、キャビアの三つをさしている」

「へえ、キャビアくらいは聞いたことがある」

「そうだろう？　キャビアというのは、ちょう鮫《ざめ》の卵だね。これを洗って水気《みずけ》を切り、八から十パーセントの食塩を混ぜて熟成させたもの。たいてい黒く着色されている。カスピ海か、黒海産のものが最高級品とされている」

「トリュフというのは？」

「これはキノコの一種でね、ブナやナラなどの林の地中にはえる。西ヨーロッパが産地なんだ。トリュフ入りのフォワ・グラなんて料理も、フランス料理にはある」

「フォン・ド・ヴォーって？」

「フォン・ド・ヴォーというのはだし汁だよ。日本料理のかつお節や昆布汁のようなもんで、フランス料理の味のベースになるもの。仔牛のすねの骨と肉で作るんだ。こういうフランス料理屋には、塩、こしょう、ソースなんかと同じで、常に作って置いてあるものなんだ」

「へえー」

私はすっかり感心した。

「君がこんなに食通だとは知らなかった。いつも大したもの食べてないように見えたが」

「ぼくは食通じゃない。人間の業のひとつとしての食欲に興味があるだけだよ」

御手洗は即座に言った。

「ぼくは、自分に課している事柄がいくつかある。そのひとつは、食通になるなということなんだ。ぼくは原則として動物の肉は食べないことにしている。食べるのは鶏と七面鳥だけさ。理由は話すと長くなる。こんどにしよう」

赤ワインが運ばれてきた。ワインテイスティングのあと、ボーイがゆっくりとつぎ終るのを待ち、御手洗はグラスを持ちあげた。

「ではクリスマスに乾杯しよう、メリー・クリスマス」

御手洗はおごそかに言った。宮田君がおずおずとグラスを唇にあて、赤い液体を少し口に含んだ。

「そうか、君は未成年だったね。だが今夜はいいさ、クリスマスだもの。ぼくが責任を持つ」

御手洗が優しく言った。

やがて料理が運ばれはじめ、テーブルが大小の皿で埋まっていった。

「さあ宮田君、遠慮なくやってくれ。ほかにも欲しいものがあったら何でも言ってね」

「はい」

少年は目を輝かせながら応えた。私はこんなに優しい御手洗を見たことがなかった。

クリスマスの夜の、夢のような食事だった。明りが絞られた照明の下に静かにヴァイオリンの調べが流れ、ろうそくの明りが、私たちのナイフを持つ手もとを柔らかく照らしていた。

ここが銀座の一角であることを私は忘れた。表の喧騒は店内にはいっさい届かず、私はフランスの森の中の一軒家にでもいるような気分になった。

味も素晴しかった。私は生涯、この夜の食事を忘れることはないであろう。おそらく、宮田誠少年にとってもそうだったに違いない。生涯忘れられぬ夜になったはずだ。

「どうだい君、ほかにもまだ行ってみたい場所とかあるかい？」

食後のコーヒーを飲みながら、御手洗が少年に問う。

「今夜はクリスマスだ、遠慮することはないよ」

「もうおなかいっぱいです」

「食べ物でなくてもかまわない」

少年はしばらく考えているようだった。そして、私には思いもかけぬことを言った。

「東京タワーへあがってみたい」

そう言ったのである。

御手洗も驚いたようだった。だが、何故、とは訊かなかった。

「じゃあすぐに出発だ。石岡君、まごまごしてると、クリスマス・イヴの夜なんてすぐに終ってしまうぜ」

そう言っただけだった。


東京タワーへ行けとタクシーに命じる東京の住民はおそらくいないのであろう。タクシーの運転手の、これはおのぼりさんなのだろうか、それとも酔狂な東京都民なのであろうかという興味津々《しんしん》の視線に堪え、私たちが東京タワーへ着いてみると、ここにもやはりクリスマスの音楽が充ちている。

第一展望台でエレヴェーターをおりると、目の前の巨大なガラスの向こうに、光る砂を撒《ま》いたように、東京の夜景がひろがった。宮田少年が小さく歓声をあげ、早足になった。

私にははじめて見る景色ではない。しかし都市の夜のこの圧倒的な俯瞰《ふかん》には、やはり一瞬心を打たれるものがある。

宮田誠は手すりにぴたりと体をつけ、身を乗り出すようにしてガラスに額《ひたい》を近づけた。私も彼に続いて手すりに寄り、地平の果てまでも続いていくような、この光の平野を眺めた。

私はしばらく無言で見おろしていた。隣りに、御手洗も黙って立っていた。宮田少年が手すりに沿ってゆっくりと歩き、私たちから遠ざかっていく。それで私は言った。

「何度見ても、都市の夜景ってやつは綺麗だね」

私がはじめて東京の夜景を見たのは、新築された新宿の高層ビルからだった。思い出せばあの時、私も感動したものだった。宮田少年が今夜はじめてこれを見たのなら、彼も今、さぞ感動していることだろうと思った。

「これが東京だな」

私は誰に言うともなく、そうつぶやいた。ふと宮田少年を見た。私たちに背を向けていたのだが、彼が左手を頬のあたりに持っていくのが見えた。

泣いている——!?　私は愕然《がくぜん》とした。何故!?

「この光の底に、何千という孤独な魂《たましい》が棲《す》んでいる」

するとと御手洗の声が間近に聞こえ、私は視線を戻した。彼の横顔が見えた。声の底に、わずかな怒りが沈んでいるようだった。

「だが彼らの周囲にいる数えきれないほどの良識ある人々は、自分が生き延びていくことに忙しく、彼らの魂をいやすなどという非常識には、少しも思いがいたらないでいるのだ」

言われて、私はもう一度宮田少年を見た。

「東京に住んで長いのに、まだ一度も東京タワーに昇ったことがないのさ」

そう言ってから、御手洗は自分が、いささかセンチメンタルにすぎたことを反省したらしかった。いつもの調子に戻ってこんなふうに言う。

「ぼくは以前、これに似た風景に出遭《であ》ったことがある。何だか解るかい?」

「さあ……」

私は首をひねった。

私はもう一度、音のない、光の粒のひろがりを見た。またたいているものもあるが、大部分はじっとしている。じっと見つめると、自分が空間に浮いているような錯覚が起こる。静かな、音楽のようなその印象。

「何だろう、海かな」

私は言った。

「昔、セスナ機で富士の裾野を飛んだことがあるんだ。あの時の眺めを思い出す」

「ああ！　樹海か」

「そうなんだ。あれは綺麗なものだった。緑色の、極上の毛糸を編んだみたいだった。その美しさは、この眺めにも劣らないよ。飛行機からでも、緑の果ては見えなかった。ちょうどこんなふうにね。

　この極上のカーペットの下には、いったいどんな天国があるのだろうと思わせた。ところが、実際はそうじゃない。そんな甘いものじゃないのさ。一歩踏み込めば、出るに出られぬ弱肉強食のジャングルだ。強い者が弱い者を噛み殺し、弱者はただ悲鳴をあげるだけなんだけれど、その悲鳴も、緑の屋根の上までは届かない。ぼくに、もし今の百万倍の感度の耳があったなら、あの緑の下が大勢の悲鳴に充ちているのを聴いたろう。

　ここも同じだ。あの光のひとつひとつが照らす場所に、それぞれ人間の生活がある。今夜、百万ものケーキにみなが向かい合っているだろう。しかし、ケーキなどとは無縁の場所で、悲鳴をあげている者もいる。ぼくらの耳が貧弱だから、その声が聴けないだけだ。

　この下に、狼がいれば野犬もいる。蛇やトカゲもいれば、さまざまなバイ菌もいる。そんな連中が、あやういところでどうにかバランスしているんだ。ちょっとそいつがくずれれば、たちまち事件が起こる。ぼくらよそ者には迷路にしか見えないこの得体の知れないジャングルにも、生き延びていく者たちはちゃんと自分の道を持っている。

綺麗な屋根にごまかされてはいけない。樹海の緑の屋根の下で何が行なわれているか、ぼくらには見当もつかない」

「ああ」

「これは、われわれの足もとにひろがる樹海都市だ。美しい光で装われてはいるが、あれは身を隠す【うろこ】にすぎない。その下では、たった数メートル四方の単位で生活空間が隣り合い、利害がしのぎをけずっている。かく言うぼくも、君も、狼か子リスか、そいつは解らないが、明らかにこの世界の住人なんだ」

6

東京タワーをおりると、御手洗は千円のコーヒーを飲みにいこうと言いだした。当時千円のコーヒーなどといえば、腰が抜けるほどの額だった。私は最初、御手洗一流の冗談かと思ったくらいである。

またタクシーを拾い、銀座に戻った。その店は、昭和通りに近く、歌舞伎座の裏手にあたったと思う。店内はすべて木造りで、古びてくすんでいた。店内に入ると板張りの床がきしみ、レンガ造りのマントルピースに本物の炎が燃えていた。

電灯の照明のほかに、天井の梁《はり》に石油ランプが下り、いかにも御手洗好みの店だと私は思った。床の中央に、小さなクリスマスツリーが置かれている。あれほどジングルベルの洪水の中にいて、さんざん安っぽいデコレーションにはお目にかかったが、クリスマスツリーを目にしたのはこの店がはじめてだった。

千円のコーヒーは、ワゴンに乗ってしずしずと運ばれてきた。そして私たちが席を占めた窓ぎわのテーブルに一客《きゃく》ずつ載せる時、ひげのマスターがスプーンの上の角砂糖にライターで点火した。

青い炎をあげて燃える角砂糖が目の前に置かれた時、少年は目を輝かせた。

御手洗は少年から目をそらし、窓のあたりを見ていた。その窓は、黄色い小さなガラスがいくつも塡まったステンドグラスぶうのもので、表は少しも見えなかった。

私は青い炎をコーヒーの中に落とし、念入りにかきまぜ、それからゆっくり味わって飲んだ。宮田少年も私にならい、そうしていた。

しかし、御手洗はどうしたわけか口をつけようとはしなかった。テーブルの上に両肘《ひじ》をつき、長い指をコーヒーカップの上で組み合わせていた。そうしたまま、長い間無言だった。

私と少年が高価なコーヒーをほとんど飲み終った時だった。厚い木造りのドアが大きな音をたてきしみ、グレーのコートを着た大男が店内に入ってきた。寒そうに身を屈め、店内をひとわたり見渡していたが、私たちの姿を認めるとこちらへ一直線にやってきた。

「ここにいらっしゃいましたか。探しました」

寒さのせいか、彼はややぎくしゃくした口調でそう言った。私の横に立った男を見あげると、それは竹越刑事だった。

「どうしました？」

御手洗がやや事務的な声を出した。彼の出現を、多少疎《うと》ましく感じているふうだった。

「ちょっとご報告をと思って。例の吹田久朗殺しの犯人を、さきほど逮捕いたしました」

「石原修造をですか？」

当然そうだと思い、私が尋ねた。すると意外にも刑事は首を横に振った。

「いや、そうではありません。北川幸男です。吹田電飾の社員で、社長の片腕といわれた男です」

見ると御手洗は、組んだ指の向こうで微動もせず、ただまばたきをするのが見えた。宮田少年だけがはじかれたように顔をあげた。彼の瞳は大きく見開かれ、唇が、放心したように開いた。

「調べてみますと北川は、最近酒場で吹田社長に甚《はなはだ》しく侮辱されたことがあるようでして、それを根に持っての犯行のようです」

宮田少年が受けている衝撃に、私は目を見張った。彼は顔面が蒼白《そうはく》になり、みるみる指と肩を震わせはじめた。

「ただ今北川を署の方にひっぱっておりまして、問い詰めた結果、先ほど犯行を自供しました」

「嘘だ！」

宮田少年が激しく叫んだ。今や彼の体の震えは全身に及び、じっとすわっていることもできないらしかった。少し腰を浮かし、今にも竹越刑事に摑みかからんばかりだった。

不思議なのは御手洗だった。彼は竹越刑事の登場以降、石になったように微動もしないのだった。

「刑事さん、嘘だ！　それは嘘です。北川さんがあんなこと、できるはずもないんです。北川さんは無実だ」

少年の瞼に涙が浮いていた。

「あの人にできるはずがない！　だって、だって社長は……」

「宮田君」

御手洗が右手をあげ、冷静な声を出した。

「よく考えた結果だろうね。よく考えてから、言葉は口に出すものだ。ここには君以外の人間が三人もいる。その三人は、君の喋った内容を、将来証言できる人間になるんだ」

「かまわない。かまわないです！　こうなったら、考えることなんて何もないんです。いや、こうなったらじゃない、もっと早くそうするべきだったのに、ぼくがいくじがなくて、だから……」

「竹越さん、店の外でちょっと待っていてくれませんか」

御手洗がまた断固とした声を出した。竹越刑事は何も言おうとせず、黙ってしたがった。古い木のドアをきしませ、冷えた表へと出ていった。

「御手洗さん、石岡さんも、聞いて下さい。あれは、北川さんがやったんじゃない。北川さんがやれるはずはないんだ。だって、だって社長は、ぼくが殺したんだもの！」

私は驚き、全身が凍りついた。言葉を失い、放心した。なんだって——!?

「ぼくが殺した。だから、それだから北川さんが殺せるはずもない。北川さんがそんなこと、もし言ったとしたら、それはぼくをかばって嘘をついているんです。全部話します。聞いて下さい」

「話さなくてもいいんだよ。どうせぼくにはもうほとんど解っている」

御手洗が言った。

「いえ話したいんです。御手洗さんに、お二人に、ぼくは聞いて欲しいんです」

少年はそこで言葉を切り、しばらく迷っているようだった。しかし、それはどう話そうかと迷っているのだ。

「ぼくは、青森の田舎で育って、誰にも優しくされたことがなかったです。北川さんと、御手洗さんだけです、ぼくに優しくしてくれたのは。だから、この恩は一生忘れません」

「ぼくのことなんかいい」

御手洗は言った。

「忘れればいいんだ。君が思ってるほどぼくは優しくなんてない。ぼくはおとなで、計算の固まりさ」

「どうしてですか？　なんでそんなこと言うんです？」

宮田誠は不審気に問い返した。

御手洗がこの時ほど苦悩に充ちた表情をしたのを、私は見たことがない。まるで苦しまぎれのように、ぽつんとこう言った。

「北川さんほどじゃないからさ」

少年は、すると静かに頷いた。

「北川さんは、それはいい人でした。あの人が会社にいてくれなかったら、ぼくは死んでいたと思う。ぼくはまだ寒い頃、東京へ出てきたんです。東京はもう暖かいかと思ってた。青森を出た時はまだ雪があったけど、東京は南にあるからと思って。でもまだ寒かった。青森と大して変らなかったです。

あのう、こんな話してもいいでしょうか？」

「むろんかまわないとも」

御手洗が言った。

「まだこんなこと、誰にも話したことがないんです。北川さんにも。でも誰かに一度聞いて欲しかった。

東京へ来たのは、修学旅行で以前一回来て、憧れたからです。でも上野駅へ朝着いた時、ポケットには五百円札と十円玉が二つしかなくて、それで上野のデパートの屋上へあがって、何時間もじっとして、これからどうしたらいいだろうと考えてたんです。田舎へ帰ろうにも、もう切符を買うお金はないし。

その時、クズカゴの中に捨ててあった新聞を拾って読んでいたら、求人欄に吹田電飾のことが出ていて、寮もあると書いてあったんです。それでここへ行ってみようと思って。

デパートの本売り場へ行って、一番安い東京の地図を買ったらそれが百二十円だった。一枚の地図を折りたたんであるものです。それを見ながら、歩いて四谷へ向かった。もうポケットに四百円しかなかったからです。本当に心細かった。

途中東京タワーが目印になりました。あがってみたいとその時思ったけど、もう陽が暮れそうで、寄っている時間なんてなかった。

それからも行きたいと何度も思いながら、今夜連れていってもらうまで、とうとう一度も行けなかった。だから、今夜はとっても嬉しかったです。東京タワーがあんなに素晴しいなんて、ぼくはちっとも知らなかった。

上野駅には朝早く着いたんだけど、吹田電飾へたどり着いたらもう夕方になってました。ぼくが新聞見て来ましたって言ったら、社長は全然駄目だって最初から言ったんだけど、北川さんが一生懸命雇ってやろうって、言ってくれたんです。それで社長もしぶしぶ承知したんです。ぼくは帰るところがなかったから、すごく嬉しかった。

しばらく北川さんのところへ居《い》候《そうろう》させてもらって、それから荻窪の寮へ、入れてもらいました。朝晩食事がついていたし、部屋代はいらないし、助かりました。お昼ご飯だけは自分の給料から出さなくちゃならなかったけど、三万円もあったから楽でした」

「三万円⁉　たった⁉」

思わず私は叫んでいた。

「でもぼくは全然仕事ができませんでしたから、仕方ないんです。お茶淹れたり、コーラや煙草買いにいかされたり、そんなことくらいしかできなかったから。

ぼくがなんとか仕事できるようになったのは、すべて北川さんのおかげなんです。結構手先が器用だと言って、あの人はいろいろ、ぼくに手とり足とり仕事を教えてくれたんです。荻窪の寮に、一人で入れるようにしてくれたのもあの人だし、あの人がいなければ、ぼくは本当に死んでいたと思う。ぼくはひっこみ思案で、内気だったから、みんなにもよくいじめられたし、そのたび北川さんはかばってくれたんです。だから……。

事件のこと話します。ぼくがあんなことしたのも、北川さんのためです。社長が、北川さんに、絶対に許せないことをしたからなんです。あれは、先々週だったか、社長がちょっと儲かったからって、ぼくらを飲みに連れていってくれたことがあったんです。

たまにはおまえたちもこういうところへ連れてってやろうって言って、赤坂のクラブへ行ったんです。ケチな社長がいったいどうしたんだろうってみんな言ってました。だって今まで、おでん屋に行っても、ほとんどおごってくれたことなんてなかったんですから」

株の金だな、そう私は思った。

「赤坂のそのお店は、それは立派なところで、綺麗な女の人がたくさんいて、ぼくはびっくりした。やっぱり東京はすごいなと思いました。

でもぼくは、お酒を飲む場所はあんまり好きじゃない。特に社長と一緒は嫌なんです。社長はお酒飲むと大声出すし、しつこいし、酒癖が悪いんです。ぼくは行きたくなんてなかった。本当に行かなきゃよかった。未成年なんだし、あの時途中で帰ればよかったんです。そうしたら、あんなことにはならなかったのに。

そのお店はカラオケがあって、ぼくは特にあれが嫌いなんだ。社長がずっと一人で下手くそな歌歌って、人にも歌わせようとするからです。その時もやっぱりそういうことになって、みんな無理やりひと通り歌わされたんです。それでぼくの番になって、ぼくだけ歌えるものがなかったんです。ぼくは音痴だし、だから歌えませんって言って。

でもあの時、いつもなら社長も許してくれるのに、あの夜だけは酔っ払って、ものすごくしつこかったんです。そんなことじゃ社会人として通用しないって、歌のひとつも歌ってみんなを楽しませられなくちゃあ駄目だ、それが共同生活っていうものだと、そんな説教をくどくどされました。

それからぼくが飲んでいるコーラのコップをひったくって、中身を床に捨てて、こんなもん飲んでるから駄目なんだ、酒を飲めって言いました。歌を知らないのなら何か隠し芸のひとつも憶えろ、裸踊りでもなんでもいい、やれ。じゃないと世の中へ出ても通用しないぞと、そんなことをさかんに言って、酒臭い息をぼくに吹きかけました。

ぼくは困って黙ってましたけど、社長はそしたらだんだんに怒りはじめて、ぼくのシャツの胸ぐらを摑んだり、髪の毛を摑んだりしはじめました。でもぼくはそのくらいなら我慢できるんです。自分さえ我慢すればいいのなら、全然どうってことない。でもあの夜、社長はどうしてもぼくが我慢できないことをした。

北川さんが間に入ってくれて、ぼくに『おまえはもう帰れ、未成年だから』って、そう言ってくれたんです。ぼくはほっとして、そうしようと思いました。女の人たちも、『そうよ、そうなさい』って、言ってくれました。

でも、社長が許してくれなかったんです。そんなことしたらこいつのためにならないって言うんです。俺はこいつのためを思って言ってやってるんだ、いつものおまえのそういう態度を俺は気に入らないんだと、こんどは北川さんに向かってくってかかりはじめたんです。

『若い者の前でいい格好をするな！』

社長はそう怒鳴りました。

『若い者に嫌われるのが怖いような、そんないい格好しいは出てけ、クビだ！』

そうわめきました。それから、

『それともおまえ、こいつの代わりに裸踊りやるか？』

そう北川さんに言いました。北川さんは苦笑いして、それじゃぼくがとっておきの隠し芸をやりましょうって言ったんです。そして店の人に、タブーか、ハーレム・ノクターンのレコードをかけてくれって言ったんですね。

音楽が始まったら、北川さんは客席の前にあるミニステージに出て、ストリップの真似《まね》を始めたんです。あの人は頭のいい人だから、すごく上手でした。女の人が服を脱ぐ真似とか、横になって足をあげて靴下を脱ぐ真似とか、あんまりうまいんで店中で大拍手でした。

そしたらあの社長、悔しいものだから、自分も変なドラ声を張りあげながらヘタクソな踊りを踊って、北川さんの方へ近づいていったんです。そして横になってた北川さんの上にのしかかっていって、それがまたうけたものだから、社長は北川さんのズボンを無理やり脱がしちゃったんです。

女の人も店に大勢いたから、悲鳴をあげたり顔を覆ったりして大騒ぎしてた。そしたら社長はよけい調子に乗って、北川さんのズボンを持って席まで走って戻ってきてしまったんです。

店内は大爆笑になって、北川さんもパンツ一枚で苦笑いしながら席まで戻ってきました。あの人は笑ってて、なんとも思ってないみたいだったけど、ぼくは、腹がたってたって仕方がなかった。悔しくて、悲しくて、涙が出た。社長の陰険なやり方に腹がたったんです。

社長は、若い者の前でいい格好をした人間を見せしめにしてやろうという、そういう計算をしたんです。あの人はずるいから、酔っていてもそういう計算くらいちゃんとやる人なんです。ぼくは涙が出て仕方がなかった。

部屋へ帰ってからも、悔しくてどうしても眠れなかった。ぼくが恥をかいたのならいい、でも北川さんが、ぼくの代りに恥をかかされたんです。ぼくが一番お世話になっている北川さんがです。だからぼくは、自分が許せなかった」

宮田誠は、言葉を切った。遠くのテーブルで、笑い声が起こった。

「だが、殺す必要があったんだろうか」

御手洗が苦い表情で言った。

「その通りです。ぼくは悪い人間だ」

「いやそういうことじゃない。誰かを殺すということは、君自身の人生も殺すということだ。そんな馬鹿社長に、君の人生を引き替えにするほどの価値があったろうか」

「でも御手洗さん、ぼくは後悔してません。あんな思いをさせられたら、ぼくは何度でもやります」

宮田誠はきっぱりと言い、御手洗は少年を見詰めたまま、黙った。

「だってぼくのせいだからです。とめようと思えば、ぼくは社長をとめられたのに、いくじがないからそうできなかった。ずっといくじがないままでは、いられないです。

きっと誰もこの気持ち、解ってはくれないと思う。ぼくは寒い日に東京へやってきた。凍えそうだったんです。ポケットにはお金もなくて、あの時どんなに心細かったか、きっと誰にも解らない。それを北川さんに救われて、ぼくがどんなに嬉しかったか、だから……」

「それで十二日の朝、社長が徹夜しているはずの会社へ行った」

「はい。でもまだ殺すと決めてはいなかったんです。でも、社長の寝顔を見たら、あの夜の酔っ払ってる時とそっくりだったから、また腹がたって、手袋を塡めた手で、近くにあったナイフを拾って……」

「地下鉄で行ったんだね？」

「そうです」

私はこの時またびっくりした。宮田少年はトラックに乗っていたのではなかったのか――!?

「ぼくは部屋で一人の時、よく上野で買った地図を見てすごしてました。だから、青梅街道から新宿通りへと続くこの一本道だけが、ずっと道の下を並行して地下鉄が走っているんだってこと、知ってました。この一本道に沿って、駅も点々と並んでいるんです。だからぼくは、トラックの荷台に乗せられて会社へ向かっている間、この下を地下鉄が走ってるんだな、今地下鉄と同じルートを走ってるんだなってよく思ってました。それで、あれを思いついたんです。

朝、いつもトラックはのろのろ運転だから、ぼくはいつでもこっそり荷台から道へ飛びおりることができたんです。荷台に看板が乗ってたりして運転席からぼくが見えないこと多いし、ぼくは無口だから、誰もぼくに話しかけないんです。

だからぼくは、地下鉄の駅の近くでトラックが渋滞した時、こっそり荷台からおりて地下鉄に乗って会社へ行き、社長を殺して、また地下鉄に乗って戻ってきて、こんどはだいぶ四谷寄りの駅で道へ出てトラックへ戻っておけば、誰にも解らないんじゃないかということを考えたんです。地下鉄なら早いし、朝は本数も多いし、トラックは毎日二時間近くかけて青梅街道をのろのろ運転ですから、こっそり荷台から降りたり、また乗ったりすることは簡単なんです。いくらでもできるんです。

だからぼくは、毎朝、トラックが地下鉄の駅を通る時間帯がだいたいどのくらいか、それぞれ計ってみたんです。そしたら面白いことに、南阿佐ケ谷駅から新高円寺、東高円寺、新中野、中野坂上と、だいたい十分きざみくらいでトラックは走っていくんです。

あの朝、南阿佐ケ谷駅のところで渋滞しているトラックをおりて、地下鉄に乗りました。そして会社へやってきて社長を刺して、その時八時三十分ちょうどでした。トラックはまだ新中野の手前あたりのはずです。

それからまた地下鉄に乗って、会社は地下鉄の四ツ谷駅出口から近いんです。新宿三丁目の手前までくると八時五十分になりました。このまま乗ってるとすれ違ってしまうので三丁目で地上に出て、伊勢丹のそばまで行って、ビルの陰に隠れてトラックがくるのを待ちました。この時は、赤信号で停まったから乗ったんです」

私はすっかり驚いていた。なるほど、地下鉄という手があったのである。

「ぼくは一人ぼっちで淋しかった。北川さんがいたから救われたんです。その北川さんがぼくのためにあんな嫌な目に遭って、それでぼくは我慢できなくてあんなひどいことしたけど、それでまた北川さんが疑われるんじゃなんにもならない。ぼくが臆病なせいで、また北川さんに迷惑をかけてしまった。ぼくはこんなふうに、本当に失敗ばかりしてるんです。子供の時からずっとそうだった。いったいいつになったらちゃんとするのか。

とにかく、ぼくはもう行かなきゃ。もうこれ以上北川さんに迷惑はかけられません。行って、あの人に謝らなくちゃあ。

じゃあ御手洗さん、今夜は本当にありがとうございました。このコーヒーもおいしかったし、フランス料理もおいしくて、本当に今夜は夢みたいだった。このまま、ご馳走になっていいいんでしょうか」

「かまわないとも」

「御手洗さんのご恩は一生忘れません。ぼくは銀座でフランス料理を食べるのが夢だった。今夜はそれがかなって、もう何も思い残すことはありません」

御手洗は無言でレジに立ち、料金を払うと、先にたってさっさと表へ出た。そこに、寒そうに背を丸めた竹越刑事が立っていた。

表に出ると、宮田誠は突然御手洗の前に立ちふさがり、彼の右手を握りしめた。両手で包み込むようにした。そうして白い歯を食いしばり、はらはらと涙をこぼした。

「今夜は、本当にありがとうございました。ぼく、今日、どんなに楽しかったか、うまくお礼を言えなくて」

激情に支配されたというふうだった。宮田誠は震える声で続けた。

「本当に、こんなにいろいろと親切にしてもらって、なんにもお礼ができなくて、ぼくはこんなつまらない人間だから……、それで……」

御手洗は右手をじっと少年にあずけたまま、苦痛に堪える表情をしていた。何も言葉を発しなかった。

「御手洗さんのご親切は忘れません」

しばらくの沈黙のあと、御手洗はぽつんとこう言った。

「とんだクリスマス・プレゼントになってしまった」

「何故ですか？　これ以上のものなんてないですよ」

すると御手洗はゆっくりと首を左右に振った。

「もっとほかのことで、君と知り合えたらよかったね、すまなかった」

その時私は、あの御手洗の唇がかすかに震えたのを見た。

「何故？」

少年は言い、御手洗は辛《つら》そうにまた首を横に振った。

宮田誠はしばらく御手洗の顔を覗き込んでいたが、やがてあきらめ、私の方にも軽く会釈をすると、竹越刑事の方へ向き直ろうとした。

「宮田君」

すると御手洗が言った。彼の手に封筒が握られていた。

「これは君のために作ってきたお金だ。もっと遊ぼうと思ったが、時間がなくて遣《つか》いきれなかった」

この刹那《せつな》、私はすべてを理解した。今夜を限りに警察へ行くことになるこの少年のために、御手洗は精一杯のクリスマス・プレゼントをしようと考えたのだ。

しかし、宮田誠は激しく拒絶した。

「そんな！　いいんです！」

身をよじり、御手洗の手を払いのけた。

「そうか！　持っていかないのは勝手だ。君のポケットに入らないのなら、ドブに捨てるだけだ！」

私は御手洗がこんな激しい声を出すのをそれまで聞いたことがなかった。その後も、聞くことはまだない。

御手洗の見幕《けんまく》に気圧《けお》され、少年が力を抜き、封筒は彼のポケットにおさまった。

それから少年は私と御手洗に深く頭を下げ、竹越刑事と二人、並んで歩きだした。

「こんな罪まで、暴かなくてはいけなかったんだろうか」

二人の姿がビルの角に消えると、御手洗が肺腑《はいふ》から絞り出すような声を出した。

「できれば、そっとしておきたかった」

「ああ……、だが君はできるだけのことをしたじゃないか」

「自分のためにやったことだ。自分の罪を帳消しにしようとしたのさ。ぼくは、まだあの子に隠していることがある」

「何だい？」

「今は言いたくない。だが今夜、この魂救済の夜、ぼくは一人の孤独な魂を、はたして救えたんだろうか？　自分のつまらぬ功名心のため、弄《もてあそ》んだだけなんじゃないだろうか」

「何故そんなことを言うんだい？　君はベストを尽くしたさ。彼はまだ未成年だ。それに罪にも、情状酌量《しやくりよう》の余地が充分ある性質のものだ。そんなに深刻なことにはならないよ。彼だってあんなに感謝してたじゃないか。あの子だって重荷から解き放たれた、これでよかったのさ。

ただ、彼はこれからしばらくはおいしいコーヒーが飲めなくなるだろうがね」

私が言うと、

「ああ、今夜の自分の罪が消えるまで、ぼくも今後、二度とコーヒーを飲むことはないだろう」

御手洗はぽつりと言った。どこからか陽気にジングルベルが聞こえた。私たちは歩きだした。

「まだ不明なところがたくさんある。早く残りを説明してくれよ」

歩きながら、私は言ったが、御手洗は何も答えなかった。

7

それからの御手洗はいたって元気がなく、おかげでわれわれの引っ越しトラックは、十二月三十日になってもまだ綱島を出発できないありさまだった。見かねたのか十二月三十一日の朝、竹越刑事が手伝いにきてくれた。なにしろ今日中にここを出ていかないと、御手洗は大家に告訴されかねないのである。

竹越刑事は、宮田誠少年が家裁送りになり、やがて少年院へ行くことになるだろうと報告した。御手洗は衝撃を受けたようだったが、刑事も揃ったことでようやく解説を始める気になったらしかった。私たちは荷造りのすんだ段ボール箱や書物の上に腰をおろし、友人の話に聞き入った。

「何故解ったんだ?」

私の質問に対して、やはり荷物に腰をおろしながら御手洗はこう答える。

「推理というやつは、数学の公式のようにはっきりと言いきることはできない。ちょうどプロ野球の監督のたてる作戦のようなものさ。確率の高い方へ高い方へと水路を拓《ひら》いていくんだ。

こんどのことにしてもそうなんだ。石原、馬場、この二人がまず圧倒的に怪しかった。しかしこの二人の可能性がまず低まったのは、吹田久朗の財布の中身が四十七万円もあったということだ。

　この二人の動機の主たる部分は金銭だ。とすれば、連中ならこの中身を四十万円ばかりくすねる確率の方が高いと思った。

　この二人を容疑圏外に落とした理由はほかにもあるが、その一部は北川の場合とも共通している。北川がやったとすれば、その場合、あまりに簡単に疑われるだろう？当人たち自身、そんなことぐらいすぐ解るはずだ。ぼくはへそ曲りだから、もっと安全圏にいる人間を疑いたくなるんだ。

　すると文句なく安全圏にいる者たちが存在する。トラック通勤組だ。これは四人いるという。トラックの座席には三人しか乗れない。となると残る一人は荷台だろう。するとこの一人が怪しいことになる。

　朝の青梅街道はラッシュの名所だ。しかも下を地下鉄が走っている。荻窪―四ッ谷間、この二つは、上下にサンドウィッチになった双子ルートのようなものなのさ。とするとこの荷台の人間が渋滞しているトラックを飛びおり、地下鉄で現場とを往復してまたトラックに戻った、ぼくは即座にこう見当をつけた。

　しかし、ここに難関がひとつあった。言うまでもない、「数字錠」だ。このキー・

ナンバーは、被害者しか知らないという。このキーを、この往復の間のごく短い時間で開けなくてはならない。

そこでぼくはこの数字錠を考えてみた。そしてこれが、意外な盲点であることに気づいたんだ」

私たちは身を乗り出した。

「この〇から九までの数字が書かれた、三層のリングの数字の組み合わせの絶対数は、意外に少ないんだよ。この総数は十かけ十かけ十で千、これですべてなんだ。ぼくはちょっと驚いた。考え違いじゃないかと思って、ずいぶん思い返してもみた。しかし、これ以外にないんだよ。

もう少し詳しく話そうか。たとえば一一一から一つずつ始め、全部の組み合わせを試すとする。そうすると一一一、一一二、一一三、と続くことになる。そして一一〇で終りだ。これは十通りしかない。そうだろう？　とすると一一Xの項は十通りあることになる。

次に一二Xの項をやってみる、これも一二一、一二二、一二三、一二四……、そして一二〇で終り。やはり十通りだ。

こう考えると、一三Xも一四Xもそれぞれ十通りだから、十通りが十個で百通り、つまり一XXの項は十かけ十で百通りあることになる。

次にこんどは二XXの項を考えてみる。二一Xから順に。するとこれも当然百通りだ。二XXが一XXと違っている道理はない。

こんなふうに三XX、四XXとやっていけば、それぞれ百通りのものが十個あることになる。すなわち千通りだ。そしてこれですべてなんだ。それ以上は、この数字錠の組み合わせは存在しないんだ。

とすれば、これは不思議な結論を導く。この数字の組み合わせをいちいち試す場合、ひとつのケースについて二秒もあれば充分ということなんだ。もっと早いくらいだろう。だが一応二秒と考えると、全部試し終るのに二千秒しかかからない理屈になる。二千秒というのは、六十秒で割ると三十三、つまり、たった三十三分ですべての組み合わせを試し終る理屈になるんだ。これでは数字錠というものは、はなはだ心もとない錠ということになるね。

しかも、一一一から順にやっていくというやり方はどうだろう？　あまりうまいやり方とは思えない。錠のメーカーの方もそれを読んで、キー・ナンバーは、七XX、八XXあたりに設定する可能性が高いと考えられる。とすれば九XXか〇XXから逆に試していくのがいい、そうすればこの数字錠は十分かそこいらで開く可能性も出てくるんです。

もちろん実際にはこう理屈通りにはいかない。位があがるたびに時間を食うだろうし、リングもスムーズに回ってくれないかもしれない。だが要領のよい方法は考えられる。たとえば九九Xの項をやるなら、ガムテープでも使い、上二つのリングは九九で固定してしまう。それからキーを逆さにして上に引っぱっておき、下一ケタのリングを一つずつ回してやる。そうすればキー・ナンバーに行き当たった時、アームが自然にはずれるからすぐ解る」

「なるほど！」

私は声をあげた。

「数字錠というのは、そんなに簡単に開くものだったのか！」

「玩具はね。だがこのリングをスムーズに回りにくくしておけば、泥棒も途中で嫌になって放り出すだろう。だがま、いずれにしてもこの錠は、非常に大事なものを守る場合には向かないね」

「だが君はいつか、全部試すのに八十四日もかかると言った。あんな嘘をついたのは何故だ？」

するど御手洗は、右の手のひらをちらと広げて見せた。

「あれは仕方なかった。何故なら、今の話をすれば、竹越さんは即刻石原か馬場を逮捕したでしょう。だが彼らは犯人ではない。

竹越さんはぼくを頼ってこられた。ぼくにもささやかなプライドがある。このプライドにかけても、あなたにそんな赤恥をかかすわけにはいかなかったのです。それであんな嘘をつき、時間を稼いだ。数字錠に、実際以上に強固な壁になってもらったのさ」

「何故？　全部話せばよかったじゃないか」

「そうはしたくなかった。何故なら、財布の金に手がつけられていない。ここには、信念の犯罪の匂いがしたからだ。こういうケースでは、ぼくは自分の功名心にはブレーキをかけることにしている。慎重を心がけるのです。何故なら、そこには天の意志が、介在しているかもしれないからだ。

とにかく、ここまで推理を進めたぼくは、荻窪へ出向いて荷台の人物が誰かを知ろうと思った。ぼくはこの時まで、一番年長の秋田を疑っていたんです。この仕事は、ある程度歳がいっていないとむずかしいかと考えたのです。

しかし尋ねてみると、荷台にはいつも一番年下の宮田誠少年が乗せられていたという。これで犯人も解った。

ぼくはしばらくこの犯人とつき合ってみた。自分の推理を確かめるためです。そしてまずいことに、彼がよい人間だということを知ってしまった。こんどのことでは、ひとつ大きな教訓を学んだ。犯人とは仲良くなるなということです。

やがて数字錠の神通力も切れた。竹越さんは石原を逮捕したいという。ぼくは迷ったが、やはり罪は罪だと考えた。

けれども、ぼくはあの内気だが純粋な心根を持った少年に、君が殺人犯人だろう、などというような不粋《ぶすい》なセリフは吐きたくなかった。これはどうしても嫌だった。彼は今、人生の最も大事な時期を生きているんです。あの時期の傷は、生乾《なま》きの石膏《せっこう》についた傷のようで、生涯消えることはない。すでに彼はひとつ、もう深い傷を負った。追いうちをかけるようにさらにもうひとつ？　冗談じゃない。ぼくはそんな役はごめんだ」

この時御手洗は、ふてくされるようにそっぽを向いた。

「そこで、一計を案じた。北川を逮捕したと、竹越さんに嘘の報告をしてもらうことです。ぼくにはこの犯罪の動機の見当がついていた。だから、そう聞けば彼が沈黙しているはずはないと、ぼくには解っていたんです。

作戦は成功した。だが、こいつは大してうまいやり方ではなかった。ぼくはあの少年を騙《だま》し、そして結局その嘘を、彼にうちあけることができなかった」

御手洗は少し沈黙した。私たちも言葉をさしはさまず、待っていた。御手洗はするとひとつ手を打ち、立ちあがった。

「さて、話は以上です。それではひとつ引っ越しでもやりますか」

竹越刑事の手伝いで、荷物をすべてトラックに積み終ったのは昼すぎだった。私の運転で横浜を目ざし、出発した。竹越刑事は仕事があるのでと言い、それで帰っていった。

「師走《しわす》とはよく言ったものだね」

私が助手席の御手洗に話しかけた。

「だって先生と呼ばれる君が、トラックに乗っかって走っているものね」

御手洗は私の冗談には応えなかった。

私たちの新居は、馬車道を見おろす古いビルの五階だった。荷物をおろし、五階へ運びあげるのは私たち二人でやらなくてはならない。

ようやく運びあげてのちも、部屋のあちこちにそれをおさめるのがまたひと苦労だった。御手洗も私も、特に御手洗にいたっては、財産といったら本くらいしかないのだが、こうして実際に引っ越しをやってみると、意外につまらぬ家財道具を身につけているのである。私は御手洗が食器棚の中からコーヒー豆を見つけ、それをゴミ箱に捨てているのを見た。

深夜にいたり、ようやくめどがついてきた。私が最後の本を本棚におさめ終った時、真っ先に時刻を合わせ、ネジを巻いて壁にかけておいたアンチック時計が、ちょうど午前零時の時報を打った。

するとき、まるでそれが合図だったように、遠くの中華街で爆竹がはじける音が聞こえはじめ、港の沖に停泊しているたくさんの汽船が、いっせいに汽笛を鳴らした。一九八〇年が明けたのだ。

「明けましておめでとう」

私は御手洗に言った。

するとこの時は御手洗も、嬉しそうに私に手を差しのべてきた。その手を握り返した。

「ぼくらは今日から同居人だ、よろしく頼むよ」

彼は言った。

「こちらこそさ」

私も答えた。

「どうだい石岡君、今から下におりて、開いてる店でも探して一杯やらないかい？」

「いいね！」

私は応えた。

「酒がなければ紅茶でもいいいな」

そう言いながら彼はコートをはおり、首にマフラーを巻いていた。私も仕度をし、エレヴェーターは使わず、古い階段をおりた。

歩道におり立つと、爆竹の音が間近に聞こえる。あの音を目ざして歩いていこうか、と私たちは相談した。

私も熱いお茶にありつきたい気がした。御手洗も紅茶と言い、決してコーヒーとは言わなかった。

なお、吹田靖子嬢に関してここに若干付記するなら、あれはまったく私の勘違いだった。御手洗は宮田少年に興味を持って荻窪へ通っていたのであって、彼女目あてではなかった。その後も、御手洗の口から吹田靖子の名が出たことは一度もない。

ギリシャの犬

Masterpiece Selection
Great detective Kiyoshi Mitarai

プロローグ

神田川は、郊外から山の手を抜け、ほとんど東京の中心部を貫くようにして流れてくると、隅田川に注ぎ、終る。

この神田川終焉《しゅうえん》の地のわずか手前に位置し、川の左右にひらけた浅草橋の街並みは、江戸の昔から船宿の街として栄えてきた。神田川沿いに船宿が並び、江戸の頃は、明りに誘われて遊び人が集まる、江戸一、二の盛り場だった。

川が汚れ、船遊びも影をひそめてから、この昔ながらの盛り場は、しばらく灯が消えたようになっていたが、近頃、都民に暮らしのゆとりができたせいか、細々と復活が始まっている。屋形船を仕立て、天ぷらに舌つづみをうちながら、熱燗とともに隅田川を上り下りする粋客も、最近では次第に増えた。

しかし、時流に乗れない船宿もある。浅草橋界隈より、やや秋葉原寄り、神田川の上流に位置する船宿「横関《よこぜき》」もそのひとつである。橋の陰になり、普段陽もよくあたらない。店の船は一艘《そう》だけだが、それもめったに隅田川へ出ていく気配はない。近頃もう一艘の屋形船をどこからか見つけてきたが、とてもではないが、客を乗せられるような代物《しろもの》ではない。半分沈みかけたような、ひどくみすぼらしいポンコツ船である。

船上に、とってつけたように載せられた屋形部の障子は破れ、柱も古びて嫌な色に黒ずみ、ひわっている。近頃近所で、この船に関し、幽霊船という噂がたつようになった。それは近所の悪童連中が、この船の中に奇怪なものを見たせいである。

子供たちにとって、廃船は格好の探検場所だ。小綺麗な現役の船では忍び込むのに気がひける。しかしこんな船なら、と悪童仲間三人ばかりが渡り板を伝い、ある霧雨の夕刻、船に乗り込んでいった。

船は、まったく奇妙なかたちをしていた。一般の船よりいくらか幅が広い。そして屋形部は下にしっかりと固定されてはいず、ただ載せられているだけらしいので、柱によりかかるようにして押してみると、ずるずるといくらでも動いた。

おまけに、室内は畳敷きになっているのかと思うとそんなことはなく、粗末な床板はむき出しで、どうしたわけか、その上に古タイヤが散乱していた。

子供らは、船の上の探検をひと通り終えると、このタイヤに腰かけて遊んでいた。すると、突然めりめりとどこかがきしむ音がして、大型の動物が唸《うな》るような不気味な声が背後でした。

驚き、子供らが振り返ると、床板の一部が持ちあがり、そこに奇怪なものが上体をのぞかせていた。

髪の毛は肩まであり、汚れ、もつれていた。だが子供らを驚かせたのはそんなことではなく、その髪の燃えるような赤い色だった。

怒りに充ちて子供らを見つめている目は異様に大きく、深く落ち窪《くぼ》んでいて、頬や鼻、額《ひたい》のあたりの肌は、まるで白粉《おしろい》をまぶしたように白かった。鼻は丸く、大きく、その下にはやはり赤茶けた奇怪な色のひげが、ごわごわと生えていた。口のあたりの毛がぽっかりと割れるように開くと、その内部は真っ赤に見え、大声で何ごとかをわめいた。

ところがその声は少しも言葉にはなってはいず、子供らは、巨大な畸型の酔っ払いが、ろれつの廻らぬ叫び声をあげているのかと考えた。

だがそんなふうに考えることができたのは、安全な陸の上に駈け戻り、ずいぶんと遠くまで逃げのびてからで、この怪物を見た当初は、みな大声で悲鳴をあげ、互いを突き飛ばし合いながら、命からがら逃げ出したのだった。

ギリシャ神話のこんな一節を知ってるかい？　御手洗《みたらい》がそう言って、一冊の古びた英語の本を、私の膝に放って寄越した。中の一ページの隅が折られていた。もっとも英語の本と解ったのはページを繰り、しばらく行を目で追ってからで、表紙にはギリシャ語の文字が見えた。

「ぼくが英語が苦手なのは知ってるだろう」

そう言うと、じゃ訳してあげようと御手洗は言い、私の手から本を取りあげた。

「トロイ戦争の、『アガメムノーンとヘクトールの章』に出てくる話なんだ。トロイア軍の猛反撃に遭《あ》い、ギリシャ軍が雪崩《なだれ》のように敗走して海べりまで追いつめられ、絶体絶命の危機に瀕した時のことだよ。

『ゼウス神の不吉な雷鳴轟《とどろ》く暗い午後、銀色の背を持つ黒い犬、岩かげより走り出て、トロイアの猛将ヘクトールに挑みかかった。ヘクトールは、鏡のように磨かれた劔と盾とを振り廻し、精一杯応戦したが、重い鎧《よろい》兜《かぶと》が邪魔をして動きが思うにまかせず、トロイア軍は大混乱に陥った。そのすきに乗じ、ギリシャ軍は命からがら岸づたいに友軍の船団をめざして逃げ延びた』、こういう話だよ」

御手洗は本を閉じ、私はふうんと言った。

「どこで手に入れたんだ？　そんな本」

私が尋《たず》ねると、

「さっきハーバーを散歩していて、ギリシャから来ている船の人と知り合ったんだ。

その船の若い婦人がくれたんだよ」

　御手洗は言いながら、ロビーの一角を見ていた。そのあたり、大理石の柱のかげ、よく磨かれたアイヴォリィの石造りの廊下で、じっとおとなしく主人を待っているらしい大きなシェパードがいた。シェパードがたいていそうであるように、お腹のあたりの毛は薄茶色で、頭部や背中の毛は黒かったのだが、その黒い毛に、ヨーロッパの老婦人の頭髪のような銀色が混じっていた。

「あのシェパードを見ているのかい？」

　私が言うと、うっとりとしたように細めていた目をこちらに戻しながらひとつ頷《うなず》いた。

「うん、この神話に出てくる犬は、ああいう犬だったんだろうなと思ってさ」

　彼は言った。

　一九八七年の六月、私たちはモナコにいた。アメリカ在住の英国富豪アレクスン氏が、例の「水晶のピラミッド」事件のお礼を兼ね、われわれをモナコのホテル・ド・パリに招待してくれたのである。

　モナコは素晴らしいところで、レーニエ公の収入源といわれるカジノと道をはさんで並んだアイヴォリィの格調あるホテルのテラスからは、南仏の美しい海が見おろせた。初夏の陽光のもと、砂浜は白く輝き、波打ちぎわ付近の海は、厚いガラスの断面のような深く美しいグリーンだった。少なくとも私は、こういう海を見たのははじめてだった。

申し分のないモナコでの休日だったが、私たちはホテル・ド・パリの格式ばったティールームがあまり肌に合わず、散歩がてらモナコの石畳の道をぶらぶら歩いては、近くのロウズホテルのティールームでお茶を飲むのを日課にした。こちらのホテルの方がずっと新しく、ニューヨークや東京ふうのややくだけた雰囲気なのである。そんなわけで、私たちはその日も、ロウズホテルのティールームにいた。

ティールームの一方の壁面はガラス張りで、地中海に浮かんだ金持ちたちの白いヨットが点々と望めた。ギリシャやイタリアから、金持ちたちがこうして船でモナコへ集まってくるのである。

私たちがホテルの玄関を出て、車寄せに無造作に止まっているテスタロッサやロールスロイスの脇を歩いている時だった。

「御手洗潔《きよし》さんではありませんか？」

という日本語が、背後から聞こえた。

振り返ると、鼻の下に半白のひげをたくわえ、べっこう縁《ぶち》の眼鏡をかけた、なかなか気むずかしそうな顔つきの、中年の日本人紳士が立っている。そして足もとに、なんとさっきのシェパードを連れていた。しかしいくら記憶をたどってみても、われわれには見憶えのない顔だった。

「そうですが、あなたは？」

御手洗が訊くと、

「青葉照孝《あおばてるたか》と申す者です。こんなところでお会いできるとは、夢にも考えませんでした。あなたのお名前とご活躍は、時おり雑誌等で拝見します。お顔も写真で存じておりました」

「それは恐縮です」

御手洗が答える。

「いつまでこちらに？」

「明日には日本へ帰ろうと思っています」

「それは好都合だ。実は妹が、あなたに是非ご相談したいことがあると申しておりまして、近くうかがうと思います。いやこうしている今日あたりも、もう何度かうかがっておるかもしれません」

「見事な犬ですね、名前は何というんです？」

御手洗はろくに聞いていず、犬の前にしゃがみ込んで、頭を撫でていた。

「グリースです。私はギリシャに住んでおりますものでね」

「海運業でご成功なすったんでしたね。お名前は、愛読する財界月報などでよく存じあげております」

「おおそうですか！　そりゃ光栄だ」

青葉は、恰幅《かっぷく》のよい腹を揺すって豪快に笑った。

「しかし、最近、ご活躍の事件をあまり活字で目にしませんな、休まれているんですかな？」

「どういたしまして。目の廻る忙しさですよ」

御手洗は答えた。

「どうです？　そこらへんでお食事でも。そのあたりのお話をうかがえれば、ファンとしてこれ以上の喜びはない」

「残念ながら先約がありまして、機会がありましたなら、日本でお目にかかりましょう」

「そうですか、私の方も近く日本に帰ります。では、しかとお約束しましたぞ」

青葉はそう言ってグリースの手綱《たづな》を引くと（実際そう言いたくなるくらい、グリースの体は大きかった）、ホテル前の坂を登っていった。

「今のが日本のオナシスといわれている青葉照孝さ。成功するまでには、ずいぶん悪どいこともやったらしいぜ」

御手洗が私に向かって言った。

1

あの事件はこんなふうにしてモナコで始まった。思い出すと、あの事件の持つ不思議な要素に、懐かしさも抱くが、一種の恐怖もおぼえる。実に奇妙な事件だった。

この時青葉も言っていたが、近頃私たちのもとに、御手洗は何をしている？　という未知の読者からの手紙が頻繁に届くようになった。眠っているのか死んでいるのか、生きているなら近況を報《しら》せろと言うのである。しかもこうした手紙の、大半が何故か女性だった。出版社の方にもこうした手紙は行くものとみえて、編集者からも矢の催促が私にある。電話さえ、いくつかかかってきているという。しかも電話の場合、主《ぬし》は百パーセント女性だという。

ことここにいたり、御手洗のファンに女性が多いという、実に驚くべき事実に私は愕然《がくぜん》とする。

何故なら、当の御手洗は、女性というものにとんと興味を示さないからである。

むろん実際に女性を目の前にすると、さしもの彼も紳士らしく振るまい、「きめ細かな女性の心配りは実に素晴らしい」などと口先の愛想のひとつも最近は言えるようになってはいるが、陰に廻り、私が近く結婚する友人の話題など出そうものなら、彼はたちまち鼻で嗤《わら》い、皮肉を言うのである。

「勇気のある人物だね。ぼくなら、下に敷いたマットレスに向かい、五十メートルの上空からダイヴィングする男の方が、よほど理解が及ぶ」

あるいは続けて、こんな冗談とも本気ともつかぬことを言う。

「結婚するなら犬の方がいい」

実際彼の犬好きは異常で、利巧そうな犬がいる、と言っては一キロの道のりもものともせず、散歩の距離を延ばしたりした。

読者も、このふう変わりな男の、そんな点をもっと知りたいと考えられるかもしれない。そこでこんなエピソードも紹介しておこう。

あれは東京駅の地下を歩いている時だったろうか。

「おい、御手洗君じゃないですか？」

という声に、われわれは呼びとめられた。私の友人たるこの変人は、これで案外友達が多いのである。彼は御手洗の学生時代の友人らしかった。

この時、御手洗は列車に乗るとかで急いでいて、私たちは立ち話も早々に別れたのだが、私の方はこの友人の名刺をしっかりもらっておいて、あとで連絡をとった。彼に会えば、御手洗が語りたがらない彼の前身も、知れるかもしれないと考えたのである。

数日後、私が彼の名刺の住所を訪ねてみると病院だった。つまり御手洗の学友は医者だったのである。そしてそこで、御手洗がかつて医学部に在籍し、二年で退学したことを知った。もうずっと昔になるが、私が御手洗と知り合うきっかけになった事件で、彼がひどく詳しい精神医学の知識を披露してくれたことがあった。私はそれを常々不思議に思っていたが、これで謎が解けた。彼は医学生だったのである。

しかも御手洗は、ここでの成績は、決してお世辞ではなく群を抜いていたという。ところが三年生になった春、ぷいと大学を辞めた。その理由というのが、なんと動物実験が嫌だったというのである。死体解剖など嬉々としてやっていたようであったのに、犬の生体実験の日など、教室へ寄りつかなかったという。そうして、医務室から劇薬や睡眠薬の類《たぐ》いをくすねては、夜っぴて苦痛の声をあげる犬小屋に行って、医学の犠牲にされた哀れな犬たちをひそかに楽にしてやっていた、とも学友は語った。

「われわれが在学した頃は、変な年でしてね」

御手洗の友人の医者は言う。

「御手洗君が大学にいた間に、二人も校舎の屋上から飛びおり自殺がありました」

「ほう……」

「だから彼としても、何か考えるところがあったんでしょう。私は、彼なら間違いなく名医になると踏んでいたんですがね」

彼はしみじみとした口調で言った。

別れぎわ、私はその後の彼はどうしていたのかと尋ねた。

「あれ？　ジュリアードへ行ったんじゃないんですか？」

彼は意外そうに私に問い返した。以後は私の方がよく知っていると思っていたようだ。しかし私は、彼について実は何ひとつ知らないのである。知っているのは占星術に詳しいこと、女性嫌いの変人であることくらいだった。

握手をして別れる間ぎわ、私は思いついてこう訊《き》いた。

「ところで、どちらの大学の医学部だったんです？」

「京都大学です」

控えめに、彼は答えた。「占星術殺人事件」の時、御手洗が京都に詳しく、住んでいたこともあると言っていた理由も、これで解った。

とにかくお話の方に戻るが、ストーリー展開とも関連があるので、御手洗潔という男が、いかに女性より犬の方に関心があるかを読者、特に女性の読者のみなさんは心に留めておかれればよいと思うのである。

それからもうひとつ、御手洗の冒険譚《たん》をあまり発表できないでいることのお詫《わ》びも合わせて述べなくてはならない。これは私がとりたててサボっているわけでも、御手洗が事件と関わらずに遊び暮らしているわけでもない。なにぶん私自身が大変に忙しかったのと、御手洗が発表を嫌うせいにほかならない。私の友人のひねくれた性格は、妙に自己顕示欲が強いくせに、大々的に世間に名が知れ渡ることをひどく嫌うのである。

ただこの理由に関してなら、私も最近ようやく解るようになった。あまり名が知れ渡っていると、時として彼の仕事には邪魔になるのである。

2

私たちがモナコから横浜へ帰ってきて三日ばかりが経った、ある小雨の午後だった。モナコには梅雨はないとみえて、連日晴天が続いていたが、日本の六月は雨続きで、私たちはいい加減うんざりしていた。そんな日に、青葉と名乗る中年の婦人の訪問を受けたのである。当初この事件は、私たちが扱ったもののうちでは最もつまらない、ほとんど冗談と紙一重のものになるかと思われた。

婦人は、もう五十歳を越えた年齢と思われたが、薄い茶の、とりようによっては少々気障《きざ》にも感じられるサングラスをかけていた。外は雨だというのに妙だなと私は考えていた。

レインコートをゆっくりと脱いで入口脇のハンガーにかけると、御手洗の勧めにしたがって、私たちの前のソファに腰をおろした。その動作も妙にぎこちなかったのだが、私は彼女の年齢のせいだろうか、などと考えていた。

「雨の中をお越しいただいて、大変だったでしょう？　今石岡《いしおか》君が熱いお茶を淹《い》れてくれます」

言われてやむなく私は立った。

「いえ、タクシーでまいりましたから。私、山手の方に親戚がありまして。ここ、解りやすうございますね、馬車道《ばしゃみち》沿いですから」

「そうですか。何度かお訪ねいただいたのではありませんか？　留守をしていて申し訳ありません。ご相談は何でいらっしゃいますか？　モナコの方でお兄さんとお会いしましたから、もうそろそろいらっしゃる頃だろうと思っておりました」

御手洗はこの時、やや急な仕事を抱え、少々いらいらしていたと思う。

「私、青葉淑子《としこ》と申します。浅草の方で、夫の年金で生活しております者です。夫とは死に別れました。子供はありませんが、兄の子を、私が育てております。兄も私同様独り者ですし、子供には日本語を話させたいというものですから。兄の子は康夫《やすお》と申しまして、今年小学校にあがったばかりです」

「なるほど」

私はテーブルにお茶を置き、御手洗の隣りの、もとの席に復した。婦人は私が茶碗を置く音に一瞬驚いた様子だったが、すぐに会釈をして続けた。

「そんな私どもの毎日は、本当に退屈なものでございまして、私の唯一の楽しみといいますと、午後のお茶の時間、お隣りからタコ焼きを買ってきて食べることくらいです」

「はあ……」

御手洗は鹿爪《しかつめ》らしい顔で頷いてみせたが、内心嫌な予感を抱きつつあるようだった。

「それが、先々週のある日、いつものようにタコ焼き屋さんに寄ってみたら、御手洗さん、なんということでしょう。タコ焼き屋さんがないんです」

沈黙。やがて重々しく、御手洗が口を開く。

「引っ越したんじゃないんですか？」

「いえ御手洗さん、そんなことはございません。タコ焼き屋さんのおじさんとは毎日お話をしておりまして、ずっと商売を続けると、はっきりそう言っていたんですから。それに御手洗さん、引っ越したというのじゃなく、お店ごとなくなっていたんです。盗まれたんです」

「ははあ、しかし盗まれたのは確かなんですか？」

「確かですとも。お店のご主人がそう言ってるんですから。お店を開けようと思ってやってきたら、なくなっていて、びっくりしたって」

「だが、盗めるようなものなんですか？　一軒のお店なんでしょう？」

「お店といっても、とっても小さなものなんです。ちっちゃい小屋みたいなものなんです、板で造ってある。昔は自動販売機がいっぱい入っていたんです。それを、あのおじさんが借りて、タコ焼き屋を始めたんです」

「それで、ぼくにどうしろとおっしゃるんです？」

御手洗はうんざりしたように、椅子の背もたれにそり返った。内心、相当がっくりきていることが、私には見てとれた。

「どういうことのない事件かもしれませんけれど、私にとっては重大事です。私にとっても、タコ焼き屋のおじさんにとってもです。それに、御手洗さんは、変わった出来事や、ふう変わりな事件ほど興味をお持ちだとうかがいました。それで、なんとかしていただけるのではと思い、こうしてうかがいました」

「しかしですね青葉さん、これはぼくの仕事ではないでしょう。タコ焼き屋が盗まれたから探してくれと言われましても。警察におっしゃって下さい」

「はあ、そうでしょうか。でも警察の方には、タコ焼き屋のご主人がもう届けたと思います」

「では結果を待って下さい。それでもらちがあかなければ、もう一度いらして下さい。話はそれからです」

御手洗はぴしゃりと言った。

「はあ、そうでしょうか、そうですわね、どうも失礼をいたしました」

婦人は詫びを言い、立ちあがった。その拍子に、彼女の体のどこかがテーブルに触れ、私の淹れたお茶がひっくり返った。

「あっ！　申し訳ございません、うっかりして」

「目がご不自由なのでしたら、何故盲導犬をお連れにならないんですか？」

御手洗が言い、私はこの時ようやく、婦人が目がよく見えないのだと知った。

「盲導犬はいたんですが、死んでしまいました。それに今日は白杖《はくじょう》も、うっかり忘れてしまいまして」

「盲導犬が何故死んだんです？」

御手洗が訊く。

「殺されたんです」

「殺された？」

「ええ、毒を呑まされて」

「誰にです？」

「タコ焼き屋さんを盗んでいった犯人にです、きっと。クロが吠えるものですから、タコ焼き屋を盗むのに都合が悪かったんだと思います。だから、最初に毒を呑ませて、それで……、いえ、どうも失礼いたしました」

「ちょっと待って下さい」

御手洗の顔色が変わっていた。やや厳しい声を出した。それから、

「その仕事、お引き請けしましょう」

と言った。

御手洗がようやくやる気になったのはこの時からだった。婦人はもう一度椅子にすわり直し、私はお茶を淹れ直すことになった。

「もう少し詳しく聞かせて下さい、その犬の名はクロというんですか？」

「そうです。背中の黒いシェパードで、兄がギリシャから連れ帰ったものです。盲導犬の訓練をされていて、それは素晴らしい犬でした。クロの弟は今、兄が飼っています。クロが死んでしまって、不自由だろうから代わりの犬を飼えといろんな人に言われますが、私はクロ以上の犬に出会えるとも思えませんし、クロのことを思うと、どうしても、しばらくはほかの犬など飼う気になれません」

「そんなに利巧な犬だったんですか？」

「それはもう、素晴らしく賢い犬でした。私の言葉も、すべて理解してくれました」

「ということは、タコ焼き屋を盗んでいった犯人は、そんな素晴らしい犬を毒殺して

ὁ ποταμός.

までも、店の小屋を盗む必要があったわけですね？」

「そうなんでしょう。私には理解できません」

「ほかに、何か手がかりはありませんか。このタコ焼き屋の店を探す上で」

　すると婦人は、バッグを開けて一枚の紙きれを取り出した。

「お店が盗まれたあとに、こんな紙きれが落ちていたそうです。タコ焼き屋さんが見つけたものです。私は、ぼんやりとしか見えませんが、なんだか不思議な記号がたくさん書いてあります。意味がお解りでしょうか」

　御手洗は紙を受け取り、眺めた。私も横から覗き込んだ。

「暗号だね」

私は言った。

「そうみたいだ。うっかり落としていったのかな」

「そうだと思います」

「わざとということもないだろうね」

「意味がお解りになりますか？」

「すぐには解りませんよ。ただ、上の欧文、これは『ポタモス』でしょう。ギリシャ語で『川』という意味ですよ。さて、これは思った以上に面白い事件のようです。さっそく調べてみますので、住所と電話番号をこちらに控えさせて下さい」

台東区《たいとう》駒形《こまがた》三丁目と婦人は住所を言い、私が手帳に控えた。

3

翌日はよい天気だった。私と御手洗は午後浅草へ出向き、例のタコ焼き屋があったあたりと、その隣りの青葉家を調べてみた。なるほどタコ焼き屋の小屋があったと思えるあたりは、四角く空き地になっている。そこは、雑居ビルと見える古いビルの角が凹字形にくぼんだ場所で、そこに、タコ焼き屋が店を開いていた四角い大きな木の箱が、ぴったりとおさまっていたらしい。

御手洗はこの小さな四角形の空き地を、さかんに往ったり来たりしていたが、

「だいたい二メートル四方の空き地だね、高さも最低二メートルはあっただろうな」

その後聞き込んでみると、高さは四メートル近くあったろうと近所の人は言う。

「いずれにしても、えらく大きな木の箱だ。バラして持っていったにしても、ずいぶんと大変だったろう。深夜にトラックで乗りつけたんだろうな。このへん、人家は密集しているが、商店街というほどじゃない。夜中なら、そっとやれば気づかれなかったかもしれないね。たったひとつの障害を除いて。それはこっち、青葉家の犬だ」

青葉家の塀は、ブロック塀ではなく、生け垣だった。枝の間からわずかに透けて見える庭を見ると、クロの住み家だったらしい大きな犬小屋があり、中はガランとしていた。

「どうする？　青葉さんの家、寄ってみるかい？」

私が訊くと、

「なあに、あとでいいさ」

と御手洗は答えた。

タコ焼き屋の親爺の家の所在地を、近所の本屋で聞き込んでみると、川向こうの本《ほん》所《じょ》一丁目だという。いつも、自転車で通ってきていたらしい。

住所を訪ねあててみると、古いセメント造りのアパートだった。頭髪をほとんど失

った、背は低いが恰幅のよい男で、われわれの質問に、てきぱきと答えてくれた。

「あの日出勤してみたら、店がなくなってたんで、びっくりしちまいましたよ」

彼は言う。

「こんなことははじめてですね？」

「もちろんですよ」

「いつから駒形のあそこで商売を？」

「五年ばかり前からです。以前は上野のデパートの中でやってました。でも通うのが遠いのと、デパートの方で、かなり上前をはねられちまうのでね」

「店を盗まれた理由に、見当はつきますか？」

「全然」

タコ焼き屋は言った。


それから私たちが、青葉家の近くの路地まで戻ってきた時だった。清涼飲料水の配達員らしい派手なユニフォームを着た男が二人、大きなトランクを提げ、急ぎ足で私たちを追い越していった。

「おや、竹越《たけごし》さんじゃないですか？」

御手洗が頓狂な声をたてた。派手なユニフォームの男が、さっとこちらを振り向いた。その険しい表情は、間違いなく顔見知りの竹越刑事だった。

「あっ、これは御手洗先生」

彼は鹿爪らしい表情のままでそう言った。竹越は職業柄か、なかなか愛想のよい顔ができない男である。これで実際に配達員の仕事についたら、即日馘《くび》であろう。

「いやよく似た人がいるものだと思った。なかなかよく似合いますよ。トラバーユしたんですか？」

「先生、そんな冗談言ってる時じゃないです」

竹越刑事は、清涼飲料水の名前が大きく書かれた背中をかがめ、顔を御手洗に近づけると小声になった。

「この先の、青葉といううちの子供が誘拐されたんです」

「えっ⁉　こいつは驚いた。今ぼくたちも行くところなんだ」

御手洗は言った。

「そりゃちょうどいい、われわれは先に行ってますから、あとから来て下さい」

そう言いおいて、竹越刑事は仲間を顎《あご》でうながすと、また早足になった。

御手洗の方は相変わらずぶらぶら歩きながら、私の耳に口を近づけてきて言う。

「タコ焼き屋さんが盗まれたから探してくれと言われた時は、ショックで泣きたくなったよ。早くこんなお仕事からは足を洗って、星占いの仕事に戻ろうかと思った。でつもおかげでようやく事件らしくなってきた」

不謹慎にも御手洗は、嬉しそうに言う。

「それにしても見てごらんよ、あの二人、あれで変装したつもりなんだよ。かえって目だつぜ」

「でもパトカーでサイレンを鳴らして乗りつけるよりはマシだろう」

と私。

「まあね、だがあの二人の配達員、歩いて家に入っていって、根がはえたように中から出てこなくても平気なのかね」

「ぼくらがあの服を着て出ていけばいい」

私が言うと、

「そいつはいい考えだ石岡君」

御手洗は満足そうに頷く。そしてこう続けた。

「だけど絶対二人に言うんじゃないぜ」

4

青葉家の玄関を入ると、心配そうな顔の婦人と、鹿爪らしい表情の刑事二人がわれわれを待っていた。竹越刑事の相棒は、持ってきたカセットデッキを、電話機に接続しようと苦心している。

「御手洗です」

彼が言うと、

「あ、御手洗さん、よかった」

と婦人は嬉しそうな声をあげた。こういう何気ない言動が、御手洗を最も奮い立たせるのだということを、私は長いつき合いでよく知っている。

「御手洗先生、こっちが同僚の吉川《きっかわ》といいます」

するとと吉川は、作業の手を停め、容赦なく私たちに皮肉な笑みを向けた。面白いもので、私たちが警察関係者という人種に出会うたび、百パーセントこういう視線に堪《た》えることからつき合いが始まる。

「どういうことですか？　経緯を説明していただけると助かりますが」

御手洗が言った。

「経緯といわれましても、たった今始まったばかりでして、こちらのお子さんの康夫君が……」

「こちらのお兄さんの子供です」

「ああそうですか、どうも例によって先生の方がよくご存じだ。その康夫君が、小学校の帰り道に誘拐されたらしくて、ですな、さっきこっちに電話が入ったということで、われわれがとりあえずこうして変装をしてすっとんできたと、まあそういうわけです」

「電話の声は男でしたか？」

「はい」

婦人が震える声で答えた。

「言葉に、外国語訛《なま》りはありませんでしたか？」

「特には、気づきませんでしたが」

「法外な金額を要求してきたでしょう？」

「はい。一億と……」

「そんな金が、こんな一般家庭においそれとあるわけはないじゃないですか。ちょっと誇大妄想で頭がおかしいやつなんですかな」

竹越が言い、

「それともこの土地屋敷を、大急ぎで売って支払えと言ってるんだろう」

吉川刑事が利巧そうなことを言った。

「そうじゃなく、その金額は、こちらのお兄さんに要求したものだからですよ」

御手洗が、吉川の言を遮《さえぎ》るようにして、うるさそうに言った。御手洗にとっては、このあたりのことは、すでに解りきったことなのである。

「こちらのお兄さん、つまりさらわれた少年のお父さんは、青葉照孝さんといって、ギリシャで成功した日本人です。ギリシャの富豪、五十人の中には少なくとも入るでしょう。すなわちこういう事実を知っている人間です。だから今回の誘拐犯は少なくとも二人組以上で、うち一人はギリシャ人でしょう」

「しかし先生、たったそれだけで、犯人がギリシャ人だと……」

「犯人のうちにギリシャ人がいると言ってるんです」

「ええ、まあそうなんですが、それだけのことで」

「それだけじゃない、これです」

御手洗は、昨日婦人から預かった、暗号めいた文字が書かれている紙を見せた。

「御手洗君、じゃ君は、この横のタコ焼き屋が盗まれた一件と、今回の誘拐事件とが……」

「政治と汚職みたいに切り離せないと思うね」

御手洗は言った。

「ちょ、ちょっと待って下さい、何のことです？」

竹越がわめいた。

「奥さん、説明してあげて下さい」

御手洗が言い、青葉淑子がとつとつと、そして足りないところを私が補足しながら、二人がかりでようやく説明した。

「なるほど、で、これがギリシャ文字、で、こっちの下にあるのは？　やっぱりギリシャ文字ですか？」

竹越が私に訊いた。

「いや、暗号です」

「暗号!?」

仕事が終ったらしい吉川も寄ってきて、横から覗き込み、もう一度聞こえよがしに鼻を鳴らして嗤った。そしてこうつぶやいたものだ。

「暗号ね、探偵ゴッコのはじまりだな」

「暗号ですか。しかし、誰に宛てた暗号です？」

竹越が言う。

「そう、その通りなんだ！」

突然御手洗が、この場には不釣合いな頓狂な大声で応じたので、私たちは一様にびっくりした。

「暗号という考え方は根本的におかしい。だってこの紙は、わざと落としていったものじゃない。うっかり忘れていったと考えるべきなんだ。とすればこれは仲間同士のメモ程度のものだ。暗号化する必要はない」

「だってこんなふうに、うっかり落としちゃうこともあるんだぜ。そんな時……」

「そう、そんな時、誰が読んでもたちまち内容が解ってしまうものでも困る。だから、ある程度内容を隠すものでなくてはいけないね。だが、暗号はやはり困るんだ。メモなんだからね。面倒な乱数表といちいち突き合わせなくては読めないようなものでは、メモの用を成さないよ。キャベツを買いにスーパーへ行くと書いたメモを暗号化する人間がいるだろうか？　いやしない。

だが、キャベツを買いにいったことは隠す必要があったとする。こういう時、一番ありがたいのは転置法だが、それだって繁雑だ。メモには不適当だ。この方法を採るなら、置き換えた文字なり記号が、またそれ自体一般的視認性を有するものである必要がある。それなら、先に述べた条件を完全に充たすんだ」

この時、電話が鳴った。婦人は怯《おび》えて泣きだしそうな表情になり、すがるように私や御手洗や竹越刑事を、よく見えぬ目で見廻した。

吉川がさっとヘッドフォンを耳にあて、カセットを回した。それから婦人を指さし、こう言う。

「ゆっくり喋って下さい。われわれがいるのを悟られないように。それからあんた、このなんにも解っちゃいない先生に、電話がかかっている間黙っているように言ってくれ」

御手洗がうつむき、額にあてていた手をおろして、こう言った。

「なんにも解っちゃいない先生が教えてやるが、金を川へ持ってこいって言うぜ。船の手配をしておいた方がいいと思うよ」

婦人が、震える手で受話器をとった。

「はい、はいそうです……、はい」

婦人は言葉らしい言葉は、ほとんど発しなかった。最後に、解りました、と言って受話器を置いた。

吉川も何も言葉は発せず、黙ってテープを戻した。ヘッドフォンのジャックをはずし、ボリュウムらしいつまみを持ったまま、こんな素人たちに聞かせていいのかという目をして同僚を見た。いいいいというように竹越が顎をしゃくり、吉川は渋々プレイのボタンを押し、ボリュウムのつまみをひねった。

「青葉さん？」

「はい」

「青葉さんのお宅なんだね？」

「はいそうです」

「今から俺の言うことようく聞いて。一回しか言わない」

「はい」

「康夫君は無事だ。俺たちは必ずこの子は無事に返す。あんたが約束を守ってくれたらだ。絶対に危害は加えない。食事もちゃんと上等なものを与えてある。

ギリシャにいる兄貴に連絡をして、一億円の金を今夜までに作るんだ。それを把手《とつて》のついたトランクか、ボストンバッグに入れて、浅草橋の船宿『藤尾』という店から船を一艘借りろ。そして午前零時きっかりに出航しろ。この店なら、深夜でも船を貸してくれる。浅草橋を出航したら、隅田川に出ろ。そうしたら右へ進路をとって、海の方へ向かうんだ。その後の指示は、こっちから船の方にする。解るか？」

「はい」

「どうやって指示すると思ってるんだ？　あんたちゃんと聞いてるか？」

「はい」

「庭の犬小屋を見てみろ。その中に小さい紙袋が入ってる。中に、ハンディ・トーキーが入ってるからな、零時に出航したらこのスウィッチを入れるんだ。指示はそれに送る。解ったな？」

「解りました」

ガチャリ、と電話が切れる音。吉川がテープを止めた。そして苦々しい表情を作り、御手洗の方を避けてそっぽを向いた。

「ハンディ・トーキーときたか、なるほど」

御手洗はつぶやいていた。腕を組み、部屋の中をうろうろと歩き廻った。その様子が吉川のカンに障るのが、私には手にとるように解った。

「川だ、川ときたんだ。川には何がある？　水だ。水と船だ。そのうち絵記号化できるものだ、それがあるか……？　そいつはない。ほかに、ほかに何がある……？　あっ！　あ、そうか！」

御手洗は叫び声をあげた。私たちはほかにすることもないので、じっとその様子を見ていた。

「いったいなにを言ってるんだ？　この人は!?」

吉川がついにヒステリーを起こした。

「われわれは目だたないようにこうして二人で来たんだ。わざわざ四人にして目だたせることはないんじゃないですか？　竹越さん。おまけにその一人はこうして、とびきり目だつ御仁《ごじん》だ、うるさくてしようがない。お子さんが無事に返らなくても私は責任持ちませんよ、奥さん」

婦人はよく見えない目をあちこちに巡らし、おろおろとした。

「青葉さん、お兄さんには？」

御手洗が訊く。

「もう連絡してあります。お金を作って、すぐに飛んで帰ると申しておりました。今夜には、専用機や、友達のジェット機を乗り継いで、羽田へ帰れると思います」

「さすがですね、ぼくらなら帰れるのは明日がいいとこだ。で、東京ではどこへお泊まりです？」

「浅草ビューホテルのスイートに入ると言っておりました。私は、身代金もかかるんだし、スイートなんてやめてと申しましたけれど」

「なあに、スイートにお泊まりになればいいでしょう」

御手洗は気楽な口調で言った。

「はい、何故でしょう」

「特に理由というものもないが、強《し》いてあげれば、身代金《みのしろきん》は払わずにすむからですよ」

「は？」

「だってそのためにぼくにご依頼なすったんでしょう？　さて、お邪魔のようだからぼくらは失礼するとしよう」

「先生、そりゃしかし……」

竹越が言った。

「そうだよ御手洗君、意地になることはないだろう？」

「おいおい石岡君、ぼくが意地になる理由はないだろう？　意地になるのは対等の相手に対してだけだ。おいとまするのは、調査したい事柄や場所があるからなんだよ。こちらのプロの方々と違ってね」

「ですが御手洗さん、それならなおのこと……」

婦人が、すがるように御手洗に手を伸ばした。その位置は、御手洗の立つ位置とは少しずれていた。

「御手洗さん、聞いて下さい。私がこんなふうに目がよく見えないから、兄から預かった大事な子を誘拐されてしまいました。私がどんなに責任を感じ、どんなに不安な思いでいるか、きっとお解りにはならないでしょう」

婦人の頰に、サングラスの裏側から涙が滑り落ちて現われた。

御手洗は横に手を伸ばし、その手を握った。そして静かな口調になってこう言った。

「ぼくが解らないと思っているんですか？　お引き請けしたことは必ずやりとげますよ。お子さんと、お金を取り戻してみせます」

「いいんです、お金はいいんです。康夫さえ戻れば」

「青葉さん」

御手洗はすると厳しい口調になった。

「それなら、誰かほかの人に頼んで下さい」

一同に、一瞬の沈黙が生まれた。

「大丈夫、必ずやってみせますよ。ついでに仇《かたき》も討ってあげます。でもそれほど心配なら、ここに石岡君を置いておきます。彼がぼくと連絡を取ってくれるでしょう。ぼくもこれから浅草ビューホテルの一番安い部屋を取ることにします。石岡君、何かあったらそちらに頼むよ。出かける時は、伝言か指示をフロントに残しておく。それではみなさんごきげんよう。石岡君、こちらのプロの方の鮮やかなお手並みをようく見て勉強しておいてくれよ」

御手洗は思いつく限りの皮肉を言って、玄関の方へ向かった。

「おい御手洗、仇を討つって誰のだよ？」

私が御手洗に声をかけた。

「クロのだよ！」

御手洗はひと声そう言い置いて、玄関を出ていった。

5

御手洗の皮肉の通り、われわれ青葉家に居残り組のプロは、今夜零時の活劇にそなえて水上警察の手配と、あとは青葉照孝氏の一億円を持っての帰国、そして午前零時を待ってじっとしていることが、できたことのすべてであった。

待っている間、刑事二人が作戦を練っていた。敵はどうやら船で来るつもりらしい、現金の受け渡し場所を隅田川ないしその下流、東京湾に指定してきたということは、水運をよく知るもの、水運業者等が怪しい、などとなかなか巧みな推察を巡らしている。

「いずれにしてもだ」

吉川が言う。

「水の上で勝負をしてくるとなると、むしろこちらとしても好都合といえる。もしことが隅田川の範囲で起こるなら、つまり金を渡し、その後の捕り物ですがね、こういうどたばたが水上の範囲内で起こるのなら、連中は袋のネズミということになります。今夜、われわれが出発することになる浅草橋、つまり神田川と隅田川との合流点ですが、ここには浅草橋の水上警察がありますから、神田川は問題なく封鎖できる。ここから船を何艘か隅田川上流へも廻すよう依頼しておきましたから、隅田川上流も封鎖できる。あとは下流ですが、これも芝浦の水上警察に連絡をとっておきましたので、いくらでもランチが繰り出せる。下流もふさげますよ。犯人連中は袋のネズミです」

吉川は自信満々で言いきった。

「ふむ、あとは、ことが東京湾の真中とか、ひょっとして外洋で起こった場合だが……」

竹越が言う。

「それこそ水上ランチの出番ですよ。こっちには足の速い船がいくらでも揃っている。芝浦の水上警察と連絡を密にとって、加えて必要ならヘリも飛ばせる。機動力にまるきり差がありますよ」

「そうだな、そううまく行くといいんだが……、ところで相手は、子供をどうやって返してくるつもりなんだろう」

「おそらく船同士を横づけて、金を放れ、子供を今渡らせる、とやるんじゃないですか」

「そう、まあそんなところかな。敵が陸にいるという可能性はないかな……」

「陸にいて、子供をこっちへ渡し、金を素早く盗《と》るという方法はないですよ。浅草橋のあたりから隅田川下流は、ずっと高い堤防ですからね。船を寄せて停めたにしても、ロープでも使っておりてくるとかしか方法はない。そんな悠長なことをやってくれたら、それこそこっちとしてはもっとしめたものですよ。すぐ無線で連絡して、陸の警察をその場所に急行させます。そうしてくれた方がこっちはずっと簡単ですよ。

だが、おそらくそうはしてこんでしょう」

「ふむ、では水上警察だけでいいか」

「いや、むろん地上の各署には事前に通達を入れておきますよ。隅田川沿いの各交番に、パトカーを待機させておけばいいでしょう。もし堤防の上から金を盗ろうとする挙に出るなら、これで充分対処できますよ」

「そうだな……」

竹越は頷き、腕組みをした。

「ところでこの紙だ。これは特に意味はないかな」

「念には念を入れて、巡査にこの紙を取りにこさせるよう言っておきました。それから、ギリシャ語の専門家に見せるように手配します」

「これはやっぱりギリシャ語なんですかねえ、このアルファベットは。ずいぶん変わったアルファベットだけれど」

竹越が私に、御手洗が忘れていった紙を見せながら尋ねた。御手洗は昨日コピーをしていたから、彼の手もとにはコピーがあるはずである。

「どうでしょうか、ぼくの方では解りかねます。ギリシャ文字のように見えますが、ぼくはギリシャ語がまったく解らないので」

私は答えた。

「専門家に見せればいいでしょう」

吉川が横でこともなげに言った。

「それが最良の策です」

だが私には、どうもそうは思えなかった。

その後まもなく制服の巡査が暗号の紙を取りにきて持ち帰ったが、何時間かして電話連絡が入り、結果は案の定、

「ギリシャ語の専門家に解読を依頼したが、意味は不明」

というものだった。

「あんな紙、特に関係はないでしょう」

吉川は言いはじめる。

「盗まれた隣りのタコ焼き屋の跡に落ちていたんでしょう？　そんな紙が、どうしてこの事件と関係があるといえるんです？」

そう言われてみると、私自身そんな気がしないものでもない。

続いて一座の話題は、クロの犬小屋から取ってきたハンディ・トーキーに移った。

「このハンディ・トーキーは、単一バッテリーによるごく安い物で、これだとせいぜい数百メートルの範囲しか電波は届きませんよ」

吉川が専門家らしい知識を披露する。

「水上でもか？」

竹越刑事が尋ねる。

「遮るものが何もない海上なんかだと、それは飛躍的に遠くへ届くようになります。四、五キロ届くかもしれませんね」

「川でもか？」

「川じゃそうはいかんでしょうね、せいぜい一キロ程度が限度じゃないですか？　とにかくこのハンディ・トーキーを敵がくれたことも、こっちにはすこぶる好都合ですよ。敵の行動範囲がますます限定されてくる。さっき話したような範囲に、相手は必ずいるということです。まあこっちが隅田川で船に乗っていて、相手もずっと会話を交えてくるなら、それは相手も間違いなく隅田川にいるということですよ。そう考えて間違いない」

窓の外が暮れてきた。夏至《げし》の頃で、短い夜のはじまりである。その時、パラパラと窓のガラスを水滴が打つ音がした。雨がまた降りはじめたらしい。

私は御手洗のことが気になり、浅草ビューホテルに電話を入れてみた。すると御手洗は出かけていて、本人を捕まえることはできなかったが、フロントに私宛ての手紙が残っていた。ホテルマンが、

「読みあげますが、よろしいですか？」

と私に訊いた。お願いしますと私が言うと、ホテルマンは、次のような、またしても意味不明の一文を言った。

「言問橋《ことといばし》のたもとにある『マリーナ』という水上レストランの、ガラス張りのコーナーで必ずお茶を飲んでおくこと。それからノミやトンカチ、バールを持って船に乗れ、御手洗。でございます。よろしいでしょうか？」

「はあ……？」

ちんぷんかんぷんの思いで、私はそう応じるほかなかった。

受話器を置き、私がたった今聞いたことを二人の刑事に報告すると、竹越は首をひねり、吉川はまたしても鼻で嗤った。しかしこんどの場合、無理もないと私も思った。

「ノミやバールにトンカチ!?　なんですかそりゃ、われわれに大工仕事でもやらせる気なんですか？　いったいあの人は何なんですか？」

吉川は訊いた。

「先輩の知り合いのようですが、何の先生だってんです？　まあこう言っちゃなんですが、はっきりいってあの人は、オツムがおかしいと思いますな、私は」

「まあみんなそう言うんだわ、最初は」

竹越刑事が苦しげに言った。

「しかし無茶苦茶のようでいて、案外底の底で筋が通っていることが多いんだよ、これまでの例で見てもね。どうかね、そろそろもっと応援を呼んで、私らはまともな服に着替えて、そのマリーナへ行ってお茶を飲んでみないかね？　どうせどこかで休憩するんだったら、そのマリーナでもいいんじゃないかね？」

「私は遠慮しますよ。ここが心配ですから。また犯人から電話が入るかもしれない」

吉川は言ったが、しかし犯人からの電話は二度となかった。再び犯人の声が聞けるのは、ハンディ・トーキーによってである。

私服に着替えた竹越刑事と私は、近所でタクシーを拾って言問橋まで行ってみた。すると、マリーナという店はすぐに見つかった。浅草側から言問橋を渡り、渡り切った右側にある。

言問橋のたもと、浅草側でタクシーをおり、霧雨の中、橋の下流側の歩道を歩いていくと、橋の上からすぐにそれと解る。川面にせり出して作られている喫茶店など、その周辺を見渡す限りこの店が一軒だけだからである。いやその周辺に限らない。私が知る限り、隅田川はおろか多摩川にも荒川にも、水上に作られた喫茶店などこのマリーナがただ一軒きりではないだろうか。

見つけてみて驚いた。大変居心地のよさそうな店だったからである。店の大半の部分は堤防上にあるが、湾曲した一枚ガラスで天井部まで覆われたテラスが、水中に立てられた杭《くい》に載って川面の上までせり出し、その大きなガラス越しに、テラスに並べられた白い椅子やテーブルが、気持ちのよい時間を客に約束するように置かれている。ところがこんなにユニークな店なのに、ガラス張りのテラスに客の姿はない。橋の上を竹越と並んで歩きながら、早くあそこの席につきたいものと、気がせくような思いにかられる。

橋の手すり越しに店を見おろすと、どうやらこの店は、ボートのハーバーも兼ねている。店の、すぐ足もとの水上に、長方形の木造のプラットフォームが浮かんでいる。幅二メートル、長さが三〜四メートルというところだろうか。プラットフォームの四方には、古タイヤがいくつも下げられ、巡らされている。船が接岸する時の緩衝用らしい。

たった今は、このプラットフォームにつながれている船の姿はない。この小さな浮き桟橋のすぐ近く、水中に立てられた幾本かの杭のひとつに、小さな空のモーターボートが一艘つながれ、ゆるく上下しているばかりだ。

橋を渡り終え、ぐるりと迂回する格好で店の前まで出、入って店内の階段を下ると、ガラス張りのフロアに出る。テーブルにつくと、予想した通り、気持ちのよい眺めがひらけた。

一枚ガラスの外側を、雨がゆるく伝っている。川面一面を、まるで鳥肌をたてるように見せて、霧雨が柔らかく注いでいる。ガラスから顔を離し、椅子の背もたれにそり返れば、川の上は白く、ガスで煙るようだ。

向こう岸、古びてくすんだ色あいの浅草の街を、徐々にシルエットに変えながら、雨雲の向こうで陽が傾いていく。

私の注文した紅茶がテーブルにやってくる頃、テラスの天井に照明が入った。すると窓の外が、突然暗さを増したように感じられる。天井から下がる小型のスピーカーから低くシャンソンが流れ、私はこの久し振りにゆったりとした時間の内で、今自分が属している悲劇を忘れそうになった。

だが私の前に腰かけている無口ないかつい男が、私を現実に引き戻した。

「御手洗さんは、なんで私たちにこの店にすわっておけと言ったんです？」

そう私に尋ねてきたが、私としても、

「さあ……」

と応えるほかはない。

6

その後私たちは青葉家へ戻り、犯人側からの続く要求もあるかもしれないと思い、待機を続けたが、何も連絡はなかった。表では雨が次第に強くなることが感じられ、私たちの不安をつのらせた。どうしているのか、御手洗からも以降、何も言ってこない。

水上警察を手配し終り、可能な限り手を打った、水も洩らさぬ包囲陣だと吉川は鼻高々だった。目だってはまずいので、青葉家にはこれ以上の応援は呼ばなかった。

これ以上為《な》すすべもないので、私たちは青葉家の古い応接間に、表の植え込みにしぶく雨の音を聞きながら、じっとすわっていた。やがて柱時計が午後十一時を示し、そろそろ出かけなくてはいけないかと思っていた時だった。表に車の停まる音がした。刑事二人と一人の女性の目がうながすので私が立ち、玄関へ出てみると、青葉照孝が蒼《あお》い顔をして立っていた。

「ああこれは石岡さん、よかった、どうやら間に合ったようだ」

言って彼はどさりと、ワインカラーの大きな革製バッグをあがりぶちに置いた。

「急いで金を作ってきたんです」

せわしなく靴を脱ぐ。吉川が応接間から顔をのぞかせた。

「現金を作ってこられたんですか？　その必要はありませんでしたのに。私どもの方でイミテイションを……」

「なにを言われる！」

日本のオナシスは、この時激しい声を出した。遠い異郷の地でここまでのしあがった彼の辣腕《らつわん》ぶりが、その様子からも察せられた。

「あなた方は捕り物をゲームのように楽しめるかもしれん。だが私にとっては、かけがえのない肉親の命がかかっておるんだ。ひとつしかない命です。私は妹も叱ったんだ。警察に関わってもらうべきじゃなかった。いいですか、これより先、息子が無事帰ってくるまでは、しばらく手を引いてもらいますぞ」

この言われ方には、吉川がカチンときた様子だった。

「青葉さん、そういうおっしゃり方は少々利巧じゃないですな。黙って金を渡しても、息子さんが無事返ってくるという保証はなにひとつない」

「あんた方がわれわれと一緒に金を持たずにいけば、康夫が無事帰るというあてはあるんですか？」

「少なくとも確率は高まります」

「逆だ。低まります！」

「青葉さん、お気持ちは解るが、犯人は警察に報せるなとはひと言も言ってないんですよ」

「それがどうした。報せろと言ってきてますか？」

「ではどうするんです？　一人でおやりになるんですか？」

「そうです。万々が一最悪の事態を招いた場合、後悔はしたくないですからな。それに私も、私なりに手を打ってある」

彼が御手洗のことを言っているのは明白だった。だが吉川は御手洗のことなど考えてもいないので、こんなふうに言う。

「いったいどんな手を打ったと言われるんです？」

「お答えできませんな」

「ではわれわれも手は引けません。とにかく青葉さん、お気に召さんかもしれんが、もうことは始まってしまっているんだ。今から取りやめることはできない。後悔するんだったら、われわれに電話してしまったことをせいぜい悔やまれるんですな。こんな言い争いをしている時じゃない。もう時間がない」

吉川は腕時計に目をやるジェスチャーをする。私も時計を見た。十一時をすでに十分廻っている。青葉も、さすがに黙った。私たちは、身づくろいをして玄関に出た。

「御手洗さんからは、何か連絡がありましたか？」

蒼い顔を近づけ、青葉が問う。

「まあ例によって、わけの解らないことをあれこれ言ってきてます」

「どんな？」

「言問橋のたもとにあるマリーナという喫茶店へ行ってお茶を飲んでおけとかです

ね、ノミやトンカチやバールを持って船に乗れとか……」

「で、その通りにしたんでしょうな？」

「マリーナには行ってきましたが、ノミやバールはちょっと……」

「用意していないんですか？」

「はあ、言える雰囲気じゃないですし……」

「何を言っておられるんだ！　すべてあの人の言う通りにしなくては駄目じゃないですか！　おい、刑事さん！」

青葉は、先にたって玄関を出ていこうとする刑事二人の背中に、大声を浴びせた。

「大急ぎでノミとトンカチとバールを用意してもらえませんか。浅草橋の交番へ連絡して、桟橋に届けさせればよいでしょう。時間がない、すぐにお願いします！」

竹越は考え込むようにして土間で立ち停まり、吉川は即座に横を向き、せせら嗤った。吉川は言う。

「なんですか、ノミやバールって。何のためです？　何かのおまじないですかな」

「おまじないと思っていただいて結構。すぐにお願いします」

青葉は断固として言う。この実業家の、私の友人に向けた厚い信頼に、私は感動する。

吉川は溜め息をつく。

「そんなことしている時間はないんですがねえ」

「だから急いで欲しいんだ」

「俺がやろう」

竹越が、応接間の電話へととって返す。

私たちの乗った小さな船は、ノミやバール、そして一億円の金も乗せ、雨をついてしずしずと、浅草橋の桟橋を出航した。乗客は私と青葉照孝氏、彼の妹の青葉淑子、それに持参のプロ用高級ハンディ・トーキーを膝に抱えるようにした吉川、竹越の二人の刑事の計五人、それに船長の西端《にしばた》だった。犯人の寄こした安物のハンディ・トーキーは青葉氏が持ち、出航と同時にパワーをオンにした。

船は屋形船かと考えていたが、意外にも洋風の船だった。屋根の上に、マストが一本立っている。小さいながら一階にサロンふうのパーティフロアを持ち、しゃれた椅子やソファ、豪華な音響設備まで備わっている。周囲はガラス張りで、いっぱいに明りをともすと、おそらく四方からは中が丸見えに違いない。それで私たちは、当初、明りはつけずにいた。ところが、船が神田川を下り、隅田川に合流する水上交番の手前にさしかかった時、突然、青葉照孝の膝のハンディ・トーキーに、犯人からのメッセージが入った。

「隅田川を、下流に向かって右折しろ。それから、サロンの明りを全部ともせ」

青葉照孝はごま塩混じりのひげの下の唇を一文字に結び、窓の外をゆっくりと通過していく浅草橋の水上交番を眺めながら犯人の声を聞いていた。そこには足の速そうな小型のランチが二艘用意され、明りを消してなにげない様子で波に上下していたが、中には水上警察官が、吉川の連絡を待ってじっと息をひそめているはずだった。

私は一瞬躊躇《ちゅうちょ》したが、青葉に目くばせし、明りのスウィッチを入れるために立った。その様子を見て、そばにいた刑事二人が、こそこそとあわてて船底の方へ移動した。

といっても、船底にもうひと部屋あるわけではなく、階段を下った場所にトイレがあるばかりだから、彼らはトイレのドアの前の床に、新聞紙を敷いて腰をおろした。だがこの位置で、外からは充分死角になったはずである。

蛍光灯がまたたき、まぶしいほどに明りがともる。すると黒く見える周囲のガラス全面を、ゆるやかな滝のように伝う雨が見えた。

「なんだ？　明りをつけさせて、パーティでもやれっていうのか？」

青葉がハンディ・トーキーに向かって言った。小軀《しょうく》だが、彼はなかなか腰がすわっていた。

「あんまりそういう横柄《おうへい》な口をきくもんじゃないよ青葉さん、われわれはあんたの会社の社員じゃない」

「そいつはどうかな。私の会社を馘になった日本人が、ここ三年ほどの間に何人かいる」

「よけいなことに気を廻すんじゃない！　そういう何でもわけ知り顔の口をきくところがあんたの悪い癖だ。世間は何でもあんたの思い通りにいくわけじゃないぞ」

船長の西端が、先端の操縦室からこちらを振り返り、どちらへ行くかと訊いている。ドアは開け放されている。

「右へ！」

青葉が手振りも交えて指示した。

「あんたの横にいる男は誰だ？　まさか刑事じゃないだろうな」

私のことだ。

「この男が刑事に見えるか？　私の秘書だ」

「ふん、まあいいだろう。われわれはそこいらへんにいる誘拐犯とはわけが違う。警察に報せたら子供の命はないなんて、間の抜けたことは言わん。刑事が乗っていようが、別段びくともせんさ。だがな、息子の命が惜しければ、こちらの機嫌はそこねないことだぞ」

「息子は無事なんだろうな？」

「ああ無事だ。われわれの船にちゃんといるさ。声を聞きたいか？」

「ああ頼む」

「社長の癖が抜けんなあんた。お願いしますと言え」

「わ、解った。お願いします」

青葉の横顔に、なんともいえず悔しそうな表情が浮かんだ。怒りで顔が紅潮した。

カチリ、と機械音が無線機から聞こえた。しかし、ハンディ・トーキーは沈黙している。カチリ、とまた機械音。

「なにをむっつりしてるんだ？　青葉さん。可愛い息子だろ？　呼びかけてみなさいよ」

カチリ、と機械音。

「康夫、おい、康夫か？」

青葉が必死の声を出す。

「パパ？　パパなの？」

かすかに子供の声がする。意外に元気そうだ。

「康夫!?」

目の不自由な婦人も叫んだ。

「ああそうだ、そうだよ、大丈夫か？」

「うん、平気だよ」

少し声が近くなる。

「お腹は減ってない？」

婦人が尋ねる。

「うん、ちょっとすいてる」

「もう大丈夫だからな、助かったら、いくらでも好きなものをお腹いっぱい食べさせてやる」

「うん、でもそんなに欲しくないよ今」

緊張しているのだろう。

「どこなんだ？　今」

「揺れているし、水の音するから、船の中だと思う」

事実ハンディ・トーキーに、絶えず、かすかに波の音が入ってくる。

「そこ、今一人か？」

「うん」

「誘拐犯人の連中はいないのか？」

「いない、この部屋には」

「どんな船だ？」

「よく解らない、アイスクリームを食べたら眠くなっちゃって、目が覚めたらここにいたの。真っ暗なんだよ」

睡眠薬か、私は考える。ちらと、トイレの床に身をひそめている刑事たちを見ると、彼らも殺気だった目で、聞き耳をたてている。

「康夫、怖いか？」

「うん、だって暗いんだもん」

「もう少しだ、すぐ助けてやるからな。その船、進んでいるようか？」

「さあ、よく解んないけど、そうだと思う。波の音がすぐ外でぴちゃぴちゃするよ」

カチリ、と機械音。

「さあ、そのくらいでいいだろう。息子が元気なことは充分すぎるくらいに解ったろう？　われわれは約束は守る。あんたと違ってな」

「私がいつ約束をたがえた」

「さあな、自分の胸に訊いてみろ。ともかくあんたはつぐないをするんだ。あんたのできる方法でな。それは金だ。ほかに、あんたにできる方法はあるまい。あんたも俺たちと同様、きちんと約束を守るんだ」

「横関か、横関、きさまだな！」

「おっとっと、よけいなことは言うな。あんたはしゃべりすぎた。ちょっとおしおきが必要だな」

そう言って、ぷつんと唐突に通信がとだえた。

「おい、おい、こら、返事をしろ。このまま進んでいいのか」

しかし、返事はなかった。あきらめ、青葉は放り出すように、ハンディ・トーキーを膝の上に置いた。

「逆《さか》恨みというもんだ」

青葉がぽつりと洩らす。しばらく沈黙があった。エンジンの音だけが聞こえた。私たちの船は、明りをいっぱいにともし、おそらく両岸からは、水に浮かぶ巨大な照明器具のように見えたことだろう。

「私のところに、横関という、非常に優秀な社員がいた。私は、やつを自分の右腕とも考えていたが、才気に走りすぎて、私を不安にさせるようなことも多々やった。そう、正直にいえば、私はやつが怖かったんだろう。妙に得体の知れないものを持っていたし、勝手にやらせれば、会社をつぶしかねないところがあった。やつがやつなりに一生懸命だったのは認めるが……。

やつは私が嘘をついたという。だがそうじゃない。経営というものは一本調子にはいかない。特にヨーロッパや中東のような、情勢の変化が激しいところを相手にする場合そうだ。微妙な変化をいち早く読みとり、柔軟に対応していかなくちゃならん。でないと、私のところのような会社は、すぐにつぶれてしまう」

自分に言い聞かせるように、彼は語る。

「だが、確かに私はしゃべりすぎたのだろう。あの悪党どもの言う通り、私はどうも、少々傲慢《ごうまん》なところがあるらしい。ああ、私はもうしゃべりませんよ、石岡さん」

彼はそう言い置くと、腕を組んで押し黙った。私も黙り、雨に充ちた表の川面を見つめていた。私の背後の窪みから、ハンディ・トーキーで指示を送る吉川の声が、ささやくように聞こえる。

「そうだ、子供を連れて船に乗ってる。犯人の寄こしたオモチャのハンディ・トーキーで、電波が届く範囲はせいぜい半径一キロと見てさしつかえない。もちろん隅田川以外の川など論外だ。今、われわれの船を中心に、上《かみ》と下《しも》一キロの範囲にいる船はすべてあたりをつけておいてくれ。むろんこっそりだ。調べられそうな無人の船は、当然調べておいてくれ。子供が一人乗せられている可能性がある」

私はそれを聞きながら、犯人が何故警察が介入することをとめなかったのかと考えていた。それだけの自信があるということか。だがそれは、どう考えても妙ではないか。

犯人と子供がいる場所は船と解っている。加えてハンディ・トーキーの電波が届く範囲はごく狭い。これでは袋のネズミだ。こんな状態で警察の強力な機動力を相手にするというのは、あまりにも無謀ではないのか。ともかく警察は敵に廻さないというのが、とりあえず上策というものだ。

あるいは、子供だけを船に乗せているのか。だが、それこそ危険だ。犯人が陸にいれば、自分の身は安全には違いないが、こんな時間に隅田川に停泊している船舶など限られる。子供だけ船に乗せてもやっておくなどということをすれば、たちまち子供は先に水上警察に発見されてしまうだろう。子供を取り戻したあとに、一億円も支払う人間はいない。したがって犯人にとってこんなやり方は意味がないはずである。おまけに隅田川は、両岸を高い堤防で延々と囲んである。陸からは気づかなかったが、こうして船から見るとまるで絶壁だ。あんな高いところにいて、素早く金を受け取る方法などあるはずがない。

私と同じことを考えたのだろう。背後で吉川がしたり声を出すのが聞こえた。

「もう大丈夫ですよ青葉さん、犯人の手のうちは見えた。子供を一人船に置いている可能性が大いにある。子供を先に発見してごらんにいれますよ」

しかし青葉は、まるでその声が聞こえないかのように、腕を組んだまま無言だった。

「青葉さん、御手洗には会ったんですか？」

私がささやいた。

「はい、羽田で会いました」

青葉も、ささやき声で答えた。その様子は、声をひそめてというより、気落ちしているように聞こえた。

「御手洗が羽田で待っていたんですか？」

「そうです」

いったい彼は何を考えているのだろう。

「御手洗は、何か言ってましたか？」

「ひと言、大丈夫だと言ってくれました」

私は不安な面持ちで頷いた。しばらく沈黙が生じた。

「兄さん、康夫は大丈夫かしら、その無線に、入らないのもう」

青葉はカチカチと、スウィッチをいじった。

「ダメだ。向こうのスウィッチが切れてる」

「兄さんがあんまり挑戦的だから」

「これは性分だ、仕方がない」

「康夫は大丈夫かしら……」

「御手洗さんが大丈夫だと言うんだ。大丈夫だ」

富豪は強く言いきった。私の友人を、こんなふうに強く信頼する人は割合世間に多い。私は御手洗へのこういう信頼に接すると、いつも驚かずにはいられない。

だがそれからずいぶんと長い間、犯人からの連絡は入らなかった。犯人が通信を切る間ぎわ言っていたように、これは報復なのだろうか。とすれば、当分通信はしてこないだろう。

船はいつのまにか両国橋をすぎ、高速道路の下をくぐり、新大橋を通過した。行く手に、清洲橋《きよすばし》の明りの連なりが見える。もう、すぐに佃島《つくだじま》が見えてくるはずだ。開け放したドア越しに船長が振り返っている。このまま直進していいかと彼は訊いているのだ。青葉は、無言で進行方向を指さした。

私は、浮かんでいる船はないかと左右を見廻した。あるにはあるようだが、ごく少なかった。また、私たちの船以外に、動いている船は見あたらない。

雨は相変わらず降り続いていた。川の上、むせるような水の匂いに、船内は充ちる。

さすがに青葉はじりじりしているらしかった。立ったりすわったりを繰り返し、目に見えて不機嫌になった。

「いったい何をしてるんだ？　犯人のやつらは！」

そう私たちに怒鳴った。社長室での彼の様子が、目に見えるようだった。

「私に反省しろというならもう充分だろう！　これ以上何が望みだ！」

「兄さん、落ちついて」

妹が諭《さと》した。

しかし、ハンディ・トーキーは少しも反応する気配がない。私まで少しじれてきた。船は清洲橋をすぎ、隅田川大橋をすぎ、永代橋《えいたいばし》をくぐった。船長は不安げに何度もこちらを振り返る。もうじき川が佃島に突き当たり、左右二手に分かれるからだ。

「右へ行こう」

青葉が力のない声を出す。

やがて佃大橋をくぐり、勝鬨橋《かちどきばし》がシルエットになって見えてきた。それをくぐればもう東京湾である。

「電波が届かなくなったのかな……」

思わず私はつぶやいた。もしそうなら、悲劇的な結末ということも考えなくてはならない。それにしても、御手洗はどこへ行ったのか。

その時、突然ハンディ・トーキーが声をたてた。われわれの体が、一様にびくりと反応する。

「どこまで行く気だ？　太平洋まで出るのか？　おい」

「どうしたんだ？　いったい何をしていたんだ!?」

青葉が大声を出す。彼も、手がかりがこのまま消え、息子を取り戻すすべが消滅する最悪の事態を思い描いていたものに相違ない。相手をなじるようなその大声には、しかし安堵の響きもこもっている。

「このまま連絡がつかないと思ったか？」

「ああ、思った」

「安心したか？　連絡がついて」

「ああ安心した」

「だいぶこたえたようだな青葉さん。よし、これに懲《こ》りたら、もう二度と俺の機嫌をそこねないことだ。いいな？」

「ああ、解った」

「世の中、何でもあんたの思い通りになると思ったら大間違いだぞ。人をこき使える時もあれば、こき使われる時もある。それが人生さ。現に今のあんたは俺の思いのまだ。今から俺の家に来て、床を磨けと言われれば、あんたはやるだろう？　違うか？」

「やるさ」

「ようし、いい子だ青葉さん。ではこれからUターンして、来た道を戻れ。つまり隅田川をもう一度遡《さかのぼ》るんだ」

「ええっ？　また戻るのか？」

「どうしたんだ？　嫌なのか？」

「いや、戻る」

「よし、またあとで運絡する」

「あ、おい、ちょっと待て」

しかし、無線機はもう切れている。

7

「なにい!?」

私たちは吉川のあげる大声で、背後の窪《くぼ》みを振り返った。

「いないとはどういうことなんだ!」

吉川は、声を押し殺そうという意識はあるらしいのだが、あまりに驚いてしまって、小声になれないのである。先方が吉川に向かって話す声も、電話ではないからかすかに聞きとれる。

「隅田川に、少なくともそちらから上下《かみしも》一キロ以内に浮かんでいる船は、すべて停泊中であり、無人です。子供の姿などありません」

「何を言ってるんだ! 現に船の中から子供が無線でわれわれと話しているんだぞ。子供は船に乗せられているとはっきり言っているし、波の音もわれわれは聞いている。犯人も、自分らは船だとそうはっきり言っている」

「しかしですね吉川さん、お言葉ですが、今隅田川下流に浮かんでいる船はそう多くはないんです。神田川下流を含めてもです。すでに全船調べました。簡単なんです、数が少ないから。誰も乗ってはおりません。きちんと、徹底して調べましたので、これは自信を持って申しあげられます。犯人が事実船に乗っているのなら、それは隅田川や神田川ではないのでしょう」

「馬鹿な。それじゃ、ほかの川じゃ、電波が届かんのだよ！」

吉川が悲鳴のような声を出す。犯人は船に明りをつけさせ、青葉の横にいる私のことを誰なのかと訊いてきた。双眼鏡ででも見ているとしたら、かなりの至近距離にいる船ということになるのだが。ところが隅田川には、そんな船は存在しないというのである。

われわれの船は、すでに出発した神田川を通りすぎ、言問橋のすぐ手前まで北上してきていた。

「どういうことだ……？」

その時だった。青葉の持つ、犯人との連絡用の無線が、突然犯人の声を伝えた。

「水上ランチがうろうろしている。相変わらずどこの国でも、警察がやることは間が抜けているな。間抜けの警察官が思いつくことくらいは、こっちはとうに察しがついているんだってことが解らんのかね。われわれは確かに船に乗っている。だが、あんたたちには見えない船なんだ。解るかね？　こういう謎かけは」

得意げな犯人の、高らかな笑い声。今のところ、残念ながらわれわれは犯人の為すがままだ。吉川も、当初考えていたほどにはことが思い通りに進まないことに気づいている。彼の手の内は、犯人にすっかり読まれているのだ。こうなると頼みの綱は、御手洗がただ一人ということになるのだが。彼はいったい今どこにいるのか――。

「息子の声をまた聞きたいか？　よし、待ってろ」

またスウィッチの音がする。そして父親の呼びかけに続いて、青葉康夫少年の声が小さなスピーカーに飛び込んでくる。今度はひどく鮮明なその音質。距離の近さを感じさせる。

「パパ？」

「ああそうだ。もう少しだ、頑張れよ。そこ、まだ一人なのか？」

「うん一人だよ」

波の音がする。

「船室に一人で入れられてるのか？」

「そう、狭いよ」

「体は自由なんだな？」

「うん」

「ドア、鍵がかかってるのか？」

「そう、と思うけど、どこがドアかも解らない。暗いもの」

「よし、そのくらいでいいだろう。そのまま前へ進め。また追って連絡する」

いきなり切れる。われわれは呆然とする。

「近いな」

吉川のつぶやく声がする。

「いったいどうなってるんだ？」

「潜水艦ってことはないでしょうね」

私がそう尋ねてみる。

「それで水の中に潜ってて……」

「馬鹿な！　それはあり得ません」

青葉が即座に言う。

「民間人に潜水艦など自由になるわけがない」

「そうですね」

船はいつのまにか言問橋をくぐり、桜橋の手前にさしかかっていた。桜橋というのはごく最近できた歩行者専用橋で、上空から見ると十文字のかたちをしているというので、近頃話題になっている。

十文字――？　とたんに私の思考が妙な刺激を受け、ストップした。何故かは解らないが、その言葉がひどく引っかかった。理由をしばらく考えるが、解らない。けれどもどうしたわけか、妙に重要に思えるのだ。

「おい、スピードを落とすんだ。ゆっくり行け！」

突然スピーカーが、私たちにそう命令した。青葉が、船長に、速度を落とすように背中から指示する。エンジン音が多少トーンダウンする。私の思考は破られた。

船は、桜橋をぐるぐるところだった。橋の上に点々と並んだ蛍光灯が、雨ににじんで、頭上をゆっくりと通過していく。私はその様子を、しばらく顔をうわむけて眺めていたが、窓が水滴に濡れているせいで、橋の様子がはっきりとは解らない。

「このまま、上《かみ》に向かって直進していいのか？」

青葉がハンディ・トーキーに向かって尋ねる。答えるかわりに、息子の声が入ってくる。

「パパ、早くここ出してよ。揺れるから気持ち悪くなってきたよ。ぼく酔っちゃったよ」

かすかに波の音。青葉が、床に置いていたワインレッドの革カバンを握り直す。

「待っていなさい、もう少しの辛抱だ。もう少し。すぐ助け出してやるからね。

おい、早くしてくれ。子供はまいっている。ここに金はちゃんと用意している。間違いなく渡す。その点は誓う。私は金など惜しいとは思わない。早く指示をくれ。金を渡し、子供を取り戻して、早くこんなことは終りにしたい！」

青葉は悲痛な声をあげる。青葉はギリシャから民間の飛行機を乗り継いで、何時間か前に帰国したばかりだ。彼自身疲れ切っているだろう。それを押し、気力を振り絞って頑張っているのだ。

ハンディ・トーキーの返事は戻らない。しばらくの沈黙。そして、手短かにこんな声がする。

「指示があるまで直進しろ」

そして無愛想に切れた。

青葉は舌打ちを洩らし、唇を嚙《か》む。青葉淑子は溜め息を洩らし、吉川は背後で、声を殺した悲鳴をあげる。

「本当に船はいないのか？」

「いません。見あたりません」

かすかな応答の声。

「だが、現に子供は船酔いしてると言ってるんだぞ！」

「…………」

「船に乗せられているのは確かなんだ。しかもその船は、隅田川にいると決まっているんだ。もっと捜せよ！　気合い入れて！」

「やっております。しかしこれ以上どうしろとおっしゃるんですか!?　船がないんですよ。浮かんでおるのは小型のモーターボートばっかりで、船底に部屋を持つような船は一艘もない。しかもこういう船も、全部調べたんです。船底の水中まで、棒で突いて調べた。そちらでお考え下さい。それとも別の指示を下さい。こちらでできることは精一杯ですよ、もうこれで」

「くそ！　いったいどういうことなんだ？　わけが解らん！　とにかく引き続き捜してくれ。隅田川にいることは確かなんだ、それ以外からは電波が届かないんだから。何か見落としがあるはずなんだ。浅草橋の船宿の船は全部捜したか？」

「もちろん捜しました。一艘残らずです。神田川の上《かみ》の方までも見ました。一艘も洩れはありません。これは確かです。加えて神田川の上、隅田川の上流および下流佃島付近、すべて固めております。犯人が水上にいる限り、逃げる方法はありません」

「よし解った。追って指示を送る。しばらく待て」

船は桜橋をくぐり終った。ゆっくりと進み、桜橋を五十メートルばかり背後にした。その時、再びハンディ・トーキーが鳴る。

「ようし、そこでいい、もう一度Uターンしろ。また下流に戻るんだ」

「なに？　またUターンだと!?」

「おい、口ごたえをするんじゃない。言われた通りにしろ。子供の命が惜しければな」

「解った」

青葉が操縦室に指示を送り、船はゆるゆるとUターンする。水滴に滲《にじ》んだ対岸の灯が、ガラス張りの周囲をゆっくりと、左から右へと移動する。

それからやおらエンジンが唸り、船は直進に入る。再び桜橋が近づく。するとまたハンディ・トーキーが叫ぶ。

「ゆっくりだぞ。ゆっくり進め！」

桜橋の灯が、ゆっくりと頭上を通過していく。ゆるゆると、背後になった。その時、上空の桜橋の欄干《らんかん》のあたりで、ふらふらと揺れる蛍《ほたる》のような小さな明りを、私は見た。

その時、またハンディ・トーキーの声。

「ようし青葉さん、そこにいる三人、すべて操縦席前の、前部甲板へ出ろ。三人並んでな。もちろん一億入りのカバンも忘れるな。ハンディ・トーキーもだ」

言われ、私はひどく緊張した。甲板に並べられ、狙撃でもされるのではと怯えた。だがしたがうほかはない。私たちはゆっくりと操縦席横のガラスドアまで歩き、開いた。青葉、私、婦人の順で甲板に出る。前方をゆっくりと言問橋の明りの連なりが近づいてくる。

表へ出ると、エンジン音と波の音が大きく聞こえ、水の匂いと、湿った夜風が私の頬を打った。

水の上は、蒼白い明るさに充ちている。この時ようやく、雨がやんでいたことに、私は気づいた。空を見あげると、さえざえと満月がかかり、黒い雨雲はいつのまにか去って、夜空一面に、珍しいうろこ雲が浮いている。

非常に美しい眺めだった。私はしばらくこの空に見とれた。これまで私が見たうちで、最も美しい東京の夜空だった。星はほとんど見えなかったが、わずかに数個ちらばって輝く星は、まさしくダイヤモンドのように、凝縮した強い光を放っていた。

「いいかね？　ゆっくりと進め。これから不思議なことを諸君は体験する」

自信たっぷりな口調でしゃべるハンディ・トーキーに、私の瞑想は破られる。

「不思議なことだと？」

「今に解る」

言問橋が近づく。川の上から見ると、また別の迫力だ。黒々と、巨大で、まるで今から私たちを呑み込もうとする怪物のように、ゆっくりとおおいかぶさってくる。私は息をひそめ、その様子を見ていた。

言問橋の手すりと、その上に並ぶ明りが、ほとんど私たちの頭上にかかった。と、その瞬間だった。

ギィーッときしるような、それとも何かが裂けるような、奇怪な音が世界を揺るがせた。そしてバシャバシャと、激しく水がはねた。まるで百万匹もの魚が、水面に躍り出たようだった。私たち三人は、前方の甲板に、揃って激しく両手をついていた。ひざまずいたまま、思わず私は背後を振り返る。すると、蒼白く月光を映じ、船の背後で白い水しぶきがいっぱいにあがっていた。その様子は、実際私には無数の魚が跳ねているように見えた。これはいったい——!?

船長の悲鳴がすぐ横で聞こえた。彼も何が起こったのか理解ができないのだ。激しくきしる音。東京全体の夜の空気が振動するようだ。船はさらに激しく揺れ、私たちは立ちあがれなかった。四つん這《よ》《ば》いになった上、さらに、あやうく水に落ちそうになって、婦人が右手を振り廻して私の腕にすがってきた。彼女も短い悲鳴を洩らし続けていた。

足もとに、水が白く、激しく逆まくのが見えた。巨大な白濁が、川底から猛烈な勢いで湧きあがった。突然、川が沸騰《ふっとう》したように思えた。船は前後左右にも揺れ、私たちはとっさに互いの体を支え合った。

潜水艦か!?　と私は思った。巨大な潜水艦が足もとから浮きあがってくる。激しい恐怖が湧く。そうなら沈没はまぬがれまい。

揺れと音が、一瞬ののちにおさまった。すると、船が停止しているのだった。エンジンの音が空しく唸り、船は言問橋のすぐ足もと手前で、どういう理由からか停まっているのである。

「どうしたんだ!?」

床から、青葉が船長に叫ぶ。

「解りません。暗礁《あんしょう》かもしれない!」

船長も叫び返してくる。

「だがこんなところに暗礁があるはずないんだが!」

「進めないのか!?」

「駄目です。びくとも動かない!」

「クロがいる!」

不可解な婦人の叫び声に、私は横を見た。彼女は恍惚とした表情を浮かべ、ゆっくりと、見えぬ目で周囲を見廻していた。

「なんですって?」

「クロがこの近くにいます。私には解るんです!」

悲鳴のような声を絞り、婦人が叫ぶ。私には意味が解らない。

「しかしクロは……」

死んだはずでは、そう言おうとした時、何かが激しく私の側頭部、耳のあたりを叩いた。あっ、と私は苦痛から声を洩らした。すると、ハンディ・トーキーが叫ぶ。

「これに金の入ったカバンを引っかけるんだ。早く！」

言われて、私はようやくたった今自分の頭を打ったものが、ロープであったことに気づいた。私の鼻先二メートルのあたりに、ロープが大きな振幅をもってゆらゆらと揺れている。見あげると、どうやら言問橋の欄干から、下がってきているのだった。

何故だ!?　どうしたことだ!?

私の頭は混乱した。船ではないのか!?　これは、いったいどうしたことだ！

「クロがいる！」

もう一度婦人が叫ぶ。私はその声にうながされるように、頭上の橋を見あげた。

この時、私は見た。黒い巨大な犬が、月光を背に浴び、まるで疾風のように右手から走ってきた。月光に、背中の銀の毛が一瞬光った。

「ギリシャの犬だ！」

私は叫んでいた。モナコで御手洗から聞いたギリシャ神話の一節が、あざやかに脳裏によみがえった。壊滅寸前のギリシャ軍を、土壇場で奇蹟の勝利に導いた伝説の犬だ！

私は目をこらし、絶えず揺れ続ける船の上で、かろうじて両足を踏んばりながら立ちあがり、懸命に橋の上を見ていた。

犬の筋肉が美しく躍動し、橋の上の石畳でジャンプした。

胸のすく眺めだった。大きく宙を飛んだ巨大な体が、橋の上にたたずんでいた一人の男の体にぶつかった。男が、大声で悲鳴をあげた。動物の唸り声が、これにからんだ。

青葉も、たれ下がったロープの先の鉤《かぎ》に引っかけようとして、カバンを捧げ持っていた手を宙で停め、放心したように橋の上を見詰めていた。

「クロ！」

青葉淑子が私の横で低く叫んだ。この時私は、彼女の眼鏡の下から、涙が一筋頬に流れ落ちるのを見た。

ひときわ大きな男の悲鳴。黒い体が、橋のらんかんすぐ脇の空間に、ぽつんと浮いていた。と、その一瞬ののち、男の体は大きな水音とともに、私たちの船のすぐ横に落下した。じきに水面に浮きあがり、ばしゃばしゃと大あわてで水をかく音が聞こえた。私たちには何ごとが起こったのかまだよく理解ができず、したがってどうしてよいか解らないので、あっけにとられ、立ちつくしていた。

とその時、青葉の足もとの床に落ちていたハンディ・トーキーに、別の男の声が飛び込んできた。

「石岡君、ぼんやりしないでくれ！　うしろでかくれんぼしているお巡りさんに、水の中の男を捕まえるように言ってくれ。それから桜橋の上に、共犯のギリシャ人がいる。この男も逮捕するように、陸の警察を直行させてくれ！」

なんとその声は御手洗だった。

「私が伝えてこよう！」

青葉が一億円を無造作に放り投げ、大あわてで船室にとって返す。

「まごまごしていると逃げられるぜ。犯人は二人だ。桜橋の男の方には車がない。風体は大柄、顔の下半分に茶色いひげがある。それから、左前方のマリーナの船着場にすぐ直行するんだ。トンカチやバールを持ってね。ぼくは先に行ってる」

「ちょ、ちょっと待て！　君はどこにいるんだ？」

「すぐ頭の上だ！　見えないのかい？」

見あげると、手すりにもたれて御手洗が、ハンディ・トーキーを手に持って立ち、そのすぐ横には、大きなギリシャの犬が控えていた。

「待ってくれよ、マリーナへ行けといっても、どうしたことか、船が動かないんだ！」

私もハンディ・トーキーを拾って手に持ち、叫ぶ。

「ちっ！　ちっ！」

私の鈍さを露骨にののしる御手洗の舌打ちが、ハンディ・トーキーを通して聞こえた。

「屋根の上のマストを見ろよ、石岡君。すぐ登ってロープをはずすんだ」

言われて振り返ると、屋根の上に一本そびえるマストに、確かに太いロープがかかっている。ロープの反対側は、遥《はる》かに船の背後の彼方だ。

「いったいどうしたことなんだ？　これは！」

私はまたもう一度、大声で叫ぶ。

8

川に落ちた男は必死で泳ぎ、船から遠ざかっていく。

「早く、あそこだ！」

叫ぶ青葉の声に、刑事二人はコートを脱ぎ、果敢に川に飛び込んだ。

私の方は屋根にあがり、マストからロープをはずそうと一生懸命頑張ってみたが、強く張っているため、とても歯がたたない。操縦室の上まで戻り、いったんバックしてくれるように頼んだ。そうすればロープがゆるみ、マストからはずしやすいと考えた。

再びマストのところに戻り、マストにからみついて船を停めていたロープの反対側の端が、どこに結びついているのかを、私は知ろうとした。しかし目をこらしてみても闇の中のことで、ロープが彼方のどこに結びついているものか、さっぱり解らない。

やがて船が、ひときわ高いエンジンの唸りとともにバックし、ロープがゆるむ。私は懸命に結び目に挑戦した。が、やはり固くてほどくことができない。

「ダメだ！」

そう言った時、そばに青葉があがってきた。

「どれ、私に貸して下さい」

言って彼は結び目に挑戦した。

「思った通りもやい結びだ。これは、船をもやう時のロープの結び方なんです。船は波で揺れて、こんなふうに何度もロープを引っ張ることがある。長い時間のうちに、たいていの結び方ではほどけてしまうんです。これをほどくにはコツが要る」

言って彼は太い結び目を両手で摑《つか》み、両手首を細かく振動させた。彼の指は太く、日本のオナシスは、まごうことなく肉体労働者の手をしていた。

「さあほどけた。これは、反対側はどこへつながっているんでしょうな」

「さあ、解りません、暗くて……」

　私が答えた。

「船でしょうか、康夫君が乗せられている」

「さあ、どうでしょうか。とにかくそれはあとだ。御手洗さんは、われわれにマリーナへ行けと言われたんでしょう？　マリーナとはどこです？」

「あそこです」

　私は言問橋の、向島《むこうじま》寄りの端を指さす。

「ふむ、だが犯人や、飛び込んでいった刑事二人も放っておくわけにはいきません、どうしたものか」

「そうだ、ハンディ・トーキーで、もう一度御手洗に訊いてみましょう」

　私が言った。

　ハンディ・トーキーのコールのボタンを押すと、うまく御手洗が出た。事情を説明すると御手洗は、それなら犯人と刑事たちは放っておけと言う。放っておいてすぐマリーナの船着場に来いと言うので、私は驚いてわけを尋ねた。

「石岡君、いいからぼくの言う通りにしてくれ。子供を助けるのが先決だろう？　三人はどっちへ泳いでいった？」

「言問橋の下を、浅草と反対の方角なんだけれど……」

「つまりマリーナの方角だろう？」

「え？　あ、そうか！」

「このあたり、陸へあがれる場所というと、ここしかないんだ。三人もこっちへ向かっている。君も遅れるなよ、急いで」

ハンディ・トーキーは切れる。

見ると青葉はもう私の横を離れて船長室に首を突っ込んでおり、

「あそこのマリーナへ、早く！」

と叫んでいる。


どうやら自由に動くようになったわれわれの船が、マリーナの船着場に近づいていくと、すでに御手洗の端正な長身が、浮いたプラットフォームに立ってわれわれを待っていた。横に大きなシェパードがいる。接岸を待つのももどかしいらしく、早くこっちへ跳び移れと私に手招きをする。私は跳んだ。御手洗の両手が、私の体を支えてくれた。

「バールやトンカチは？　石岡君。まさか持ってこなかったなんて言うんじゃないだろうな」

「いや持ってきたよ。あっちの、青葉さんが持っている」

どすん、と船がプラットフォームに着いた。

「丁寧に頼むよ船長！　君だって船酔いしてたら、あんまり手荒に扱われたくはないだろう？」

「何を言ってるんだ？　御手洗、誰も船酔いなんてしてないよ」

御手洗は私の言は無視し、横で手を差し伸べていた。それは、青葉に向かって差し出されたものだった。

「御手洗さん、お世話になりました」

青葉が、差し出された御手洗の手を、両手で握りしめた。しかし御手洗はせかせかと言う。

「いやいや、これからです。トンカチやバールは？　そんな金の入ったバッグなんてどうでもいい……」

「あそこに、すぐとってきます」

「いや、ぼくが行きます」

御手洗は身軽に船に跳び移り、工具箱を取ってきた。その間に、青葉淑子も兄の手助けでプラットフォームに移ってきた。

「船長、もう船はいいから、こっちによけてくれませんか」

御手洗は振り返り、叫ぶ。

「どうしてだ？」

船が動きだすと私は言った。

「それは、これから上陸する人の邪魔になるからさ。ほらご到着だ。お疲れさま！」

御手洗はそう言って船着場の端に片膝をつくと、水べりに手を伸ばした。そうして、激しい水音とともに、一人のずぶ濡れの男をプラットフォームに引きあげた。あがってくると、男は板の上で四つん這いになり、ぜいぜいと苦しそうに背中を上下させた。

疲れきってしまい、ひと言もしゃべることができないらしかった。

「横関、やっぱり横関、おまえか！」

青葉が大声を出した。

「きさま、なんてやつだ！　逆恨みにもほどがあるぞ」

「ご存じのようだから、この男の紹介は青葉さんにおまかせするとして、ぼくはこっちの手伝いをしよう。やあ吉川さん、疲れたでしょう。そのまま船に乗っていてもよかったですのに」

そう無駄口をたたきながら、御手洗は吉川刑事を引きあげた。続いて竹越。

「竹越さん、手錠は落としてないでしょうね、ああそうですか。それならよかった。早いとここの男の手にはめて下さい。ぼくがやりますか？」

御手洗は言ったが、この役だけは誰にも譲れないというように吉川が這っていき、喘《あえ》ぎながら手錠を横関の手首と、自分の手首にかけた。そうしておいて、またひとしきり喘いだ。三人とも息が切れて口がきけないものだから、御手洗はいいようにサカナにした。

「横関君、時間がないのは君も知っているだろう？　手早くすませたい。もう一度水の中に放り込まれるのが嫌なら、間髪を入れず答えるんだ。出入口は用意してるのか？」

言いながら、御手洗は横関の前にひざまずいた。ジャンパーの襟首のあたりにちょっと指先を触れた。吉川と竹越が、またなにをわけの解らないことを言いだしたんだというように、苦しげな顔をあげ、揃って口をぽかんと開く。

男は即座に首を横に振った。泳ぐのはもう二度とごめんらしかった。

「なに？　では釘づけか？」

男は無言で頷く。

「なんともひどいことをする男だな。では続いて君が、明日まで入ってみるかね？　だが、殺すよりはマシだろうな。ではどこを壊しても同じか？」

もう一度、男が頷く。

「天井の高さは？　たっぷりあるのか？」

少し考えてから、男がまた頷く。

「御手洗さん、さっきから何を言ってらっしゃるんです？　早く、子供を何とかしなければ」

「そうです。康夫が心配なんです。御手洗さん」

青葉兄妹が詰め寄る。

「今ぼくが考えているのはそのことだけです。ちょっとどいて下さい」

言うより早く、御手洗はバールを足もとの板の間に差し込み、トンカチで思いきり打ち込んだ。そうしておき、力まかせにこじった。メリメリと、板の裂ける音がした。

「御手洗、おい、何をしてるんだ⁉　気でも狂ったのか⁉」

私は度肝《どぎも》を抜かれ、大声を出した。

「ふざけるのもいい加減にしろ！　これは公共物だぞ」

「見てないで手伝え。石岡君！」

私はあっけにとられた。そうしている間にも、板は一枚勢いよく持ちあがり、御手洗は続いて二枚目に移った。

「そんなことすると、沈没するんじゃないか？　やめろよ！」

「なんだ？　カナヅチなのか、君は」

御手洗はニヤニヤしながら言い、作業を続けた。

「青葉さん、ぼくの友達は寝ぼけていてダメだ。あなたが手伝って下さい。この持ちあがった板を剝《はが》して。そっとですよ」

二枚目の板があがると、御手洗は勢いよくしゃがみ込み、続いて腹這いになると、できた穴に顔を近づけ、大声をあげた。

「おい康夫君！　大丈夫か!?」

私たちは腰が抜けるほど驚いた。ついに御手洗が発狂したかと思った。だが中から、

「うん、大丈夫」

という声が戻ってくるに及んで、あまりのことに気絶しそうになった。

「よし、もう大丈夫だ、続けましょう」

青葉と、淑子婦人もひざまずいていた。

「康夫」

「康夫ちゃん、こんな中にいたの？　もう大丈夫よ、すぐ出してあげる」

「竹越さん、吉川さんも、もし疲れがとれたのなら二人とも手伝ってくれませんか。この板を剝して下さい」

「わ、解りました」

竹越が言う。

「竹越さん、桜橋の方へは連絡してくれたんでしょうね」

「しました」

「では首尾よく逮捕できているとは思うが、気になるな、連絡はつきませんか？　上等な、警察用のハンディ・トーキーはどうしました？」

「あれ？　どうしたかな？」

「川の底ですか？」

「いや、あ、そうか、船の中です。取ってきましょう」

「そうして下さい」

「クロ、これは、クロじゃない？　クロじゃない……、のね」

目の不自由な婦人はシェパードに手を伸ばし、首筋に触れていた。

「グリースだよ淑子、弟だ」

作業を続けながら、青葉照孝が答えた。

「羽田まで連れて帰ったんだ。そうしたら、さっき御手洗さんが貸してくれと言われるものだからお貸ししたんだ。お役にたちましたか？」

「そうですな、このさいはっきり言えることは……」

と御手洗は作業を続けながら、もったいぶった言い方をした。

「人間の警官の百倍は役にたったということです。見事な働きでした」

それは私も見ていた。御手洗のイヤミを聞いても、吉川は無言で、犯人と並んでしゃがんだままだった。

「何ですか？　何が見事ですって？」

戻ってきて、竹越が言った。

「何でもありません。桜橋の方はいかがです？」

「もしもし、こちら竹越、そちらの首尾を報せよ、どうぞ」

「こちら桜橋です。ただ今外人の浮浪者ふうの男を見かけまして職質したところ、抵抗を見せましたので、逮捕いたしました。どうぞ」

「素晴しい！」

両手をこすり合わせながら、御手洗が満足そうに言った。

「たった今も、日本の警察は世界一優秀だと話していたところなんです、竹越さん」

「いや、そう言っていただければ、私としても肩の荷がおります」

「どうか一気におろして下さい。これですべてすんだ。それからお仲間に、こちらへ救急車を一台寄越すように言って下さい。それからみなさんこちらの言問橋へ集まるようにとね。

桜橋にロープが結びついていると思うが、それは証拠品ですのでね、大事に押収して下さい。この上の橋に駐車違反の車が一台ありますが、それも証拠品です。交通警察に持っていかれる前に、一課の方で押さえる方がよいでしょう。

さて、康夫君を救い出したら、急いで家に帰ってひと眠りしたいね、石岡君」

「ビューホテルのスイートを、どうぞお使い下さい」

すかさず、青葉が言った。

「そうか、浅草ビューホテルが取ってあったんだっけ。確かに今から横浜へ帰るのは骨ですからね、そうさせてもらうとしますか。しかし、スイートはお断わりしますよ青葉さん、一番疲れてらっしゃるのはあなただ。加えて、金のかかっただだっ広い部屋でなくてはもう眠れないのがあなたでしょう？　そして狭く、安いウサギ小屋でなくては眠れないのがわれわれというわけです」

御手洗は、手ぎわよく説明した。

9

翌日の午後、私たちは、浅草ビューホテルのスイートルーム応接室で、昼食をとった。青葉の感謝がこもった、ホテル最高のランチだった。食べながら私は、モナコのホテル・ド・パリを思い出していた。

だが青葉のリザーヴした二十六階のスイートの大きな窓からは、南仏の海とはうって変わり、浅草寺《せんそうじ》の灰色の屋根や、五重塔など、純日本ふうの街並が見おろせた。それはそれで、また心休まる眺めだった。そんな下町の家々を、霧雨が、静かに濡らしていた。

会食のため、臨時に運び込まれた豪華な寄木細工の大テーブルに集まった人々は、青葉照孝、青葉淑子、そして青葉の息子、康夫、竹越文彦《ふみひこ》刑事、それに私たちの計六人だった。こういうケースでの常として、吉川刑事の姿は影もかたちもなかった。

「御手洗さん、ゆうべから何度も繰り返すようですが、感謝の言葉もありません。私は、あなたが内心にお考えの通り、銭の亡者です。いや、私としては、でしたと申しあげたいのですが。だが確かに、金がからまない世界のことを、私はあまりに知りません。だからこういう場合、あなたに金は要らないとおっしゃられてしまうと、私はどんなふうにして感謝の意を示してよいのか、悲しいことに見当もつかないのです」

青葉が食後のコーヒーになった時言い、

「ああそうですか」

と御手洗の方は、紅茶を口に運びながら気軽な口調で応えた。

「どうかなんなりと、必要なものがあればおっしゃって下さい。いや、是非とも言って欲しいんです、私としては」

「そう言われましてもね、ぼくとしてはもう充分に報酬を受けているのです。今回のものは、近頃まれにみる楽しい仕事でした。この事件にかかわれた一瞬一瞬が、ぼくには至福の時間であり、報酬でした」

「それは私の方ですとも」

青葉が力強い口調で言った。この男は銭の亡者と自分を卑下しているが、そうした人々の多くが持つような俗一方なところはむしろ少なく、感激屋で、青年らしい好ましい純粋さを多く残していた。

「今まで活字でしか拝見できなかったあなたのご活躍を、昨夜はごくごく身近で見れたんですからな。この点ひとつをとってみても、私は到底このままにはできない。二度と味わえぬ、貴重な時間でした」

「先生、それは、私の方からも言わせていただきます。いつものことではありますが、いやいつもいつもこんな言い方ばかりしているようだが、昨夜のことでは大いに勉強をさせてもらいました。今日はちょっと仕事で来られませんが、後輩の吉川も、おそらく同じ思いでいることと思います」

竹越刑事が控え目に発言し、御手洗は、

「お忙しいお仕事、ご苦労さまです」

とひと言だけ言った。

「で、先生、私の方の勉強としまして、今回の事件のカラクリを、ざっとひと通りご説明いただくわけにはいきませんか。私の方は、いったいなにがどうなっていたのか、未だに皆目《かいもく》謎だ」

「私の方からもお願いします。犯人が横関であったのは解り、子供もこうして無事だった。おかげさまで、この子の健康にも異常はなかった。残るあとひとつのお願いは、それだけです」

青葉も言った。

「もちろんお話しします。それをすまさなくては、仕事がすべておしまいということにはならないでしょう。しかし、もうみなさんお解りと思うが」

みな一様に首を横に振った。御手洗は、テーブルの上で両手のひらを合わせた。そして例によって気のなさそうに続けた。

「今回の事件は、性格は非常にはっきりしている。かつての青葉さんの部下が、私怨もあり、腹いせと、現金を得ようとする目的で康夫君を誘拐した。そして金銭を要求した、それだけの単純な事件です。性格はこんなふうにはっきりしているが、現金を受け取る方法を、いささか凝ったものにした。それから仲間に外国人がいた。この二点が、今回の事件を、いくらか風変わりなものに見せたのです。

横関がかつて海運業に関わっていたこと、自分が、浅草橋の船宿の息子に生まれたことなどから、彼は、現金の受け渡し場所に隅田川を要求してきたのです。

そうなると船だ。警察もそう読む。当然水上警察を手配し、水の上は、それこそ水も洩らさぬ包囲網を敷いてくるだろう。犯人の方も知恵のあるやつだ、当然そのくらいは読んできます。

みなさんを船に乗せたというのは、捜査側の目を水の上に一方的に導くための策略だった。そうして自分たちは陸の上にいて、船に乗っていると見せかけたのです。捜査陣に確実にそう信じ込ませる方法はひとつ、嘘をつくはずのない青葉康夫君を、実際に船に乗せ、隅田川に浮かべておけばよい。そうしておいてハンディ・トーキーで会話をさせれば、波の音や、船酔いなどから、康夫君が水の上にいることは否応《いやおう》なくわれわれに伝わる。ありがたいことに川には水の流れがあるため、ただ停泊させておいても推進感が出るのです。

しかし康夫君を乗せたこの船は、現金を受け取るまで、われわれに発見されては困るのです。先に発見されては金が盗れない。しかも犯人も一緒に隅田川の上にいては、金を盗ったあと、逃げることができない。

康夫君を一人で浮かべておき、なおかつ、近くをいくら警察のランチがうろうろしても、中に少年がいると悟らせないような、これは船でなくてはならない。こういうむずかしい条件を充たす川の上の浮遊物が、船以外にただひとつだけあった。それが

「……」

「マリーナのプラットフォームか！」

私が叫んだ。

「その通り。これ以外のどんなものでも、中に人が入るような大きなものが川に浮かんでいたら人目をひく。当然警察に調べられただろう。しかしマリーナのプラットフォームなら、普段からそこにあるものだから、別段不審には思われないのさ」

「じゃ、あれは夜のうちにプラットフォームに穴をあけて……」

「いやそうじゃない。すり替えたのさ。同サイズ、同じ外観のプラットフォームをあらかじめ用意し、中に薬で眠らせた康夫君を入れ、ハンディ・トーキーも入れて、周囲にタイヤもぶら下げ、船で曳《ひ》いてきて取り替えておいたんだよ。どうせひと晩だけごまかせればいいんだから、本物とそれほど瓜二つでなくてもいいんだ。本物の方は、どこか下流に流されていると思う。たぶんすぐに見つかるよ」

「見つかったようです」

竹越が言った。

「曳いてきて、もと通りマリーナに戻しておきました」

「ああ、それは結構です。上に屋形が載ってはいませんでしたか？」

「載っていました。船に、屋形船に見せかけてあったために、多少発見が遅れたようです」

「屋形船に見せかけてあった？」

私が尋ねた。本物のプラットフォームを、どうして屋形船に見せかける必要があるのか。

「それは、ニセ物のプラットフォームを、屋形船に見せかけてマリーナまで曳いてきたからだよ。用ずみになった屋形をマリーナの前で捨ててはかえって目だってしまうから、本物の上に載せ替えて、下流に流しておいたんだよ」

御手洗が答える。

「しかし、犯人は、どこでニセのプラットフォームを造るような作業を？」

「神田川の水の上ですよ。陸の上じゃどこでやっても目だってしまう。水の上に浮かべ、上に屋形を載せて、屋形船に見せかけておいて作業したのです。横関の家は、代々続いた船宿でね、だが神田川のやや上流にあたるから、もうさびれて、経営不振で傾いている家なんです」

「だがよくマリーナまで引っ張っていったりする途中、人の目をごまかせたものだ」

「だからそれもあって、屋形船のかたちにカムフラージュしたんじゃないのかな。さらに加え、雨の季節を狙ったんだ。夜の雨というのは、みなさんもうご存じの通り、非常に視界が悪い。ほかの船から見咎《みとが》められにくいのです」

「なるほど。で先生、あのギリシャ文字の暗号は、あれは何を言ってるんです?」

するとと御手洗は両手をこすり合わせ、くすくすと意地悪そうに笑った。

「あれですか。あれは暗号なんかじゃない」

「暗号じゃない!? じゃやはりギリシャ文字かなにか、外国語ですか? 青葉さん、そうなんですか?」

竹越が言い、

「いや、私も解らない」

と青葉が答えた。

「いや、文字でもない。あれは『絵』なんです」

「絵!?」

われわれは揃って大声をあげた。

「何の絵です? また何のために絵なんかを!?」

竹越が大声になる。

「それは相棒が外国人だからです。横関は会社を辞めて日本に戻ってきた時、ギリシャ人の友人を一人、東京へ連れ帰ったのです。名前は何というのか知らないが……」

「ペルーカ・マイオスというそうです」

「ああそうですか。その男が今度の相棒です。しかし彼に今回の誘拐事件の計画を説明したのだが、隅田川のどの位置に康夫少年を置き、どの位置で金を受け取るか、あるいはハンディ・トーキーの電波が届く範囲に限りがあるため、どの位置で少年のそばに置いたハンディ・トーキーにスウィッチを切り替えるかなど、計画には細かい計算と段どりが必要だった」

「ああそうか、それで永代橋や佃島の方までわれわれが行ってしまった時は、康夫の声が入らなかったんですな？」

　青葉が訊く。

「そういうことです。横関の声だけは、やつが陸上を車で移動しているため、どこまでもついてきた。しかし康夫君の声は、届かない。だからみなさんが少年の声を聞けたのは、必ず両国橋以北にさしかかった時だけです。それもあって横関は、みなさんにさかんにあのあたりを往復させたのだろうが」

「なるほど」

「また、現金を素早く、それも陸から受け取るため、あるとんでもない方法をとる必要があった。こんな作戦の詳しい指示をマイオスに授けるため、隅田川の細かい位置関係を彼に説明する必要があったのだが、彼が日本語を解さないため、非常にむずかしい。それでどうしたか。橋によって場所を説明しようとしたわけです」

「橋？」

「そう橋だ。隅田川には、何十メートル、何百メートルかおきに、たくさんの橋がかかっている。自分たちの家がある神田川は、総武線鉄橋と両国橋との間にあり、少年を入れた箱は言問橋のたもとに置き、とこんなふうに橋の位置で説明した。ところが橋を名で説明しても、マイオスは実際の橋に書かれた文字が読めないから意味がない。そこで橋を『絵』で表現したわけです」

「橋の絵!?」

われわれは声を揃えた。残念ながら、そこまで言われても、私にはなんのことか解らなかった。

「そう、まず最初の『X』は桜橋だ。桜橋は上から見ると、『X』の字のかたちをしているのです」

「あっ、あっ、そうか!」

私は不覚の声をあげた。そうか、そうだった。私はいいところまで近づいていたのに! なんとうかつだったのだろう。あともう一歩に思いいたれなかったのだ。

「で、では次の『D』や『I』は?」

私は急《せ》き込んで尋ねる。

「石岡君、ゆうべ船から橋の群れをたっぷり見ただろうに。暗くて見えなかったのかい? 東武線鉄橋や駒形橋は、横から見ると両脇の鉄骨があんなかたちをしているの

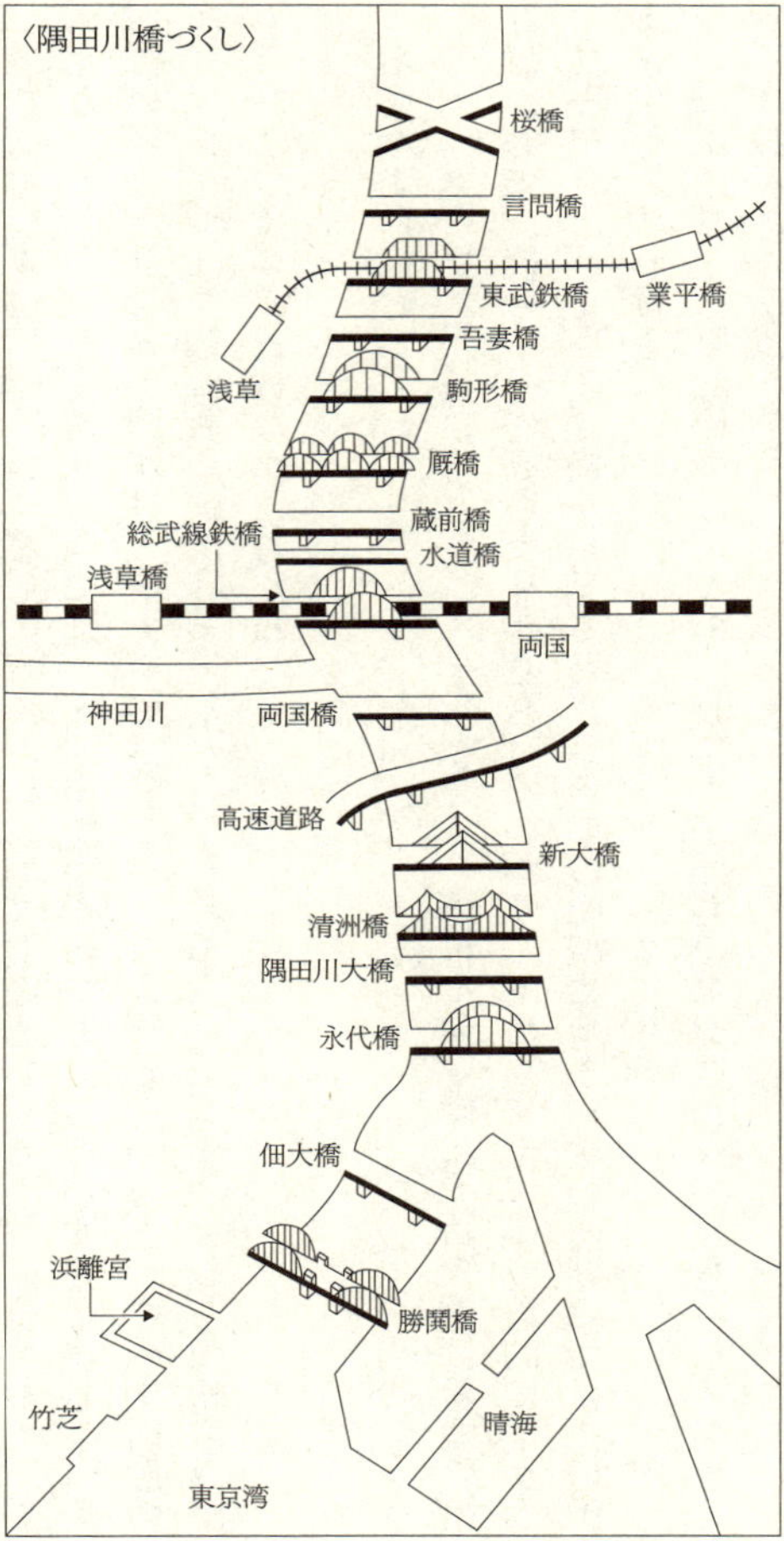
〈隅田川橋づくし〉
桜橋
言問橋
東武鉄橋
業平橋
吾妻橋
浅草
駒形橋
厩橋
蔵前橋
総武線鉄橋
水道橋
浅草橋
両国
神田川
両国橋
高速道路
新大橋
清洲橋
隅田川大橋
永代橋
佃大橋
浜離宮
勝鬨橋
竹芝
晴海
東京湾

さ。ちょうど『D』に見えるだろう？」

「え？　あそうか！　『D』が横に寝た格好か」

「その通り、あの『図』は、横じゃなく、縦にして見るといいんだ。そうすると、いろんなかたちの橋が、南北方向に延々と並んでいる絵であることがすぐに解るよ。駒形橋の場合、鉄骨の半円がひと山あるのさ。しかし次の厩橋《うまやばし》となると、この半円形の鉄骨アングルは三つもある。それでこんなおかしな記号になった。『B』の膨《ふく》らみがもうひとつ多いみたいなかたちだね」

「あ、なーるほど」

「『I』は、こういう鉄骨のアングルを両サイドに持たない橋だ。新大橋は新型の吊り橋なので、橋の中央に高い支柱が立ち、その両サイドにワイヤーが直線的に下がって橋を吊り下げている。横から見ると、三角形の山型になる。次の清洲橋ではこの山型が二つあるわけさ」

「ははあ！　……勝鬨橋では、この『D』のかたちのアングルが、左右にやや離れた位置にあるというわけか」

「その通り。厩橋と総武線鉄橋の間の蔵前橋は、すぐ横に水道橋が並んでいるので『II』のかたちに見える。つまりこの暗号みたいな記号の連なりは、隅田川の桜橋から勝鬨橋までを表わしているわけさ。

ここに地図がある。『X』から順に、桜橋、言問橋、東武線鉄橋、吾妻橋《あづまばし》、駒形橋、厩橋、蔵前橋、水道橋、総武線鉄橋、両国橋、高速道路の橋、新大橋、清洲橋、隅田川大橋、永代橋、佃大橋、勝鬨橋、というわけさ。『橋づくし』だね。ひとつの川に、こんなにいろんなかたちの橋がかかっているのも、東京ならではというところじゃないかしら」

「なるほど、こうやって横関はマイオスに川の各地点を説明したんですか」

青葉が感心して言った。

「そういうことです。総武線鉄橋と両国橋との間に矢印が見えるのは、神田川ですね。自分たちのアジトがある川です。というのも横関の方は、みなさんの船の進行に沿って陸を移動し、無線で指示を送る必要があり、マイオスには一人で待機し、ある重要な仕事をしてもらう必要があったからだ。マイオスに、横にいて逐一指示を送ることができない」

「どんな重要な仕事です？」

「それはつまり、現金を安全かつ素早く受け取るための作戦です。ほら、この暗号列の、言問橋のところを見て下さい。小さな『×』と『○』がある。この『○』はマリーナと、その前に浮かんだプラットフォームの位置、『×』は金を受け取る場所を示していると思われました。つまり子供を置いた場所と、身代金を受け取る場所です」

「なるほど、両方とも言問橋なんですな？」

「そういうことです。この橋も、桜橋同様歩行者専用橋だったらよかったんでしょうがね、そうもいかない。それで外国人のマイオスの方を、人目の少ない桜橋の方へ配したんです」

「桜橋の方へ……？　どういうことです？」

「つまり金を受け取る方法なんですが、陸にいながら、可能な限り素早く受け取る必要があったわけです、横関としてはね。そうしないと大変に危険だ。もたもたしていると、陸の上を警官が押し寄せてきてしまう」

「なるほど、それはそうですな」

「ところがです。普通のやり方では、どう考えてもそんなに素早く金を奪う方法などないんです。金は船に乗っている。この船を、どこか岸に着けさせて金を受け取るなどというやり方をすれば、どうしても時間がかかる。船というやつは、そんなに急停止はできません。ゆっくりとスローダウンして停船する。そうなると、あらかじめ陸の警察に連絡を取られてしまう」

「なるほど、なるほど」

「そこで、船の者がまったく予期しないような場所で急停止させ、みなさんがびっくりしてうろたえている間に、間髪を入れず、金をかすめ盗ってしまう、その間わずかに数秒、こんな方法が理想です」

「それはそうです」

「そこで横関は、とんでもない方法を考えた」

「と、申されますと？」

「マイオスを桜橋に待機させ、船のマストにロープをひっかけさせるという方法です」

「ああ……」

「で、このロープは、ぴったりと言問橋、桜橋間の距離しかないものです。そうして反対側は、桜橋に固く結びつけられている。ということは……」

「船は言問橋の真下でストップだ。なあるほど！」

「言問橋に横関が待機し、停まった船の上に、間髪を入れずロープを垂らす。そこにバッグをひっかけさせる。引きあげる。そうしておいて、車でもって、手薄な陸の上を逃走する。桜橋へ廻って、マイオスを拾っておいてです」

「はあはあ、なるほどねえ……」

「だがこのロープ引っかけは、一回では成功しない可能性もあった。もちろん横関は、みなさんの船が桜橋の下を通過する段になると、スピードを落とせと無線でしつこく指示するつもりではいたんでしょうが、それでも成功するとは限らない。マイオスが失敗したら、みなさんは何度も桜橋の下を往ったり来たりさせられたはずです」

「なるほど、われわれも息子同様、船酔いしたかもしれませんな」

「首尾よくロープが引っかかったら、マイオスは懐中電灯を振って言問橋に向かって合図を送る手はずに、どうやらなっていたらしい。ぼくも言問橋のつけねの隅田公園の繁みに隠れていて、この光を見ましたからね」

言われてみると、これは私も見ている。

「なるほどねえ。で、御手洗さんも言問橋に待機していて下さったわけだ」

「グリースを連れてね。今まで数限りなくこんな種類の張り込みをやりましたが、今回ほど心強かったことはないです。相手がトロイアの大軍だったとしても、ぼくらは充分やれたでしょう」

「いや、今まで私も、これは数限りなくとまではいきませんが、いくつか、あなたの活躍されている冒険譚を拝読しましたが、今回のものほど鮮やかなものはないですな、いや見事なものです。これほどの活躍を、それもじかに目にする機会を与えていただき、お世話になって、なおかつお礼がさせてもらえぬというのはまことに残念至極、なにか方法を講じていただけませんか」

青葉が悔しそうに言う。

「どうしてもとおっしゃるのなら、方法はないでもないです。グリースを、こちらにいらっしゃる間だけでもぼくに貸していただけませんか。事件があんまりあっけなくカタがついてしまって、もうあの犬と別れなくてはならないかと思うと、なんとも心残りです」

「おお、そりゃおやすいご用だ、どうぞ連れていって下さい。よろしければずっとどうぞと申しあげたいところだが、さしあげてしまっては、私もちょっと淋しくなる」

「いやあ、くれとまでは言いません。長く一緒に暮らしては、互いのアラも見えてくる」

と御手洗は、聞きようによっては私への皮肉とも取れる言葉を口にした。

「御手洗、ところで君は何をしていたんだ？　青葉さんのお宅から姿を消して、言問橋に現われるまで」

「それはいろいろさ。まずあの暗号と見えた絵、あれが自分の考え通りであることを確かめるために、吾妻橋のたもとから水上バスに乗ったんだよ。あの水上バスは、浅草から浜離宮まで隅田川を南下する。ぼくは前部甲板に出て、次々にくぐっていく橋のかたちを眺めながら、自分の考えが正しかったことを確認した。この時、言問橋のたもとのマリーナや、その前に浮かんだプラットフォームを発見した。この瞬間、犯人の横関の考えていることがすべて解った。

あのプラットフォームが、今回の誘拐ドラマの中で、大きなひと役を買うことになるだろうことが、容易に想像がついた。康夫君をあの中に入れるつもりなんだなと推察した。

そして浜離宮へ上陸してから、すぐに言問橋まで取って返し、マリーナへ行って、プラットフォームまでおりてみた。ところが、このフォームにはなんの異常も発見できない。そこでこれはすり替える気だろうと見当をつけた。

しかし、では康夫君の入ったニセ物の方はどこにあるのか、これが残念ながら見当がつかなかった。水上バスの上から見た限りでは、このプラットフォームの代わりがつとまりそうな浮遊物は、隅田川の上にはまったく見あたらなかった。

本当のことを言うと、浅草橋の船宿ということを考えないでもなかった。あのへんはなじみの場所なんでね。だがもし違っていた場合、時間切れになる可能性があった。もう時間が迫っていたんだ。警察に浅草橋の船宿の捜査を依頼しても、おいそれと動いてくれそうではなかったしね。そこでこっちの調査はきっぱりと打ち切り、金を受け取る瞬間を狙うことにした。

しかし、君たちにマリーナの位置を知っておいてもらうためと、一刻も早く子供を救け出すための道具を持ってきておいてもらうため、ここのホテルのフロントにあんな伝言を残しておいた」

「そうか、なんであんな喫茶店へ行って、わざわざお茶を飲まなくてはいけないのかと思ったよ」

「だがいい店だったろ？」

「それはそうだけど」

「あの店を君たちが知っていてくれたから、後半の段どりが手ぎわよくいったのさ。マリーナに急行してくれと言っても、それはどこだと言われてはね、説明に時間がかかってしようがない」

「まあ、それはそうだ……」

「それからぼくは、ギリシャの青葉さんの会社に国際電話を入れてみた。すると青葉さんは急遽金《きゆうきよ》を作り、アテネを発ったあとだった。友人の民間機を乗り継ぐから、夜の九時から十時にはもう羽田へ着くだろうという。さらに心強いことには、グリースを連れてこっちへ向かったという。そこで即座に羽田へとび、青葉さんの到着を待ったんだ」

「なるほど。……ところで御手洗、するとこの犯人は、マリーナのプラットフォームとそっくりな木の箱を、わざわざトンカチをふるって自作したわけだね？　なんともご苦労なことだね」

うかつにも私がそう言うと、御手洗は黒目を天井に向け、白い目を見せた。グリースと較べ、この人間の友人はなんと無能なのだろうという顔をした。私はさすがにむっとした。

「石岡君、まだそんなことを言ってるのかい？　犯人はそんなに勤勉な人物じゃないよ。たぶん君みたいに日曜大工は苦手だったんだろうな。ありものでちゃっかり間に合わせたんだよ」

「ありもの？」

「そう、偶然同じサイズの箱を見つけて利用した。それがタ、タコ焼き、屋の、お店、なんだよ」

「ああ！」

ありがたいことに、そんなふうに大声をあげたのは私だけではなかった。青葉淑子も、竹越も、青葉照孝も、そろって驚きの声をあげた。これには御手洗の方がびっくりしたようだった。彼には、こんなことは当然至極に解りきったことだったからである。

「私、私はもう、タコ焼き屋さんのことなんかすっかり忘れておりましたわ」

青葉淑子が言った。

「いや私もだ」

竹越刑事が言い、そこで私も安心して大きく頷いた。

御手洗という男の頭は、いい意味でも悪い意味でもコンピューター的で、一度インプットした資料は、世間的価値に照らし、高価値であろうと無価値であろうとおかまいなく、きちんと分類整理されておさまっているのである。われわれ常識人は、子供の誘拐という大事に途中から心を奪われ、タコ焼き屋の盗難などという小事は、すっかり頭から去ってしまっていたのだった。

「どんなささいな出来事と見えても、裏には重大事がひそんでいるもの。そうおっしゃったのは奥さんですよ。

だがこの真理に説得され、あのささいな事件にかかわって本当によかった。事件はいつか重大事に発展し、否応なくぼくは、より価値ある、と世間が言うであろうところの仕事を成し遂げてしまったらしい。おかげさまでぼくも教訓を得た。そして有能な友人も作った」

みながゆっくり御手洗の方を向き、それは誰かと、無言のうちに目で訊いた。

「グリース！」

御手洗が大声を出すと、洗面所の陰から背中の銀髪を揺らし、大きな黒いシェパードが、ゆっくりと走り出てきた。御手洗の横へ行き、黒い鼻を御手洗の腰のあたりに差し込んだ。

「おやおや、ずいぶん仲よくなりましたな。グリース、ご主人さまの顔は忘れないでくれよ」

青葉照孝が言った。

「教訓というのは、ささいに見える出来事も、決しておろそかにしちゃいけないってことだね？」

私がそう口をはさむと、御手洗はグリースの首筋を撫でながら、皮肉っぽくニヤリと笑った。

「そう聞こえたかい？　ところが違うんだ。ぼくの得た教訓というのはね、優秀な一匹の犬は、百人の警察官に勝《まさ》るということさ」

竹越文彦刑事が渋い顔をした。

山高帽のイカロス

Masterpiece Selection
Great detective Kiyoshi Mitarai

プロローグ

私の内に、ひとつのイメージがある。背に翼の生えた人間が、深い霧の中をゆっくりと飛んでくるイメージだ。

手前からも、もう一人の鳥人間が飛んでいく。二人は空中で山高帽を取り、挨拶をし合い、そしてすれ違う。

黒い燕尾服《えんびふく》を着、黒い山高帽を被《かぶ》ってひげを生やしたその空を飛ぶ男は、ゆっくりと翼を羽ばたかせ、霧を揺らしながら、ビルの谷間におりてくる。そしてビルの外壁に貼りついた。

するとそこに、不思議なことに扉がついているのだ。目もくらむようなビルの八階である。むろん下に金属階段などがあるわけでもない。そのドアは、空を飛べる人間専用の出入口なのだ。

キーをさし込み、ノブをひねり、ドアを開くと、山高帽の男は八階のフロアに消えた。ゆっくりとドアが閉まる。

1

今私の机の上に、一枚の絵の複写がある。ある画家の遺作展の案内パンフレットだ。

ひどく不思議な絵で、頂上がふかしたてのパンのように丸い、黒い山高帽をかぶり、タキシードを着てステッキを持った人物が、両手を広げて雲の浮かんだ青空を飛んでいる。

今回もまた私は、例によって編集者にせきたてられている。今月中にせめてひとつ、御手洗《みたらい》の活躍をしめす事件を紹介した一文を書けと言われているのだ。編集者は読者にせきたてられているらしい。読者は、自分の内なる知的好奇心にせきたてられているのだろう。これはこの世界の廻り廻った運命というべきものなのだろうが、一方私の方は、御手洗からあまりよけいなことは書くなと常々責められるのだ。間に立った私は、いつもジレンマに責めさいなまれる。そんなわけで、いつも私に手紙を下さり、御手洗の紹介を怠っているとお叱りの女性のみなさま、納得していただければと思う。私としても、自分の奇妙な友人の紹介のため筆をとることはいささかもやぶさかではないのだが、またお報《しら》せしたい奇想天外な事件も、私の机上の資料ファイルに溜まる一方なのだが、後に御手洗の皮肉を聞く時のことを思うと、どうしても筆が鈍るのである。

また事件の当事者を傷つけかねないことも考慮しなくてはならない。加えて編集者は、とびきり変わったものをというご希望のようだ。こういう諸条件を充たし、なおかつ締切に間に合わせるように手早く書きあげられそうな事件というと、今私の脳裏に浮かぶものはひとつしかない。そんなわけで、一九八二年の資料ファイルから取り出したものがこの絵なのである。

この絵の作者は赤松稲平《あかまついなへい》といい、相当風変わりな人物で、空を飛ぶ人間の絵ばかりを描いていた。それも、女性ならさまざまな服装をした人が空に浮かんでいるが、男性となると、必ず黒い山高帽を被り、黒い燕尾服を着込んでひげを生やしているのだった。赤松稲平自身、常にそういういでたちであったので、すなわち彼の絵に現われる空を飛ぶ男は、彼自身であるらしい。

彼は酒に酔うと、人間には空を飛ぶ能力があると常々主張していた。彼はアル中患者で、彼の体からアルコールの匂いがしていない時がなかったようだが、それに加えて実にしばしば泥酔し、そんな時は必ず、人間は空を飛ぶ生き物なのだと熱い口調で主張した。日本や中国には昔から「飛仙図」というものが多く描かれている。仙人が苦しい修行の末、ある境地に達すると、空を飛ぶことができるのだ。あるいは西洋でも、天使はみんな空に浮かんで描かれている。これらがすべて画家のファンタジーだというのだろうか。いやそうではない、これは事実だったのだ。ただしこういう時、その人物は極限まで人生への絶望感で充たされていなくてはならない。骨の髄《ずい》まで体内に充ちた絶望感が、人間の体と魂《たましい》を、軽くするのだそうだ。

そんな人物だから、むろん狂人扱いで中央の画壇からは相手にされず、精神病院を出たり入ったりしていた。絵が売れるタイプでもなく、時おり彼の絵をポスターやパンフレットに使う奇特なファッションメーカーもあったが、それは夫人の力に負うところが大きく、彼はいってみれば晩年のゴッホのような、孤独で貧乏な、狂気の画家だった。

とはいうものの、実際には彼の生活はそれほど悲惨ではなく、浅草隅田公園そばに一応自分専用のアトリエを持ち、最低限の生活——それは彼の場合、一日一本のウイスキーを意味したが——は保証されていた。というのは彼の別居中の妻が、クリスチャン・オーキッドという、業界ではかなり名の通ったファッション・ブランドの社長をしていたからである。

赤松稲平によれば、この夫人も空を飛ぶ能力があり、しかも自分はその現場を目撃したそうなのだが、とすればこの夫婦はほとんどなにひとつ不自由のない生活をしていたことになる。氷室志乃《ひむろしの》という名のその女社長は、美貌と才能で世間に名が通り、彼女の創り出すファッションは、常にひと味違った個性を持つ芸能人や女優たちの関心の的だった。ブランド・イメージは上昇の一途をたどりつつあり、おまけに彼女は空を飛ぶ能力まであるという。ご主人の方も、別居中という多少の不幸はあるが、一日ひと瓶の酒は保証され、残る生涯を、好きな絵を描いてすごせばそれでよいはずだった。考えようによっては、人がうらやむ最高の生活ではあるまいか。

それが、あれほどの悲劇に遭遇した。他人の悲劇に首を突っ込むようになってもう長いが、あれほどに身の毛がよだつような不可解な悲劇には、横浜、暗闇坂の事件を除けば、出遭った記憶がない。実際、なんとも奇怪で怖ろしい、そして不思議な事件だった。あの時のことを思い出せば、私は未だに恐怖をおぼえ、その極限的な不安感から、首筋が縮み、体全体がこわばってしまうような感覚が来る。

実際どうしてあれほど不思議なことが起こったのか。もう六年ばかり前のことになるが、いっ時《とき》ずいぶん世間を騒がせたので、読者のみなさんも憶《おぼ》えておられるかもしれない。

赤松稲平という、この空を飛べると主張する画家が、地上何十メートルもの上空に浮かんで死んでいた。浅草の、ビルとビルの谷間のような路地の上空だった。ビルからビルへと渡された電線の、真ん中あたりにひっかかって浮かんでいたのである。

両手を、まさに彼の描く絵のように広げ、少し背中方向へそらせていた。帽子こそかぶっていなかったが黒い背広姿で、今まさに気持ちよく空を飛んでいるというふうだった。

路地の上空とはいっても、赤松の浮かんでいる空中から見て左右にあるビルは、それぞれ十メートルは離れている。とてもではないが、通常の人間なら、自分の力でそんなところに飛び出せるものではない。

しかも彼のとった姿勢は、別段電線に強制されてそんなふうに両手を広げているわけではなく、完全に自分の意志で広げているらしいのである。胸と足のあたりで電線の上に載り、腹ばいの姿勢で空中に浮かんでいるのだが、両手は電線に触れていない。

この不思議な物体を発見し、地上は早朝からたちまち上を下への大騒ぎになった。警察が駈けつけ、続いて消防署の梯子車《はしごしゃ》がやってきて、ようやくこの空飛ぶ男を地上におろした。

そしてこの騒ぎと時を同じくして、付近の隅田公園から、身なりのよい上品な女性が、発狂し、さまよっているのが発見された。彼女は、赤松稲平の妻であり、クリスチャン・オーキッドの女性社長兼デザイナー、氷室志乃だった。

しかも事件はこれだけでは終らなかった。前夜の、東武伊勢崎線竹ノ塚行き最終電車が、奇妙なことにロープをずるずると引きずっており、そのロープの先に人間の右腕が絡《から》みついていたというのである。

事件の詳細な報告は先に譲るとして、とにかく最初から順を追って話していくことにしよう。事の起こりは、一九八二年五月九日日曜日のことだった。よく晴れた、暖かい、気持ちのよい日で、御手洗と私とは、半日横浜の街を散歩し、ようやく夕方になってから馬車道《ばしゃみち》の部屋に戻ってきた。

多少世間に名を知られるようになった現在と違い、当時の彼はまったく無名だったので、われわれの部屋に自分から訪ねてくる人はまれだったのである。したがって私たちは必然的に閑《ひま》だった。そして訪ねてくれる人たちも、たいてい占いの客か、相談も、事件とはとても呼べないようなささやかな、どうでもよいようなものが多かった。歴史に名を遺《のこ》している過去の名探偵たちも、多かれ少なかれ最初は、この頃の御手洗のような一時期をすごしたのだろうか。おそらくそうなのだろうが、私が身近にする御手洗の日常には、どうも名探偵らしからぬ喜劇的な要素が濃いように思われる。

この日も散歩から帰り、例によって誰が夕食を作るかで論争になった。食材の買物は散歩の途中ですませていたから、要はどっちがエプロンをかけるかで毎度もめるのである。そんなやっさもっさのおり、ドアのチャイムが鳴った。私がドアを開けると、まだ二十代にみえる若い、学生風の男が立っていた。

「あの、こちら御手洗さんの事務所でしょうか」

と青年は、ナイーヴそうな、柔らかい口調で言った。そうです、と私が応えると、

「ではあなたが御手洗さんで？」

と彼は私に訊《き》いた。すると御手洗は部屋の隅から大声を出した。

「御手洗はぼくです。その男はただのコックですよ。今から夕食の仕度をするところですから邪魔しないでこっちへかけて下さい」

青年は御手洗の指図に従順にしたがい、私は食事の仕度の前にさらにお茶を淹《い》れさせられるため、衝立《ついたて》の彼方に追い払われた。

青年は、アンティークな革張りの応接セットで御手洗と向き合うと、珍しそうに御手洗の顔をじろじろと眺めていた。

「あのう、『占星術殺人事件』を読みました」

彼はおずおずと言うのだった。当時、あの本が出て間がなかった。

「すごく面白かったです。びっくりしました。感心しました」

「ああそうですか」

御手洗はそっけなく応じた。私は、世界中で最も冷遇されている物書きだと思う。

だいたいこういう賛辞は、筆者たる私が受けるべき筋合いのものではあるまいか。私に限り、賛辞はすべて御手洗の方に行くのである。

「それで？　今日はどんなご用事です？」

「あの、本にサインしていただこうかと」

青年は『占星術殺人事件』を取り出した。

「そんなことでいらしたんですか？」

手早くサインをしてから御手洗が言った。

「いえ、それだけじゃなくて、ちょっと変わったお話があって……、あのう、まずどんなふうにお話ししたらいいか」

「お名前と住所と職業をお話しいただき、それからご用件という段どりでいかがです」

御手洗が提案した。以前は訪問者に好きなように喋らせていたのだが、それではかえって戸惑うようなので、そんなふうにこちらで指定することにしたのである。

「あ、そうか！　名前は湯浅真《ゆあさまこと》と言います。お湯の湯に、深い浅いの浅、真実の真です。住所は台東《たいとう》区花川戸《はなかわど》、浅草です。言問橋《ことといばし》の近くの、古い安アパートに住んでいまして、職業は印刷工です。向島《むこうじま》の印刷工場に勤めてます。毎朝言問橋を渡って通勤してます。通勤はだいたい徒歩で二十分くらいかかります。こんなところで自己紹介はよろしいでしょうか」

「必要にして充分です。ではご依頼の件をどうぞ」

「あのう、御手洗さんのような方なら、どんな相談にも乗って下さると思いまして、こうしてうかがいました。どんなささいな事柄でも、一般と変わっていることなら、興味をお持ちになるんじゃないかと……」

「その通りです。どんなことです？」

紅茶を運んで行き、テーブルに置くと、私も御手洗の隣りにかけた。

「あのう御手洗さん、ビルの壁面によく、空中に向かって開いたドアがあるのをご存じですか？」

「空中に向かって開いたドア？」

青年は突然妙なことを言いだした。

「いいや、知りません」

御手洗は言った。湯浅青年は続いて私の顔を見たので、私も首を左右に振った。

「ああそうですかあ」

と青年はのんびりした口調で、だいぶん残念そうに言った。

「実はぼく、東京の街をおかしなものを探して歩くのが趣味なんですが、前から変だなあ、変だなあと思っているもののひとつに、こういうドアがあるんです」

「どんなドアです？」

「それがなんの変哲もないドアなんです。ビルの壁面の高ーいところにありまして、四階や五階についているのもありますし、八階についているのもあります。二階、三階、四階にそれぞれひとつずつついているのもあります。ちゃんとノブもついていて、いつも開け閉めしているみたいにぴかぴかに光ってるんです。ドアの下にはもちろん梯子も階段も付いていなくて、断崖絶壁みたいなビルの壁があるだけです。何十メートルも上空の方にぽつんとついているんです。これはいったい何なんでしょうか」

「本当にそんなものがあるんですか？」

「あります。ぼくは写真を撮ってきました」

青年はそう言って、テーブルの上に何枚か写真を並べた。彼の言う通りだった。なんの変哲もないビルの壁の遥《はる》か高いところに、ぽつんとドアが付いている写真、二階から四階まで、縦一列にドアが並んだビルの写真などだった。

「これは神田です。これは渋谷、こっちは豊島区、これは銀座です。こんなふうに都内にたくさんあるんです」

「ほう、なるほど、こんなにありますか」

「御手洗さん、このドアは何だと思われますか？」

色白の青年はつぶらな目をいっぱいに見開き、真剣な顔でそう質問してくる。

「このドアについて、ぼくの意見を聞きにいらしたんですか？」

御手洗はにやにやしながら尋《たず》ねた。

「はい、ひとつにはそういうことです」

「これは、東京タワーから飛んできたピーター・パンが入るドアじゃないですか」

御手洗が冗談を言った。すると青年は目を輝かせた。

「御手洗さんもそう思いますか？　実はぼくもなんです。ぼくは長いことこのドアの使い道について考えていたんです。そしたら、こんどやっと解ったんです。この世界には空を飛ぶ人間もいるんだってことを。みんなに食わぬ顔で生活してるからぼくらには全然解らないけれど、ぼくらに混じって暮らしているこの日本人の中に、明らかに空を飛べる人間がいるんですよ。だって、じゃなきゃ東京にこんなにたくさん空中に開くドアがあるなんておかしいですよ」

青年は言いつのった。一方私はだんだん薄気味が悪くなってきた。この青年の神経は、どうやらまともではないらしい。しかし狂人は狂人を知るで、御手洗は澄ました顔で話に聞き入っている。

「それで、このドアが空を飛ぶ人間が出入りするドアだと君が信じるにいたったのには、何か理由があるんじゃないですか？」

「それなんです！」

青年は勢いよく言って、ひと口紅茶をすすった。丸い目が、さらに大きく丸くなった。

「あのう、毎日家の近くの神谷《かみや》バーで一緒になる酒好きの男がいまして、おかしな黒い山高帽をいつもかぶっていて、たいてい一人でへべれけになっているものだから気になっていたら、ある日ぼくに油絵の印刷について尋ねてきまして、そして自分は画家だと名乗りまして、それで親しくなったようなわけなんです。画家というのはベレー帽をかぶっているものなのかと思ったら、山高帽をかぶってるのもいるんですね」

そう言って青年は、ちょっとけたたましいような、かん高い笑い声をたてた。

「それで？」

御手洗がうながした。

「それでぼくらは、神谷バーで一緒になると、いつも話をする仲になりました。それが赤松稲平さんだったんです。歳は彼の方がずっと上で、年齢は親子くらいに違うと思うんですけど、ぼくらはすごくうまが合ったというのかなあ、赤松さんもほかに友達がいないようだったし、ぼくもたいてい一人だったので、それで仲良くなったんです。ぼくらは毎晩のように神谷バーで顔を合わせて、一緒に一杯やりました。夜七時くらいに行くと、彼はいつでもいました」

「そういうことは、どのくらい続いているんですか？」

「もう二年以上にはなります。正確には憶えていないんですが」

「解りました。そうしたら？　赤松さんが空を飛んでいなくなっちゃったんですか？」

「そうなんです！　解りますか!?　さすがに御手洗さんともなると違いますねー。今まで誰に言っても信じてくれなかったんです」

「この世界には常識人が多いですからね。ですが順を追って話して下さい」

「はい。何度かお酒を飲みながら話すうちに、ある晩赤松さんがおかしなことを言いだしました。自分は夜眠ってからのち、どうも一人で東京の空を飛んでいるらしいと言うんです」

「ほう！」

「そんな話をはじめてあの人から聞いたのはもう四、五ヵ月前になりますが、その頃にはぼくは、彼の暮らしている住居兼アトリエの部屋に何度か遊びにいくようになっていましたので、そこで彼が一人暮らしをしていることも知っていました。

ビルの倉庫を改造したらしい板の間二十畳くらいのひと部屋で、そこにベッドとかイーゼルやらなにやら、絵を描く道具が置いてあるだけの、殺風景なだだっ広い部屋です。トイレはありますが、風呂はありません。ぼくとおんなじ銭湯通いです。そんなところからもぼくらは共通の話題があったのですが。彼はそんな仕事場で、日がな一日絵を描いて暮らしているんです。すぐ近くに隅田川とか、浅草の雷門とかがあるんですが、ほとんど散歩にも出ていないようです。そんなふうにして描いている絵というのが、人が空を飛んでいるところばっかりなんです。

赤松さんの話では、夏の夜など、そんな板の間の隅っこのベッドで寝ていると、夢の中で自分の体が浮きあがり、窓のひとつから浅草の夜空に飛んでいってしまうんだそうです。それから両手を広げて、東京の上空をぐるぐる飛ぶんだそうです。

それは夢を見てるんでしょう？　とぼくは言ったんですが、いやそうじゃない、と赤松さんは真顔で言います。毎晩同じ夢ばかり見るはずもないし、夜空をすごい勢いで飛んでいる時、耳たぶのところで風がゴオゴオ鳴る音や、髪が風にあおられて額《ひたい》をぴたぴた叩く感触などを、目が覚めてからもはっきり憶えている。あんな夢はあるもんじゃない。東京の上空を飛ぶと、隅田川の上にかかった時の水の匂いや、東京湾上空の汐の匂い、郊外の森の匂いなども鮮明に憶えている。あれは断じて夢などではない、そう彼はぼくに力説するんです」

「ははあ、これは相当変わった人物ですね」

御手洗は楽しそうに言った。

「自分には昔からこういう特技があるらしく、以前から時々こういうことが起こったんだ、と彼は言いました。子供の時から、朝起きてみると、寝る前に閉めたはずの窓が開いていた、なんてことがよくあったそうです」

「その窓から空へ飛んでいったというわけですね？」

「そうです」

「今彼が住んでいるアトリエの窓はどうなっていますか？」

「これはたくさんの窓が付いています。外に面した壁は、ほとんどが窓と言ってもいいくらいです」

「何階ですか？」

「四階です、五階建てのビルの」

「それで板の間二十畳ですか、家賃も馬鹿にならないでしょう。赤松さんは、絵を売って生活できるくらいの収入があるんですか？」

「ないでしょう。自分の絵がこれまで売れたことは、まだ一度もないと赤松さんは言ってました。時たまポスターやパンフレットに使われることはあるらしいですけれど」

「どうやって生活を？」

私が訊いた。

「彼には、別居中の奥さんがいるらしいんです。この人が大変なお金持ちなんだそうです。クリスチャン・オーキッドというファッション・ブランドメーカーの、デザイナー兼社長なんですって。この人からの仕送りが毎月あるんだそうです」

「ほう、そのクリスチャン・オーキッドというのは、大きなブランドですか？」

「それほど大きくはないんですが、最近かなり注目されてきてるそうです」

「原宿か青山にでもあるんですか？」

私が尋ねた。

「いや、銀座だそうです。赤松さんの話だと、外堀通り沿いの、ソニービルから少し東京駅の方に寄った側にあるビルなんです」

「よく憶えていますね」

「ええ。というのが、そのビルが、八階に空中に開くドアがついた例のビルだからです。それでぼくはよく憶えているんです」

「ほう」

「しかも、赤松稲平さんの奥さんの会社が入っているのがその八階なんです」

「なるほど」

「赤松さんの話だと、彼は、奥さんがそのドアを開けて表の空中へ出ていくところを見たそうです」

「それは確かなんですか？」

「はい。ぼくにははっきりとそう言いました」

御手洗は腕組みをした。それから右手の中指で、さかんに顎《あご》のあたりを撫でた。

「湯浅さん、その赤松さんというのは、どんな性格の人です。ホラを吹いて人をかつぐのが趣味なんじゃないんですか？」

「いや、そういうことは絶対にないです」

湯浅青年は即座に断言した。

「そりゃ確かに変わり者でアル中だけど、いい加減な人ではないです。むしろいつも口数が少なくて、人づき合いが下手な感じの人です。いつでも真面目そうにぼそぼそ喋って、むしろ誠実さの固まりみたいなところさえあります。今はなんだか落ちぶれてる感じがあるけど、それは世渡りが下手だからで、彼は本当に素晴らしい人ですよ。ぼくは彼のことが大好きなんです。確かにおかしな人だけど、そんなことで彼が他人に嫌われるなんて、ぼくは許せないな」

青年は突然声を震わせ、目に涙を浮かべた。御手洗は一瞬目を丸くし、私たちはちらと顔を見合わせた。どうもこの青年の感性は、常人とひと味違うように思われた。

「では彼は真面目に、空を飛んでいると主張しているわけですね？　自分のベッドに入ってから」

「ええそうです。奥さんの方は、会社のその空中ドアを開けて」

赤松さんによれば、われわれ人類の中には明らかに空を飛べるエリートが混じっていて、そういう人たちの住んでるところやオフィスには、この写真のような空中に開くドアが必らず付いているんだと、そう主張してます。でないと、東京中にこんなに空中に開いたドアがたくさんあることが説明できないと赤松さんは言います」

「赤松さんは眠ってから飛ぶのだが、彼の奥さんはしらふでも飛べるわけですね？」

「そうです。自分はまだ眠ってからじゃないと飛べないんだが、そのうちきっと、目が覚めてる時でも自由意志で飛べるようになるって、彼はいつも言ってました。きっとやってみせるって。そのための精神トレーニングもやってるし、もう、すぐにでも飛ぶことをマスターできると思ってるようでした。空を飛んでる人物の絵を描くのも、そのための、自分の祈りみたいなものだって、彼は言っていました」

「奥さんに教わればいいじゃないですか、飛び方を」

御手洗がからかうような言い方をした。

「いえ、二人はもう長いことうまく行っていないようでした。ほとんど会うこともないんだって、そういう話です」

「ではどうして奥さんが飛ぶところを見られたんです？」

「時々、赤松さんの方で会いにいっているようでした。たいていは会ってもらえないらしいですが」

「奥さんが飛ぶのを見た時、彼は酔っ払っていたんじゃないんですか？」

「それは、そうらしいです。一度会社を訪ねて、門前払いを食わされたので、浅草に帰ろうと思ったんだけど、近くで安酒をあおって、したたか酔っ払った勢いで、夜遅くにもう一度オフィスに乗り込んでいったらしいですから」

「それで、会えましたか？」

「廊下で少し会えたようですけど、ちょっと立ち話していたら、ガードマンを呼ばれてつまみ出されたって。この時、二人のガードマンに引きずられながら、奥さんが空中のドアを開けて空へ出ていくところを見たんだそうです」

「じゃあガードマンも見たんですか？」

「いえ、ガードマン二人は後ろ向きだったそうですから、こういう格好で、赤松さんを真ん中にはさんで、ずるずると引きずりながら歩いていったそうで、赤松さんの方は、こう、二人のガードマンと反対の方向を向いていたので、奥さんが空中の扉を開けて、空へ出ていくところを見たというわけです」

湯浅青年は立ちあがり、ガードマン二人と赤松稲平のかたちを実演してみせた。

「だがその時、赤松さんはしたたか酔っ払っていた」

「でも酔っ払っていたからって、見間違えるような人じゃないですよ、赤松さんは。なにしろ画家なんですから。それに、酒が入っているのは、あの人にとって日常みたいなものなんですから」

「加えて真面目で、誠実な性格で……」

「そうです、一本気で、何かひとつのことに心底《しんそこ》打ち込むようなタイプの人でした」

「だから嘘も言いそうではない」

「はい」

「となるとやはり奥さんは、空を飛んだとしか考えようがないですね」

「はい」

「で、あなたは信じたわけですね？」

「ぼくはもちろん信じました。奥さんが飛ぶのも、赤松さん自身が空を飛ぶのもです」

「興味深い人物だな、会ってみたくなりましたよ、その赤松さんに」

「それが駄目なんです。二日前からいなくなってしまったんです。行方不明です」

「行方不明？」

「はい。とうとう空を飛んでどこかへ行ってしまったんです」

「ほう……、どこへです？」

「そんなこと、ぼくには解りません」

「帰ってこないんですか？」

「きません。部屋はずっともぬけのカラになっていて、今は大家さんが新しい鍵を付けて、厳重にロックしてます。泥棒が入らないように」

「新しい鍵？」

「はい。前の鍵はぼくが壊したからです」

「君が壊した？」

「はい、無理に入ろうとして」

「どうして無理に入ろうとしたんです？　いや、まあいい。順を追って話してくれませんか」

「はい、あれはおととい、五月七日のことでした。いつものようにぼくが神谷バーに行くと、赤松さんがいつもよりずっと沈んでいて、ぼくが隣りに腰をおろしても、あんまり口もきかないありさまでした。ぼくがどうしたのかなと思っていると、赤松さんがいきなり、今夜は飛べそうだ、と言いました。

赤松さんによると、人間が空を飛べるのは、無限大の絶望感に体中が充たされた時なんだそうです。強烈な絶望感が、人間の魂を軽くするのだそうです。今夜、自分はあまりにも世の中に絶望している。だから、きっと空を飛べる、そんなことをぼくに言いました」

「何故絶望したんです？」

「そのことを、ぼくも訊きました。赤松さんはなかなか言いたがりませんでしたが、酒が入るにつれてだんだん洩らすようになり、とうとう、奥さんに離婚されかかっているんだとぼくにうち明けました。離婚されてしまっては月々の仕送りもなくなるだろうし、彼はいよいよ生活が困ると思うんです」

「それはお気の毒に」

「その夜、彼は相当酔っ払ってしまって、ぼくもつき合いかねていたら、一人でふらふら帰っていきました。それからぼくは別の知人と話したりしながら一人で飲んでいて、ふと見ると彼が珍しく山高帽を忘れていることに気づいたんです。これは持っていってやらなくてはと思いました。だって、赤松さんが山高帽をかぶっていないところなんて全然想像できませんからね。帽子を忘れるなんてね、あの人が自分の顔を忘れるようなものです」

そう言ってから湯浅青年は、自分の発したジョークが気に入ったのか、あははは と力なく笑い、しばらくうっとりとした。瞳の光がうつろになり、しばらく沈黙が訪れた。

「どこまで話しましたか？」

青年は訊いた。

「帽子を届けにいこうかというところまでです」

一方御手洗の方はうって変わり、ひどく真剣な表情をしていた。彼の頭脳が回転を始める時の予兆、とでもいったものを、私は感じていた。

「でぼくは帽子を持って神谷バーを出ると、ふらふらと隅田公園へ行って、酔いを醒《さ》ますためにしばらく歩きました。そしたら暗がりの植込の陰から突然浮浪者らしい男が飛び出してきて、ぼくに背後から抱きつきました。ぼくがびっくりして大声をたてると、男はまるで面白がるような様子でぼくの頬っぺたにキスをして、逃げるように走っていってしまいました」

「ふむ。その時君は、赤松さんの山高帽をかぶっていたのではないですか？」

御手洗が妙に強い口調で訊いた。

「はあそうです。ずっと持っていて手がだるくなったので、頭に載せていたんです。どうしてですか？」

「いや、日本には昔から帽子の男を偏愛する変態同性愛者がいるんですよ」

「はあ……」

湯浅青年が釈然としない顔をしたが、私も思わず御手洗の顔を見た。そんな話は初耳だったからだ。しかし彼は嬉しくて仕様がないというように、身を揉んでいた。

「なかなかいい！　それからどうしました？」

「はい、ぼくはそれからなんとはなく悪酔いの不快感がしてきたものですから、階段をあがって川の見おろせるベンチに行って、しばらく頭を冷やしました。十分もそうしていたら落ちついてきたので、立ちあがって赤松稲平さんの部屋へ行きました。夜の十一時頃でした。

　部屋のドアの前に行ってノックをしたら、赤松さんが大声で叫ぶらしい声が中から聞こえました」

「それは確かに赤松さんの声でしたか？」

「そうです。いつも聞いている声ですから、間違えようがありません」

「何と叫びました？　彼は」

「何と言われても、言葉にはなっていません。『おーい』とか『おう』といったような、まあ呼びかけるような声です」

「ふんふん、それでどうしました？」

「ぼくは何事かと思って、ますますどんどんとドアをノックしました」

「うん、そうしたら？」

「やっぱり、『ああ』とか、『うう』というような、一種かけ声のような赤松さんの声が、内部から聞こえてきます。ぼくは薄気味が悪くなって、

『どうかしたんですか、赤松さん。ぼくです、湯浅ですよ。忘れ物の帽子を届けにきたんです』

と大声を出しました」

「ふむふむ、するとどうなりました？」

「がらがらと窓が開く音がして、ぱったりと声がやみました。そして、かすかに衣《きぬ》ずれの音がしたように思いました。で、ぼくはこれはきっと赤松さんは窓から外へ飛んでいったのだと思い、それでドアのノブを回したのですが、中からロックがされていたんです。

ぼくはもう一度ドアを叩いたり、ノブを持って揺すったりしたんですが、もちろんドアは開きません。それで、やむを得ず体当たりしたんです。よくアメリカの映画にあるから真似をしたんです。何度も何度も思いきり体当たりしたら、やっと鍵が壊れて、中に入れました」

「入れましたか、それはいい！」

御手洗は興奮して身を乗り出した。

「で？　何がありました？　中には」

「何もです。がらんとして、誰もいませんでした。天井の蛍光灯だけが皎々《こうこう》とともり、イーゼルがぽつんと板の間に立って、描きかけの絵がそれに載っていました。でも、赤松さんの姿はどこにもありません。左端の窓がひとつ、開け放しになっていました」

「絵は描きかけだったのですね？」

「そうです」

「筆に絵の具は付いていましたか？」

「そんなところまではとても憶えていません。とにかくぼくは窓に駈け寄って、夜空を見あげたんです。赤松さんが飛んでいないかと思って」

「ははあ、そしたらどうでした？」

「誰もいません。なんにも見えませんでした。それでぼくは、これでいよいよ赤松さんは空を飛んでどっかへ行っちゃったんだろうと思って、赤松さんの帽子をベッドの上に置いて、そのままアパートへ帰りました」

「なるほど、なるほどねえ！」

額に左手の人差し指と親指を交互に押しあてながら、御手洗が舌打ちとともに言った。その様子を、湯浅青年が気にしたらしかった。

「あのう、何かよくなかったですか？」

「いやいや、特にそういうわけではないのですが、君は、赤松さんがこれでもう空へ飛んでいってしまったと信じて疑わなかったわけですか？」

「はい……」

「赤松さんの声が廊下へ聞こえてきたのは、確かに部屋の中からだったですか？」

「それはもう、絶対に確かです。声と一緒に、床の板が鳴るようなかすかな音も、ぼくは聞いたんですから」

「それでは赤松さんは、部屋のどこかに隠れていたかもしれないじゃないですか」

「どうしてそんなことする必要があるんです？　あの人は人をかついだりからかったりするような性格の人じゃないし、ぼくにそんなことをする理由がないし……」

「ただおどかしてやろうと思ったのかもしれませんよ」

「まさか！　赤松さんに会えば、御手洗さんも解りますよ。そんな性格の人じゃないんです。ものすごく真面目なんですから。冗談ひとつ言わない人なんですよ。それに御手洗さん、部屋にはどこにも隠れるところなんてないんです」

「トイレや押入はどうです？」

「トイレのドアはたまたま開いていたんです。内部まで見えましたが、誰もいませんでした。押入はないんです。赤松さんの部屋は、板の間二十畳の、ただでっかいだけの箱なんです。隠れるところなんてどこにもないんですよ」

「では洋服ダンスもなしで、着替えの整理なんて困るでしょう」

「だっていつも同じ洋服着てましたから。シャツや下着なんかは、いつも部屋の隅の段ボールの箱に放り込んでました。洗う前と、洗ったあととです」

「まあそりゃぼくらも似たようなものかな石岡《いしおか》君。ではここにちょっと、赤松さんの部屋の簡単な見取図を描いてみてくれませんか」

　御手洗は、デスクからメモ用紙とボールペンを取ってきてテーブルに置いた。湯浅青年は紙とペンを目の前にして、しばらく思案するような表情をしたが、ペンを持って描きはじめた。御手洗は途中の段階からせっかちに覗き込んだ。

「ほう、ベッドは入口から見て左端に置いてあるんですね？　絵の具やイーゼルは右端だ。開いていた窓は、左端のがひとつきりでしたか？」

「はあそうです」

　湯浅青年はボールペンを走らせながら応える。

「廊下側のドアはどのあたりです？」

「部屋の真ん中あたりで、今描きます」

　青年はうるさそうに言った。

「このベッドはどうなってました？　上の掛け布団はきちんとたたまれ、シーツは折り込まれて整然となっていましたか？　それとも……」

「おい御手洗君、ちょっと待ったらどうだ。彼は今描いているんだから」

　たまりかねて私が制した。しかし御手洗の方はまったく私を無視した。

「どうなってました湯浅さん、枕などもきちんとしていましたか？」

「いやあ、ものすごく乱れてました。くしゃくしゃです。ベッドの上に限らず、あの人は部屋の中をいつも取り散らかしていますから。そうでないと落ちつかないらしいんです。ぼくなんかが行って片づけるとむくれます」

するとと御手洗は、異常なほど大喜びだった。右の拳《こぶし》を左の手のひらで包み、顔の前で、バーテンがシェイカーを振る時のように打ち振った。

「芸術家はそうなんです！　その気持ちは実によく解る。実際そうでなくっちゃね！　石岡君、これはそんなに頬杖ついてのんびりしていられる事件じゃないかもしれないぜ。湯浅さん、部屋の図の方はもうそんなところでいいです。さすがに印刷会社へ勤務している方だけあってとてもお上手だ。ところでおととい の夜以降、あなたはこの部屋に行ってみましたか？」

「はい、行ってみました。昨日の夜と、今日の昼間、ここへ来る途中です」

「どんな様子でした？」

「どんな様子と言われましても、鍵がかかっていました」

「鍵が？　もう大家さんがドアを直したのですか？」

「直したといっても、こうはめ込んで、簡単にビス止めして、それで外からロックする形式の簡易錠ですが、でも開かないんです。大家さんが錠前屋《じようまえや》さんなんです」

「また壊せばよかったじゃないですか」

「ご冗談を！　四階にも大家さんの部屋があるんです」

「ああそれじゃね」

「だからぼくは表の道に立って窓のあたりを見あげたりしてみましたけど、全然様子は解りませんでした。部屋はひっそりとしてました」

「いるふうではないんですね？　赤松さんは」

「全然いそうじゃありません。ひっそりしてます」

「よく解りました湯浅さん、これは大変に面白い事件です。しかも、すぐに出かけた方がいい事件かもしれない。ところで湯浅さん、その前に二、三質問があります。あなたに財産はありますか？」

「は？　ぼくですか？　いいやあ。安サラリーマンの、大変な貧乏人です」

「では実家がお金持ちであるとか、お父さんが大変な権力者であるとか」

「実家は秋田の山の中で、親爺は貧乏百姓です。車はもちろん、自転車も持っていません」

「最近何か変わったものを手に入れられたなんていう心あたりはいかがです？」

「親爺ですか？　ぼくですか？」

「あなたです」

「いや、別に」

「失礼ですが、独身ですか？」

「はいそうです」

「恋人かガールフレンドは？」

「そんなのいません」

「こりゃいよいよ出かけなきゃいけなくなってきたぞ石岡君。ところで湯浅さん、あなたは赤松さんとの付き合いに関して、もうひとつ重大なことをぼくに話していませんね」

「え？」

湯浅はけげんな顔になった。

「おっしゃることの意味が解りませんが」

「高揚感ですよ。酒のほかに、もうひとつ高揚感をもたらすものがこの世にはありますね？」

湯浅青年は放心したように無言だった。

「ぼくは警察ではありませんよ。のみならず、警察官とは非常に仲が悪いんです。さあ何でもつつみ隠さずおっしゃって下さい。たとえ法に触れることでも少々なら目をつむりますが、隠されると、暴《あば》かざるを得ませんよ」

青年は心底驚いたようだった。

「驚きました。しかし、どうしてお解りに？　もう外見からそれと解るほど、ぼくはおかしくなっているんでしょうか」

「おそらく専門医なら、一分も話せば見抜かれてしまうでしょう。もう長いんではないですか？　やるようになって」

「もう一年くらい経つと思いますけど」

「毎日ですか？」

「とんでもない！　週一度、土日くらいです。赤松さんに勧められて」

「何のことだ？」

私がたまりかねて分け入った。

「ドラッグだよ。どんなものをやりました？」

「いろいろです。コカイン、マリファナ、ＬＳＤ、手に入るたびに、赤松さんがぼくにもくれたんです」

「覚醒剤やトルエンはやっていないでしょうね」

「とんでもない！　そんなものはやっていません」

「赤松さんはどこから手に入れると言ってましたか？」

「奥さんからだって、そう言ってました。それ以上のことは聞いていません」

「それではほとんどが解った。では出かけるとしましょう。湯浅さん、電車で来ましたか？」

「いえ、工場のバンを借りて……」

「それは好都合だ。では三人で、浅草までドライヴといきましょう」

御手洗はせかせかと立ちあがる。

2

高速道路を東京に向かって走っていると、陽が暮れた。首都高速を上野でおり、湯浅の運転する車は上野駅前を右折する。やがて浅草雷門前の大提灯を左に見て通りすぎ、隅田公園の植込の脇に駐車した。車からおりると、公園から、名前は解らないが花の香りがした。

「このへんが花川戸なんです」

湯浅青年が言った。あまり装飾効果を考えていない灰色の無愛想なビルや、小さな汚れたビルが軒を連ねてひしめいているような一画だった。ビルの足もとには粗末な、発泡スチロールの箱に入った植木が並び、鉄筋のビルなのに、二階に和風の窓がついているあたりがいかにも浅草らしい。

われわれ三人は湯浅の先導で、そんな建物の間の路地を伝うようにして歩いていった。やがて高架線が前方に見えて、上を電車が行く。

「あれは？」

御手洗が尋ねる。

「東武伊勢崎線のガードですよ。こっちが松屋で、あの電車の始発駅があるんです」

彼は応える。ふと気づくと、霧が出ていた。われわれはガードをくぐった。

赤松稲平のアトリエのあるビルは、東武伊勢崎線のガードから見ると、間にビルをひとつ置いた隣りだった。松屋デパートは、赤松稲平のアトリエから見るとガードを越した右側にあたる。一階には錠前屋が入っている。鍵の絵が描かれたシャッターがすでにおりているが、この店の主人が、このマンションの大家なのだろう。入口は、ドアが開いている。

「ひょっとして、赤松さんはもう部屋に帰ってるかもしれません」

湯浅青年は言って、錠前屋の横の、「稲荷屋ビル」と書かれた入口を中に入り、古い、汚れた印象のコンクリートの階段を、先にたってのぼっていった。

四階に着くと、リノリウムが貼られた廊下をコツコツ歩き、廊下中央あたりに位置するドアの前に立った。四階に、ドアは二つだった。青年は手前のドアを叩いた。

「赤松さん」

と名も呼んだ。ビル全体はしんと鎮《しず》まり返り、なんの返答もない。ノブを掴《つか》んでがちゃつかせた。

「駄目ですね。まだ帰ってないし、相変わらず鍵がかかっている」

青年は言い、見ると確かに真新しい銀色の錠が、合板製のドアに取り付いている。

「中を見るのなら大家に断わって鍵を持ってこなくちゃいけません。御手洗さん、中を見たいですか？」

湯浅が訊く。

「非常に見たいですね。ぼくが見るところ、これは大事件かもしれませんよ」

「ではぼくは大家と一応顔見知りだから、ちょっと頼んでみます。まだこの時間は下にいるはずです。でもお天気屋だからな、どうだろうなあ」

「では一緒に行きましょう」

御手洗が言った。

三人揃って一階へおりると、湯浅が入口脇にあるインターフォンのボタンを押した。二回、三回と押し続けていると、ようやくドアが開き、六十歳くらいに見える、頭髪を失った初老の男が顔を出した。

「あのう、赤松さんの部屋を見せてもらえませんでしょうか」

湯浅がおずおずと言った。

「ほう、そりゃまたどういう理由で？」

大家が言い、湯浅は言葉に詰まった。

「いやあ赤松さんが失踪されましてねえ」

表通りに出て、四階あたりを見あげながら、窓のすぐ横に雨樋があるね、などと言っていた御手洗が、快活に割って入った。

「私、奥さんに依頼されまして、赤松さんの行方を捜しております、こういう者です」

御手洗は懐《ふところ》から、例のインチキな探偵社の名刺を出した。

「お手間はとらせません。ほんの五分でもよろしいのですが、赤松さんのお部屋を、拝見させてはもらえませんでしょうかね」

「警察の方ではないんでしょう」

「違いますが、友人ならたくさんおりますよ。全国の警察に」

「それじゃ戸口のところから、中を見るだけでもいいですか」

「どうしてもとおっしゃるなら、それだけでもかまいません」

四人になったわれわれは、もう一度四階の赤松の部屋のドアの前に立った。大家が鍵を取り出し、ロックをはずすと、ドアを開いた。そしてドアのすぐ脇の蛍光灯のスウイッチを入れる。

「はい、ここから見るだけにして下さい。赤松さんは部屋の自分の物に触れられるのに、非常に神経質な方ですんでね」

湯浅の言う通り、板の間二十畳ほどのがらんとした部屋である。右手に描きかけの絵が載ったイーゼルが立ち、左手にはベッドがある。下にキャスターがついた形式のものだ。寝乱れた様子で、シーツが床まで垂れ下がっていた。ベッドの上に黒い山高帽がひとつ、ぽつんと載っている。

家具といえばその程度で、ほかにはテレビもラジオもステレオもない。この画家の、日頃の孤独な暮らしぶりが偲《しの》ばれる。

「天井にずいぶんたくさんパイプやダクトが走ってるなあ」

「ここはもともと倉庫だったんでね」

大家が言う。

「このドアに、この新しい錠を付けたのはいつです？」

「昨日の朝」

「というと、君が、赤松さんが空へ飛んでいく声を聞いたという、そのすぐ翌朝だね」

御手洗が湯浅に言う。

「空へ飛んでいく？」

大家が目をむいた。

「ああいや、今のはもちろん冗談です。すると赤松さんがいなくなって、すぐこの錠を付けられたわけですな？」

「そうです。このあたりは浮浪者も多いですからな、勝手に入り込まれて眠られても困ります。私は下の入口には鍵をかけませんので。だからいつも屋上まで勝手に入られてしまいます。なんとかしようとは思ってるんですがね」

「錠を付ける時、この部屋の中は、隅々まで調べられましたか？」

「何を調べるんです？　別にそんなことはしませんよ」

大家が、いったいなにを言うんだというような顔で言った。

「そうでしょうな」

言いながら御手洗は、またひとわたり部屋を眺め廻した。

部屋に窓は三つある。三つとも横に滑らせる引き違い戸式のガラス窓だ。左側の窓は、片側が開いている。

「あの開いた窓に、紐が一本かかっている」

御手洗がつぶやいた。非常に視力がいいのが彼の特徴なのである。彼は時々このように、あまりその場と関係のないことを平気で口にする。

「あの窓は閉めた方がいいんじゃないかなあ、よろしければぼくが……」

「おっとっと、入らないで。必要があればあとでこっちがやります」

大家が素早く御手洗を制した。

「ま、暖かい春の宵《よい》だ、窓がひとつ開けっ放しになっているくらい、どうということもないでしょう」

「さて、それではもういいですか？　ここ閉めますよ」

大家が言ってドアを閉めた。鍵がかけられた。

「赤松さんはどちらへ行かれたんでしょうなあ、お心あたりはありますか？」

御手洗が大家に尋ねる。

「さあ一向に」

彼は応える。

「以前にもよくこういうことが？」

「まあ割合ありますね。黙ってぷいと旅行に行っちゃったりね、芸術家のやることは解らないね」

大家と別れて表へ出ると、浅草の夜の闇を灰色に薄めて、濃い霧があたりに充《み》ちはじめている。私は猛烈に空腹だった。夕食の仕度をしようとしているところへ湯浅が訪れ、突然今夜の冒険が始まったのだ。

「おい御手洗君、腹が減ったよ、どっかで……」

「しっ！」

と御手洗が右手をあげ、私を制した。何事かと思ったが、ただガード上を、電車がしずしずと走っていくところだ。向かいのビルの陰から、電車がゆっくりと姿を現わす。

「電車が珍しいのかい？　御手洗君」

私は言った。

「ずいぶんゆっくり走っているなと思ってさ、さっきのもそうだった」

「このあたりビルが建て込んでいるから、深夜は騒音の問題があるんだと思うんです。それでこっちの隅田川を渡りきるまでは、こんなふうに極端にスピードを落としているんだと、以前赤松さんから聞いたことがあります」

湯浅が説明する。

「なるほど、この電車の音は、赤松さんの部屋にも届くだろうからね、あんまり速く走ったらうるさくて仕様がないね。そういえば、赤松さんのアトリエの前のこのビルも、マンションらしいね、大黒ハイツか。このマンションなどは、こちらへ廻ると……」

そう言って御手洗は、大黒ハイツの前を急ぎ足で廻り込んでいく。ガード下へ出る。

「ほら、ぴったりと、裏側が東武伊勢崎線のレールと接しているよ。五階のあの裏窓のすぐそばを電車が走っていく。屋上の洗濯物をパンタグラフがかすめていくね。屋上から手を伸ばしたら届きそうだ。こりゃこのビルの住人は電車の音がうるさいだろうね。石岡君みたいに神経質な人だととても眠れないよ」

「どうかな、君とひとつ部屋で一年も暮らせば、たいがいのことは我慢できるようになると思うな。それより御手洗君、君という男は腹が減らない人間なのか？　どこかこのへんで……」

「腹が減ったって！　今それどころじゃないんだ。この大都会は、深夜になろうが明け方になろうが、何か食わせてくれる場所には事欠かない。しかし人間となるとね、これがどうしたものか、あと二、三時間もするとみな高いびきで眠っちまうのさ。湯浅君、申し訳ないですが、今からすぐ、その鳥人間の扉が付いているという銀座のクリスチャン・オーキッドのビルへ廻ってもらえませんか。赤松さんの奥さんと会えるものなら、今会いたいので」

御手洗が言い、私は空腹を抱えて溜め息をついた。

3

湯浅の車でクリスチャン・オーキッドの入ったビルに着いたのは、もう夜の十時が近かった。外堀通り一帯を白い霧が覆い、すぐ近くにあるはずのソニービルも、霧に

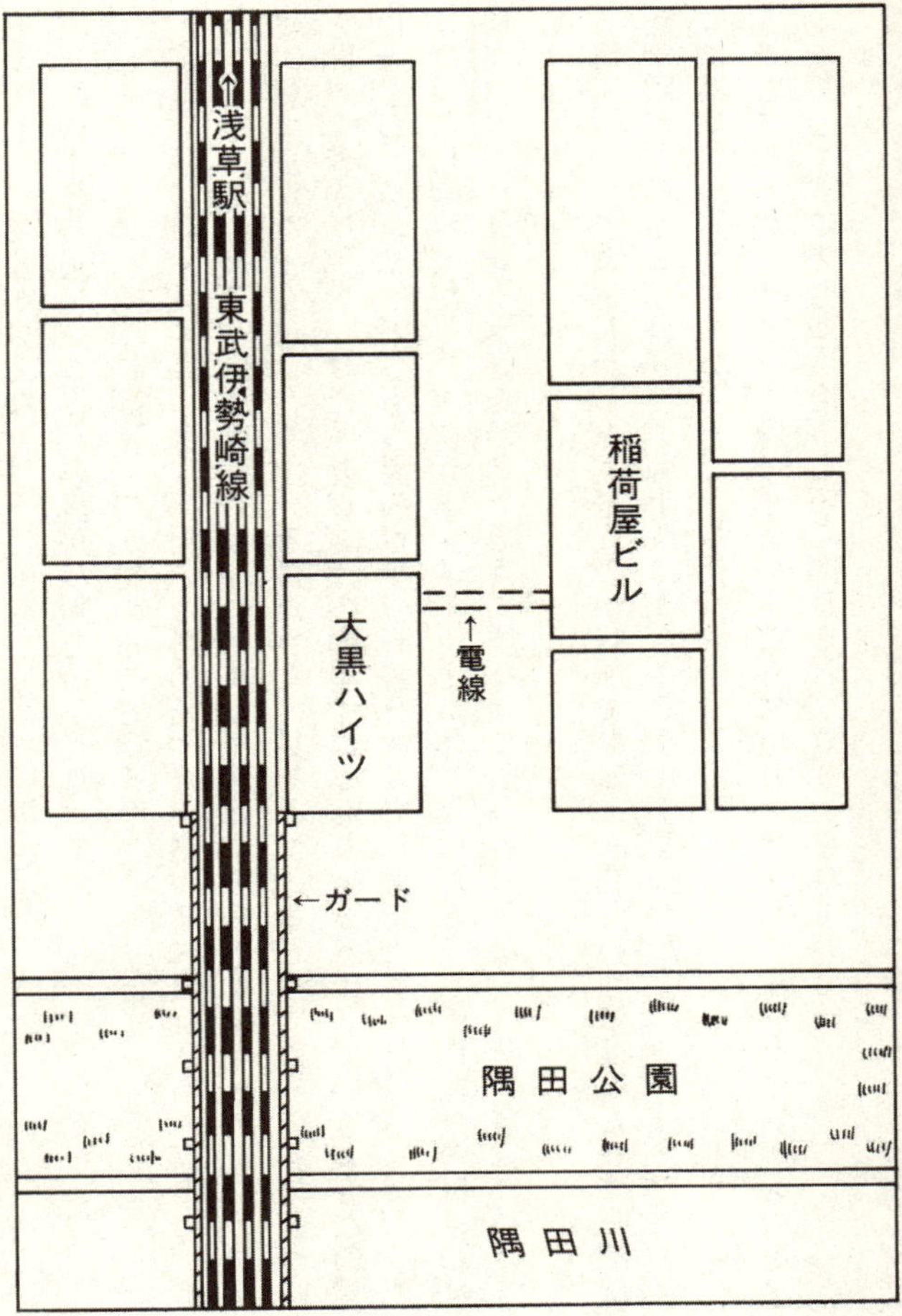
↑浅草駅
東武伊勢崎線
大黒ハイツ
稲荷屋ビル
↑電線
←ガード
隅田公園
隅田川

霞《かす》んでしまって姿が見えない。

ビルの下の歩道に立つと、湯浅が八階を指さした。

「ほら、あそこに空中に開くドアが見えるでしょう？」

確かに言う通りだった。実に不思議な眺めだった。濃い霧に霞む八階の高みに、ポツンとドアが見える。断崖絶壁のようなビルの壁面に、その不思議なドアは、ノブまでつけて遥かな上空に存在しているのだった。見あげていると今にもそのドアがついと開き、背中に翼をつけた人間が、夜の霧の中にふわりと泳ぎ出していくような幻覚にとらわれる。私もどうも、湯浅青年の影響を受けてしまったようだ。

「今日は日曜日だが、ファッションメーカーは休まないだろう。赤松稲平の奥さんは何て言ったっけな、氷室志乃？　そう、彼女はまだいるのかな、八階の電気はついているようだが」

御手洗が言った。しかしもう午後の十時前である。訪問というにはあまりに非常識な刻限だ。私がそう言うと、御手洗はうるさそうに手を振った。

「なあに、かまうものか！」

そしてビルのシャッター脇の小扉のところに取り付けられたインターフォンのボタンを押した。この金属扉も、むろん閉じられ、ロックされている。

「はい」

とインターフォンの小さなスピーカーが応答した。

「これは、どちらに通じておりますか？」

御手洗が訊いた。

「こちらはガードマン室ですが」

男の声が応じる。赤松稲平がつまみ出されたというガードマンだろうか。

「八階の、クリスチャン・オーキッドの氷室社長に会いたいんですがね、どのようにすれば？」

「社長は訪問をご存じですか？」

「おそらく友人が報《しら》せているでしょう」

「ではこれを八階とつなぎますので、氷室さんと直接お話しになって、そこを開けてもらって下さい」

「いや、そいつは弱ったなあ……」

御手洗は額を指で押え、考え込んだ。うしろで私もうろたえた。直接話しても、とても開けてはもらえないだろう。初対面なのだ。おまけにこんな時刻である。

「実はですね、氷室さんの誕生日をご存じですか」

御手洗は突然おかしなことを言いはじめた。インターフォンは沈黙する。そんなことをガードマンが知っているはずもない。

「今日なんですよ。それでケーキや、友人からのプレゼントを大量に預かってきましてね、彼女をおどかしてやりたいんですよ」

インターフォンは沈黙する。思案しているようだ。

「はい、それじゃ今開けますから、ちょっとさがって下さい。テレビカメラでそっちを映します」

「あ、それじゃ今、車からケーキを取ってきます」

御手洗は澄ました顔で言い、素早く私の耳に顔を近づけると、こうささやいた。

「早く、車の後ろにある段ボール箱をひとつ取ってくるんだ。汚れていてもいいからね、どうせ見えやしない」

私は大あわてで湯浅青年の車にとんで帰った。印刷会社の車だから、うしろの荷物スペースにいろいろなものが載っている。私は手近な段ボール箱をひとつ手に持ったが、何が詰まっているのか、これがずっしりと重いのである。しかし致し方ない、あれこれ選んでいる時間はない。私はこれを持ち、よろよろと二人のところに戻った。すると金属扉が開いていて、中に立った御手洗が、早く早くと手を振り廻している。

三人並んで深夜の廊下を歩き、私はまだ五月だというのに体中に大汗をかいた。空腹の上にこの重労働である。

「石岡さん、またよりによって、一番重いの持ってきましたね。これ、活字がびっしり詰まってるんですよ」

言いながら、湯浅が運ぶのを手伝ってくれた。

「おい御手洗君、もうこのへんに置いていいだろう？」

あえぎながら私が言うと、

「駄目だ、テレビカメラで見られてるかもしれない」

と御手洗は冷たく言った。私はまるで銀行強盗にでも入ったような気分になった。

「石岡君、もっとにこやかに、中身はバースデー・ケーキなんだぞ。スマイル、スマイル」

などと言いながら、御手洗はエレヴェーターのボタンを押した。

エレヴェーターに入り、ドアが閉まると、私はやっと人心地がついた。

「なんでこんなことをぼくがしなきゃならないんだ」

「まあ、たまには運動をするのもいいだろう」

八階に着くと、御手洗は元気よくおり、われわれ二人は腕がしびれそうに重い活字の箱を持って、よろよろと続いた。グレーのカーペットが敷かれ、グレーの壁に黒いドアが並んだ、なかなか瀟洒《しょうしゃ》な階だった。さすがにファッションメーカーといった、ハイセンスな印象である。

エレヴェーターの前は廊下で、左手は行き止まり、右手奥はやはり行き止まりだが、ドアが付いている。しかしその表は外堀通り上空のはずだった。私たちは活字の箱を、エレヴェーター前の廊下の床におろした。

「あれが例の鳥人間のドアだね」

御手洗が言う。

廊下はT字型になっている。エレヴェーター前を右方向に歩き、すぐにまた右へ折れると、つまりT字の根もとの方に向かうと、突き当たりにもドアがある。ここはどうやらトイレらしかった。

御手洗は無遠慮に廊下をずんずん歩き、T字路左横にあるドアをコンコンと叩いた。

「返事がないな」

と言うが早いか、ドアを手前に引いて開けてしまった。私ははらはらした。

「ロックされてない。へえ、こりゃ試着室だ。壁が全面鏡張りだよ。ビックリ屋敷みたいだな。ほら、このドアの内側まで全部鏡張りだ。中にのっぺらぼうの人形がいっぱいすわっている。あれに作った服を着せてみるのかな」

御手洗は無邪気な声を出す。彼はこういう子供らしい仕掛けが大好きなのである。

「赤松さんは、よくこの奥さんの会社へ来ると言ってましたか？」

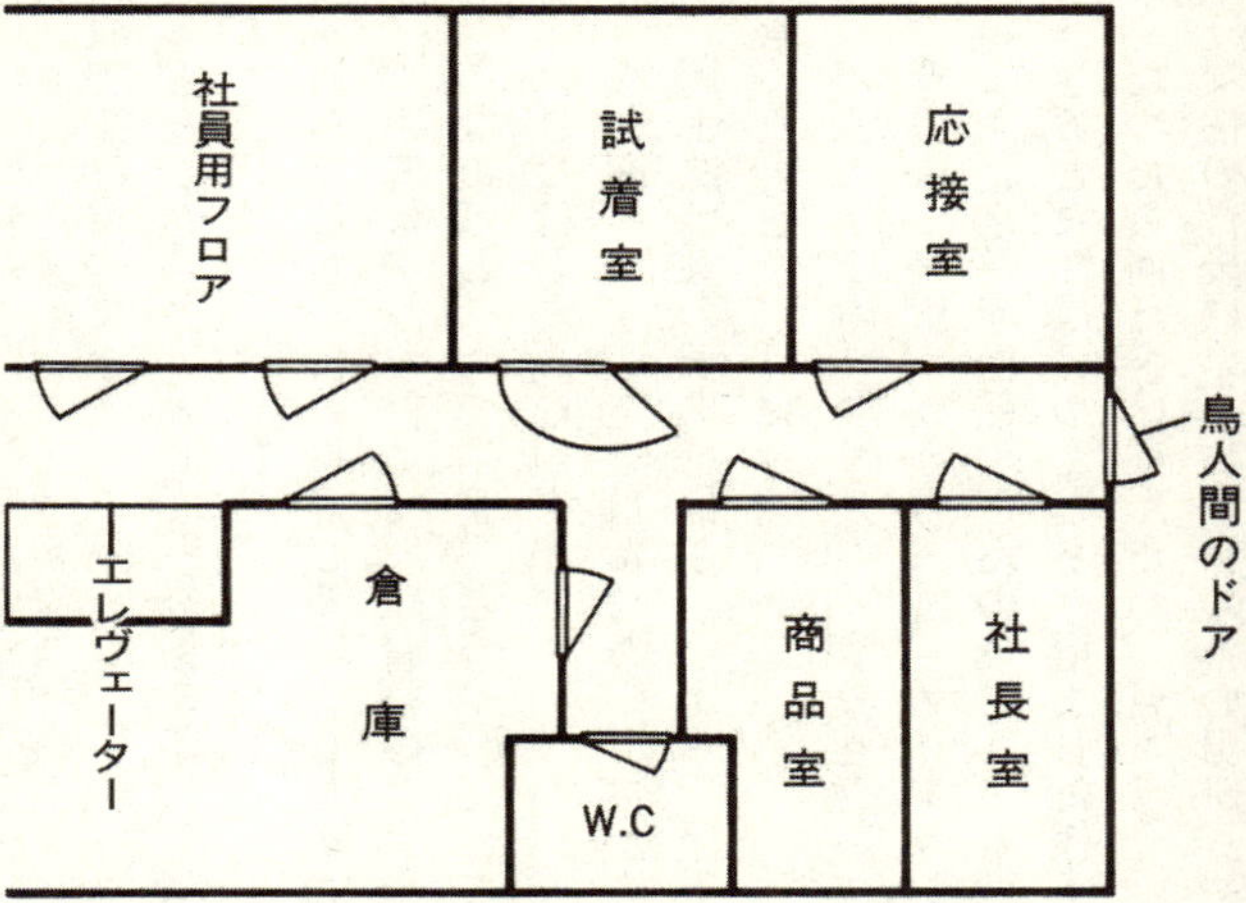

御手洗が湯浅に尋ねる。

「いえ、来たのはほんとに数えるほどだって言ってました。たいてい用件は電話ですますって……」

「なるほど。それでよく解る」

何がよく解るのか、御手洗は鹿爪《しかつめ》らしい顔で頷《うなず》く。

「そんなところで何をしてらっしゃるんですか？」

ヒステリックな女の声が聞こえた。

振り返るとドアのひとつが開き、背の高い女性が廊下に出てくるところだった。黒いワンピースを着て、右の肩の少し下のあたりに、黒いバラの飾りをつけている。ストッキングも黒で、肩幅の広い、そして唇も厚くて大きい、個性的な印象の女性だった。うしろに仕立てのよいスーツ姿の、若い、背の高い男をしたがえていて、カーペットを踏み、こちらへ大股で歩み寄ってきた。

「どなた？　こんな時間に何をしていらっしゃるの？　従業員はみんな帰りましたよ」

「ああ、こちらにいらっしゃいましたか」

御手洗は平然と言って、試着室のドアを閉めた。

「あなたはどなたです？　どうやってここへ入りました？」

女社長はかん高い声を出す。

「なに簡単です。空を飛んであのドアからね」

御手洗は例のドアを指さしながら、澄まして言った。すると私の目には、女社長がぎくりとしたようにみえた。

「あなた、どなたですか？　警察を呼びますよ」

「そりゃ、時間がかかります。ガードマンで間に合いますよ。氷室社長でいらっしゃいますね？　赤松稲平さんの奥さんでもいらっしゃる」

すると女性は、つんととり澄ました様子で、肯定も否定もしない。

「だったら何だというんだね、君」

女性の背後にいた身なりのよい男が、やや険しい声を出した。目鼻だちの整った、三十代後半に見える男だった。

「赤松稲平さんが行方不明になられまして、奥さんもご承知と思いますが」

御手洗は言葉を切るが、夫人は何も反応を示さない。

「それで彼の実家の方から行方の捜索を依頼されまして、私、こういう者です」

御手洗はまたインチキな名刺を出した。よくこれだけ嘘がすらすら口をついて出るものだ。

「私はただ今急いでおります。あなたのお話相手になっている時間はありません」

彼女は名刺も受け取らず、歩き出そうとする。

「別に夜を徹して語り明かそうというわけじゃありません。ぼくの質問はごくわずかです。赤松さんの行方にお心あたりはないか、それから、最近彼から連絡はないか、ただその二点です」

女社長と男は、無言でエレヴェーターに向かい、歩いていく。われわれ三人は、芸能人に群がる芸能レポーターのように、彼らの横を追って歩いた。

「これからどちらへ？」

御手洗が、名刺をポケットに戻しながら訊く。

「そんなこと、君に答える筋合いはないだろう？　人を訪問するなら、時間をわきまえたまえ」

秘書らしい男がぴしゃりと言った。エレヴェーターが昇ってくる。扉が開く。二人は乗り込む。われわれも乗ろうとすると男に制された。

「こんな時間からどこへ行くというんですか？　帰宅するだけです」

女社長が応えた。

「歩くんですか？　空を飛んでいかないんですね」

御手洗が言い、君は頭がおかしいのか、と男に言われた。御手洗は、生涯でこのセリフを何度言われるのだろう。

「ご主人の赤松さんは、亡くなっていると言う人もいますよ。ご心配ではないですか？」

御手洗がまた出まかせを言い、食いさがる。

「いいえ主人は生きています。私は今日、連絡をもらいましたから」

女社長がそう言うと同時に、エレヴェーターのドアはぴたりと閉じた。

「石岡君、そっちのエレヴェーターの下りのボタンを押して。それからこのエレヴェーターが何階で停まるか見ているんだ。……ああやっぱり一階を素通りする。地下の駐車場へ行くんだな、これじゃあもうわれわれはとても追いつけない。ほらぼくらのエレヴェーターも来た。石岡君、じゃそのバースデー・ケーキの段ボール箱を持ってくれたまえ」

御手洗は言う。

地上の歩道におりてみると、霧はますます濃くなっている。これでは氷室社長たちの車がどっちへ走り去ったかなど、とても見当はつかない。

「御手洗、もうこの箱は車へ返すぞ」

「いやまだだ石岡君、もう少し持って立っているんだ」

「な、何故だ!?」

「冗談だよ、早く戻したまえ。湯浅さん、女社長の家がどのあたりかなど、赤松さんから聞いたことはありますか？」

「南青山、と聞いた気はしますが、それ以上の詳しいことは知りません」

「ふむ、そうですか。では今夜のところはこれまでかな。まだ活動はしたいが、歳のせいか石岡君がもうグロッキーみたいだから、どこかで食事でもしましょう」

私は腰がだるく、すっかり腕の感覚がなくなっている。

それから私たちは近くに終夜営業をしている中華料理屋を見つけ、私はどうにか食事にありついた。右手が震えて、箸がうまく持てなかった。湯浅の車で横浜に送ってもらい、御手洗も私も大変疲れていたので、シャワーだけ浴びて早々に眠った。夜半になって、雨が少し降った。

4

午後十一時十七分だった。深い霧に充ちた空中に、赤松稲平の体はふわりと浮かんだ。稲荷屋ビルの四階、自分のアトリエの窓からだった。

一度飛びあがると、さあっと、滑るように空間を移動した。しかしまだうまく飛べないのか、目の前の大黒ハイツの外壁にどすんとぶつかった。けれど気をとり直すように、大黒ハイツの壁に沿い、するすると、上空に向かって浮きあがっていく。

大黒ハイツの屋上で、氷室志乃がじっとその様子を見つめている。

5

ところが翌朝になると、大事件が私を待っていた。寝室を出て、何気なくテレビをつけた時だった。見憶えのある風景が映っている。私はじっと画面に見入った。私の頭が目覚めてくるにつれ、それが昨夜行った隅田公園のほとりであることが次第に解った。私はソファに腰をおろし、じっくりと見入った。

カメラが移動し、大黒ハイツや、赤松の住む稲荷屋ビル一階の錠前屋が映る。そしてアナウンサーの上半身で停まった。彼がこんなことを言った。

「いったいこれはどうしたことでしょう、まるで鳥人間です。私のうしろにごらんいただけると思いますが、この大黒ハイツとこちらの稲荷屋ビル、この中間の地上二十メートルの空中に、赤松稲平さんは浮かんでいたのです」

私は口あんぐりだった。何だって⁉　つぶやきながら、私は身を乗り出した。

「赤松稲平さんは先ほどからご紹介しております通り画家です。彼はすでにこと切れておりました。この二つのビルに渡された数本の電線がありますが、その上にこう、腹這いになったようなかたちで載って、亡くなっていたのです」

するとスタジオかららしい声が入る。

「大川さん、まるで赤松さんは空を飛んで、空中散歩でもしていたようですね」

「そうなんです。赤松さんの死体があった北側のすぐ目の下には、彼の住んでいた住居兼アトリエがあるんですからね」

「うーん、不思議な事件ですねえ」

私は胆《きも》をつぶした。赤松稲平が、錠前屋のビルと、大黒ハイツの間に渡された電線に、引っかかって死んでいたのだという。東京の夜空を空中散歩としゃれ込んだのち、自分の部屋の窓に帰り着く直前、電線に引っかかってしまったとでも言うのだろうか。深夜、黒い電線は確かに見えにくい。それに昨夜は、珍しく霧も濃かった。

私はあわてて玄関から新聞を取ってきて繰った。しかし新聞には、赤松稲平に関連する記事は何も載っていない。小田急線の昨夜の踏切事故が、かなり大々的に報じられているばかりだ。自動車と電車の衝突事故だという。

ちらと顔をあげると、テレビに赤い消防自動車が映っている。梯子車らしい。梯子車が出動し、赤松氏の死体を地上におろしたのだ。

私は新聞を読み続けていた。小田急線の事故は、成城二丁目の踏切で、昨夜の午前零時十分だという。ようやく朝刊に間に合わせたものと見えて、ドライヴァーの姓名も不明とある。アナウンサーの声がする。

「赤松氏は、まるで気持ちよく空を飛ぶ時のように両手を左右に広げ、唇には柔和な笑みさえあったということです」

私は新聞を床に置いた。

赤松氏の死体の第一発見者だという新聞配達の男性が、画面に映し出された。中年の男だった。東北のものらしい訛《なま》りがあった。彼は、アナウンサーの質問に答えてこんなふうに発見の状況を語る。

「今朝の、もう七時が近くなっていたと思うですが、霧が深ーくてですね、遠くなんかなーんにも見えないです。ここ来て、ひょっと上を見たら、霧の中に、なんか黒い服着た人間らしい姿が浮かんでるのが見えたです。私は、アドバルーンかなんかの、新しい宣伝かと思ったです。

でもどうも人間によーく似てるなあと思って、それでこっちの大黒ハイツの五階へ新聞を持っていったおりに、屋上へ出て、手すりのところへ行ってこう身乗り出してじっと見たら、やっぱり人間みたいだったから、それでわし、『おーい、おーい、そんなところで何してるんだ』と呼んでみたです。でも返事がないんでね、こりゃ死んでるわと思って、警察に届けたです」

「大黒ハイツというのは……」

「これです」

男は背後のマンションを指さす。

「ええ？　これは屋上へあがれるんですか？」

「誰でもあがれます」

「びっくりされたでしょうね」

「そりゃもう！　びっくりしたなんてもんじゃないだよ。腰が抜けました」

「顔見知りの人ですか？」

「誰が？」

「いや、その空の上の、電線に引っかかってた人です」

「いや、私は知りません」

それから画面は、またアナウンサーの上半身のアップになった。

「まさしく春の宵の怪です。先ほどからお伝えしております通り、この地上二十メートルの電線に引っかかっていた人物は、赤松稲平さんという画家で、電線が渡っていた稲荷屋ビルというマンションの住人であることが解りました。

この稲荷屋ビルというのは、こちらの、私の背後に見えておりますビルです。でその向かいのこのマンション、これがさっきお話に出ました大黒ハイツです。この稲荷屋ビルと大黒ハイツの五階の窓の上あたりに、この二つのビルは両方とも五階建てですので、ビルのてっぺん同士という感じになりますが、ここに電線が数本渡されているわけです。この電線の上、ちょうど二つのビルの中央あたりに、赤松さんは、覆いかぶさるような格好で載って亡くなっていたわけです。

赤松さんはこの稲荷屋ビルの四階の住人ですので、自宅のすぐ窓の外で、彼は亡くなっていたわけですが、いったい何故こんなことになったのか、浅草署の捜査員もさかんに首をひねっております。死因など詳しいことについては、のちの捜査の結果を待つほかはございません。赤松さんのいでたちは、黒い背広、黒いズボンに白いワイシャツ、黒い蝶ネクタイと、考えようによっては、まるで死出の旅に発つような、こういういでたちであったということです。

さて今朝のミステリーですが、これだけでは終りませんで、赤松稲平さんが空中で発見された現場からほど近い、こちらになりますが……」

アナウンサーが移動し、カメラも移動する。そして私にも憶えのある公園を映し出した。

「こちらに隅田公園という公園があります。この公園を今朝、非常に身なりのよい婦人が、酔っ払ったような足どりで歩いているのを、駈けつけた警察官に保護されております。

何故保護されたかと申しますと、実はこの人、精神にある種のショックを受けている模様で、自分の姓名などまったく思い出せなくなっていたということです。年齢は四十歳くらい、身長は一メートル六十センチ、痩《や》せ型で、黒いワンピースに黒いストッキングを穿《は》いており、右の肩の少し下あたりに、黒いバラの飾りをつけていたということです」

氷室志乃だ！　私は愕然《がくぜん》とした。

「この女性にお心あたりがある方は、こちらの方までお電話を下さい」

と画面下に電話番号が出た。私は手近の紙に素早くメモをした。それから大いに緊張し、一人そわそわとした。私には誰であるかが解っているのだ。私がかけるべきだろうか。その時電話が鳴った。出ると、湯浅青年だった。受話器を持つと腕が痛い。昨夜の重労働のせいだ。

「今、テレビを観てましたか？」

と彼は問う。観ていたと私が応えると、大変なことになりましたねえ、と言う。今の女性が氷室志乃であること、われわれが電話した方がいいんでしょうかねえ、御手洗さんはどう言ってます、というから、あの先生はまだ高いびきで寝ていると私は応えた。そこへ当の先生が起きてきた。

「ああうるさいなあ石岡君、なにを大騒ぎしているんだ？　テレビの音をもっと小さくしてくれよ、眠れやしない」

そう言って、ぼさぼさの頭をバリバリ引っかいていた。

「じゃあ御手洗君と相談して、またすぐに電話しますからね」

私はそう言って電話を切り、御手洗に向き直った。彼の目は、生まれたての猫の子のように、まったく開いていなかった。

「御手洗君、いつまでのんきに眠ってるんだ？　事件が今どうなってるか知らないのか？」

「事件？」

御手洗はひと晩眠ると、前夜のことをすっかり忘れる癖がある。

「事件て？」

「赤松稲平が死んだぞ。そして空中に浮かんで発見された」

御手洗の目が、見事にぱっちり開いた。

「なに!?」

「そして氷室志乃が、近くの隅田公園で、発狂して発見された」

すると御手洗は絶句した。

「な、なんだって？　どういうことだ？　まさか！　全然予想しなかった」

それから頭を抱えた。彼としても、まるで予想外の展開だったようだ。

「こいつは驚いた。いったいどこがどうひねられて、そんな結果になったんだ？」

寝ぼけているせいもあり、そんなかすれた声を出した。テレビでアナウンサーが、こんな解説を続けている。

「この謎の女性に赤松稲平さんの写真を見せたところ、『この人は空を飛ぶ人よ』と応えたということです。そして、『自分はこの人が空を飛んでいるのを何度も見た』、と繰り返し語ったということです」

「いったいどうなっているんだ？　ちょっと顔を洗ってくるから、何が起こったか最初から説明してくれないか」

私はテレビを観ながら御手洗を待っていた。すると画面上方に、臨時ニュースの文字が流れた。踏切事故で遅れていた小田急線が全面的に復旧したという。御手洗がやってきたので、私は説明を始めた。

私が自分の知る限りのすべてを説明し終ると、御手洗は腕を組んで唸《うな》り声をたてた。

「いったいなんなんだこの事件は!?　こんな素頓狂《すっとんきょう》な事件は聞いたこともない！」

私も同感だった。

「いつも空を飛ぶ絵ばかり描いている画家が死んだと思ったら、アトリエの窓より一階分高い空中の電線に引っかかって発見された。彼の奥さんはというと、すぐ近くの公園を発狂してさまよっていた。奇妙奇天烈だな。赤松稲平はやっぱり空を飛ぶ異人種だったというわけだ」

彼は例によって部屋をうろうろしはじめる。

「だがぼくらはもう充分材料を得ているはずなんだ。赤松稲平には会えなかったが、その奥さんには会った。彼らの人となりも一応解っている。浅草花川戸の現場も見た。すでに知っている事実を組み合わせれば、このパズルはきちんと解けるはずなんだ。なんでもないと勘違いして、うっかり見落としている重大事実があるはずなんだ。それは何か。一見ごくありきたりの事実に見えるが、とんでもない、この事件に限った、それは非常に特殊な条件であるはずなんだ。でなければ、こんな特徴的なアウトプットにはならない」

私はじっと黙り込んでいた。こういう時邪魔をすると、御手洗はヒステリーを起こすことがあるからだ。

「解らん、何なのか。その条件とは。死者が画家であることか。妻がファッション・ブランドの女社長であることか。それとも現場が浅草であることか」

私は、御手洗が何を言おうとしているのかよく解らなかった。私は赤松稲平の夫人氷室志乃が、何故精神に異常をきたしてしまったのかを考えていた。彼女は、昨夜われわれが会った時はきわめて正常だった。ところが一夜明け、精神異常となっている。これは何事か大きなショックを受けたからではないのか。とすればそのショックとは、昨夜彼女が目《ま》のあたりにした何事かの異常事だろう。その異常事とは——と考えると、もしかするとそれは、赤松稲平が空を飛ぶのを見たせいではないのか、などと考えてしまう。

「おい御手洗、ぼくらは、警察官も知らない事実をひとつ知っているんだぜ」

私はおずおず言った。すると御手洗は即座に、うるさそうにこう遮《さえぎ》った。

「ひとつだって？　ひとつのわけがない！」

私はしばらく沈黙し、その意味を考えた。だが解らないので続けた。

「いずれにしてもだ、この発狂した女性がクリスチャン・オーキッドというブランドの女社長、氷室志乃であることをぼくらは知っている。そして警察は知らない。このことをぼくらは電話で報せてやるべきではないのだろうか。湯浅君もそのことを気にして、さっき電話してきたんだ」

「そんなことは、ぼくらでなくても誰かがやるさ」

御手洗は言下に言った。

「しかし、そんなことを言ってもね……」

「しっ！」

御手洗が右手をあげ、私を遮った。テレビが、またなにか別のニュースを読みあげている。

「今またニュースが入りました。いったいなんという朝でしょうか。これはいったい……」

とアナウンサーは画面で絶句する。

「まったく信じられないようなニュースです。昨夜、東武伊勢崎線竹ノ塚行きの最終電車が竹ノ塚駅に入ってきた時、屋根のヴェンチレーター付近にロープが巻きついており、これがずっと電車の後方に引きずられていたというのですが、このロープに、なんと人間の、男性のものらしい右腕が巻きついていたというのです」

私は御手洗の顔を見た。御手洗はじっと身じろぎもせず、テレビに見入っている。

「つまりこの電車は、どこからかは不明ですが、昨夜、終点の竹ノ塚まで、ずっと男性の右腕をずるずると引きずって走ってきたというわけです。

右腕は肩のあたりから切断されており、竹ノ塚での発見の時点では、まだ傷口が新しかったということです。

警察ではそれからすぐ全線を捜索しまして、腕の持ち主である轢断《れきだん》死体を沿線に捜しましたが、それらしい死体あるいは人物、または事件には遭遇しなかったということです。したがいましてこの腕の持ち主は、現在にいたるもなお謎のままです。

何故一夜明けた現在、こういう事件をわれわれが報告いたしますかと申しますと、この東武伊勢崎線竹ノ塚行きと申します電車は、われわれが今立っておりますこの現場から、目と鼻の先のあそこですね、あの松屋デパートの二階、浅草駅からスタートするからなんです。ひょっとして、今回のこの事件と、なんらかの関連があるのやもしれません。まことに怖ろしい、なにやら身の毛のよだつような、不思議な事件です」

御手洗の目が見開かれ、唇が少し開いている。放心しているのだ。これは、いつも彼が何かを摑みかけている時の表情なのだ。

「そうか、東武伊勢崎線だ……。空を飛ぶ画家、浅草花川戸のアトリエ、狂った女社長、右腕を引きずる電車、両手を広げて死んでいる燕尾服の男……、そうか！　解った！　いやまだ完全じゃないが、これなら解ける！　なんてすごい事件だ！　石岡君、いいとも！　電話をしたまえ、警察でもテレビ局でもどこへでも。発狂した婦人の姓名だけじゃなく、この事件がどういうものであるのか、裏のからくりも教えてあげましょうと言うんだ。ただしそれにはこちらの要求する事実も教えていただかなくちゃなりませんがとね、世の中すべて取引なんだよ」

御手洗は一気に喋ると、また腕を背中で組んで部屋の往ったり来たりを始めた。しばらくそうしていたと思ったら、こんどはパタンと扉を閉めて、寝室にこもってしまった。

御手洗という男は、頭が働きはじめると自失してよくおかしなことをやる。逆立ちをしたり、デスクの上に立ちあがったり、ティーポットをポカポカ叩いたり、コップを割ったりする。だからこうしておとなしく部屋にこもってくれるのは、むしろ歓迎なのである。と思っていたら、寝室で電球の割れる音が聞こえた。

しかしそれにしても、あのものすごい謎を、完全に解いたというのだろうか。完全に解けないまでも、糸口でも掴めたというのだろうか。私にはとても信じられないのだが。したがって、警察にそのことを言うのは、今はやめておこうと考えた。

6

私はそれからテレビの画面で見た電話番号へ電話をした。出たのは浅草警察だった。そこで私は、精神に異常をきたしている女性は氷室志乃という名で、銀座のクリスチャン・オーキッドというファッション・ブランドメーカーの社長をしている、といった事実を告げた。

電話の相手は女性で、奇妙に冷静な受け応えだったから私は拍子抜けがしたのだが、どうもまだ先方は摑んでいない事実のようだった。

それから私は住所や電話番号を訊かれたので、自分たちがこの事件に関わることになったいきさつも、かいつまんで語っておいた。そして私の友人が、事件のからくりをある程度知っているというので、必要があれば説明させますがと言うと、先方はちょっとお待ち下さい、と言って、送話口を手でふさいだ気配だった。しばらくして、こちらからご連絡しますので、切ってお待ち下さいと言われた。私は言われた通りにした。

すぐ電話のベルが鳴ったので、警察かと思って出ると、湯浅だった。どうしたかと問うので、たった今浅草署へ電話して教えてやったと報告した。もしかしたら呼ばれて昨夜のいきさつを訊かれるかもしれない、その場合は一緒に行きましょうと言ったら、

「はあ……」

と渋った声を出す。どうしたのかと思ったら、どうやらドラッグのことを気にして

いるらしかった。

大丈夫、御手洗もそんなことは言わないでしょうと言ったら、それなら行ってもいいと言う。ぼくは今日一日中工場にいますからと言っていた。

そこへこんどは御手洗が、あわただしい様子で寝室から顔を出した。

「石岡君」

「おい御手洗、浅草署に電話したぜ。もしかしたら、事件の説明に来てくれと言うかもしれないぞ。もう事件の謎は完全に解けたのか？」

まさか、という思いで私は尋ねた。すると案の定御手洗はこう応えた。

「いやまだだ」

私は警察に、友人がもう事件の謎を解いた、などと言わなくて本当によかったと思った。しかし御手洗は、軽快な調子でこう続ける。

「でももうすぐ解けるよ」

私は御手洗の顔をまじまじと見た。

「本当なのか？　御手洗、本当にあのとんでもない事件の謎がすべて解けるっていうのか？　なにかの勘違いってことはないのか？　だったら警察相手に赤っ恥だぜ」

「心配するなって、ちゃんと赤松稲平の事件だよ」

「じゃあ赤松稲平が空で死んでいた理由も解るっていうのか？」

「ああ、もちろんだよ」

「ちょっとだけ説明してみてくれ、どうして空で死んでたんだ？」

「そりゃ空を飛んで帰り、自室の窓に戻ろうと思って急降下してきたら、電線に引っかかっちゃったんだろ」

「…………」

私はしばし沈黙した。

「それを、警察でも言う気か？」

「そりゃ相手次第だよ。ところで今から、ぼくの言う通りに行動してくれないか。まず銀座のクリスチャン・オーキッドに電話して、社長の秘書の男が何て名前か尋ねるんだ。それから彼の住所と電話番号、ついでに、社長が乗っている車は何か、またこの車が今会社の地下駐車場に戻ってきているかどうか。社長秘書も社に出ているかどうか、そんなところだ。こちらは浅草警察だと名乗ればいい」

「だが実際に浅草警察がもう電話をしていたらどうする？」

「大丈夫だ。警察は、発狂した婦人が氷室志乃だとようやくさっき知ったばかりなんだろう？　昨夜秘書と一緒だったなんてところまで見当がつけられるはずがない。したがって秘書についてなんて、まだ調べちゃいないよ」

私が電話をすると、秘書の名は古川精治《ふるかわせいじ》、まだ今日は社に出ていないという話だった。現住所は世田谷区成城四—十六—八—三〇一、社長の専用車はベンツ300Eで、いつも秘書の古川が運転していたという。この車もまだ社に帰ってはいない。二人とも昨夜から行方不明なので心配しているという社員の話だった。社員はまだ事件のことを知らないらしい。胸が痛んだが、結局私は事件のことは教えずじまいで電話を切った。古川の特徴も訊くと、どうやら昨夜の男で間違いないようである。

「さて、では次にこの古川のマンションに電話する。そして帰っていないことを確かめるんだ。確かめたら、こんどはマンションの管理人か、それが駄目なら隣人に電話して、古川が昨夜から一度くらい帰ってきたかどうかを訊く。また彼の駐車場に、ベンツ300Eが停まっていないかどうかを調べる。古川に奥さんがいるなら奥さんに訊く。ぼくはその間新聞を調べるからこっちへ貸してくれ。あ、テレビはそのままつけておいて」

古川の部屋は誰も出なかった。管理人にかけて古川の隣人の名を訊き、その電話番号を番号案内で訊いて突きとめ、かけてみると、昨夜から帰っていないという。駐車場にもベンツはいないという。

「ようし、だいたい読めてきた。新聞にもめぼしい記事はない。では次に……」

御手洗が言いかけた時、電話が鳴った。出てみると、浅草警察だという。事件について詳しくお訊きしたいので、よろしければ今から浅草までご足労願えないかという。御手洗を見ると頷いているので、では今から行くと答え、私は電話を切った。

新橋で地下鉄銀座線に乗り換え、私と御手洗は浅草にやってきた。地下鉄の階段を昇ると、雷門の大提灯の前だった。この提灯の前で、私たちは湯浅と待ち合わせた。道中、御手洗はぶつぶつ言いながらじっと考え込んでいて、ひと言も言葉を発しなかった。よほどむずかしい事件なのだろう、そう思って浅草に着いてから質《ただ》してみると、ピアノの発明が西洋音楽史に及ぼした影響について考えていたのだという。

私たちは四丁目のはずれにある浅草警察を訪ねる前に、まず花川戸の現場を通ってみることにした。

松屋と隅田公園の間の路地に入り込むと、ものすごい人出である。まるでほおずき市のようだと湯浅は言った。パトカーも止まり、報道陣のものらしい車もたくさん止まっている。人をかき分け、錠前屋の近くまで行ってみたが、それ以上一歩も進めそうになかったので、われわれはあきらめて現場をあとにした。

浅草警察に着いて、入口で石岡だと名乗ると、二階の捜査本部の方へ廻ってくれという。そこで、三人でぞろぞろと階段をあがった。

すると、暗い廊下の突き当たりに、赤松稲平殺害特別捜査本部と書かれた部屋があった。われわれがここに顔を出して、

「あの、石岡と申します」

と言うと、中央に一列に寄せた数個の机のひとつについていた、意外に気さくそうな男たちが三人ばかり立ちあがり、

「あ、ご苦労さまです。どうぞこちらへ」

と言った。

一人は丸い顔をして目の小さい、気のよさそうな男だった。もう一人もやはり大きな丸い顔だが眼鏡をかけ、口が大きく、しかも歪《ゆが》んでいた。でっぷりと肥り、いかにも人が悪そうな風貌をしている。あとの一人は性格がよさそうな顔をしていたが、こちらは部屋の外へ出ていった。

「いやどうも。まま、そのあたりに、どうぞおすわり下さい」

人のよさそうな方の刑事が言うので、私たちは並んで腰をおろした。

「私は後亀山《ごかめやま》と申します。うしろの亀の山と書きます。こちらは田崎《たざき》です。みなさん、お友達?」

「そうです」

と私は言った。

「いやこんどは大変な事件でしてねえ、私が刑事になってからはじめてですよ、こんな奇っ怪な事件は。まるで人間が空飛んでるような感じでしたからな、死体を最初に

見た時は」

「それなんですが……」

と湯浅は言いはじめた。

「赤松さんとぼくとはつき合いが長いのですが、あの人は空を飛ぶ男の絵ばかり描く人で、自分も空を飛べる人間なんだと、ずっとぼくには言ってました」

と湯浅は、われわれに話したと同じ話を、延々と始めた。刑事も興味を持った様子で、黙って聞き入っていた。

「なるほど、それで奥さんも空を飛んだことがある人だと？」

話がだいたい終ると、後亀山はそう訊いてきた。田崎は厚い唇を歪めてにやにやしていた。

「はあそう言ってました」

「それでその奥さんが、精神にショックを受けていたあの女性ですか」

「奥さんは今どちらに？」

御手洗が尋ねる。二人の刑事はさっと御手洗の方を向いた。

「今警察病院の方へ、入院させてますがね」

「どんな状態です？　相当悪いふうですか？」

「悪いですな、自分が誰だか、名前も思い出せないふうだからね」

「最初に見つけたのは警察の方ですか？」

「そうです」

「どうして異常と解りました？」

「そりゃ唾液が垂れていたりね、目の焦点が定まらない感じだったからね」

「非常に特殊なケースですね、あまり前例はないでしょう？」

「全然ないですな。少なくとも私は知らないですから。ところであなたは？」

「ぼくは御手洗と申しまして、変わった事件を研究するのが趣味です。この人は石岡君といって、それを活字にして出版します。そちらの湯浅さんは、そんな本を読んで、ぼくらのささやかな能力を頼って、横浜に相談にいらしたんです。それでぼくらは昨夜、クリスチャン・オーキッドに、氷室さんや、秘書の古川さんに会いにいったというわけです」

御手洗がそう説明すると、田崎の唇はますます歪み、印象のよかった後亀山も、やや鼻白んだ様子だった。どうやら素人探偵と現職の警察官というものは、水と油、もしくは天敵同士のようなものであるらしい。

「というと、しかしそれは事件が起こる前でしょう？」

後亀山が問う。

「そうです。今回のような大事件になる前に、ちょっとした事件があったんです」

「それは？」

「赤松さんが空へ飛んでいく声をドア越しに聞いたというさっきの事件です」

御手洗がそう言うと、後亀山は、つい今しがたの湯浅の説明を思い出して納得した。どうも彼は、湯浅の話を真面目に聞いていなかったようである。

「それで、あなたがご研究なさっているような前例の中に、今回のような事件と同種のものはありましたかな？」

田崎がはじめて口を開き、やや皮肉な問い方をした。

「確かに」

御手洗は澄まして言う。

「同種の項目の内に分類整理すべき前例はあります。ただし、アウトプットとしての事件の見え方は全然違いますけれども」

「ほう、あなたは興味深い言い方をなさるな、まるで名探偵のようだ」

田崎は御手洗になかなか反感を持ったらしく、妙にからむような言い方をした。しかしこれは、御手洗を前にした時に日本の警察官が見せる、いつもの態度だった。

「いや刑事さん、この御手洗さんは本当に名探偵なんですよ。昭和五十四年の梅沢家の事件をご存じありませんか？」

湯浅が訊いた。

「知らんなあ」

田崎が言う。

「あの大事件を解決したのはこの人なんですよ」

「で、じゃああなたは今回のこの事件も、解決をつけられると申されるんですかな。その梅沢家の事件がどれほどのものかは知らんが、今回のものほど奇妙奇天烈ではないでしょう」

「いや、あっちの方がもっとすごかったですよ」

「で、とにかくあんたは今回の謎を解いたというのかね？」

「もちろんそうです。謎は、解くためにあるんですから」

「是非うかがおうじゃないかね」

田崎が挑戦的な口調になり、椅子にすわり直した。

「まだ細部にいたるまで辻褄が合ってるわけじゃありません。その前にお訊きしたいことがある」

「ほらほらすぐそう逃げる。事件を解いたというのはね、細部にいたるまで完全に解いてはじめて謎が解けたというんだよ」

御手洗はするとくすくすと笑った。

「なにが可笑しいのかね？」

「だってあなた方には、まだ謎さえ見えていないじゃないですか」

「ど、どういう意味かね！」

田崎刑事が気色《けしき》ばんだ。

「だってあなた方に見えている謎というのは、赤松稲平が空中の電線に引っかかって死んでいたこと、その妻が近くで発狂していたこと、それだけでしょう？」

刑事は言葉に詰まり、沈黙した。

「これだけの謎でしたら、とっくの昔に解けていますよ。ぼくはもうひとつの謎の方でずっと頭を痛めておりまして、それも、あとわずかで解けるところだったんです。あなた方が呼ばれるもんだから、こうして途中で放り出してやってきたんですよ」

「何だね、そのもうひとつの謎というのは」

「それはつまり、昨夜現場には、赤松稲平、その妻氷室志乃、この二人のほかにもう一人、第三の男がいたということですよ」

「第三の男？　どこかで聞いたような言葉だな。誰だね、そりゃあ」

「秘書ですよ。氷室の秘書の古川精治という男です」

「現場にもう一人人間がいたかもしれないってことくらいはわれわれも考えてるさ。それがどうして謎なんだね？　また、何故この男が現場にいたと君は断言できるんだ？」

「それは東武電車が引きずっていたという、男の右腕ですよ」

「ああ……」

と声を洩らしたのは後亀山の方だった。

「ではあの事件の方も、あなたは赤松さんの事件と関連があると」

「むろん関連がありますよ。なにしろ、人一人が発狂している事件なんです」

「片腕の謎か。そんなもの、われわれにだって見えているさ」

田崎が言う。

「そうじゃない。東武電車が引きずっていた男の片腕は事件に関係がある、そして現場には第三の男、秘書の古川がいた。とすればこの右腕は秘書のものです。それなのに、この古川はどこへ行ったんです？　右腕がないという大怪我ですよ、もっと目だっていいでしょう？　死体もない、片腕のとれた男が担ぎ込まれたという病院もない、変じゃないですか？」

御手洗が言い、一座は一瞬しんとなった。確かにそうだ。言われるまで、私も少しも気づかなかった。

「電車が腕を引きずっていた。当然東武線の沿線は調べられる。付近の病院も逐一あたられたでしょう。もし該当する病院があったら当然大騒ぎになるはずだ。マスコミも騒ぐでしょう。こんなショッキングな事件だ。ところがいたって静かだ。ということとは、そんな男は、まだ発見されていないのです。この男は、腕だけ遺して、いったいどこへ消えたのでしょうね」

田崎も、こんどはさすがに鹿爪らしい顔をして、無言だった。

「そこで、今からぼくが発する質問に逐一お答えいただき、お答えできない場合、つまりまだそちらで調べていらっしゃらない場合は、すみやかに捜査を開始し、解答を出していただきたいのです。そうしていただけるなら、残った方の謎も、今すぐここで解いてごらんに入れますし、もしそちらでその必要ありと要求なさるなら、赤松稲平の空中死と、彼の奥さんの発狂の理由も、きちんと説明してさしあげますが。いかがでしょう？」

すると二人の刑事はしばらく無言だった。そうしたものかどうかと、あらゆる方向から検討し、思案していたのだろう。こういう場合、彼らが気にする唯一のものは、常に面子《メンツ》である。彼らは、警察官以外の人間が警察より早く事件の謎を解くと、その人間は必ず警官を馬鹿にする、と考えるのである。これはおそらく権力というものの、ある確実な側面であろうと私は感じている。威張る人間は、威張らない人間に負けてはならない。権力とは、常に危ういものなのである。

「どんなことが知りたいんです？」

沈黙を破り、ついに後亀山が訊いてきた。

「まずは電車の時間です。右腕を引きずっていた竹ノ塚行きの東武電車の、浅草駅発の時刻は何時何分でしたか？」

「これは二十三時十五分」

「二十三時十五分か……、となると次は車です。タクシーは避けると思われるので、昨夜氷室志乃と古川精治は、会社の社長専用車、ベンツ３００Ｅで現場にやってきたと思われます。花川戸の現場付近で、レッカー移動されたり、今朝所有者不明で路上で発見されたりしたベンツ３００Ｅは報告されていませんか？」

「それは、どうかな……」

後亀山は田崎と顔を見合わせた。田崎は無言だった。

「そういう報告は聞いておりませんね」

後亀山が言う。

「このベンツが行方不明なのです。銀座の会社の駐車場にも帰っていないし、成城の古川のマンションの駐車場にもない。では花川戸付近の時間の駐車場、タワーパーキングなどからも、引き取り手のないベンツの話はないですね？」

「聞いてないですな」

「ま、あの時間だし、時間の駐車場に入れることはまずないでしょう。第一営業していないでしょうしね。隅田川に飛び込んでも衆目をひく大事故だ、われわれの耳に届かないはずもないです。残るは南青山の社長の自宅か。ここにも氷室社長は駐車場を借りているかもしれない。あるいはほかにも、クリスチャン・オーキッドの関連で、どこかに車を置ける場所があるかもしれない。これを今すぐクリスチャン・オーキッドにあたっていただきたいのです。車が出てくれば、当然古川精治の行方の見当もついてくる。それから、東京中の病院です。右腕のとれた男が担ぎ込まれた病院はないか。タクシーで運んだ者はいないか。警察の機動力をもってすればすぐのはずです。急いでやっていただけませんか？」

　御手洗が言い、二人の刑事は顔を見合わせた。しぶしぶという様子で田崎が立ちあがり、廊下へ出ていった。

「ほかにもありますか？」

「ありますとも」

　田崎はすぐに戻ってきた。

「東武伊勢崎線が引きずっていた右腕の血液型は何でしたか？」

「B型、Q式でQ」

　戻ってきた田崎が答える。

「これは一応確認ですが、大黒ハイツの屋上に落ちていた血痕と、血液型は一致しましたか？」

「大黒ハイツ!?」

「屋上？」

二人の刑事は揃って声を出した。

「と言われると、まだ調べていないんですか？」

御手洗が驚いたような声を出した。田崎などは苦い表情をした。

「なにしろ昨夜は雨が降ったからね、血痕の類《たぐ》いは洗い流されてるよ」

「いやいや、屋上とは限らないんですよ。大黒ハイツ内の廊下、階段、こういった場所に古川の血痕は点々と落ちているはずなんです。これをうまくたどっていけば、昨夜ベンツが停めてあった位置も判明する可能性はあったんですがね。まあ昨夜の雨の上に、あの水牛の群れのようなものすごい人出ですから、これはとても無理でしょうがね」

「大黒ハイツは古くて、中は暗くて、埃《ほこり》だらけみたいな建物だったからなあ、しかし血痕が……、気がつかなかったなあ。あなたは本当にあの建物の中に古川の血が落ちていると……」

「断言します。理論上そうでなくてはならないからです。着衣のままふいに腕が切断されたなどという時、場合によってはシャツなどが切断面を強く絞り、止血効果を発揮することはある。泥酔して車を運転していて、窓から出していた右腕をトラックにもぎ取られ、本人はそれと気づかずに二十キロ走ったという例もあります。しかしこの場合は、そうはならない理由がある。とにかく、今すぐ大黒ハイツの屋上と廊下を調べ、古川の血液を採取して、東武電車が引きずっていた右腕の血液と合致することを確認していただきたいのです」

御手洗が言い、またしぶしぶ田崎が立ちあがった。御手洗がそれを右手で制し、すぐそばの電話機を示した。

「指示は電話でよいでしょう。鑑識班員に廻ってもらえばそれでいいんです」

田崎は電話を取り、明らかに私たちの手前、横柄な口調で指示を送った。あれでは先方の鑑識班が気を悪くしたのではないかと私は思った。

「まだありますか?」

後亀山が問う。

「すわって結果を待つことです」

御手洗は応えて、背もたれにそり返った。

婦人警官が番茶を淹れてきてくれた。それを飲みながら、私たちは小一時間待っていた。

やがて電話がかかりはじめた。すべて調査の報告だった。

まずクリスチャン・オーキッドの方、これは、社長の氷室志乃の南青山のマンションには駐車場はないという。彼女が運転免許を持っていないせいだ。ベンツの運転と管理は、常に秘書である古川精治の役目であったらしい。

それから、クリスチャン・オーキッドとつき合いのある関連会社をすべてあたったが、どこの駐車場にもベンツ300Eは存在しないという。古川のマンションにももう一度あたったが、相変わらず人間もベンツも、戻ってきてはいない。

さらに交通課の方にも、ベンツ300Eの違法駐車は昨夜から現在にかけて、一件も報告されていない。タクシー会社の方からも、昨夜片腕を失った男を病院まで乗せたという報告はない。ベンツ300Eと古川精治は、右腕一本を遺し、煙のように消えてしまった。

「ひょっとして、まだ花川戸の現場付近に遺留されてるってことはないだろうな、ベンツは」

後亀山が訊いている。

「いやそれはない。その点も、俺は調べさせた」

「さあ御手洗さん、ベンツも秘書も、どこにもいません。いったいやつはどこへ行ったとお考えです？」

後亀山が訊く。

「まったく不思議ですね」

御手洗は余裕しゃくしゃくで応える。その時、また電話が鳴った。後亀山が出る。しばらく話していたが、やがて受話器を置いた。

「わけが解らん。今報告が入りましたが、東京二十三区および都下を含め、昨夜から現在にかけて右腕を失って運び込まれたという外科患者はただの一人もいないそうです。まったく不思議だ。彼はどこへ行ったんだろう？　あれほどの重傷を負ったというのに。第一、自分でベンツを運転していったんだろうか。右手を失ったんだからな、ベンツは左ハンドル、ギアチェンジは右だろう？」

「いや、ベンツはオートマだからな、左手でいったんDレンジに入れてしまえば、あとはハンドルとアクセル、ブレーキだけでいい」

田崎が答えている。

「さあ御手洗さん、お考えを聞かせてくれませんか？」

「ちょっと待って下さい。まだ別の可能性が残ってますので。つまり大黒ハイツの血痕と、東武電車が引きずっていた右腕の血液型とが一致しないとね、あの右腕が、古川のものでない可能性が一パーセントくらいはあるでしょう？　そうなるとまだ何も言えませんよ」

「おい、大黒ハイツから血液出たのか？」

田崎が後亀山にささやいている。後亀山が小さく頷いた。田崎はごく低い舌打ちを洩らし、黙った。

また電話が鳴る。田崎が自分は手を伸ばさず、同僚に目くばせをする。後亀山が取った。頷きながら、しばらく話している。

「御手洗さん、今鑑識から報告が入りました。大黒ハイツの廊下部、および階段部で採取された血液は、東武電車の右腕の血液型と完全に一致したそうです」

御手洗ははじかれたように椅子から立ちあがり、両手を額の前で絡み合わせると、まるでシェイカーを振るバーテンのように、ぶるぶると振った。唇はというと、完全にほころんでいる。これで彼にはすべてが解り、細部まで推理の辻褄が合ったことが、私には見てとれた。

捜査本部の床をしばらく往ったり来たりし、それから窓ぎわの方へ寄った。刑事二人も私たちも、無言で彼のそんな様子を眺めていた。

後亀山が言いだす。

「消えるはずがないんだよ古川は。古川とベンツは。消えちゃ困る。だってな、この車がもし事故っていたにせよだ、必ず騒ぎになる。右腕がないんだからな。普通の怪我じゃない。右腕がなきゃ、腕はどこへ行ったとなる。つまり、事故を起こしているのでもないわけだ。

では他県へ移動したか？　それにしたって病院へ入れば報告も来るだろう。第一どうして東京じゃなく、他県へ移動しなきゃならないんだ？　腕がとれるほどの大怪我をして……」

御手洗が窓ぎわで振り返った。

「では、非常に親しい友人の開業医のところへ転がり込んで、しかも医者の口封じをした、というのはどうです？」

「それはまずないです」

後亀山が応じた。

「大きな総合病院はまず口封じはきかないでしょう、医者や看護婦の数が多いですから。そうなると小さな開業医ということになるでしょうが、そう考えてこちらもそういう小さな医者には、現在ローラー作戦をかけております。つまり逐一あたっております。ベンツ３００Ｅが駐車場および開業医付近に止まっていないかもあたらせております。今のところ、何の報告も来ておりません。現時点で出ないんですから、今後もおそらく出ませんでしょう」

「となると、どこかで人知れず死んでいる……」

「どこでです？」

「たとえば自宅」

「それもないです。刑事がすでに古川の成城のマンションには行っております。やつは帰宅しておりません」

「なるほど。そうなるといよいよ残る可能性はひとつ」

御手洗はもったいぶって言う。

「何です」

後亀山が言い、刑事二人とわれわれは、息を停めて御手洗の顔を見る。

「古川精治も空を飛んでどこかへ行ってしまった」

御手洗の表情に、また例の人を食ったような様子が表われた。私は思わずむっとした。現職の刑事が、こうして面子を捨ててまでアマチュアの御手洗の意見を尋ねているのだ。もう少し真面目にやらなくてはならない。

「まま、みなさん、お気持ちは解りますがどうかお静かに。特に石岡君、何も言わなくても君の気持ちはよく解っている」

御手洗はうろうろと歩き廻りながら、両手を挙げて一同を制した。浅草署の捜査本部も、すっかり御手洗のペースになってしまった。本部の一室には、すでに午後の陽が落ちている。

「ぼくは冗談を言っているわけではないんです。今の発言にはなにがしかの真実、あるいは当事件の謎の核心が含まれているんです」

田崎も無言で聞き入っている。彼の苦虫を嚙《か》みつぶしたような表情に、あふれるほどの悔しさが表われている。

「それは何かといいますと、赤松稲平です。そちらにいる湯浅さんが、赤松さんの姿が見えなくなったといってぼくのところにやってこられた。その時点で、赤松さんの姿が消えてすでに二日ばかり経っていたのです。そして今朝、彼の姿が花川戸の空中に現われた。その間約三晩、赤松稲平氏はいったいどこへ行っていたんでしょうね？」

われわれは身じろぎもせず、無言だった。

「言ってみれば今回も同じです。古川精治の姿が消えてしまった。赤松稲平が空を飛んでどこかへ行っていたと思うなら、古川精治も、今頃はどこか雲の上にいると考えても不自然じゃない」

「この二人は、同じ場所にいるんですか？」

湯浅が訊く。

「いやそうじゃないな。古川は、赤松さんが隠れていたと、同じ場所にひそんでいるんでしょうか？」

「そう、ある意味ではその通り、同じ場所です。二人はわれわれにとっては盲点にひそんでいるんです」

「それはどこです？　教えていただけませんか」

後亀山が言った。田崎は無言だった。彼は、口が裂けてもそんなことを言いそうではなかった。

「腹が減りましたね」

御手洗は唐突に、この場とは無関係のことを言った。

「ぼくは今朝から何も食べていないんです。しかしよろしいでしょう。食事の前に、古川の行方の方だけをまず片づけてしまいましょう。

ぼくはこんなふうに考えます。古川精治が生きているか死んでいるか。もし生きているなら、どう考えても、どこからかその存在が露見すると思うのです。あれだけの怪我だ、医者にかからないはずがない。医者の治療を受ければ、たとえ彼が外科医の親友を持っていても、やはりどこからか洩れるものです。

しかし死んでいるのなら洩れない。したがってぼくは、彼が死んでいる方を採ります。ほかにも理由はあるが、理論的蓋然性《がいぜんせい》は、彼が死んでいる方により分《ぶ》があるのです」

「しかし死んでいたって洩れますよ。この東京のどこかでベンツを止め、中で死んでいたにしても、意外に目だつものです。通行人とか……」

「いや、古川はそういうことはしないでしょう。医者に行かず、一人車の中で死を待つ理由はない」

「ではどうなんです」

「やはり交通事故で死んだと考えるべきじゃないですか？」

「いや、交通事故を起こしたとすれば、やはり非常に目だちますよ。なにしろ片腕の男が運転していたんですから」

「それは車同士の衝突の場合です」

「では古川が歩いていたと？　ではベンツはどこに？」

「いやそういう意味じゃない。彼はやはりベンツを運転していたんです。

　後亀山さん、事故を起こしたドライヴァーに片腕がないと解るのは、彼の体が、右腕を除いてほぼ無傷だからですよ。だいたいにおいて都内の道路上で起こる交通事故のレヴェルなら、ドライヴァーが生きていても死んでいても、体はそれほど損傷は受けません。したがって彼に右腕がないことはよく目だちます。しかし、次のような場合はどうか。これはあくまで理論上ですよ、事故に巻き込まれたドライヴァーの、両腕や両足がとれているなどという大事故の場合、さらに加えて車がまるで原形を留《とど》めないほどに変形し、破損し、つぶれてしまっているような時、つまり事故車両内には、ほとんど検査官の頭部も挿し込めないというような破損状況に車がある時、事故前のドライヴァーに右腕がなかったなどという事実は、解りにくいということが考えられますね？」

御手洗が言葉を切り、われわれは無言だった。

「この上に、さらに燃えてしまえば完璧だ。車に趣味のある人間でなければ、事故車両の車種も解らないという状況も、あり得なくはないですよ。ここまであらゆる可能性が否定されてきますとね、どんなに信じがたい推論でも、もうこれ以外には考えられないんではないですか？」

一同はしんとしていた。

「では、それほどの交通事故が……」

「いや、車同士の事故で、そこまでボディが変形したり、燃えたりするケースはめったにあるものではない」

「車同士ではない……？　すると」

「電車ですよ、相手は。猛スピードでわがもの顔に走ってきて、しかも自動車と違って、ぶつかる時のことをいっさい考えて造られていないあの電車という乗り物です。それ以外にもうあり得ないじゃないですか。

古川は昨夜浅草で、右腕をある事故で失った。彼がとっさに考えたことは、当然病院へ行かなければ、ということです。しかし、浅草付近に存在する病院といっても、とっさには頭に浮かばない。土地勘がないからです。すぐに浮かんだのは、成城の彼の自宅近くにある病院です。そこに行こうと考える。少々遠いが、とっさのことで、あれこれ迷ったり探したりしている時間がないのです。それに浅草から成城までは、高速道路を使えば上野で乗って用賀でおりる、インターからはそれぞれごく近いのです。深夜のことで、首都高速上も空いている。あれこれ迷っているよりも、ここを突っ走ればその方が早いのです。そこで彼はそうした。ところで彼の自宅成城四丁目、この近くに病院があったわけですが、ここと首都高速用賀出口との間を結ぶルートで、どうしても一箇所、小田急線の踏切を通らなければいけない箇所があるのです。世田谷区成城二丁目の踏切です」

「あ……」

二人の刑事の顔が放心した。

「間違いないと思いますね。この踏切で、昨夜の終電近くの小田急線と、古川のベンツは衝突、おそらく炎上したのです。時間も合う。竹ノ塚行きの問題の電車が、浅草駅を出るのが二十三時十五分、そこから成城二丁目の踏切までベンツで飛ばせば、かかっても一時間弱、小田急線の最終電車の時間帯です」

「では、なるほど、あれか！」

二人の刑事が大声を出した。

「そういう事故がありましたか？」

「ありました、確かに！　ではあの踏切事故が……。確かに車が大破炎上して、ドライヴァーの身元が不明だったんです。なるほどそうか。どうして結びつけて考えなかったんだろう！」

「忙しかったからな、俺たちも」

田崎が言う。

「ではすぐに手配して、それがクリスチャン・オーキッドの古川精治であることを確認して下さい。われわれは今からこの前にある西洋料理屋で遅い昼食をとっています。結果を教えていただけますか。また、もし赤松稲平の飛行事件の方も謎解きして欲しいなら、遠慮なくそうおっしゃって下さい。それでは、われわれは腹が減りましたので、ひとまずこれで」

御手洗は立ちあがる。

7

「古川としては、怪我の痛みに自失して、踏切の遮断機が降りているのに、突っ込んでしまったというわけだね？」

食事をしながら、私は御手洗に尋ねた。

「いやそうじゃないと思う。これは想像だが、古川は右腕を失うような事故に遭った時、痛みとショックから逃れるため、ドラッグをやったんだと思う。彼はドラッグの常習者で、おそらく覚醒剤を除くあらゆるドラッグを扱っていたと思う。今後成城の彼の部屋が捜索されれば、いろいろな薬が出てくると思うがね。こういう薬のどれかを、彼はベンツを運転しながらやった。口に放り込んだとすればそれはLSDかもしれない。いつもハッピーなトリップの癖が身に染み込んでいれば、腕がとれても楽しい気分になれるのさ。少なくとも彼はそう期待した。事実、痛みとショックからは逃れられたかもしれないのだがね、遮断機は目に入らなかったというわけさ」

「なるほどね」

私は納得した。

「では秘書の彼の方から、氷室社長はドラッグのおすそ分けをもらっていた？」

「おすそ分けか、それとも彼女も積極的にかかわっていたのか、その点は解らないがね、まあそんなところだろう。そしてそのドラッグを、夫の赤松氏にも、分けてあげていた。おかげでみんなめでたく中毒となっていた。

この点は警官の前では言う気はないから、今言っておくよ。赤松氷室夫妻には、こういう共犯意識があったため、時には赤松氏が氷室社長をなかばゆするようなかたちで、生活費を出させるといったようなことがあったと思われる。そんなことから、氷室、古川の二人は、別居中の夫、赤松稲平がだんだん目ざわりになってきていた。この事件にはこういう伏線があるとぼくは思うね」

「しかし赤松氏としては、金づるである妻、氷室社長を失うわけにはいかなかった」

「その通り、生活の糧《かて》だからね。ま、たいていこういう場合、悲劇が起こる。予備知識としてこのくらいを頭に入れておいてくれたまえ。おや、後亀山さんがやってくる。たぶん成城の踏切事故のドライヴァーが、古川精治だと判明したんだろう」

後亀山は入口のガラス扉を押し、どちらかといえば小柄な体をせかせかと運んでくる。

「みなさん、お食事はおすみですか？」

「まだです」

御手洗が応えた。

「では私も失礼して、ここでコーヒーでもいただきましょう。あ、私、コーヒーね。それで御手洗さん、成城の踏切事故での焼死体はやはり片腕が不明で、血液型は東武電車が引きずっていた片腕のもの、また大黒ハイツで採取した血痕と完全に合致しました」

「ああそうですか」

と食事を口に運びながら、当然のように御手洗は言った。

「それでですな、今日はこれからどうなさるおつもりですか？」

「そちらで御用がないようでしたら、少し浅草を散歩して、このまま横浜へ帰るつもりです」

「横浜で、なにかご予定がおありなんですか?」

「いえ別に」

すると後亀山は、少しばつの悪そうな顔をした。

「もし御手洗さんはじめ、みなさんのご都合さえよろしいようでしたら、もう少し私どもにおつき合いいただけませんでしょうか」

「それはよろしいですが、何をするんですか?」

御手洗は意地悪く訊いた。それで私は後亀山に助け船を出した。

「御手洗君、赤松稲平の方の事件の説明がまだだろう? 古川の方だけじゃなく、あっちの解説もしてくれよ」

すると後亀山は、心底ほっとした顔になった。

「そうしていただけると、私どもとしては大変助かります」

「今すぐ? 野次馬とテレビカメラがいっぱいだよ」

御手洗が言う。

「あの、ぼくの方はちょっと会社に帰らなくてはなりません」

湯浅が言った。

「後亀山さん」

御手洗は丸顔の刑事の方に向き直り、ちょっとずるそうな顔をした。

「赤松稲平氏の事件を、本当にぼくに解いて欲しいのですか？」

「そりゃもう、私としましては是非とも……」

「それは浅草署の捜査本部の総意ですか？」

「いや、総意かどうかとなりますと、それは主任の方にもはからなくてはなりませんから、なかなかむずかしい問題ですが……」

御手洗はにやにやした。

「外部の人間に解決をゆだねるなどというのは、前例のない、型破りな行為であると」

「そうそう、まあ、おっしゃる通りです」

「しかし空を飛ぶ絵を専門に描いていた画家が空中で死んでいたなんていうのも、なかなか前例のない、型破りな事件ではありますがね。

ま、ともかく、ぼくはこれでも割合仕事を抱えておりまして、しかし、先ほどの田崎刑事のご要望とあればやりますよ」

「それは彼も、そう希望すると思います」

「ここにピンク電話がありますね、これで彼を呼び出してもらえませんか。彼の口から直接聞きたいのです」

言って御手洗は、食事の残りをたいらげはじめた。後亀山はあきれたようにその様子を見ていたが、あきらめ、椅子から立って受話器を取り、十円玉を落とした。

先方が出たらしく、しばらく声をひそめて話していたが、受話器を御手洗の方へさし出した。ゆうゆうと食事を終えていた御手洗は、立ちあがり、受話器を受け取った。

「お電話代わりました。ああ誰かと思ったら先ほどの田崎さんですか。なにかご用ですか？　ご用がなければぼくはこのまま横浜へ帰ります。はい？　はい、なんです？　ちょっとお電話が遠いようです。ああ、ああ、赤松さんの事件ですか？　それは是非にと申されるならご説明いたしますが？　はいはい、ああ是非にと。解りました。よろしいでしょう。ではどのように行なうかは今、後亀山さんとこちらで打ち合せておきます。それではのちほど」

御手洗は例の人を食った顔で受話器を戻した。私は彼の異常な我《が》の強さに、内心あきれ返った。

「それではこうしましょう後亀山さん、今夜八時、夕食を終えてから錠前屋の前に集合しましょう。その時にご説明いたします。その時刻なら湯浅さんも大丈夫でしょう？　結構。後亀山さんの方もそれで了承して下さい。陽が暮れてからの方が説明しやすいのです。

それから、その刻限までにやっておいて欲しいお願いがあるのです。まず第一に、銀座のクリスチャン・オーキッドに行って、等身大の人形を借りてきて欲しいのです。布製で、中にスポンジの入った人間のぬいぐるみみたいな代物です。この会社の試着室にあります。それから三十メートルばかりのロープです。双方とも実験に使用します。是非とも必要なものなのです。揃えていただかなくては、説明が非常に要領の悪いものになります。

そうそう忘れるところだった。マネキン人形の右腕を一本、肘から先だけで結構です。以上を必ず揃えて下さるようお願いします。ではここでお別れしましょう、また八時に」

御手洗は立ちあがる。

8

御手洗は以前から浅草が好きなのだそうである。後亀山や湯浅と別れ、私たち二人は連れだって浅草寺の境内や仲見世《なかみせ》から雷門にかけて、また六区周辺や花やしきなどを観て廻った。

御手洗はああ見えて、浅草や京都、奈良など、古いものが好きなのである。そのせいか非常に詳しかった。私が求めもしないのに、昔ここに十二階があったのだとか、ひょうたん池があったんだ、などと解説をしてくれる。以前必要があって調べたのだそうだ。そうしている時の御手洗からは、赤松稲平の事件のことなど、すっかり脳裏から去っているらしく思われる。

私は御手洗にあちこち引っぱり廻され、田原町ビルの屋上の仁丹塔まで見てから、神谷バーで早めの夕食ということになった。昨日は死ぬほど腹が減ったが、今日はまだ全然食べたくない。しかし御手洗は食べろという。彼とつき合っていると、食生活が滅茶苦茶になるのである。

神谷バーというからには私は古いカウンターバーを想像していたのだが、これは名前に反してレストランなのだった。しかし古く、風情がある様子に変わりはない。私はあまり歩き廻らされて疲れ、これからの謎解きという重大な場面に、上々のコンディションで臨めるだろうかと心配だったのだが、当の御手洗はまことに元気いっぱいだった。この男の底知れぬ不思議な情熱は、どうも一般人のはかり知れぬ場所から湧いてくるらしかった。

食事を終え、食後の紅茶を飲み終えると、壁の時計が八時五分前を指した。これからぶらぶら歩いて、ちょうどよい頃合いである。神谷バーから現場は、目と鼻の先だった。

私たちが隅田公園に沿って歩いていくと、あれほど道にひしめいていた野次馬たちの姿もすっかり消え、報道陣の車も去って、大黒ハイツと稲荷屋ビルの錠前屋との間の路地は、ひっそりとしていた。

ひと気《け》のない路地に月光が冴え冴えと射し、月の光で淡い影を作るようにして、数人の警察官たちがたむろして私たちを待っていた。中に、湯浅の白いシャツも見えた。

「みなさん、お待たせしました。田崎さん、後亀山さんも。ではさっそくご説明にかかりましょう。人形は用意していただけましたか？　ああ結構、いや、そっちで持っていて下さい。マネキンの腕はありますか？　ではそれだけこっちへ下さい。

では今から階段をあがって四階へ行きますが、頑固な大家が赤松さんの部屋に鍵をかけ、どう頭を下げても絶対に中に入れてくれません。思えばこの大家さんの絶大なる使命感あってこそ、今回のこの不思議な事件は起こり得たわけですがね、しかし部屋に入れなくては何もできない。今すぐ大家さんに言って、部屋の鍵を借りてきていただけませんか。それまでこうして待っております」

後亀山が大家の家のインターフォンを鳴らし、事情を説明し、顔を出した大家に警察手帳を見せて、鍵を借り受けた。大家はそれでも大いに不安そうな表情を見せ、ついてこようとしたが、結局階下に留まった。よほど他人を信用しない主義のようである。

御手洗は先頭にたって階段をのぼる。私たちは、ぞろぞろとあとについてのぼった。やがて四階の廊下に着く。一同はぞろぞろと廊下を移動し、ドアの前に群がるような格好で立った。メンバーは私と御手洗、湯浅のほかに、後亀山、田崎の両刑事、さらにあと二人、私たちの知らない刑事がいた。

「後亀山さん、ドアを開けて下さい」

刑事が丸い背を屈め、解錠し、ドアを開ける、がらんとした広い部屋に、御手洗がまず入り込む。私や刑事たちが続く。

いつか見た時のままだった。右に描きかけの油絵が載ったイーゼルが立ち、左に寝乱れたベッドがある。相変わらず山高帽が載っている。ベッドの位置がやや動いているように私には見えた。

「みなさん、ここが赤松稲平画伯のアトリエです。隣りの小さい部屋は大家が使っています。赤松氏はここで、来る日も来る日も空を飛ぶ男の絵を描いていた。彼には空を飛びたいという願望があったからです。あ、そこ全員入って、ドアを閉めて下さい」

それから御手洗はいつもの癖で、背で両手を組み、板の間をうろうろと歩きながら説明を続けた。マネキン人形の右手は、ブルゾンの懐に入れたらしかった。
「彼がそんな道楽のような仕事を続けられたのは、ひとえに彼の妻が会社経営者で金があり、彼に月々生活費の仕送りを続けてくれたからです。ところが次第に二人の仲が気まずくなった。女社長は、秘書の手前もあり、別居中のこの夫との仲を清算したいと考えるようになったのです。この夫婦の確執の詳細については、あとでそちらで調査して下さい。金銭問題に加え、かなり複雑な背後の事情があるはずです。夫は当然抵抗、社長と秘書は、ついに夫である赤松氏を、首吊り自殺に見せかけて殺す決意を固めます。

それで先日、正確には五月七日金曜日の夜十一時頃、二人は二、三メートルの長さのロープを隠し持ってこの部屋にやってきます。そしてドアは内からロックし、頃合いを見て、それはおそらく氷室志乃が赤松氏の気をひき、話し込んでいる時でしょうが、背後から、秘書の古川精治が突然ロープを赤松氏の首にかけ、絞めあげた。こうして二人は赤松氏を殺害します。

この時点での二人の計画は、それほど用意周到で緻密なものではなかった。ただ絞め殺し、自室での首吊り自殺に見せかけようという程度の考えだったのです。ごらんの通りこの部屋の天井にはダクトがいっぱいに走っていますのでね。この一本のパイプにロープをかけ、あのベッドでも下までひきずってきて、赤松氏が首吊り自殺をしたように見せかけるつもりだったのです。

彼らの計画がいかにずさんであったかの証拠に、犯行の直前、隅田公園を歩いているこちらの湯浅さんを、古川は赤松さんと間違えて首を絞めようとしたくらいですからね。この時はすぐに間違いに気づいて、頬っぺたにキスをしてごまかしたんですがね。そうでしたね？　湯浅さん。

こんな思いつきの計画だったために、予期しないハプニングが起こった。それは、二人が赤松氏の息の根を止めようとしていたまさにその瞬間、このドアがノックされたのです。二人はびっくり仰天します。変人画家の赤松稲平を、まさかこんな夜遅くに訪ねてくるような友人がいるなどとは、考えもしませんでしたからね。

訪ねてきたのは、ここにいる湯浅さんです。赤松さんが酔って神谷バーに忘れた帽子を、届けにきたのです。しかし湯浅さんが赤松さんの名を呼び、ドアノブに手をかけ、回しても揺すってもドアは開きません。女社長と秘書が内側からロックしていたからです。

つまり中にいる殺人犯二人としては、時間が稼《かせ》げたわけです。二人はとっさにこの場を逃れる方法を考え、思いつきます。何を思いついたかというと、まず赤松氏の死体をベッドの下に隠してしまうことです。こんなことで、まさか永久に犯行を隠せるとは思わないが、うまくすれば、一時しのぎにはなるかもしれない。そうしておいて、二人はこの窓から外へ逃げたのです」

「窓から？」

私が言った。

「それこそ空でも飛んだっていうのか？」

「どうしてどうして、人間悲しいものでね、そんなよい方法じゃない。この窓の外、すぐ左横にある雨樋を伝って屋上に逃げたのさ」

「ああ」

「死体がなく、誰もいなければ、ちょっと寄った友人とでもいうなら、部屋を見てすぐ帰る可能性もないではないからね。しかし常識的に考えれば、そんな可能性はまずないんだ。あれは奇蹟だったよ。だって訪問者は、ドア越しに赤松さんの断末魔の声を聞いているんだからね、それなのに赤松さんが部屋に見あたらないからといっておとなしく帰るのは、赤松さんが窓から空へ飛んでいけると信じる人くらいだろう。そしてこの場合、まさにそういう人だったわけさ。

一方犯人の男女は、雨樋を伝って脱出なんて命がけの大冒険をやったわけだけれど、それだけのことはあった。湯浅さんは、ドアの錠を壊してまで中に入ったわけだからね。しかし彼は、部屋に何も発見できなかった。

それから窓に寄って夜空を見た。空には赤松さんはじめ、何も浮かんではいなかった。しかし湯浅さん、あなたはこの時、大変なものを二つ、ごく身近にしながら見落としたのですよ。

ひとつは赤松さんの死体です。彼はあなたのすぐ足もと、このベッドの下にいたのです。もうひとつは、雨樋にしがみついた一組の男女です。顔をついと横に向ければ、氷室社長と古川秘書の姿が目に入ったかもしれない。しかし酔っていたあなたは気づかなかった。赤松さんの帽子をこうしてベッドに置いて、おとなしく帰ったのです。

ところでここにもうひとつ、決して見逃してはならない、実に特徴的な要素があった。それは何か、今実演してお目にかけます。その人形とロープをこちらに」

そして御手洗は、白いのっぺらぼうの人形の首に、ロープの端をぐるぐると巻きつけた。

「使用されたロープは、実際にはもっと短いものです。こうして首を絞めて殺した赤松氏の死体を、こんなふうに素早くベッドの下に隠し、こうしてシーツを垂れ下がらせ、ドアのあたりから下が覗けないように工作すると……」

御手洗はベッドを動かして実際に人形をベッドの下に入れ、また押してもとの位置に戻し、完全に隠した。

「二人はこの窓から手を伸ばして外の雨樋にしがみついた。この時見逃してならないポイントは、隠した赤松氏の死体の首には、まだロープが結びついたままだったということです。はずしている時間がなかった。

しかも脱出の際、こうしてロープの端を窓わくにかけ、しかも窓は開けたままだった。大いにあわてていたからです。ここがこの怪事件の最大のポイントだ。赤松氏の首にかかったロープの端が、こうして開いた窓から出て、大黒ハイツ側の外に、少し垂れ下がっていたのです。そしてなんとも不思議なことに、湯浅さんも、大家さんも、誰一人これをもと通りに戻さなかったのです。こんなふうにロープを中に入れ、窓を閉めてしまわなかった。ここに今回の事件の、最大級の鍵があるんです」

言って、御手洗は言葉を切った。それからうつむいて床を見つめ、また歩き出した。

「一方、犯人の側の二人、こちらもそれなりに驚いたわけです。自分たちがからくも脱出したあと、ドアを壊してまで人が入ってきた。この人間に運よく赤松氏の死体を発見されなかったことはあり得るとしても、その後ドアのロックの修理に来るであろう大家の錠前屋にも死体が発見されないということは、とても考えられない。そう覚悟していたのに、死体が発見され、騒ぎになったという気配が少しもない、浅草花川戸あたりは、いつまで経っても気味が悪いほど静かなわけです。

それで二人はおそるおそるここに偵察に戻った。みなさんがよくおっしゃる、犯人は現場に帰るというやつです。

ところがドアには錠が新調されて鍵がかかっている。中には入れない。でも、なんとか死体を運び出し、山奥に埋めるなり海中深く沈めるなりして処理しなければ、いずれは腐敗し、臭気等によって発見され、大騒ぎになるのは目に見えています。騒ぎになれば、当然疑われるのは彼らですから。

二人は深夜、この窓の下に立ってみます。するとなんと思いがけないことに、窓は開いたままで、赤松氏の首に巻きついた紐の端が窓から少し垂れ下がっているではありませんか。

二人はその場は引きあげ、じっくりと計画を練ります。廊下のドアについた錠は頑丈そうだし、四階には大家の部屋もあるらしい。廊下のドアを壊して死体を運び出すことは無理に思える。それなら致し方ない、窓から運び出してしまおう、そういうことになります。

どうやって？　簡単です。屋上に上がり、ロープを伝って外壁をこの窓のところまでおり、窓を大きく開けておいて、窓からのぞいた紐をロープの先に結びつけるのです。そうしておいて、屋上から赤松氏の死体を引きあげようというわけです。なんとも奇想天外な方法だが、確かにそれしかなかったかもしれません。二人は実行を決意します。

しかし、いつやってもいいというものではない。こういうことを実行するには、やはりある程度条件が整う必要がある。むろん真昼間にはできない。人が寝鎮まった夜中であること、闇夜であればなおよいし、深い霧でも出れば最高だ。そしてそういう願ってもない夜が、昨夜ふいに訪れたわけです。

二人はこの機会を逃さず、ベンツ300Eでここへやってきます。偶然にもここへ来るために銀座の会社をあとにする時、ぼくらは二人に会ったのですが。

おそらく車は隅田公園脇に止め、二人はまずこのビルの屋上にあがります。そして古川は、屋上の手すりに結びつけたロープで壁伝いにこの窓のすぐ横までおりてくると、窓からのぞいているロープに、自分が伝ってきたロープを結びつけます。それからおそらくベッドを蹴って少し動かし、死体を引き出しやすいようにして、また屋上へ戻ります。こんなふうに。この時窓もこのように開けておきます。

だがベッドの移動も窓の開放も、あまり目だつほどであっては困るのです。以前とそれほど大きく違っていてはまずいからです。古川はこの時、どうせそこまでやったのであれば、いっそ室内に入り、ロープを赤松氏の体に厳重に巻きつけるなりして徹底するべきでした。人目を気にして焦るあまり、彼はそういったことを怠ったのです。加えて、夜明けまでに死体を処分しなくてはならないということで、二人には時間もなかった。この先は屋上で説明します。さあみなさん、屋上へ移動しましょう。

あ、後亀山さんはここに残って下さい」

御手洗はそう言って言葉を停め、さっさとドアの方へ行く。後亀山を残し、われわれも続いた。

階段をのぼり、屋上へ出ると、やや肌寒い五月の風が、われわれの髪を揺らした。

御手洗は手すりに腹をつけ、身を乗り出す。

「後亀山さん、そのロープの端を、こっちへ放って下さい。力まかせに。うまい！ありがとう。ではこちらへのぼってきて下さい」

御手洗は後亀山刑事から受け取ったロープの端を握り、われわれの方に向き直る。

後亀山が駈け足で屋上に現われると、御手洗は説明の続きを始めた。ロープをたぐる仕草をする。が、途中で放り出す。

「さてこうしてここに立ち、二人してロープをたぐってみると、はたして古川が徹してておかなかったがため、赤松さんの体がどこかに引っかかって、こんなふうにひきあげられないのです。二人は悩んだ。時間もない。もう一度壁伝いに四階までおりるしかないか、そう思った時、どうしてもそれを避けたい一心の古川が、とんでもないことを思いつくのです。まさに奇想天外、信じられないような奇策だ」

われわれは固唾《かたず》を呑む。

「では次に、向こう側の大黒ハイツのビルに移動だ。後亀山さん、すいませんがもう一度ここに残って、あっちの屋上にロープを投げて下さい。さあみなさん、お疲れですがまた移動です」

御手洗は再び先頭にたつ。

大黒ハイツの屋上に立つと、やや風の音が耳もとで鳴るようになった。そこで御手洗は大声になる。

「さあ投げて、後亀山さん！」

こんども一発で成功した。

「うまいな彼は、コントロールがいい」

御手洗が言い、浅草署軟式野球チームのエースです、と田崎が応えた。エースは、たちまち大黒ハイツの階段を駈けのぼってきた。

「ここからロープをたぐると、角度が変わってうまくいくと考えたのか？　いやそうじゃない。彼の考えたことは、こちらなのです」

御手洗は屋上を、稲荷屋ビルの反対側へと歩く。そちら側の手すりに身を寄せると、東武伊勢崎線のレールが、驚くほど身近に見おろせるのだった。おりしも東武電車が、異常なほどにゆっくりした速度で、浅草駅をスタートしてやってくるところだった。

「彼はロープの端をこんなふうに輪にし、こっち側の手すりの縦のスリットの間をくぐらせてから、なんとやってくる電車の屋根のベンチレーターに、ぽんと引っかけることを考えついたのです」

そう言って御手洗はロープの端を輪にし、刑事たちがあ、あ、と言いながらとめようと片手をあげるより早く、電車の屋根にロープの輪を投げ落とした。多少の距離はあったが、電車の速度が遅いので、その行為は拍子抜けがするほど簡単だった。輪は、屋根のヴェンチレーターに引っかかった。

線路側の手すりのスリットをくぐらせてあったので、ロープは電車の進行方向には移動することなく、電車の進行によってぐんぐん引かれていく。

「さあみなさん、こちらを見て下さい」

御手洗はせかせかと赤松のマンションの側へ移動する。彼の足もとにはたぐられてぴんと張り、動き続けるロープがある。

われわれは目を見張った。赤松の部屋の窓から、白い不気味な人形が、今頭部をのぞかせたところだった。やがて空中に飛び出し、ふわりと空に舞いあがった。

さあっと空中を泳ぎ、大黒ハイツの壁にぶつかった。そのまま、大黒ハイツの壁に沿ってぐんぐんせりあがってくる。すると背後で御手洗の声がする。

「ところがここに大変なことが起こった。赤松氏の死体を受けとめるどころではなくなった。それは何かというと、古川の右手にロープがからんでしまったのです。こんなふうに！」

御手洗の右手首に、ロープの中途がからんでいた。

「彼は右手を電車に持っていかれながら、ナイフを取り出し、ロープを切ろうとした。しかし、あわててしまってなかなか切れない！」

御手洗の体はじりじりと屋上を移動する。その背中を見ながら、私はおろおろとした。刑事たちの顔色も変わっているのが解った。

「とうとうこんなふうに、彼の体はこっちの柵で行き止まりになる。彼は叫ぶ、『助けてくれ！　腕がちぎれる！』、おい石岡君、助けてくれ！」

御手洗は悲鳴をあげた。そして御手洗の右手がちぎり取られ、レールの上の闇に落下した。

「うわあ！」

私は大声をあげた。恐怖で髪が逆立った。

「マネキンの腕だよ石岡君、驚いた？」

私は安堵と同時に、心底腹が立った。どうしてこんな時まで人をからかうのか。御手洗の背中を思いきり殴りつけた。まだ心臓が高鳴っている。

「こうして悲劇が起こった。古川精治の右腕は電車にもぎ取られ、そのショックで氷室志乃は狂った。赤松さんの死体はというと……」

はっと思い出し、せかせかと屋上の反対側へ駈け戻ると、大黒ハイツの手すりで止まっていた人形から、今ロープがはずれたところだった。しかし人形は、地上には落下しなかった。すぐ下に渡っていた電線の上に、腹ばいで載った格好のまますするすると滑っていき、二つのビルの中央でぴたりと止まった。

「こんなふうにして、鳥人間の空中死体ができあがったというわけです。ベッドの下に腹ばいの格好で長く置かれていたため、死後硬直で、あんなふうに両手を左右に広げたかたちになった。あとはお解りでしょう。古川の右腕は竹ノ塚に引きずられていき、氷室志乃は発狂し、あわてた古川はベンツに乗って成城の病院へ駈けつけようとする途中、小田急線と衝突事故を起こした。思えば彼は、二つの電車に殺された、非常に運のない男だったわけです。以上が、この事件の顚末《てんまつ》です」

御手洗は解説を終り、われわれに向かって深々とおじぎをした。われわれ聴衆は声もなかった。隅田川からやってくる風の音を、耳もとでしばらく聞いていた。

やがてぱちぱちと思いがけない音が、すぐ身近で起こった。四人の刑事が、ぱらぱらと拍手をしていた。

「いや、私は今までいろんな事件の説明を聞いたが、今回のものほど鮮やかなものは、ほかに経験がないな。いや、世の中に名探偵というものはいるんだなと、今ようやく解りましたよ」

そう言って御手洗に握手の手をさし出してきたのは、ほかならぬ田崎だった。

「ありがとう」

言って御手洗は、その手を握り返した。

「私も同感ですよ、御手洗さん、今後ももし難事件があれば、迷わずあなたのところへ電話することにいたします」

後亀山も言った。私も、横でいくらか誇らしい気分を味わった。

9

それから私たちは浅草警察署の車で横浜に送ってもらい、その夜はぐっすりと眠った。別れぎわ、あなたに何かお礼ができるといいんですがね、と後亀山が言った。それならこれ以上の難事件を持ってきて下さい、と御手洗は応えていた。

翌午前中、私はお茶を飲みながら御手洗に尋ねた。

「つまり、今回の事件では、誰も実際に空を飛んではいなかったということか？」

彼は噴き出した。

「そりゃそうさ、背中に翼のある人間がいたら、是非お目にかかりたいね！」

「君は、自信を持ってそう言えるんだね？」

「もちろん」

「何故？」

「それは、ぼくもまだ空を飛んだことがないからさ」

　これは自信家の御手洗らしい発言である。

「すべて、ドラッグ中毒者の妄想だよ」

「ではあれは何なんだ？　氷室志乃が空中の扉を開けて、地上八階の空へ歩み出していくのを見たという赤松稲平の話は。あれも彼の妄想なのか？　ドラッグによる」

「加えて彼は、その時泥酔していた。しかし実はそれだけじゃない。彼は実際に見たのさ。奥さんが鳥人間の扉を開けて表へ出ていくのをね」

「なんだって？　どういうことだい？」

「つまりね、あれは試着室のドアなんだよ、タネは。あのドアは、裏側が全面鏡張りになっていた。しかもドアはT字路に面しているから、このドアが百三十五度の角度で開いていれば、エレヴェーターに向かって後ろ向きに引きずられている人間の視界から見ると、ちょうどトイレのドアが映って見えるのさ。このドアを、例の空中に開く、廊下の突き当たりのドアと赤松氏は勘違いしたんだよ」（３４７ページ図参照）

「ええっ!?　では空中に開くドアではなく、トイレのドアというわけか？」

「そうだよ。氷室志乃は有楽町の上空へ歩み出していったのではなく、トイレに歩み入《い》っていっただけさ」

「なあんだ！」

「こういうことは、あの会社へ無理やり入り込んだ時、ぼくにはすぐに解ったよ。あの会社の内部構造が偶然見せた手品《トリック》だよ」

御手洗は自信満々で言った。私は溜め息をついた。

「実際にはあの扉は何のためのものだろう？」

「緊急時の避難用だろう。ビル火災の時、たぶんあそこから脱出用のシュートをおろすんだ」

「ああ、なるほど」

夢が吹き飛ぶような、ひどく現実的な答えだった。私は腕を組み、考え込んでしまった。世界広しといえども、見たことも聞いたこともない前代未聞の怪事件だと思った今回だが、こうして聞いてみると、すべて理屈で説明が可能な要素の集合体だったのである。気持ちがすっきりしたと思う反面、空を飛ぶ人間というメルヘンチックな夢が、この現実家によってきれいさっぱり打ち砕かれたという怨みも残った。しかしこれが現実であろう。

御手洗は言う。

「今回のぼくの役割は、ほらテレビの映画劇場によく出てくる、あの解説者みたいな

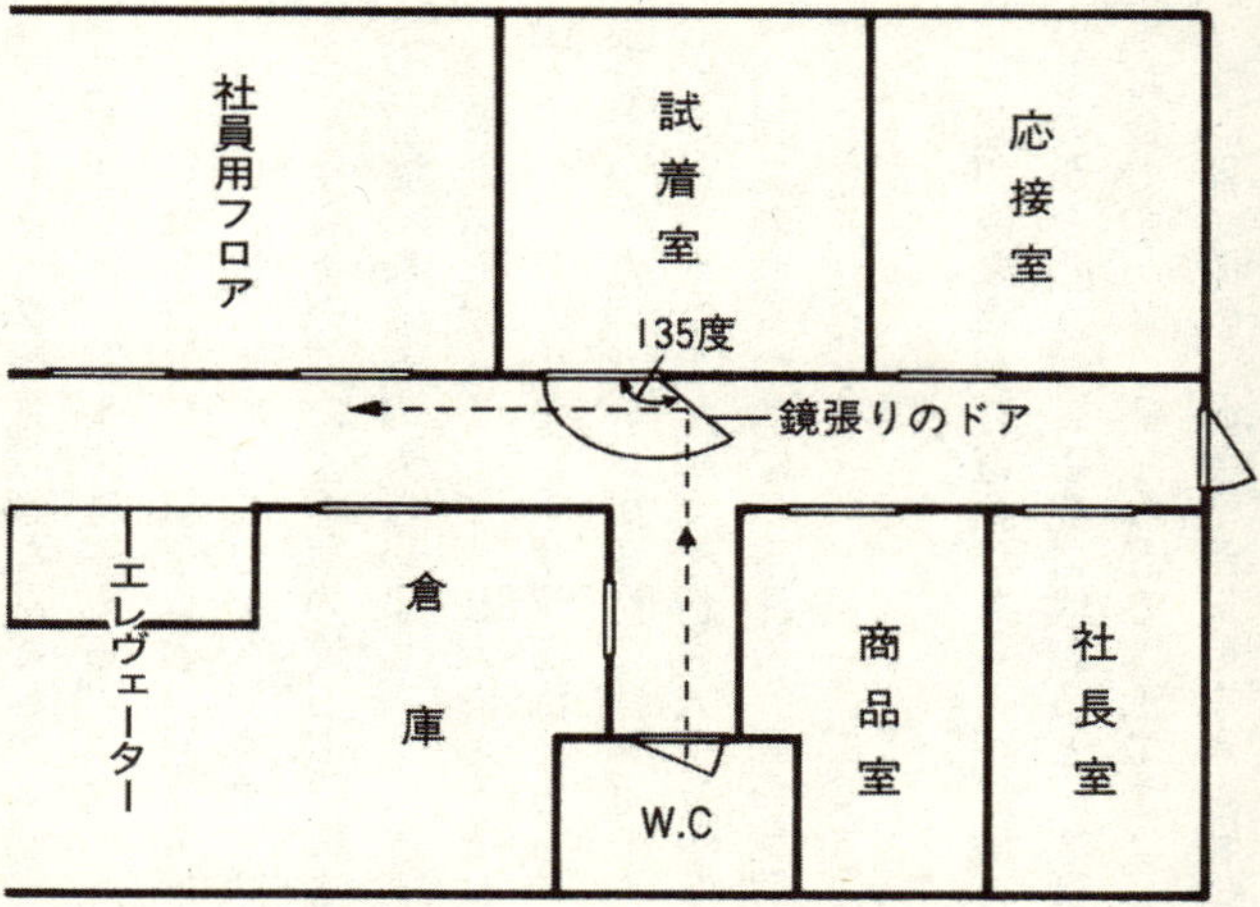

ものだったね。解説がやれる物識《ものし》りは番組の制作上必要なんだろうが、彼の解説で映画のストーリーが影響を受けるわけでもない。すでにもうドラマは演じられ、遥か昔に終っていたのさ。罪深い人々が暗躍し、人が一人殺されたが、犯人はそれぞれ、これ以上ない厳罰に処せられていた。名探偵の出る幕はなかったね」

まあ、御手洗の言う通りかもしれない。

「湯浅君の、ドラッグ中毒に関してはどうなんだい？」

「放っておけばいいさ。赤松氏と古川が死んで、彼のもとへドラッグが流れるルートは消滅した。彼にはもうこれ以上罪を重ねる方法はないよ」

「君はドラッグ擁護論者なんだね」

私が訊くと、御手洗は答える。

「どういたしまして。ぼくは警察官より麻薬というものの本質に関する知識があるだけさ。しかし、無知の馬力をもってマリファナを取り締まるのは大いに賛成だよ。でもそれならその前に、煙草の煙も取り締まって欲しいね。創造的な純粋思考に、あれほど邪魔になるものもないよ」

それからしばらくして、私たちのもとに一通の厚い手紙が届いた。浅草警察の後亀山からで、その後の捜査状況を伝えるものだった。これについては、もう特に報告の必要はない。だいたいが御手洗の想像通りだった。氷室と古川とがもう長く愛人関係にあったということだが、それも大よそ想像はついていたことである。

週刊誌のいくつかに、事件の詳細な謎解きが特集されたが、例によってそこに御手洗潔《きよし》の名前はなかった。よって私はここに、事件のありのままの報告の必要を感じた。

一週間後湯浅から電話があり、突然何を思ったのか、御手洗にお礼をしなくてもよいものかと問う。御手洗に代わると、彼はこう応えていた。

「お金ですか？　そんなものは紙ですよ。全然興味はないから要りません」

受話器を置き、御手洗が笑いながら私にこう話しかけてきた。

「どうも彼のドラッグ後遺症は重症だな。警察にもおかしな電話をしなきゃいいがね。お礼にLSDを三粒いかが、とかね」

しかしその後湯浅真が警察に逮捕されたという話も聞かないので、無事更生したのであろう。

一ヵ月後、赤松稲平の遺作展が銀座のとあるデパートで開かれ、なかなか評判になった。私と御手洗も出かけていった。事件があまりに有名になったので、大半の絵には売約済みの札が貼り付いていた。ゴッホやモーツァルトと同じく、彼もまた死後有名になり、はじめて絵が売れたのである。

売上金は、身寄りのない彼のことなので、精神病院に入っている彼の妻の治療費にあてられるという。戸籍上、二人はまだ夫婦だからだ。

ひどく皮肉な結末になった。氷室志乃が離婚に成功していれば、こういう援助は受けられなかった。死んだのち、赤松稲平はようやく妻に借りを返したのである。

IgE

Masterpiece Selection
Great detective Kiyoshi Mitarai

1

私の友人御手洗潔《みたらいきよし》が心ならずも世間に名を知られるようになり、馬車道《ばしゃみち》の私たちのささやかな住まいを訪ねる人も目に見えて多くなって、元号が変わるとともに私たちもずいぶんと多忙になっていた。

私たちの家のドアを叩く人が多くなったこの頃、私がはっきりと感じることは、これまで私たちのもとへやってくる人が、不可解な悩みにうちひしがれた、しかしたいてい控えめで礼儀正しい人々であったのに較べ、最近では奇妙に尊大な人物も姿を現わすようになったということである。こういう人物に、私はたまに不愉快な思いをすることもあるのだが、友人はまったく逆のようで、権力志向が強く、自らがすでに世間の人々に対し威張る資格を獲得したと心得ているような人物は、彼にとってすべからく道化《どうけ》であるらしく、こういう人物の登場をこそ待ち望んでいるふしがあった。

一方で私もこういう気分が解らないものでもなかったが、しかしこの手の人間がこれまで、心を奪われるほどに魅力的な謎を運んできてくれたためしはなかった。部下を多く持つような人間は、多少のやっかいごと程度は処理してしまう能力を持っている。お偉方が持て余して馬車道までやってくるということは、たいてい単に彼の風評に関わる、したがって厳重な秘密と、ある種のデリカシーを要するトラブルというだけなのだった。こういう人々は御手洗を、一般より多少定評のある私立探偵と勘違いしてやってくるのである。

平成二年三月にわれわれが関わったあの奇妙な事件も、発端はやはりこういう尊大な人物が運んできたものだった。彼は名を秦野《はたの》大造《たいぞう》といい、クラシック音楽の世界では広く名を知られた声楽家であった。といっても私はまったくそういう事情を知らなかったのだが、彼自身の尊大な態度から、世情にうとい私にも次第に事情が察知されてきたのだ。

彼は横浜市の緑区に邸宅を構えていたのだが、川崎市幸区遠藤町《えんどうまち》のマンションにも仕事場を持っていて、この仕事場で弟子たちに声楽やピアノを教え、作曲なども行なっていた。仕事のスケジュールが詰まると、何日もこのマンションで寝泊まりすることになり、そのためこの部屋の防音設備は完全だった。

秦野大造はこの仕事場と自宅とをベンツで往復し、週四日ほどは上野《うえの》や江古田《えこだ》の大学へ教鞭をとりに出かけ、少なくとも年三回は自分のコンサートがあると説明した。

こういう生活の中で、どうやらわれわれに相談したくなるような出来事に遭遇したらしい。しかし部屋で相対《あい》しても、容易にその話にはならなかった。御手洗が、彼の尊大さをなかなか気に入ったからである。

「ぼくのところへ相談に来ようというのは、あなたご自身のアイデアなのですか？」

御手洗が、ごく親しげに言った。クラシックの大家は、いかにもよく通るバリトンで、突き放すように応じる。

「別に私はね、自分のことを他人に相談するのは好まないんだが、私の弟子の一人がね、あんたの名前をよく知っていてね、この頃評判の高い人だから、是非訪ねてみろとうるさく言うもんでね」

「それはそれは」

「今日、ちょうどこっちへ来る用事があったもんでね、それでね」

「警察にご相談なさらなかったのは、案外賢明かもしれません」

御手洗がいたずらっぽい目をして言った。

「私は警察は嫌いでね。それに警察に相談できるような事柄じゃなし、マスコミというハイエナどもの餌食になるのはまっぴらだ。私立探偵なら個人的な秘密も守っていただけるものと思ってね、いかがかな？　そう期待してもよろしいんでしょうな」

秦野は黒々としたひげの奥で、あまり唇を動かさないような喋《しゃべ》り方をする。そして黒縁眼鏡の厚いレンズの向こうから、小さな目ではかるように御手洗を見た。

御手洗という男は、どうしたものかこの種の人物を前にすると、常に快活になる。この時も揉み手をせんばかりの愛想のよさで、

「なにより音楽を愛する者同士、そんな心配はいっさいご無用に願います」

と言った。

こういう時の御手洗のたちいふるまいは、はたで見ている者にとって、金づるが目の前に飛び込んできて上機嫌になっている商売人のように誤解されまいかと、心配させられるところがある。事実、さっきからにこりともしない秦野大造は、私の見る限りそう受け取っているふしがあった。

「あんたが事実音楽好きなら、私が誰であるかはもうご存知と思うが、だからこそ今回のこれは、微妙な配慮を要するわけです」

「ああそれならご心配なく。先生のことはまったく存じあげませんので」

御手洗が快活に言い、大音楽家はじろりと友人を睨《にら》んだ。

「あんたは実際のところ、あんまり音楽を好きではないようだな」

「どういたしまして。ぼくはこれでも名を知られた音楽大学に一時期在籍していたこともあります。しかし最も好きな音楽となると、確かに今のところジャズかもしれません」

「あれか！」

音楽家は軽蔑して鼻を鳴らした。

「軽音楽なんてものは、音楽とは言わんのだよ。ジャズなんてのは、クラシックを簡単にしただけのしろものだ。そんなものを聴いて音楽を聴いたなんて言われちゃ、こっちは大いに迷惑だ」

すると御手洗は声を殺し、ついにくすくすと忍び笑いを始めた。

「ヨーロッパの一部と日本には、まだまだそんな考え方をする人々が大勢生存しています。ジャズとはすなわち『聖者が街にやってくる』みたいなものだと思っている人たちです。しかしこの曲にしても、メロディやハーモニーが単純なだけで、リズムの表現はそう簡単ではありませんよ。リズムは譜面には表われず、先生が手早く生徒に教えられるものではないです。クラシックがまさにクラシックとなったのは、この点の理解が徹底していなかったからではないでしょうか」

「私立探偵あたりと音楽の議論をしに来たんじゃない。それとも私以上の音楽理論を君が持っているとでもいうのかね？」

「先生が見落としているものを指摘することはできるでしょう」

「なんと！」

大音楽家の顔面にみるみる血が昇った。

「ああいや、誤解なさらないで下さい。あなただけじゃない。多くの歴史的な音楽家でさえ、この種の見落としがあるのです。たった今も、ぼくらはチャイコフスキーの『悲愴』を聴いていたところです」

「『悲愴』か、あれは宝石のような名曲だ」

「同感ですね。あれには死という運命へ向かって進む、軌道上の惑星のような諦観《ていかん》がある」

「そうだ。……あんたも案外いいことを言うじゃないか。私は巨匠カラヤンのものが最も好きだ」

「ぼくが聴いていたのも、まさにその人のものです。彼もあなたと同じ、テンポは自分の子分だと思っている。ところで秦野さんのようなアカデミックな世界の方には、森鷗外《もりおうがい》などひきあいに出すのも一興かもしれませんね。ロシアのあの才能は、たとえば『雁《がん》』にも似た文学的解釈を可能にするところがある」

「カラヤンのものには、まさしくそういう静謐《せいひつ》な響きがある。あれこそが真の音楽だ」

「トスカニーニやクロサワにも似た、軍隊的統制を感じますね」

御手洗が言い、高名な音楽家は首をかしげた。

「君の解釈はどうも風変わりだね」

「そのカラなんとかというおじさんの第三楽章の解釈も、ずいぶん変わっていましたよ」

「カラなんとか……」

音楽家は絶句した。

「一、二楽章は素晴らしいが、三楽章も後半にかかると、ぼくはバスター・キートンを思い出しましたよ。それとも壁の穴に突進するトムとジェリーかな。軍艦マーチの代わりにパチンコ屋の伴奏に使えそうですね」

「何を言うか！」

大音楽家は、ついに立ちあがり、ひと声わめくと頭から湯気をたてた。

「他人の浮気調査ばっかりをこそこそやっているような探偵ふぜいが何を言う！　身のほどをわきまえろ。あれだけの大音楽家をつかまえて！」

御手洗は相も変わらず揉み手を続けていて、さも愉快でたまらないというように肩を揺すり、くすくす笑っていた。

「秦野さん、葵《あおい》の印籠《いんろう》でもお持ちですか？」

「なに!?」

「あなたはカラヤンという徳川将軍の、御威光の傘《かさ》に守られた水戸黄門なのですよ」

「来る場所を間違えたようだ！」

憤然と言うと、秦野大造は仕立ての良いコートと、黒いカバンをせかせかと手に持った。

「さあどうぞ、お帰りはそのドアから。まだ表の風は冷たい、三月の風が頭を冷やしてくれるでしょう。ただしそうなると、襟もとのその蘭《らん》のブローチをくれた女性の行方は、永遠に闇の中ですがね」

ぴたりと、大音楽家の大きな体が停止した。それから、ゆっくりとまた御手洗の方へ向き直った。

「どうして解ったんだ」

これは私の疑問でもあった。それでゆっくりと隣の御手洗を見た。

「そのブローチを、ぼくはちょっとした理由で知っているんです。それは日本にはない。本物の蘭に金箔をかけたシンガポールの特産品ですが、あなたのような高名で地位のある方がつけるには価格が安い」

それから私の耳もとに口を近づけ、

「水戸黄門にはハイカラすぎる」

とささやいた。

「にもかかわらずあなたがこれを大事につけていらっしゃるということは、かけがえのない人からのプレゼントということなのでしょう?」

御手洗があとから説明したところでは、この手の人間が一人で私立探偵のところへやってくる理由は、十中八九女性の問題と思って間違いがないのだそうだ。女性問題以外なら、ほかにいくらでも処理する方法がある。しかし女の問題だけは、発覚すると周囲に弱味を握られて地位が危うくなる。だから秘密裏に処理したいと考えるのだ。御手洗は、別にブローチから推理したわけではなく、秦野の物腰で、はじめからそう見当をつけていたのである。

「まあおすわり下さい秦野先生。カラヤンの解釈など、あなたのもとから消えた大事な女性に較べれば、なにほどのものでもないでしょう」

御手洗が言い、彼はしぶしぶというように、牛のように大きなお尻を再びソファに沈めた。それから、オールバックに撫でつけることによって全面露出した額《ひたい》に、黒い毛が甲に生えた右手のひらをぐっと押しつけていた。

「私は今、柄にもなくまいっているんだ。どうしていいか解らない。仕事も手につかないんだ。あれはかけがえのない、天使みたいに天真爛漫《てんしんらんまん》な、そう、ちょうどカルメンみたいな女だった」

「知り合われてどのくらいです？」

「一週間か、六日か、そのくらい……」

「そんなに日が浅いのですか」

「君も誰かを好きになった経験があるなら解るだろう。恋は日数や時間ではないんだ。運命というものなんだよ、そこにあるのは。あれは私の運命だった。あの女こそ、運命だったのだ」

「結婚などという間違いも、多くその種の錯覚から発生するようです。ところでその運命と、どのようにして出遭われたんです？」

「私の教室に、入門を希望してきたんだ、声楽家になりたいと言ってね。歌の才能はさほどのものではなかったが、声は悪くなかった」

「それが一週間ほど前？　正確にはいつです？」

「先週の木曜日だ」

「それから毎日やってきたんですか？」

「特訓が必要だと私が判断したんでね、毎日来るように言った。実際その効果があって、たった二日間で、彼女は目に見えて上達した。この分でいくと、半年経たないうち、音大声楽科の、私が選《よ》りすぐった弟子たちと一緒にして鍛えられるのではと、思われるほどだった」

「なるほど、それは見込みがある女性のようですね」

「そうだ、君のような素人《しろうと》でも解るかね？」

「それで、彼女とどのようなおつき合いをなさったのです？」

「そのような質問にも応えなきゃならんとは思えんが」

「声楽家の才能が素人にはは推し量れないように、その判断も、こういった問題の玄人《くろうと》にさせて下さいませんか」

「彼女は実に情熱的な女だったのだ。年の頃はまだ二十代のはじめに見えたが、とてもおとなびていた。以前から私のファンだったと言った。私のCDはすべて持っていたし、テレビでも何度か私の顔を見ていたそうだ。あの子は現実の私を見るなり、舞いあがってしまったんだ。まあよくあることだがね。

一日目はただレッスンをして、そのまま帰したが、二日目のレッスンのあと、彼女が私と食事をしたいと言ったんだ。そこで、仕事場のある遠藤町のマンションの地下にある、和食のレストランへ行った。そこで食事をし終ったら、食前酒が効いたのか、彼女が倒れてしまった。がたがた震えていて、寒いというんだ。私は店の隅のソファに彼女を運んでいって寝かせ、背広をかけてやった。それから医者を呼ぼうかと言ったら、近くのテーブルにいた医者だという男がやってきて、洋子《ようこ》の脈をとったり、熱を計ったりしていた。過労による軽い貧血だというから、しばらくそのまま休ませてやった。十五分もそうしていたろうか、すると元気になった」

「それは心配されましたでしょうね」

「当然だ。彼女は体の弱そうな女性だったからね、細い肩をして、いつも消え入りそうな声で話すんだ」

「美人なのですか？」

「四十七年、いやもうじき四十八年も生きてきているが、あんなに美しい女ははじめてだ。正直に言えば、私は心を奪われた。去られた今、なんともかけがえのないものを失った思いでいっぱいなんだ」

「元気を回復して、それでどうしました？」

「部屋に戻って休もう、と私は主張した。しかし彼女は、そうはしたくないと言った。誓って言うが、私は彼女に対し、なんらのやましい思いも抱いてはいなかった。そう誤解されたのではたまらんと思って、私はそのことを何度も言った。すると彼女はにっこり笑ってこう言うんだ。ああそんなことなんて、ちっとも気にしていませんわ。先生が紳士だということは、私は重々存じております」

「ふんふん」

するとと御手洗の目が、次第に輝きを増したようだった。ごくわずかに、体を前後に揺すりはじめた。これは興が乗ってきた時の彼の症状である。

「いいですね。で、彼女はそれから何と？」

「気分直しにドライヴがしたいと言うんだ」

「なるほど、ドライヴか！」

手を打って、ひと声叫ぶように御手洗は言った。

「どこへ行かれたんです？」

「このあたりだよ。横浜を走り、外人墓地や港の見える丘公園あたりで冷たい夜風に吹かれた。洋子がそう望んだのでね」

「その時の彼女の様子はどんなふうでした？」

「どうということはない。気分が治ったとみえて、眼下の街明かりを見てはしゃいでいた」

「はしゃいでいましたか」

「はしゃいでいた。次々にいろんなことを喋った」

「どんなことです？」

「どんなといって、他愛のないことだ。酒のことや、ファッションのこと。海外旅行とか、アメリカ映画のこと、まあそんなことだな」

「なるほど。それであなたは、気持ちをうち明けられましたか？」

「いや、私には自分の気持ちなど人に話す習慣はない」

「その夜は何もなかったのですね、お二人には」

「手もつながなかった、その時はね。それからまた私のメルセデスに乗り、幸区の私の仕事場近くまで戻ってきたら、彼女がコーヒーを飲みたいと言ったので、やはり私のマンションの一階にあるコーヒー屋に入った」

「彼女を送ってはいかなかったのですか？」

「何度も私はそう言ったのだが、彼女がいいと言うんだ。川崎駅から電車で帰るのが好きだと言うんだな。送り狼を警戒してるんだろうが、私はそんなタイプじゃないんだがね」

「どこに住んでいると言っていました？　彼女は」

「横浜駅の西口から、歩いて七、八分のところにあるマンションだと言っていた。入門申込書には、西区岡野二の×の×、ラズベリー・マンション五〇四とあった。一人暮らしかと訊《き》いたら、シーズーという犬と二人暮らしだと言っていた」

「犬の名は何と言っていました？」

「そんなことが重要なのかね？　それは訊かなかったが、人間みたいに感情があるんで怖いと言っていた」

「犬という生きものは、そんなものです。それで？」

「『珈琲芸術』というその店に入ったら、奥になんとさっき和食の店で会った医者がいてね、洋子は近くまで行って、さっきの礼を言っていた」

「なるほど。その夜はそれきりで？」

「洋子が部屋のドアのところまで私を送ってきた……」

秦野大造はそう言って、しばらく口をつぐんだ。どうしたのかと思い、私は顔をあげて音楽家を見た。

「口づけをされたんですね？」

まるで見ていたように、御手洗が厳しく言った。すると驚いたことに、音楽家のひげもじゃの頰に、みるみる朱がさした。

「彼女が抱きついてきたからだ。私は決してそんな不道徳を望む者ではない」

「よく解っておりますとも。それでその夜はお別れに？」

「当然だ。ドアの前で別れ、私は部屋にこもって仕事に精を出した」

「称賛すべき精神力です。並みの男ならそこで猫撫で声を出し、彼女をベッドへと誘ったことでしょうな」

「私はそのような輩《やから》ではない。しかし告白すれば、翌日が楽しみであったことは確かだ。まるで憧《あこが》れの少女と、翌日教室で会えることを心待ちにする高校生に戻ったようだった」

「音楽家には、そういう感情は必要でしょう。そんなういういしい思いから、幾多の歴史的名曲は生まれています。ご自分のそういう感情を軽蔑してはいけませんよ。それから？」

「ところが翌日、彼女にあてたレッスンの時間になっても、彼女は姿を現わさない。

どうしたのかと思っていると、洋子から電話が入った」

「ほう、何と？」

「今横浜駅の医務室にいるんだと。誰かに突き飛ばされて階段から落ちて、医務室に寝かされている、だからそっちへ行くのがちょっと遅れます、とこう言うんだ。気をつけて、と私は言った。それでいったん電話を切ったんだ」

御手洗は、二度三度、ゆっくりと頷《うなず》いている。

「それで？　どうなりました？」

「それっきりだ。洋子の消息はぷっつり途絶えた。二度と私の前に現われない」

聞いていて、私は拍子抜けがした。こんな中途半端な幕切れというものがあるだろうか。

御手洗はというと、同情するような、からかうような、一種気の毒そうな表情で、沈み込んだ秦野の顔を見つめていたが、やがてこう言った。

「そのままですまされたわけではないでしょう？」

秦野は、彼自身の内面の憂鬱《ゆううつ》を語るように、ゆっくりと一度、深く頷く。

「横浜の、彼女のラズベリー・マンションを訪ねてみた」

「いかがでした？」

「引き払ったあとだった。それも、妙なことに屈強そうな男が四、五人やってきて、どやどやと勝手に家具を運び出してしまったそうなんだ」

「ほう」

「引っ越し先は大家に告げていない。私は、彼女の身に何が起こったのかと不安になった。洋子は、いつも何かに怯《おび》えるような目をしていた。暖房が充分利《き》いているような部屋でも、ふと見ると、肩が小刻みに震えている時があった。誰かに追われているような様子が常にあった」

「横浜駅の方はどうしました？」

「むろん当たってみたとも」

そこで秦野は言葉を切り、テーブルをじっと見つめて、ひとつ不可解な溜め息を吐いた。

「いかがだったんです？」

「先週の土曜、階段から落ちて医務室に運ばれた女性なんていないというんだ」

御手洗はひどく深刻な顔をして、秦野の顔を見ていた。

「明らかにこれは何かあると思う」

「その点に疑問の余地はないでしょうな」

言って御手洗は、椅子にそり返る。

「彼女の身に何かがあったのだ」

「そうお考えになる理由は、ほかにもありますか？」

「あるとも」

「ほう」

「昨日の、あれは確か六時半頃だったか、いきなり洋子から電話がかかってきた」

「電話が？　何と？」

「ひどく怯えているふうだった。救《たす》けて欲しいと言うんだ。今どこにいるのかと訊くと、品川駅前、パシフィック・ホテルの地下のバーだという。フランス産のムード音楽が、電話からかすかに聞こえてきていた。おかしな男に跡をつけられて、知り合いのバーテンのいるこのバーに逃げ込んでいるんだって言っていた。

警察に報《しら》らせたらどうかと私が言ったら、警察に言うほどのことじゃないし、先生がそばに来てくれたら安心だからと、こう言うんだな。そこで私が、今飛び入りの学生のレッスンをつけているんだけれど、じゃあ彼らを待たせておいてすぐそっちへ行くと言ったんだ。そしたら彼女は、それでは悪いわ、その学生さんに、と言う。しかし学生は三人もいたから、何時間待たせたっていっこうにかまわないんだ。何故かというとこの三人、コンサートが近くて、いくらでも自己練習のテーマがあったからだ。三人もいりゃお喋りもできるからね。それで私はすぐ車に飛び乗って、品川に向かった。電車にしようかとも思ったが、彼女を救出したあとも、自分の車がある方がなにかと都合がいいと思ってね」

「よい判断です」

「かなり急いだ。三十分とはかからなかったと思う。車をホテルの駐車場に入れて、地下のバーへ急いで行った。ところが……」

御手洗はじっと聞き入っていて、先を促《うなが》す。

「どうでした？」

「いないんだ彼女は。それだけじゃない、バーテンに洋子のことを訊いてみると、そんな女性は来ていないというんだ。

こんな馬鹿な話はない。バーの隅にはグリーンの電話があった。そこから彼女は私に電話をかけたに違いないんだ。実際天井から、私が聞いたのと同じフランスのムード音楽が降ってきていた。このバーであることは間違いがない。しかし、バーテンは知らないと言うんだ。私の言うような娘が、バーの電話を使っていた記憶はないと言う。

私は狐につままれたような思いだった。近くにもう一軒、品川プリンスホテルというものがある。そっちの間違いかとも思って、そっちも調べてみた。ところがこっちにも彼女の姿はない。のみならず、痕跡すらもない。訊いても誰も洋子を見ていない。それで途方にくれてしまった、というわけだ。これがすべてなんだよ。君、いったいあれは何だったんだろう？」

「川崎の仕事場には、それからすぐに戻られましたか？」

「ああ、ほかにやることもない」

「異常はありませんでしたか？」

「何も。帰ると私はレッスンの続きをやったよ」

「横浜のご自宅の方も、異常はありませんでしたか？」

「何ひとつないね。平穏無事の一言だよ」

「その洋子という謎の女性に、素性《すじょう》について質《ただ》されたことはないのですか？　現在の職業とか、出身地とか」

「そんな時間はなかったよ。親しくなるのはこれからというところだったんだ」

「ラズベリー・マンションを訪ねたことなどは話されましたか？」

「あんな切羽詰《せっぱつ》まった様子でかけてきている電話に、そんな話をしろというのかね？」

秦野が驚いた声で言った。

「常識的に振るまっているばかりでは、意図的に隠された真相を知ることはできません。手術のための鋭いメスは、患部以外をも傷つけるのです。

しかしともあれ、これは予想よりは遥《はる》かに興味深い事件でした。もうお引き取りいただいてけっこうです。お名刺をいただきましたから、必要とあらば、こちらから電話なりファックスなりを入れます」

「金銭面の話はしなくてよいのかね？」

「それはあとでけっこうです。ぼくのやり方は型破りでしてね」

「金額も型破りでないことを願うね」

「ぼくもあなたと同じ常識人です。ご心配なく」

「しかし、彼女の名前などは必要だろう？　まだ苗字《みょうじ》を言ってない」

「まったく必要ではありませんね。彼女の写真をお持ちだったり、生年月日をご存知だというなら別ですが」

「そんなもの、知るわけがない」

「むろんそうでしょうとも。ではお忙しいでしょうからこれで」

御手洗は快活に言う。

「また会えるだろうか、彼女と」

立ちあがりながら、著名な声楽家は不安そうに言う。

「不可能ではありますまい」

御手洗はすまして言う。

「しかし、ぼくならもう会いませんね」

2

秦野大造の希望が、自分の身辺に起こった以上のような事件の真相を解明してもらうことではなく、ただ単に声楽家志望のこの女性を捜し出し、再会させてもらいたいという一点にあることは明らかだった。ところが御手洗は、その女性の名前さえ訊かなかった。これではたして捜し出せるというのだろうか。おまけに写真もないから顔も解らない。ただ美人だというだけである。素性も職業も年齢も解らない。かつて住んでいたという住所だけが唯ひとつ解っている事柄なので、この近所を聞き込むという手もないではないが、都会のマンション暮らしは、他人に干渉しないことがルールのようなものであるから、あまり多くは期待できまい。こんな状態で、御手洗はいったいこれからどうしようというのだろう。

私が、以降の彼の動きに注目していたのはいうまでもない。ところが彼は、驚くなかれ何もしようとしないのだった。ただソファにすわり、記号や数字がぎっしりと書かれたなにやらむずかしげな薄い本を読みふけり、そうして時々思いついては、どこへともなく電話をする。そういうことが四、五回もあったろうか。

興味をひかれ、どこへ電話したんだいと私は尋《たず》ねた。すると御手洗は私の方を振り返り、なんでそんなことを訊くんだ？　という顔をした。

「酒場だよ。ぼくの好きな酒が入ったかと思ってさ」

私は、友人の不真面目さにがっかりした。

翌日の丸一日、御手洗は馬車道の事務所のソファの上から一歩も動こうとはしなかった。散歩にも出ず、日がな一日モーツァルトやバッハを聴いてすごした。そして、われわれが本宮雅志《もとみやまさし》と名乗る青年の訪問を受けたのは、秦野大造がわれわれの部屋にやってきた日から数えて、二日後の午前中だった。

青年は優しげな物腰の人物で、常に笑みを絶やさず、終始明るい口調で喋った。

「あのう、ぼくは川崎区の池田というところのレストランSでずっとバイトしてる者なんですけど、最近、変な嫌がらせが店に続くもので、店長もすごく困ってるんです」

「変な嫌がらせ？」

「はい、なんだかもう、わけのわかんない、意味不明の嫌がらせです」

「ははあ、どんな？」

「あのう……」

青年は考え込むように、しばらく無言になった。言ったものかどうかと悩んでいるふうだった。

「便器が割られるんです」

青年の突飛な言葉に、われわれはしばし無言になった。

「何が割られるんですって？」

「便器です。それも、おんなじ便器ばっかり……」

「Sというと、郊外レストランですね？」

「はいそうです。関東一円にいっぱいある、駐車場つきのレストランで、ぼくの勤めてるのは第一京浜に沿ってます」

「そのSのトイレの便器が割られるのですか？」

「そうなんです。男子用のトイレの、一番手前の小児用便器が、いくら直しても壊されてしまうんです」

「ほう、決まった便器ですか？」

「そうです。入って右側、一番手前にある便器です。いったい誰が何故そんなことをするのか、さっぱり理由が解らないんです」

「何回やられました？」

「もう三度です」

「三度？　それはまたしつこいな……、同じ便器ばかり？」

「そうなんです。毎度同じ便器です。ほかの便器が壊されたり、傷つけられたことは一度もありません」

「壊してどうするんです？」

「持ってっちゃうんです。いつも、かけらがほんの少し残っているだけです」

「持っていく？　どうやって？」

「たぶん、バッグにでも入れていくんだと思います。御手洗さん、こんな話、今までにも聞いたことありますか？」

「ありませんね、はじめてです。で、最初にやられたのはいつです？」

「この前の日曜日です」

「日曜日……、ふうん」

御手洗は考え込む。

「発見したのはぼくなんです。午後十時頃ペーパータオルの点検と、ゴミ箱の清掃のためにお客さん用のトイレに入ってみましたら、便器がひとつ消えているんです。びっくり仰天して、だってほんの一時間前にはちゃんとあったんですから。ぼくがそれ、自分で見てるんです。それで店長のところ行って、あれ、工事でもするんですかって訊いたら、何が？　って言います。いや、便器が一個ないんですけどって言ったら、なにい!?　って店長もびっくりして、二人でまた確かめに行って、やっぱりないなあって……、店長も口ぽかんと開けて見てました。あはははは」

本宮は楽しそうに笑った。

「それでどうしました?」

御手洗が訊く。

「これじゃみっともないし、なんとなく不潔感があって、お客さんにも失礼だからって、店長が本店に電話して、そしたら今ちょうど新店舗の工事やってて、便器のストックもあるから、明日の朝一番で業者をそっちへやるからって、そう言ってくれたそうです」

「なるほど」

「で、次の月曜日の朝業者が来て、新品の便器つけてったらしいです。ぼくは午前中は店出てないんで解りませんけど、店のほかの従業員がそう言ってたから」

「なるほど。本来ならそれで一件落着だったはずですね?」

「そうなんです。そしたら、火曜日の夕方、またないんです。ほんと、しつこいでしょう? あはははは」

本宮は、しばらく楽しそうに笑った。

「発見したの、またぼくなんです。七時ちょっと前にトイレに点検に入ったら、あれえ、またないってなって……」

「そりゃあびっくりしたでしょうね」

「ええ、そりゃもうびっくり。それでね、店長にまた報告に行ったら、またかよーって言われまして、おまえがやってんじゃないだろうなーって」

「で、何と応えたんです？」

「ぼくじゃないですよーって」

「なるほど。ふうん、おかしな事件だな。便器盗難事件ね、その便器は、変わったものなのですか？」

「いえ全然。ごく普通です。白い、よくある……、でも、その便器だけちっちゃい、子供用なんです。子供用だから、持っていきやすいのかな……」

「いくら小さくても、そのままカバンには入らないでしょう？」

「それは無理ですね、割らないと……」

「では収集しているわけでもなさそうだな。取りはずして、丸ごと店内に持ち込めば目だつでしょうね？」

「そりゃ目だつでしょう」

「布などで覆ったらどうです？」

「それだって目だちますよー」

「そんな大きなもの持ってトイレから出てきた客はいなかったって、みんな言ってますか？　従業員は」

「言ってます。そんなことしたら、目だっちゃって大変です」

「ではトイレの窓から表へ出すというのはどうです？」

「そんな窓はありません。開閉できない小さい窓がひとつあるきりですから」

「よく解りました。それで三度目というのは？」

「それが、さっきらしいんです」

「今日？」

「はい」

「やはり同じ便器ですか？」

「そうみたいです。ぼくはまだ見てないんですが、店長がそう言ってますから。でもこれでぼくの疑いは晴れたなあって思って。だってぼくがいない時、こんどは盗まれたんですものね」

「アリバイが証明されない限り、そう楽観はできませんね。盗まれたのは何時頃です？」

「正確な時間は解りませんけど、今午前十一時ですから、たぶん十時か、九時半か、そんなものじゃないかって思います」

「店は何時に開くんです？」

「うちは、二十四時間営業です」

「ああそうですか」

「ええ、ゆうべ、うちの近くのピーコック・バーに行ったら、マスターが、最近このあたりで何か不思議な事件があったら教えてくれって御手洗さんが言ってるって聞いて、それで今の話したら、すぐ報告に行けって言われたんです。でもこんな話でいいのかなって迷ってたら、また今朝便器がなくなったっていうんで、こりゃやっぱり行った方がいいかなって思って、それでこうして話しにきたんです」

「大変参考になりました。この種の奇妙な出来事に遭遇したら、今後も、いつでもお気軽にいらして下さい」

「噂はいつも聞いてましたから、一度お会いしたいなって思ってたんです。あの、今のぼくの話も本になるんでしょうか」

「それはこちらの作家の先生に運動した方がよいでしょう。今後の事件の展開次第では、充分可能性はあると思いますよ。そうだろう、先生。本宮さん、これからどうなさるんです？」

「これから大学の講義にちょっと顔出して、それから、六時になったらSへバイトに出ます」

「それがあなたの、だいたい毎日の日課ですか？」

「はあ、そうです」

「本宮さん、これはよく考えて応えて下さい。この一、二週間のことですが、Sの内部で、何か変わったことはありませんか？」

「何か変わったことですか？」

「そうです」

「たとえば、どんなことでしょう？」

「ぼくの方にもまったく材料がないのでね、限定はむずかしいのです。何でもいい、何ごとか変わったことです」

「従業員の間でですか？　それともお客さんで」

「どちらでもいいんです」

　本宮は腕を組み、深く首を垂れて考え込む。

「別にないなあ……、従業員同士で、特別変わったこともないしなあ」

「ではお客さんに関してはどうです？」

「別に、何もないですねえ……」

「そんなはずはないです。こんな不可解事は、何ごとかの予兆でないはずがない。必ず何かあるはずです。たとえば、変わった客の一団がこのところよく来るとか、それが何曜日かに集中するとか」

「いやあ、別にそういうこともないなあ……、特別変わったお客さんっていっても、ないなあ……、じゃあこれ、嫌がらせじゃないんですか？」

「では客同士の事件、駐車場でのこぜり合い、どんなささいな出来事でもけっこうです。きっと何かあるはずです。それもこの一、二週間のうちに。是非思い出して下さい」

本宮はますます深く頭を垂れ、続いて首をかしげる。

「いや、思い当たらないなあ……、なんにも思いつきません。すいません」

「Sの隣り近所の民家まで範囲を広げてもいい、何か事件を聞きませんか？」

本宮は自分の頭を拳《こぶし》で叩きはじめた。しばらくそんなことをしてから言う。

「いやあ、何もないです。すいません」

「そうですか」

御手洗は、ややがっかりしたように言った。その様子から、彼がこの質問にかなりの重きを置いていたことが見てとれた。

「同じ質問を、Sに出かけていって店長にしても同じですか？」

御手洗は訊く。

「同じだと思いますよ。ぼく、店長とはけっこう気が合ってて、よく話しますから。変わったことあったら店長、ぼくには何でも話してくれてると思います」

「便器を割ったり持ち去ったりする時、音だってするし、人に見られる危険性もありますね？　割った便器をしまい込むには大型のバッグもいる。こういうものは人目につくはずです。しかし今まで誰も気づいた人はいないのですか？」

「はあ、いないみたいです。店内は音楽も流れてますし、お客さんの話し声や物音や、外の車の音や、けっこう賑《にぎ》やかですしねー。それに、わりと人がすく瞬間ってあるんです。そういう時を見はからえば……」

「そのことは考えています。しかしそうなると、これは一度や二度店に来たくらいじゃ解らない。何度も店に下調べに来ていないとね」

「はい」

「もしそんなふうに下調べしたあとにやっているとすれば、大変な労力をかけていることになる」

「ああそうですね、はい……」

「とすれば、それだけの労力に見合う大仕事を、彼らはこれからしようとしていることになる。とても嫌がらせというレヴェルじゃない」

「ああ、そうかあ……そうなりますかねー」

本宮は頷《うなず》いて言う。

「しかも、一人ではできない。今日便器がなくなった時も、従業員は誰も気づいていないのですね？」

「はい、誰も気づかなかったみたいです」

「三度やって三度ともそうなら、なかなかの組織力だ。こういう仕事の玄人かもしれませんね」

「はい……」

「ところで、お客用のトイレは、従業員は利用することはないのですか？」

「はいしません。従業員用は、厨房《ちゅうぼう》の隅に別にあります」

「ということは、従業員は客用のトイレで何か起こっていても、しばらくは解らないということになりますね？」

「はい、はあ……、そうですね。……え、どういうことでしょう？」

「たとえば、『ただ今清掃中』という札を出して客を入れないようにしておく。もし誰かがこんないたずらをしても、従業員側はすぐにはこれに気づかないということになりませんか」

「はい、……そう言われてみれば、そうですね」

「現在Sの従業員は、店長を除けば大半がアルバイトや主婦のパートでしょう？」

「全員そうです。店長は違いますけど」

「よく解りました。話がだんだんに見えてきましたよ。ではもうこれでけっこうです。このメモ帳にSの正確な住所と電話番号、店長の苗字を書いたら、本宮さんは今日のスケジュールをすべてきちんとこなして、午後六時にSへ出て下さい。もしかすると、ぼくも行くかもしれません。あの電話で店長にその旨《むね》伝え、ぼくが行くまで便器はそのままにしておいて欲しいと言ってもらえませんか」

「え？　あ、はい」

本宮青年は立ちあがる。御手洗も立ちあがり、いそいそと先に電話のところへ行くと、受話器を取って青年に手渡した。彼がプッシュ・ボタンを押している間、御手洗は例によって両手を背中で組み、せわしなく往ったり来たりをはじめていた。いつも通りの思考が始まったのだ。

「あのう御手洗さん、今日、いらっしゃれないかもしれないんでしょうか」

本宮が受話器を手でふさぎ、不安そうに訊く。店長がそう訊いているのに違いない。

「残念ながら、事件の本質がまだ見えません。今日の夕刻までにどのくらい見抜けるものか不明ですのでね、今夕の行動はまだ決定できません」

「するとですね、御手洗さんが来られるまで、便器はずっとあのままで……」

「明日になるか、一週間後になるか、現時点では不明です。便器がひとつないくらいで、客足がぱったり途絶えることもないでしょう。しかしぼくの考えが正しいなら、そう時間はかからないはずです。これは大事件になるはずだ。あなたはいい時に来て下さった。今日ここへ来て下さらなければ、大変なことになるところだったんですよ。ぼくの言う通りにして下さい。もしかすると池田のSを、廃業の危機から救ってあげられるかもしれません」

「え？ 廃業の危機があるんですか？」

「あるいはね」

本宮青年は大あわてで、御手洗の言を店長に伝えている。

それから受話器を置き、じゃあぼくはこれで、と頭を下げて帰っていった。

3

本宮青年の姿が消えると、御手洗はすぐに衝立《ついたて》の向こう側の流しの脇へ行き、私が角を合わせて丁寧に積みあげてある新聞を、どさどさと無遠慮に押しくずした。それからひと抱えばかりの古新聞を手にすると、戻ってきてテーブルの上にどすんと置いた。

「石岡《いしおか》君、予定外の展開になった。もしかするとことは急を要する。しかしね、今のところあまりにも材料が少ない。今朝までの二週間分の新聞がこれだ。ここから、何か風変わりな事件の記事があったら捜し出してくれ。それからニュースの時間になったら、忘れずにテレビもつけてくれたまえ」

　そして私にもひと抱えの古新聞を押しつけると、せわしなく新聞を繰りはじめた。

　これまでも事件によって、御手洗はこういうやり方をすることがあった。推理のために足りない材料を、新聞の中に見出そうとするのである。だが私には、彼のこのやり方は不可解に思えた。

「御手洗、おい御手洗」

「うるさいぞ石岡君、時間がないんだ、直感を働かせてくれ。今回の二つの事件につながりそうな、少々変わった出来事だ。音楽家の仕事場のある幸区遠藤町、Sのある川崎区池田、まずはこの二地域の周辺だ。だが東京の方も忘れないで。品川や、大田、目黒区だ」

「ちょっと待ってくれ。音楽家のもとへ現われてすぐ姿を消した謎の美女と、今回の便器盗難事件とが関連してるっていうんじゃないだろうな」

「賭けてもいいね、石岡君。両者は政治と汚職のように密着している。同じ球根から開花した二つの花さ」

「信じられない。だが、何故急ぐんだ？」

「それを話している時間はない。だがきちんと理由があることなんだ、だからのんびりなんてしていられないんだよ。ぼくを信じてくれ。大きな面倒事が、おそらくあと数時間ののちに迫っている、ぼくの考えが正しければね。説明なんてあとでいくらでもできる、頼むから早く言う通りにしてくれ」

断定的に、叫ぶように御手洗は言う。

それからの小一時間を、われわれは新聞の調査に費やした。しかし、めぼしい何ものも発見できなかった。私にとっては目的のはっきりしない、雲を摑《つか》むような調査だったわけだが、私の新聞までひったくって、くい入るように見つめている御手洗にとっても、結果はどうやら同じであったらしい。彼の琴線《きんせん》に触れる何ものも、新聞紙上にはなかったのだ。

御手洗は新聞の束をテーブルに放り出すと、いらいらして立ちあがった。前歯を拳で叩いたり、前髪を勢いよく引っぱったりしながら、またせかせかと往ったり来たりを始めた。

「御手洗君」

私はおずおずと呼びかけた。そろそろ空腹だったからだ。正午はとっくに廻っている。

「規則正しい生活が、体には一番じゃないだろうか、よければ、そろそろ昼食を食べないか？」

私が控えめに切り出すと、御手洗はうるさそうに早口で言った。

「ああ、あさっての昼にね！」

それから電話のところへ行き、せわしなくボタンを押した。

「Sですか？　店長の中島《なかじま》さんを。……御手洗と申します」

そして店長を呼び出すと、不審な男の四、五人連れの客がたびたび来るというようなことはないかとか、毎晩決まってやってくるグループはないか、などと尋ね、執拗《しつよう》にくい下がっていた。電話はほとんど二十分も続いただろうか。

「なんてことだ、わけが解らない！」

受話器を戻すと、またフロアの中央に戻りながら、吐き出すように御手洗は言う。

「実に奇妙だ。便器を壊して持ち出されたのに気づかないのは仕方がない。店内で目だった動きをする人間がいないというのも解らなくはない。店長も従業員も忙しいだろう。だが、頻繁にSを訪れる四、五人組などいないというのはどうしたことだ？」

御手洗は、自分がさっきまですわっていたソファの背に腰をおろす。

「そんな客などいないというのでは、まるっきり話に筋が通らない。いったいどうなってるんだろう、では何のために便器を壊す必要がある？　何のためだ？」

「男の四、五人連れって言ってたね？　常連がいなきゃいけないのなら、女性同士のグループじゃ駄目なのかい？」

私が言うと、御手洗は軽蔑して鼻を鳴らした。鼻先で右手を一回振ると、また立ちあがる。

「男子用トイレの便器が壊されてるんだぜ、石岡君」

ああそうか、と私は思った。

御手洗はまた往ったり来たりを始める。私は立ちあがり、テレビの方へ行った。ニュースの時間だったからだ。

スウィッチを入れると、タンカー火災のニュースに続き、銀行強盗のニュースが読みあげられる。私は緊張する。しかし御手洗の方を振り返ってみると、いっこうに無関心である。

続いて轢《ひ》き逃げのニュース。これにも無関心だ。私ばかりが緊張し、聞き耳をたてる。千葉の国道で、オートバイに二人乗りして走っていた高校生が、うしろから来た乗用車に撥《は》ねられて、一人は即死したというものだった。

続いて政治献金のニュース。さらには地価高騰に対する歯止め案を自民党が提出し、これでは何もしない方がマシだと野党に攻撃された、などというニュースが続いた。こりゃ何もないなと思い、私がリモコンでテレビのスウィッチを切ると、

「ちょっと待った！」

と御手洗が叫んだ。

「もう一度つけて、早く！」

またスウィッチを入れると、どこかの狭い公園が映っていた。女性アナウンサーが、こんなふうにニュースを読んでいる。

「去る三月×日、何者かによって傷つけられ、切り倒されかかっていた目黒区五本木三丁目、下馬小公園の針葉樹が、町内の有志や、付近の駒沢大学植物学助教授らの手によって手当てされ、どうやら回復に向かっているということです」

そして枝を切り落とされたり、幹の根もと付近に荒々しい斧の傷跡を白くつけた一本の木が、藁《わら》を包帯のように幹に巻かれたり、突っかい棒をされたりの痛々しい姿で画面に映った。

「ご近所のみなさんの声をお聞き下さい」

中年の男性の顔が映る。

「いやあ、心ないいたずらする人がいるもんだねえ、世の中には。こんなことしてもなんの得にもなんないだろうにねえ、解んないねえ……。

この公園はさ、見ての通り、こんな猫の額ほどにちっちゃいもんだけどさ、目の前にこうして駒沢通りが通ってるでしょ？　トラックもほら、ああして、たくさん走ってるでしょ？　排気ガスがすごいんだよね。だからさ、われわれにとってはこのちっちゃい公園もさ、ささやかなオアシスなんだよね。ここにたった一本しかないこんな木、傷めるようないたずらはもうやめて欲しいよね」

なんということもない、ごくありふれたニュースだった。しかし御手洗の目は鋭く光りはじめていて、早足でテレビの方にやってきた。

「これがどうしたの？　ごくつまらないニュースだぜ」

私が言うと、

「ほら、これ」

と画面の隅を指さす。見ると、Sの看板が出ていた。

「あ、Sがあるんだね」

私は頷いた。ニュースになっている五本木の下馬小公園の隣にも、郊外レストランSはあるようだった。しかしそれがどうしたというのか。Sは、関東一円に百店以上はある、一大チェーン店なのだ。

「それがどうしたの？　Sなんてあちこちにいくらでもあるよ。ここは駒沢通りに沿ってるらしいからね、広い通り沿いにはSやDがたくさんあるよ」

しかし御手洗は私の言には耳を貸さず、また横を向き、せかせかと歩きはじめている。

テレビに視線を戻すと、すでにニュースは終り、天気予報になっていたので消した。

「まさか……」

と御手洗の唇がつぶやくのが見えた。私は緊張し、御手洗の顔を注目した。

「川崎区池田、目黒区五本木、幸区遠藤町。池田、五本木、遠藤町……。I、G、Eだぜ、はは、まさか！」

両手を高く挙げ、御手洗はそんなふうに、私にはさっぱり意味不明の言葉を吐いた。

「そんな馬鹿なことがあるはずもない。たまたまぼくの領域というだけだ。神がそんなにジョーク好きなはずもない。駄目だ、こんなことをしていては駄目だ。時間がない。思考の軌道を戻さなくては……。IGEか、IGE……。くそっ、駄目だ。頭がIGEにとらえられてしまった。なんて皮肉な偶然だ。そんなこと、あるはずもないってのに……。なに？　IGE？　IGEだって！　石岡君！」

御手洗は叫ぶと、私の方をさっと振り向いた。その目は大きく見開かれ、らんらんと輝いていた。

「今の樹は常緑の針葉樹だった、本当にそうかい⁉」

「は？」

私は驚き、返答に詰まった。御手洗はいらついて、右の拳を振り廻した。

「君、そうだったかい？」

「あ？　ああ……」

「確かだね？　ぼくだけが見たんじゃないね？」

「ああ、それは違う。確かにそうだったけど……、それが？」

「なんてすごいんだ！」

御手洗は感動して叫び、激しく両手を振り廻した。

「信じられん、これこそは神の暗号だ！　解るかい石岡君、神が暗号を使って、ぼくにこの事件が何であるかを報せてくれたんだぜ！」

私は驚き、立ちあがる。

「いやまだ解らない、まだ解らないが大丈夫、このキーさえあればきっと解ける。間に合うさ、まだ間に合う。石岡君、頼むからしばらく石像のように黙っていてくれ、少しだ、ほんの少しなんだ……」

言って御手洗は黙り込む。

そうして、また二十分ばかりが沈黙のうちに経過した。やがて御手洗が行動を起こした。電話のところへ歩き、受話器を取りあげて、ボタンを押している。どこへかけているのか。私はじっと黙ったまま、御手洗の動きに注目した。

「秦野さん？　お元気ですか？　一昨日お会いした馬車道の御手洗潔です。ご機嫌はいかがです？　え？　忙しくてあまり機嫌がよくない。なあにご心配なく、今すぐ上機嫌になれますよ。今日中に、例の謎の美女から、あなたにまた電話が入ります。

え？　本当ですとも。何故かって？　そうね、ぼくがそのように手を打ったからです。時間は九十パーセントの確率で午後六時半です。しかしそれ以外の時間帯になるという確率も十パーセントある以上、どうしてもお会いになりたいなら、今からその仕事場を動かれない方がよいでしょう」

御手洗は決めつける。

「そして電話があったら、自分は今、たった一人で仕事をしていること、この点を強調して下さい。ついでに今日一日は誰も仕事場に訪ねてくる予定はないと、そう言って下さい。いや理由はあとで申します。彼女に会いたいならそう応えて下さい。でないと彼女は、この前の時のように姿を消して、二度とあなたの前には戻ってこないでしょう。

……さよう、おっしゃる通り、都市の蜃気楼《しんきろう》のような女性です。真に魅力ある女性とは、幻です。彼女たち自身にとってもそうなのですよ。誰もその実体を摑むことはできない。特に女性にはできない。何故なら、女であること、そして魅力ある人格、この両者がひとつの肉体にもしも重なっているなら、これはまことに矛盾に充ちた、不安定な瞬間を意味するのです。

……ご心配なく。そんなにむずかしいことではありませんよ。彼女はあなたをどこかへ誘い出すでしょうが、どこへ行ってもかまいません。あなたの身の安全はぼくが保証します。一夜の忘れられない思い出をもし彼女が与えてくれるというなら、黙ってお受け取りになるのもまた一興です。何故なら、今夜を最後にもう二度と、彼女には会うことができないからです。今夜が最後の夜となるでしょう。あなたも、もう一度会おうなど、決して望んではいけません。

彼女から電話が入ったら、すぐに次の番号のところに電話を入れて石岡君を呼び出し、その旨告げて下さい。四九六・五二××です。局番はそちらと同じ。『今電話が入った』電報のようにその一言だけでけっこうです。どんな愛の言葉をささやかれましたかなど、女性週刊誌の記者のようなことは訊きませんからご安心を。それではシャワーを浴びて、髪のお手入れなどどうぞ」

御手洗は受話器を戻す。しかしすぐにまた取りあげ、どこへとも知れない番号をプッシュしている。続いて妙に軽薄な声になり、こんなことを言いだしたから、私は度胆を抜かれた。

「えーと、住宅協同組合さんですか？　あ、違う、お宅、どちらさんでしょう？　私？　私は建設省の住宅問題審議会と申しまして、ただ今電話帳の再チェックをやっております。お宅さんの電話番号をですねえ……、あ、役所なら訊かなくても知っておるだろうと、そりゃごもっともです。ですが今週、うちの電話番号担当者が風邪をひきまして、三十九度五分の熱で、いやもうまいりましてね、はっはっは……、ちぇっ！　切られちまった」

「おい御手洗、さっきから何やってるんだ？」

見かねて私が声をかけた。最初は秦野大造にかけ、女性から彼に電話が入るよう手を打ったと言っていたようだが、しかし私が見るところ、どうひいきめに見ても御手洗は何もしていない。部屋の中央に立って、動物園の熊のようにさっきから往ったり来たりを繰り返しているばかりだ。高名な音楽家をぬか喜びさせて探偵料を稼ぐため、適当な出まかせを言ったとしか思われない。

建設省の住宅問題審議会にいたっては、何をか言わんやだ。どこへかけたのか知らないが、頭がおかしくなったのか、そうでないならただの悪ふざけだ。御手洗のやることは、私の目からはいつもとんちんかんだ。

首をかしげている私などには少しも頓着《とんちゃく》せず、御手洗はまた別の番号をプッシュする。往ったり来たりが終ったと思ったら、突然電話魔に変身してしまった。

「戸部署？　刑事課の丹下《たんげ》さんを。私？　御手洗と申します。石岡君、心配しないで。あまり気を遣いすぎると髪が抜けるぜ。冷蔵庫の牛乳でも飲んで胃に膜を作りたまえ。あ、丹下さん！　お変わりはありませんか？　……そうですか。お忙しそうでなによりです。……そう、そうですね、刑事が山下公園で釣りができるような世の中になるといいですな。ところで今夕、大事件が起こると思われます。あなたの人生観に立ち入る気は毛頭ありませんが、もし丹下さんの奥さんが、警部補から警部、警視から警視正へと肩書が変化することに反対されるタイプでないなら、今日の午後五時半に、川崎区池田のドライヴィン・レストランSへ、暴力団担当のこわもて四人ばかりをひき連れて、いらしていただけませんか。

どんな事件かって？　それはこれから調べるんでね、まだ解りませんな。ぼくだってさっき聞いたばかりなんです。しかしあらゆる状況が、今夜六時すぎに当レストランで何事かが起こることを示しています。大丈夫、無駄足にならないことだけはぼくが保証します。事件の規模は小さくないです。Sには、あなたもご存知のぼくの友人、石岡和己《かずみ》氏が五時からずっと待機しております」

え？　と私は顔をあげた。

「すべて彼の指示にしたがって下さい。ぼくが彼の方へ逐一《ちくいち》連絡を入れますので」

「おい、君はいない気か!?」

心細くなって、私は大声を出した。

「今日起こる事件がどのような種類のもので、被害者、加害者はそれぞれ誰か、どの程度の大きさの事件になるか、などは判明するたびに随時ぼくの方からSへ連絡を入れます。以上の件、お解りでしょうか？　……けっこう。ところで今さら言うまでもないことですが、例の白黒の車で堂々とSに乗りつけたり、あまつさえこの派手な乗用車を駐車場にずっと置いておいたり、なんてことはなさらないで下さいね。88ナンバーも、どうかご勘弁下さい。

白のライトヴァンなど大いによろしいですな、中に白いヘルメットや機動隊の盾などが満載されていなければの話ですが。今回の事件の相手は、なかなか手強《てごわ》い知性の持ち主と考えられます。そこでものは相談ですが、丹下さんたちのいつものいでたちですね、貫禄ある背広姿にお揃いのトレンチコートというのも、Sの店内にあってはいささか身分を語ると思われます。奥さんに言って、セーターにジーンズなどを用意してもらったらいかがでしょう。ショート丈のコートとか、ブルゾンなどあればもっとよいですな。目つきもいつもの男性的なやつでなく、新型車を主婦に売りつける時のセールスマンのような、柔和なスマイルでお願いしますよ。……そう、そう、ああ確かにむずかしいですな、お察しはいたします。しかしエアロビクスの会場にまぎれ込んで踊っていろと言われるよりはましでしょう？　……そうです、そうですね。……けっこう、それでは五時半に、どうぞよろしく。石岡君！」

「な、なんだい」

受話器を置くより早く御手洗は言う。

「聞いての通りだ。早くしたくをして、超特急で川崎のSへ向かってくれたまえ。ずいぶん腹が減っているようだから、Sで腹いっぱい食べたまえ。ぼくが電話を入れるからって、緑の電話や赤電話のそばを占拠していなくていいよ。厨房の方にかけるから、厨房の近くにすわっていてくれればそれでいい。

Ｓへ着いたら店長の中島氏に、五時半に横浜戸部署の刑事が五人ばかり来ること、それから今君が聞いて理解した、大よそぼくが考えていることをすべて、彼に説明しておいて欲しい。解ったらこれでお別れしよう、さようなら！」

「ちょ、ちょっと待てよ！　君が何を考えてるかなんて、ぼくにはまださっぱり解らないよ」

「説明くらいはできるだろう」

険しい顔で御手洗は言う。

「ぼくが一人で行くのか？」

「当然だろう」

「君はどうするんだ？」

「事件を調べるのに決まっているだろう？　今日の夕方、Ｓで何が起こるのかをね」

「それ、まだ解らないのか？」

「解るわけがない。ぼくだってついさっき本宮君に聞いたばかりだぜ」

「それで警察を呼んだのか!?　それが解らないのに？」

「すべては神のみ心さ。人生ここぞという時は、思いきった博打《ばくち》も必要なんだ」

「なんだか君は、いつもここぞという時ばかりのような気がするが……」

「もし考えている通りだとすれば、今手を打っておかないともう間に合わないんだ。躊躇《ちゆうちよ》している時間なんてない。みすみす大事件が起こり、それを前もって知っていながら、ぼくは何もしなかったと後悔することになる。それを思えば、少々の危険くらいなんだっていうんだい。さあもう時間がない。ほら二時が近いんだぜ！　あと四時間と少ししかない。この間に、今夜起こる事件をどこまで予測できるか、これはそういうゲームだ」

「何故六時半だって解る？」

「それを説明している閑《ひま》はない。一人で考えてくれ！」

「しかし君、動くといっても、ヒントや材料はあるのかい？」

「あるとも」

「さっき言ってたＩＧなんとかってやつかい？」

「ＩＧ……？　ああ！　あれは違う。あれはあまりに大きな、本質的な問題だ。病める都市という、この錆びついた金庫へのキーさ。たった今からのぼくの動き方とは関係がない」

「しかし、ぼくも君が聞いたのとまったく同じ情報を、すべて聞いているはずだね？」

「その通り、君もすべて聞いているよ」

「あれだけの中に、今夜起こる事件を推理するすべての材料と、たった今からの君の動き方を決定する、ヒントがあったというのかい？」

「まったくその通りだ、では戸締まりと火のもとに気をつけて。時間がないのでこれで失礼」

御手洗はコートを着ると、さっさと玄関を出ていった。

有名声楽家のところへ現われた謎の美女、彼女の謎の引っ越し、謎の行動、そして川崎区池田の郊外レストランSの、たびたび壊される小児用男子便器——。これに目黒区五本木の、下馬小公園のニュースも加えていいのだろうか。

これだけの出来事の中に、いったいどんな決定的なキーが隠されているというのか。これだけで、今夜川崎のSで、それも午後六時半に、大事件が起こると確信できるものなのだろうか。そしてその大事件がどんな種類のものかを調べることもできるというが——。何故御手洗という男には、そんな不思議なことが可能なのだろう——？

私は一人になった部屋の中央に、しばらくじっと立ちつくした。

4

電車とタクシーを乗り継ぎ、ドライヴイン・レストランSへ着いてからも、私は考え続けた。高名な声楽家秦野大造氏のところへ、入門希望の美女が現われた。毎日やってくることになったが、三日目にすでに、横浜駅の階段を落ちてレッスンに行けないなどと奇妙な電話をしてきた。秦野氏が調べると、こういう事実はなかった。つまりこれは嘘だったということだ。

それからまた、不審な男に跡をつけられているから救けて欲しいという電話を、突然秦野氏の仕事場に入れてきた。自分は品川のパシフィック・ホテルにいるという。ところが秦野氏が大急ぎで品川パシフィックへ駈けつけてみると、彼女の姿は煙のごとく消え、のみならず、最初からそんな女性はいなかったとバーテン氏は証言した。

それからこのレストランSの便器が、たびたび壊されて持ち去られるという事件だ。この両者にいったいどんなつながりがあるというのか。私にはどう知恵を絞っても、両者をつなぐ糸は、片鱗《へんりん》さえ見えてこない。

Sの店長の中島氏は、黒縁の眼鏡をかけた痩《や》せた人物で、髪を丁寧に七三に分け、黒いスーツを清潔そうに着こなした、一見して年齢をはかりがたい様子だった。しかし笑顔や頬の肌の感じなどから推測すると、案外若いのかもしれない。言葉遣いは丁寧で、物腰は洗練されていた。

彼への説明は大いに困った。いつものことだが、私はなにやら御手洗のあわただしいドタバタ騒ぎを見せられただけという印象であったから、彼が何を考え、今回の出来事に対してどのような意図を持っているものか、ほとんど不明だったからだ。私はまるで先月日本にやってきた外国人のようにたどたどしく喋ったので、中島店長としても応対に困ったろうと思う。不審気な表情で、しかし口はさしはさまず、辛抱強く私の話が終るのを待っていてくれた。

「で、そのつまり、戸部署の方から刑事さんが五人ばかりここへ来られるのでしょうか」

「ええ、そういうことです」

その点だけははっきりしている。

「五時半にですか？」

「はあ、そのようです」

「じゃあどこか席をとっておいた方がよいかな……、しかし五時半なら、まだそう混む時間帯ではないから大丈夫だな……。あのう、しかし、そんなに大変な事件が、ここで起こるというのでしょうか」

「御手洗はそう言っています」

私としては、そう言うほかはない。

「はあしかし……、本当なんでしょうか。全然信じられないな。もう私はこの川崎店が六年になりますが、そんな犯罪めいた出来事なんて今まで一回もないですよ。暴走族まがいの連中が来ることはありますけど、それも金土の深夜だけで、まあ今日は金曜ですけど、そんな五時や六時の早い時間になんてね。うちは学生さんや、堅気のサラリーマンの家族連れや、ＯＬなんかが多い、ごくごく普通の平和な店なんです」

「ああそうですか」

「さっき御手洗さんに言われて、電話切ったあともさんざん考えたんですが、これはやばいなって思うような、怖そうな、暴力団風のお客さんですね、そういう人が来たっていう記憶もないんですよ。うちはファミリー・レストランですからねえ、そういう人はどっかほかへ行くんじゃないでしょうかねえ」

「ああそうですか」

「ええ、家族連れの人なんかが多くて、日曜日なんて子供の遊び場みたいになっちゃって、ちょっと手を焼くんですが、それにしてもそんな怖そうな人は来ないなあ……。ましてそういう人物四、五人連れの常連なんてね、全然ないですよ。今回だけは御手洗さんの勘違いじゃないかと、私は思うんですがねえ……」

そう言われると、私もだんだん自信がなくなってくる。店内を見廻すと、確かに学生風の平和そうなアベック、近所の主婦たちと思われる女性グループ、いかにも堅気と思われる中年男性が、それぞれお喋りをしたり、新聞を広げたりしている。とてもではないが、こわもての刑事を五人も呼びつけるべき場所とは思われない。忙しい刑事たち五人がここへやってきて、鹿爪《しかつめ》らしい顔で長くすわり続けた挙句、結局何ごともなかった時のことを思うと、私は全身に冷汗が噴き出るような心地がする。

「で、私たちは何をすればいいんでしょう？」

「特に何もないでしょう。御手洗が随時電話をかけて指示をすると言ってましたから、彼が何か言ってきたら、それから考えたらいいと思います。ぼくに電話をかけるって言ってましたんで、電話が入ったら呼んでもらえませんか？　この席にすわっていますから」

私は広い店内のだいたい中央、最も厨房寄りにいた。厨房との間は、あまり背の高くない衝立《ついたて》で仕切られている。衝立の上部には植木鉢を入れられる凹《くぼ》みがあって、この中に、蔦《つた》植物を模したヴィニール製の造花の鉢が並んでいる。席につけば隠れるが、立ちあがれば厨房の内部ほとんどが覗ける。

「ええ、ちょうどいい。うちの厨房にある電話はコードレスなんです。石岡さん宛ての電話が入れば、すぐにここへ持ってきますよ」

「ああ、それはありがたいです」

そして私が食事を終え、お茶を飲んでいる時だった。ようやく電話が入った。目の前にさし出された受話器を耳にあてながら壁の時計を見ると、もう五時が近い。

「石岡君、今からぼくの言う通りにしてくれないか」

耳にあてると同時に、御手洗の声が聞こえてきた。

「誰？　御手洗か？」

「そこに店長はいる？」

「うん」

「じゃあすぐに、すべての窓のカーテンを閉めて廻るように言ってくれないか」

「御手洗が、すべてのカーテンを閉めるように言ってます」

私が中島店長に告げると、彼は真剣な顔で頷き、ウエイトレスの女の子二人ばかりに声をかけ、三人で手分けして店の三方にある大きなガラス窓に向かって歩いていく。客の数はまだ少ないので、カーテンを閉めるのにそれほどの面倒はなさそうだった。

「石岡君、今衝立の前にすわっているんだね？　少しノイズが入る。これはコードレス電話だね？」

「そうだよ」

「好都合だ。じゃあすぐに立ちあがって、衝立の手前、君のテーブル側に垂れたヴィニールの蔦をはねあげて、全部厨房側に垂らしてくれないか。それから衝立自体を少し南寄りに押して。つまり、玄関と反対側の方向へ押すんだ。すぐにやって」

「ああ」

私は受話器をいったんテーブルに置き、言われた通りの仕事をした。

「やったよ」

受話器を取りあげてそう報告すると、

「じゃあ玄関の方を向いて」

と言う。

「向いたよ」

「レジや、ちょっとした小物の売り場があるだろう？」

「うん」

「その右上にミッキー・マウスの時計が壁にかかっている。見えるかい？」

「ああ見える」

「じゃあそっちへ向かって歩くんだ」

「解った」

「……厨房のコーナーへやってきたね？　そこを右へ曲がるんだ。そうすると、そこにだけ木目のテーブルが二つ並んでいるだろう？」

「ああ」

「奥にはトイレがあって、その手前右側にグリーンのカード電話があるね？」

「おい御手洗、いたずらはやめろよ、どっかで見てるんだな？」

「石岡君、カーテンを見てごらんよ、もうみんな閉まったんだろう？　どこから見るんだい？」

私は背後の窓を見た。彼の言う通りで、すべての窓はカーテンを閉じられ、表を走るはずの第一京浜も、沿道のビルの姿も、少しも見えなくなっている。客も少なく、当然ながらその中に御手洗の姿はない。あとは玄関のガラス扉だが、ガラス越しの表には、とび出したS自体の壁の一角と、たった今カーテンを引いた窓の一部が見えるばかりで、外部の建物の姿は望めない。

私は、そばへ戻ってきた店長に尋ねた。

「御手洗は、今日ここへ来たんですね？」

店長は、すると目を丸くして、首を激しく左右に振る。

「いいえ、私は御手洗さんにはまだ一度も会ったことありません」

すると、御手洗のいらいらしたような声が聞こえた。

「石岡君、そんな話はあとだ！　店長に言って、トイレの近くのこの二つの席は、しばらく空けておくように言ってくれないか？　それでね、手前側、つまりトイレから離れている方のテーブルに、丹下さんたち戸部署の刑事をすわらせて欲しい」

「え、うん、うん、解った。じゃあ奥の席は？」

「そこに今夜、クリーム色のベンツSELに乗った一団がやってきて、すわりたいと言うだろうからね、すわらせてやって欲しいんだ。今から言うことをメモしてくれないか？」

「待って」

私は受話器をいっ時店長に預け、メモ帳をとり出した。

「ベンツのナンバーは、品川33のね、91××、八十歳くらいの白髪の老人を中心にした、黒いスーツ姿の男たち、おそらく三、四人の一団だ。老人は、椅子でなく、クッションのよい造りつけのソファの方に、トイレの方角を向いてすわる。しかし、老人はすぐに席を立ち、トイレ脇のグリーンの受話器をとって、電話をかける」

「おいおい御手洗、なんでそんなことまで解るんだ？」

「説明はあとだと言ったろう！　しかしウエイトレスは、老人におかまいなく注文をとりに行ってかまわない。老人のオーダーは減塩の玄米粥《げんまいがゆ》だ。さてここまでは、今夜そこで確実に起こる出来事だ。ぼくは脚本を入手したんでね。今言ったナンバーのクリーム色のベンツが駐車場に入ってきたら、お巡りさんと一緒に、せいぜい君も緊張して欲しい。さっき言ったことは演劇のようにそこで確実に起こるが、これに加え、どんな突発事件が上載せされるかは、ぼくにも少々予測がつきかねる。今のぼくの説明を、すべて丹下さんに伝えて欲しい。そばにいる店長にもだ。伝え終ったら、厨房の近くのもとの席で待機してくれていていい。衝立を少し動かしたから、君の席から、丹下さんたちの席は見えるからね、彼らを注目しているんだ」

「今どこにいるんだ？」

「ぼくかい？　恵比寿《えびす》だよ」

「恵比寿？　またどうしてそんなところへ？　それから、またなんでそんなところから、こっちの様子をそこまで……」

「悪い癖だぜ石岡君、今のんびりお喋りしている時間はないんだ。同じことを何度も言わせないでくれ」

「君はどうするんだ？　来ないのか？」

「行けるとは思うが、はたしてショーに間に合うかどうかは不明だね。こっちはあまりに忙しいんだ」

「いったい何が起こるっていうんだ？」

「もう少し調べたいんだ。ほとんど解ったが、でもあんまりあてずっぽうは言いたくない。人命にかかわるかもしれないからね」

「本当なのか⁉」

「もう少し時間をくれたまえ、また電話をする。ただ君も、そのくらいの重大事だってことは憶えておいてくれよ。でもあわてることはない。ショータイムのスタートには合図がある。それまでリラックスしていていいんだ」

「どんな合図だっていうんだ？　開幕のベルでも鳴るっていうのか？」

「その通り、ベルが鳴るよ」

「どこの⁉」

友人が、またあくどい冗談を言ってからかっていると私は考えた。

「君が今手に持っているその小さな機械だよ」

「小さな機械？　手に持ってる？　ああ！　電話か」

「その通り。そこに秦野大造先生から電話が入ってくる。例の謎の美女から連絡があったといってね、それが開幕のベルだ」

「え？　ここへ入るのか？　彼からの電話……」

「ちっ、ちっ、石岡君！　さっきぼくが彼に電話してたの、横で聞いてただろう？しっかりしてくれよ。秦野さんからそっちへ電話が入らない限り、ことは決して始まることはない。すべては、秦野さんへの美女からの電話を合図に始まるんだ。解ったかい？」

「まあね、ちんぷんかんぷんだが、君の説明だけは理解したよ」

「今はそれで充分さ。原稿にする時までにすべてを把握すればいいんだよ。ではまたあとで」

がちゃん、と電話は切れた。

5

五時半きっかりに、丹下刑事はSのガラス扉を押して店内に入ってきた。いつも通りオールバックに撫でつけた髪の下、鋭い目はらんらんと光り、唇は誰かを叱りつけようとする前ぶれのようにへの字に結ばれていて、非常にとっつきの悪い印象ではあったが、続いて入ってきた四人の大男に較べれば、彼の顔も破格の愛想のよさだったといえる。

四人の男たちは、まるきりの暴力団、それも彼らのうちからとびきりのこわもてを選りすぐったようだった。彼ら一団が店内に入ってきたとたん、私も店長の中島氏も、思わず青ざめたくらいである。ウエイトレスの女の子たちは小さく悲鳴をあげ、衝立の陰に移動してしまった。

中島氏はそれでも店長だから、私が目で合図をすると勇敢に彼らに近づいていき、御手洗が指示したトイレの近くのテーブルに、五人を案内した。それからうち合わせ通り補助椅子を丹下の隣りに置いたので、私は彼らが席に落ちつき、ウエイトレスがこわごわ水のグラスを運んでいくのを待ってから、丹下の隣りへ出かけていった。

「や、こりゃ石岡さん、ご無沙汰してますな」

丹下刑事は元気よく言った。彼の大声はいつものことである。

「あ、どうもご苦労さまです」

私は言った。

「この目つきの悪いのがうちの四課の連中で、私の横から青柳《あおやぎ》、角田《かくた》、藤城《ふじしろ》、金宮《かなみや》といいます」

丹下は自分を棚にあげてそう言い、彼の言に合わせ、凶暴そうな男たちが次々に私に会釈を送ってくるのは、ずいぶんと不思議な眺めだった。

「ちょっと目つき悪いから、スタンバイに入ったら、新聞や雑誌読ませたり、眼鏡かけさせます」

「はあ……」

それがよいでしょう、と言おうとしたが、恐いのでやめておいた。

彼らはグリーンや茶の厚手のシャツに、どこかの工務店の名前が胸に金文字で刺繍《ししゅう》されたねずみ色のジャンパーを着ていた。少々体格のよすぎる工務店の従業員に、無理をすれば見えないこともなかった。

一番ユニークだったのは丹下で、目もさめるようなブルーの地に白い雪だるまが描かれ、男女一組の子供がこれにとりつき、周囲を犬が一匹走り廻っているという絵が編み込まれた、上に載っている顔にまことに似つかわしくない、愛らしいセーターを着ていた。

私が珍しげにセーターに注目していることに気づいたのか、丹下は、

「いや女房の弟のを借りてきましてね」

と急いで言い訳をした。

彼らの席へやってくる途中、玄関のガラス扉越しの駐車場に、私はちらと白いライトヴァンを見た。丹下はこわもての人物だが、上からの命令に対してはすこぶる忠実だった。これは彼の美点だと、御手洗も常々言っている。

「さて、今夜は何が起こると言われるのです？」

丹下がすわり直して私に訊く。

「ええ……」

手際よく、しかもすべてを整理して説明しなければいけないぞ、と私は自分に言い聞かせながら、ゆっくりと話しだした。

長い話になったが、丹下はじっくりと聞いていて、終ると、むずかしい顔つきがま

すます険しくなった。

「つまりあれかな、順番としてはこうかな。その秦野大造という人のところへ、その素性不明の謎の女から電話が入る……、これは秦野さんに会いたいと言って入るんですな？　……それから、これが石岡さんのところへ報告というかたちで入って、すべてが始まると。

品川33のね、91××のクリーム色のベンツSELが外の駐車場にやってきて、八十歳の老人を中心とした黒服姿の男三、四人の一団がここに入ってくる。彼らは特に案内されなくてもあの席にすわる。老人はこっちの壁ぎわの、クッションのいい、特造りつけのソファの方に、トイレの方角を向いてすわる。ところが老人はすぐに席を立ち、あのグリーンの電話に行って電話をかける。

しかしウエイトレスは、老人におかまいなく注文をとりに行く。老人のオーダーは、減塩の玄米粥だと。減塩の玄米粥なんてメニューあるのかいな？　そのメニュー、ちょっとこっちへ貸してくれ。……ああ、あった。確かにあった。これが玄米粥だ、写真も出てる。しかしね……、本当にその通りのことが起こるの？　それじゃまるっきりお芝居だよ。御手洗さんは、脚本を入手したって言ったの？」

「ええ、そうです。そう言いました」

「まあ、あの人らしい言い方だから。それにしてもね……、にわかには信じられんな、いくらなんでもね、人間の動きがそんなに判で押したようにね……、だって未来のことだからね、そんな予想通りにゃいかんでしょう。それともその連中は役者さんかなにかなのかな？　なにかの理由で、そういうお芝居をここでやるわけ？」

「さあ、ぼくの方はなんとも……」

「まあ信じられんわなあ……、そんな寸劇ここで演じたところで、どんな意味があるってんだい？　誰が得するの？　第一誰が観るってんだい？　あの席、ほら、店内のカギ形に曲がった一番隅っこだよ。周《まわ》りに席がないんだよ、ここしか。てことは、観客一人もいないんだよ、この席のわれわれしか。店の連中も、ウエイトレスも観ないよ。あっち、あの衝立の方に立ってるんだものな、ほらあんなふうに。じゃあ俺たちに観せるってのか？　あなたどう思います？　石岡さん」

「さあ、ぼくの方はちょっと……」

「それで、そのあと、人命にかかわるような、なにか重大な出来事が起こるっていうんですな？」

「はい」

「それでわれわれが呼ばれたわけだ。しかし今の石岡さんの話では、それがどんな出来事なのかまだちっとも解らないと、こういうお話でしたな」

「そういうことです。御手洗が、あてずっぽうを言いたくないからもう少し時間をくれと……」

「ほうほう、あてずっぽうを言いたくないからね、すると今までのはあてずっぽうではないのですな」

「さっきお話ししたことは、演劇のように今夜確実に起こることだと言ってます」

「とにかく、石岡さんの方に、またあの人から電話が入るんですな？」

「そうです。入ります」

「じゃあそれを待つしかないな。クリーム色の大型ベンツに黒服三、四人というと、どうもこりゃ組関係らしいな」

丹下がつぶやき、私はまた冷汗が出た。しかしそんな恐ろしげな男たちがこの店にやってきたことなど、この六年間というものただの一度もないと、店長の中島氏は断言するのである。

「それで、まずはその秦野さんから石岡さんに電話が入ると？」

「ええ」

「われわれがスタンバイに入るのはそれからでいいんですな？」

「そういうことです」

「解りました。じゃあちょっと軽く飯でも食っとくか、おい、決まったか？」

丹下はメニューをもう一度開く。私は立ちあがり、衝立の前の自分の指定席に戻ってきた。壁の時計を見ると、もう六時を二分廻った。そろそろだろうか。

御手洗の言う通り、衝立を動かし、ヴィニール製の蔦をはねあげたから、私の席から丹下たちのテーブルがよく見えた。丹下は相変わらずの鹿爪らしい顔をして、オーダーをとりに来た女の子に料理を指示している。女の子が帰っていく。これから料理がやってきて、彼らが食べ終るまでには少々時間があるだろう。

私はもうすっかり冷めてしまった紅茶をすすりながら、ぼんやりと丹下たちを視界にとらえ、今夜ここで起こると思われること、そして御手洗がこれまで私に言った内容を順に考えていった。私の思考は、また例によって、御手洗の謎のような多くの発言の真意に少しも追いついていなかったので、順番に思い出し、整理をしてみようと思った。

ところがこれは少しもうまくいかず、気になっている発言ばかりが順不同で私の脳の内に出現する。まずは彼が今恵比寿にいると言ったことだ。恵比寿という場所がまた突飛《とっぴ》で、私の意表を突く。何故御手洗はそんなところにいるのか。これまでに得たどんな材料から、恵比寿へ行く理由が生じたというのか。

それから人命にかかわる重大事だとも言った。そのつもりで心して欲しいとも。

さらには彼らがここへやってくる車の車種や、ナンバーまで言い、これに乗ってくる者たちの年齢風体《ふうてい》から、店内でとる行動まで予告した。これが解らない。この予言が当たるのかどうかはまだ不明だが、もし正解だとすれば、そのような不思議な予見が、何故あの男に可能なのだろう？

解らないといえばこれもそうだ。御手洗は私の行動を逐一どこかで見ているようだった。まるで閉めたカーテンを透視するとか、天井を蓋《ふた》のようにぱかっと開けて、上から見ていたようだ。思わず上を見あげた。むろんそこには無事に天井が存在する。あれはいったい何だったのだろう。まるで手品でも観せられているように感じた。例によって答えが解るわけでもないのだが、手持ち無沙汰だから私は考えを続けた。思考はますます五里霧中の渦の中にはまっていくようだったが、ほかにすることもない。

やがて丹下たちのテーブルにささやかな夕食が運ばれ、彼らはめざましいスピードでそれらを胃袋に収めはじめた。一人の料理が遅れて運ばれてくる頃には、先に届いているもう一人の皿は空になっているという調子だった。

私は彼らの席の左上方にある、ミッキー・マウスの壁掛け時計を見た。すでに長針が真下をさしている。つまり午後六時半ちょうどだった。玄関のガラス扉越しの表には、薄闇が迫っているらしかった。私のテーブルに、黒いコードレス電話がさっと置かれた。その途端、ベルが鳴った。見あげると、本宮がやってきていて、彼の切羽詰《せっぱつ》まったふうの顔がそこにあった。始まった！

「ぼくが来ました。何かありましたら、何でもぼくを使って下さい」

彼は言い、受話器を取ってどこかを操作して通話状態にした。そして渡してくる。

急いで受話器を耳にあて、もしもしと言うと、聞き憶えのある太いバリトンが、せき込むような口調で言う。秦野だ。

「あ、石岡さん？　あの人はそこにいるの？」

「御手洗ですか？　いや、いないんです」

「あそう、弱ったな」

「でも、すぐに電話が入りますよ」

「じゃ伝えて欲しいんだ。今、洋子から電話が入った。私に会いたいと言っている。でもね、今回のはどうも大変らしい。命が危ないって言うんだ。このところずっとおかしな男に跡をつけ廻されていて、何度か危険な目にも遭っているらしい」

私は緊張した。では人命にかかわるかもしれないというのは、彼女のことだったのか――。

「ぼくは、ちょっと判断できかねます。とにかく御手洗に伝えますが、秦野さんはどうなさいますか？」

「泣いてるんだよ、洋子は。だからね、行かないわけにはいかんだろう。今からすぐ行くよ」

「そうですか。しかし危険がありそうですから、くれぐれも気をつけて下さいよ」

「うん、なに、学生時代柔道をやってたからね、たいていの相手にはひけはとらんよ」

「また連絡を入れてくれませんか。御手洗がどう言ったかもお伝えできると思いますし」

「まあ、できることならそうするよ。車で行くつもりだからね、それじゃ」

「どうぞお気をつけて」

電話が切れた。受話器のスウィッチをオフにして、店内を素早く見廻すと、そろそろ混みはじめている。あまり派手な動きをすると人目をひく。私はそばにひかえている本宮に、小声で耳うちをした。

「あっちのテーブルの刑事さんたちに、秦野さんから電話が入った、スタンバイ頼むって、そう伝えてもらえませんか」

本宮は、緊張した表情で深く頷き、丹下の方へゆっくりと歩いていった。いよいよ戦闘開始の合図が入った。私の心臓は緊張で高鳴る。

どこかでまたベルが鳴っていた。何だ？　とあたりを見廻すと、私の目の前に置いた受話器が鳴っているのだった。レストランへの用事かもしれなかった。少し迷ったが、かまわずスウィッチをオンにした。

よ」

「石岡君かい？　落ちついてよく聞いて。恐れていた最悪のケースだ。殺人が起こる

「もしもし」

「やっぱり!?」

思わず、小さく叫んでしまった。

「今、秦野さんからこっちに電話が入ったよ」

私は言った。

「秦野さんから？　ああそう」

御手洗は言う。

「たった今、例の彼女から電話が入ったんだって。もうずっと命を狙われていて、危険なんだって。電話口で彼女は泣いていたって、そう彼は言ってたよ」

「ああそう。それで店長にね、厨房にある勝手口のドアから、駐車場をずっと見張っていて欲しいと伝えてくれないか。そのドアから駐車場が全部見渡せるんだ。品川33のね、91××のベンツがやってきたら、すぐに君が合図をもらい、丹下さんたちに伝えるんだ。殺人は店内で行なわれるとは限らない。もし駐車場で何かあったら、厨房からそう報せてもらい、君が刑事たちを指図して、すぐ表へとび出すんだ。解ったね？　厨房から丹下さんたちのテーブルは死角になる。君が中継点にならなくては

駄目だよ」

「解ったけど御手洗、秦野さんの方はどうするんだ？」

「え？　誰だって？」

「秦野さんと、例の彼女だよ！」

「ああ、放っとけよ、そんなの」

「な、なんだって!?　命にかかわるって言うんだぞ。君もそう言ってたじゃないか。彼女は泣いてたって言うんだぞ！」

「泣かせておきゃいいじゃないか、そんなの」

うんざりしたように、御手洗は言った。

「な、なにを言ってるんだ！　人の命にかかわるかもしれないから心しろって自分で言っておきながら……」

「それは趣味の悪い高級車でそこへやってくる、黒服のおじさんたちの話だ」

私は言葉に詰まり、頭が混乱した。

「……え？　そうなのか？　しかし、じゃあ秦野さんからもし電話があったら、どう言えばいいんだ？　君のリアクションを伝えるって約束してしまったんだぞ、ぼくは」

「電話なんかあるものか。再会の喜びで、あの先生はひと晩中夢中さ」

「そんなの解らないだろう？　あの調子なら、きっと電話してくるぞ」

「秦野さんはどこへ行ったんだい？」

「え？」

「彼女はどこにいて、どこへ来てくれって彼に言ったんだって？」

「そ、それは……」

私はまた言葉に詰まった。それはうっかり聞き洩らした。

「それはうっかり……、でも車で行くって言ってた」

「しっかりしてくれよな石岡君、そんなに彼女の身が心配なら、居場所くらいはちゃんと訊いといてくれ」

「…………」

「もし電話があってもね、こう言えばいい。泣いてる子供には、飴玉をあげれば泣きやみますよとね。もっともこの飴玉は、五十円じゃなく五十万円のブランド物なんだろうけどね。ま、われわれには関係のないことさ。そんなやっかいごとに縁がなくて、お互い幸せだね石岡君。今から言う通りにメモをしてくれ。店内が混んできてるだろうから、目だたないようにしなくちゃいけない」

「ちょっと待って……」

急いで、私は手帳を用意した。

「いいかい？　ベンツでやってくる一団のうち、白髪の老人が店内あるいは周辺で狙われる。犯人は外部からやってくる。人数は不明だがおそらく一人ないし二人。未然に防ぎ、犯人を捕らえられたし。ベンツの到来は石岡が手の合図で報せる、よってこちらをずっと注視していること、とね？　書いた？」

「ちょっと待って、……ああ、いいよ。書いた」

「石岡君？　トイレに行きたいかい？」

「え？　ああ……、そうだな、少し」

「じゃあすぐトイレに行き、そのメモをたたんで丹下さんたちのテーブルに放り出してくるんだ。トイレは素早くすませて、できるだけ早くその席へ戻ること、いいね？」

「解った。君は？」

「そっちへ向かう。じゃあとで」

電話が切れる。私は手帳を一ページ破り、たたみながら電話のスウィッチを切り、大あわてで立ちあがる。丹下たちを見ると、丹下を除いて全員が眼鏡をかけ、二人が新聞を広げていた。

6

私は衝立から少し遠ざかる位置に椅子を引き、なんとなく厨房の方を見るようにしながらすわっていた。視界の左側の隅には、むろん丹下たちのテーブルもとらえ続けていた。中島店長たちにはすでに御手洗の考えを話してあるから、勝手口のドアを開け、厨房のスタッフの誰かが駐車場を見張っているはずである。

店内はすっかり混んでしまった。私の隣のテーブルにも、若い女性の三人連れがすわってさかんにお喋りをしている。そろそろ夕食時のピークなのだろう。壁の時計は七時を廻った。

二人用の小テーブルとはいえ、食事を終えていつまでも席を占領しているのは気がひける雰囲気になってきた。そんな私の気分を察したらしく、本宮が紅茶とチーズケーキを運んできてくれた。これを時々かじるが、緊張しているので少しも味を感じない。丹下たちはと見ると、さすがにさっきから悠々としている様子だ。私のところから見て、丹下の顔がずっと真横を向いているので、おそらく彼も、視界の隅で私を見ているのに違いない。

衝立の向こう側に、血相を変えた中島店長の顔が駆け寄ってきた。小さく、鋭く、駐車場の方角を指さしている。来たのだ！　私も緊張した。丹下に向かって少し右手をあげ、大袈裟《おおげさ》にして店内の人目をひかないよう気をつけながら、短く鋭く、駐車場の方を示した。

椅子の背にそり返り、のんびりした様子で煙草を喫《す》っていた丹下たちだが、そんな様子のままで、大きく頷くのが私の席から望めた。私の合図を受け取ったのだ。と同時に、テーブルの上に新聞を置いていた金宮や藤城たちが、再び新聞をとりあげて顔を隠すのが見えた。

玄関のガラス扉のところに、体格のよい黒いスーツ姿の男が一人、ぬっと姿を現わした。ガラス越しに店内をしばらく見ているふうだったが、ガラス扉を押して中に入ってきた。

レジのところにいた女の子が一回頭を下げ、何事か言っている。いらっしゃいませと声をかけたのだ。黒いスーツの男は女の子のそばに寄り、丹下たちの隣のテーブルを指さして何か言っている。次の瞬間、くると背を向け、またガラス扉を押して表へ出ていった。例の席が空いているかと訊いたのだろう。

しばらく見ていると、ガラス扉の向こうのわずかな隙間に、ベンツのものと思われるクリーム色のボディが少しのぞいて停まった。わずかに上下動しているように思えるのは、ドアが開き、人がおりているのだろう。

ガラス扉の向こうに、さっきの黒服がまた現われた。年の頃は四十くらいだろうか。続いて頭が白い、痩せた和服姿の老人が現われ、黒服の背後に立った。

黒服がガラス扉を開き、とってを持ったまま、うやうやしく道をあけた。老人が店内に入ってきた。ゆっくりした足どりだが、決してよろよろとはしていない。まだ矍《かく》鑠《しゃく》としている。続いて黒服が、せかせかと店内に入ってきた。

すると別の黒服がまたガラス扉の向こうに現われ、閉まりかけるガラス扉を右手で受けとめ、再び開いた。店内に入ってくる。

老人は先頭にたち、知らん顔をしている丹下たちの横を通って壁の陰に消える。続いて二人の黒服も消える。丹下の目だけが動いて、彼ら三人の行方を追っている様子だ。私の席からは死角になっている、例のトイレ近くのテーブルについたのだろう。御手洗の予言通りに事が進行している。ガラス扉の方を見ると、ベンツが動きだし、姿が消えた。駐車場に停めてから、おそらく運転している男も、三人を追って店内に入ってくるつもりなのだろう。

予想通りだった。もう一度ガラス扉がやや乱暴に開き、やや若く見える黒服が、小走りで店内に入ってきた。距離が遠いから彼らの表情は見えないが、三人が三人とも、異様な雰囲気を発散しているのは明らかだった。

女の子が、彼らのテーブルに水を持っていった。まず水を運び、しばらくしてからもう一度オーダーをとりに行くのだろうと思っていたら、壁の陰からなかなか出てこない。何かことが起こったのではと心配になったが、丹下が彼らのテーブルにじっと目を据えているふうなので、何かあれば彼が動くだろう。そう考えてじっとしていた。

女の子はやがて壁の陰から出て、厨房前のカウンターまで戻ってきた。奥に向かって何か言っているから、もうオーダーをとってきたのだろう。

彼女のすぐ横に中島店長が立っていたので、少し間を置き、彼と目が合うのを待って、そばに呼んだ。彼が、例によって緊張した顔を近づけてくる。

「オーダーの中に、玄米粥はありましたか？」

私は尋ねた。

「ありました」

彼は応えた。やはり御手洗の予言通りに事が進行している。

「老人の分ですか？」

「そのようです」

「老人は造りつけのソファの方に、トイレに向かってすわりましたか？」

「はい、そう言ってます。またレジにいた女の子の話では、老人は席についてほどなく立って電話の方へ行き、電話をかけたようです」

まるきり御手洗が脚本を書いたお芝居のようだ。私は時々あの男が恐ろしくなる。まるで神のように、人間の心理や、将来の動きを見通すのだ。

「この電話、どうしますか？」

店長が、私のテーブルの上に置かれたコードレスの電話を指さして言った。

「御手洗から連絡が入るかもしれませんので、もう少し置いておいて下さい」

店長は頷き、それじゃ、と言って厨房の方へ戻っていった。

緊張のうちに、五分十分と時がすぎていく。黒服たちのテーブルに向かって、少しずつ料理が運ばれていく気配だ。

まだ何事も起こらない。しかし、こうしている次の瞬間にも、殺人が行なわれようとしているのだ。しかも私の目の前で。

いったいどんなかたちでそれが起こるのか。どんな人間がやってきてこれを行なうのか。御手洗は外部の人間だと言っていた。私は、これから起こるはずの出来事に先廻りし、予測しようと懸命に頭を巡らせていた。

丹下も、心細くなったのか、それとも判断に迷うのか、指示を仰ぐようにこちらをちらちらと見る。しかし私としては、どうすることもできない。これから何が、どんなふうに始まっていくのか、まるで見当がつかないのだ。教えて欲しいのはこちらだ。丹下の視線を痛みのように感じながら、じりじりとした思いで椅子にすわり続けた。丹下の左頭上にある掛時計は、七時四十分をさした。

小さく、ベルが鳴った。私の鼻先だ。こんなにささやかな音色に感じるのは、店内がずいぶんざわついているからなのだ。しかし私には、秋の虫の音《ね》のようなその音が、耳もとの爆音のようにも感じられた。大あわてで受話器に手を伸ばしたので、コップの水をひっくり返しそうになった。

「はい」

「石岡君、彼らはそこへ来たかい？」

「来た、来たよ！　黒いスーツの男が三人、白髪の老人が一人だ。君の言う通り、老人は玄米粥を注文して、今食べているところだ」

「まだ何も起こっていないかい？」

「まだ何も起こっていない。丹下さんが動かないからね」

「よかった、よく聞いて。石岡君、ライダーズ・ファッションの男だ」

「ライダーズ・ファッション？」

「そうだ。ヘルメット、革つなぎ、ブーツ、あるいはジーンズに革ジャンパーかもしれないが、こういういでたちである可能性が、八十パーセントを越えるね」

「人殺しの風体かい？」

「そうだ。こういう男が店に入ってきたら注意して。そこがSであるのは大いにありがたいね。ウエイトレスが入口で客をいったん停めて、席へ案内しようとするだろう？　それがSの習慣だ。これを無視してつかつか店内に入ってくるような奴が怪しい。こういう男が黒服たちのテーブルへと直行し、老人に面と向かって突っ立つようだったら、間違いなく懐《ふところ》に拳銃を呑んでいる」

「射殺？」

「九十五パーセントの確率でピストルを使うね。標的は老人だ。こういう動きをするそんな風体の男がいたら、有無を言わさずとり押さえるんだ。拳銃を発射する前にだ。万難を排して、必ずやりとげて欲しい。事前にこれだけ情報が入っていて、それでも失敗するようだったら、次からはガールスカウトを頼むと、そう丹下先生に伝えてくれ」

「ああ……？」

緊張しているものだから、私は御手洗の冗談を理解する余裕がない。

「それからもう一点、刺客は一人のように見えても、必ずどこかにもう一人いる。これを忘れないで」

「ああ解ったよ。でも早く来てくれ」

「一人で頑張るんだ。今後もこういうことはある。いつもぼくがそばにいるとは限らないんだぜ」

待って、と言う間もなく電話は切れた。

スウィッチを切り、私は迷った。たった今の御手洗の言葉を、いったいどうやって丹下に伝えたものかと思案したのだ。

立ちあがり、丹下のそばへ行って直接口頭で伝えるのが一番確実で、手っとり早いのは確かだが、人目にたちすぎる。店内の人の目はともかくとして、黒服たち四人の注目をひくのがなによりはばかられた。

かといって、本宮かウエイトレスに伝言を頼むのは間違いが生じる危険がある。間に人を介すると、予想もしない聞き間違いや、勘違いが起こることがある。他のことならともかく、これには人命がかかっている。いい加減なことは許されない。

迷ったあげく、私はもう一度丹下にメモを渡すことにした。これが一番考えがまとまるし、確実だ。

手帳を一ページ破り、簡潔で的確な表現を心がけながら数行の文章を書いた時だった。予感めいた思いにとらわれ、ふと顔をあげた。

玄関のガラス扉が開き、一人の背の高い男が入ってきたところだった。黒一色の革のつなぎを着て、白いヘルメットを被《かぶ》っていた。まるで西洋の甲冑《かっちゅう》のように、顎《あご》のあたりにも白いガードが前方に向かってとび出していた。

レジのところにいた女の子と向き合っても、彼はヘルメットをとらなかった。女の子がレジ脇のポケットに入っていたメニューを引き抜きながら、いらっしゃいませと声をかけ、頭を下げても彼は応じず、右手をちょっとあげて彼女の動きを制してから、店内を指さしている。その手に、手袋ははめていなかった。そして次の瞬間、つかつかと店内に入り込んできた。その様子は、店で今食事をしているはずの友人の様子をちょっと見にきた、とでもいった感じに見えた。

ライダーはヘルメットもとらず、ウエイトレスをレジのあたりに置き去りにしたまま、一直線に黒服たちと老人のいるテーブルに向かっていく。

「来た！　来た！」

そんな言葉が爆発的に頭の奥で渦を巻いた。喉はからからに渇いている。

革つなぎの男の歩みは、スローモーションのようだった。ゆっくりと、丹下の椅子の横を通りかかった。

殺人者だ！　やってきた！　この男が殺人者であることを知る者は、今この場に、私しかいないのだ。誰でもない私が、しっかりしなくてはならない。

男の手が懐に入る。拳銃にかかったのだ。大変だ！

「丹下さん！　そいつだ！」

私は店中に響く大声を出していた。

店内が一瞬水を打ったように静まり返り、客全員の目が私に注がれたのがよく解った。

丹下はさすがにプロだった。一瞬の躊躇も見せず椅子を後方にはね飛ばし、男に組みついた。

どーんと何か大きな音がして、ピストルが発射されたのかと私は疑ったが、そうではなく、揉み合う男たちの体が、激しくテーブルにぶつかったのだった。間髪を入れず、残る四人の刑事も、男に体当たりした。

丹下の部下四人が、あっという間に革つなぎの男を床に組み伏せていた。彼は大男だったが、さすがに屈強な刑事四人が相手では、敵ではなかった。

私は駈けだし、彼らに寄っていった。丹下が、男からもぎ取ったらしい大型のピストルを右手に持って立っていた。

組み伏せられた男は無言だったが、しきりにうめいているらしかった。大男たちの服が互いにこすれ合う鋭い音、荒い無言の息遣いなどがひとしきり聞こえていた。店内が異様に静まり返っているからだ。天井のスピーカーからかすかに流れるムード音楽が、いやにはっきりと聞こえた。

私が彼らのそばに駈け寄ると、老人を囲むようにテーブルについていた三人の黒いスーツ姿の男たちが、いったい何事が起こったのだというように上体をねじり、険悪な視線をこちらに向けていた。しかし彼らは、一人として椅子を立ってはいなかった。じっとすわり続け、凶暴そうな目をこちらに据えている。

一番険しい顔をしているのは奥にかけた白髪の老人だった。瘦せた鷹《たか》のように見えた。彼が一人だけ、左右の男たちに何事かまくしたてている。

「いやあ救かりましたよ……」

丹下が、近寄っていく私に向かってそう語りかけてきた。意外に簡単にことがすみ、ほっとしたという安堵《あんど》感が、彼のがらがら声に滲《にじ》んでいた。

「おい、動くな!」

太く低い声が、いきなり私たちに向かって浴びせられた。ゆるんでいた丹下の顔がさっと緊張した。

しまった! 私はまた胸の内で叫んでいた。もう一人いると御手洗が言っていたのを、私はすっかり忘れていたのだ。

玄関脇に、別の革つなぎの男が立っていた。レジのところにいた女の子を背後から羽がいじめにして、彼女の髪の中にピストルの銃口を差し入れていた。

「おい、そいつを放せ! この女殺されたくなかったらな!」

くぐもった声で、男が言った。それもそのはずで、男はヘルメットを被ったまま、顔の前にはシールドまでおりていたからだ。人相が少しも見えない。

「ちっ」

と丹下が舌打ちを洩らした。

「早くしろよ、ほらァ！」

ウエイトレスを人質にした男が、また野太い大声を出した。ピストルを強く女の子の頭に押しつけた。女の子の首が大きく捻《ね》じ曲がり、彼女が泣き声をあげた。

革つなぎの男を床に押さえ込んでいた刑事四人が、どうします？　と言いたげに丹下の方を見た。

丹下は腰のあたりで小さく右手を振り、

「放せ」

と短く言った。

「くそったれ！」

と革つなぎの男は床からはね起きながら、はじめて言葉を口にした。悔しまぎれに、何事か反撃してやろうかと一瞬立ちつくしたが、

「こっちへ来い。早く！」

というウエイトレスを盾にとった仲間の声にうながされ、玄関の方へ駆けだした。ヘルメットのすきまの、燃えるような憎しみの目を、私は見た。

ウエイトレスを羽がいじめにした仲間の横をすり抜けると、体当たりするようにしてガラス扉にぶつかり、表へ出ていく。その身のこなしから、私は彼がまだ若い男で

あることを知った。

　仲間が表へとび出したことを振り返って確かめると、もう一人は組みとめていた女の子の体を、こちらに向かって思いきり突きとばした。

　悲鳴とともに女の子の体は丹下にぶつかり、続いて私の体に当たった。私も丹下も体勢をくずし、あやうく床に倒れ込むところだった。

　姿勢をたて直し、丹下が走りだした時、男の体はもうガラス扉の向こうにあって、ガラスがゆっくりと閉まるところだった。

　丹下も、四人の刑事も、そして私も、閉まりかけるガラス扉に向かって脱兎《だっと》のごとく突進した。丹下がガラス扉に体当たりをくらわした時、どーんという大きな音と、かすかな悲鳴が表の暗がりから聞こえた。

　先にとび出していった男が、ちょうど駐車場に入ってきた車に撥《は》ねられたのだ。ブレーキのきしみが短く聞こえ、ライダー姿の男の体が、駐車場のコンクリートの上にころころと転がった。

　後からとび出した仲間は激しく舌打ちを洩らし、一瞬立ち停まる気配を見せたが、すぐにあきらめ、第一京浜の歩道に向かって一直線に駈けだしていく。

　丹下と三人の刑事が、歩道へ向かう男を追って走りだした。金宮が一人だけ、車の鼻先に転がるもう一人の方へ駈け寄っていく。私は、どちらへ行ったものかと一瞬迷ったのは、なんと御手洗なのだった。

「君も追うんだ石岡君！」

聞き憶えのある男の大声が、どこからか聞こえた。

「こっちは丹下さんだけでいい。あとの三人は店内に戻って、黒服たちを見張るんだ！」

車からおりながら、御手洗が叫んだ。殺し屋を撥ねたのは、なんと御手洗なのだった。私には瞬間何がどうなっているのかわけが解らなかった。が、とにかく、男を追って駈けだす友人を追い、私も夜の第一京浜へと駈けだした。三人の刑事は、御手洗の言にしたがい、速度をゆるめると、UターンしてSの店内へと戻っていく。

革つなぎの男の足は異様に速かった。一方丹下は、体格はよいものの、足はお世辞にも速いとは言えなかった。あっというまに丹下を置き去りにした。

御手洗の判断ミスであることが、私にはすぐに感じられた。男の足は速い。しかも若く、凶暴な男だった。体力のある刑事四人でなく、一番年をくった丹下と、この種の経験のまったく浅い私を追跡の助手にしたことは、決してベストの選択とは思われなかった。

「御手洗、おい御手洗、どうする気だ!?」

走りながら、私は大声を出す。

「丹下さんは最近トレーニング不足だな!」

御手洗はのんきなことを言う。

「少し待ってやるか」

と、驚いたことに速度をゆるめるのだった。そして丹下に向かって、早く来いと右手まで振る。そうしているうちにも、男の姿はみるみる遠ざかる。私は御手洗の真意を量りかねた。

息を切らせながら、丹下が追いついてきた。

「丹下さん、もう少しだ。手錠の用意を!」

御手洗が叫ぶ。

「何を言ってる! あんなに引き離されて、いったいどうやって捕まえる気だ!?」

私は、いらいらして叫んだ。

前方を行く男の姿が、右折して消えた。

「今だ! 走れ!」

御手洗が叫ぶ。われわれ三人は全力疾走になり、男の姿が消えた曲がり角をめざした。

「丹下さん、ピストルを持ってますか? じゃ貸して、早く!」

丹下が、さっき殺し屋から取りあげたピストルを渡した。

角を曲がると、オートバイにまたがり、さかんにキックペダルを蹴っている男の背中があった。足音を消して猫のように駈け寄り、男の、そこだけ素肌が見える首筋に、御手洗は銃口をぴたりと押しつけた。

「もういい、両手をあげろ。首に穴をあけられたくなければな！」

男は荒い息を吐きながら、一瞬がっくりと上体を折り、それからゆるゆると両手をあげた。御手洗が素早く男の革つなぎの胸もとに左手を入れて、ピストルを抜き出した。ろくにこちらを振り返りもせず、私に向けていきなりぽいと放って寄こした。私はびっくり仰天し、大あわてでこれを受けとめた。

「くそ！　イタリア製はこれだからあてにならねえ！」

毒づきながら男は、バイクからおりてきた。彼がさかんにキックペダルを蹴っていたバイクの向こうには、もう一台やはりイタリア製のバイクが停まっていた。

「こういう目的に使うんだったら日本製を薦《すす》めるね。……丹下さん、明日の朝から家のまわりでも走ったらどうです。早く手錠をかけてくれませんか。彼もいい加減待ちくたびれてますよ」

丹下がようやく角を曲がり、私たちに追いついてきた。はあはあ喘《あえ》ぎながら、革つなぎの男の両手に手錠をかけた。苦しいものだから、ひと言もコメントがない。

「高いバイクだから心配だろう。なに、刑事さんたちがきちんと保管してくれるさ。

このバイクのことはよく知っている。なんだったら、ぼくがメンテナンスをやっておいてあげてもいいよ、君が娑婆《しゃば》に出てくるまでにね。さあ、みんなでレストランまで戻ろう。石岡君、そのバイクのキーを抜いて持ってきてくれ」

「これでいいの？」

私はキーを抜いた。

「それでいい。このピストル二挺は丹下さんに渡して、と。さあ急いで帰ろうじゃないか。丹下さんの部下たちが、今頃おそらく黒服と押し問答をしているだろうから、早く帰ってあげないと話が通じないだろう。丹下さん、えらく静かですが、大丈夫ですか？」

「なんとか……」

丹下が小声で応えた。

「煙草をやめることですね。おっと、忘れるところだった、君に返すものがある」

御手洗は、今ようやく思い出したというように言って、なにやら小さなボルトのようなものを、ライダーのつなぎの胸ポケットに押し込んだ。

「何だ？」

男は言った。私も丹下も、御手洗の答えを待った。

「点火プラグだよ、君のバイクの」

御手洗は涼しい顔で言った。

「このバイクには詳しいって言ったろう？」

私たちが歩道を歩いていくと、サイレンを鳴らし、屋根の上の赤ランプをくるくると回しながら、一台のパトカーが私たちを追い抜いて、勢いよくSの駐車場に入っていった。

私たちが到着すると、パトカーの後部座席に、御手洗に撥ねとばされた革つなぎの男と見える人物が、ヘルメットを脱いでおさまっていた。横に制服警官がすわって、何事か訊問している。パトカー内の室内灯がともっているので、そんな様子が外からもよく見えるのだ。どうやら大した怪我もしなかったらしい。ヘルメットを脱いだところを見ると、やはりまだ若い男で、丹下たちの人相と比較すれば、それほどの悪人には見えない。

私たちの姿を認めると、二人の制服警官が、ばらばらと駈け寄ってきた。左右から、革つなぎの男の体をしっかりと捕らえた。男を警官たちにまかせ、私と御手洗と丹下は、Sの店内に入った。パトカーのドアが閉まる音がして、サイレンが再び猛烈な勢いで鳴りはじめ、パトカーは夜の第一京浜に走り出していく。

Sの店内は、レジの付近に人垣ができていた。みな一応料金を払おうとしてやってきているのだが、それは建前で、行列のわずかな時間を利用して、奥の黒服たちと刑事とのやりとりを見物しているのだ。

「なんでわれわれが帰っちゃいかんのだ！」

私たち三人が彼らの席へ向かっていくと、黒いスーツ姿の三人のうち、ボス格と思われるひときわ凶暴な面構えの男が、そんな荒い声を出すのが聞こえた。

「われわれは被害者だろうが!?　なんでこんなにいつまでも足留めをくらう理由がある！」

体格のよい刑事四人も、さすがに困った表情で、救いを求めるように丹下の顔を見た。

「やあみなさん、すっかりお待たせしました」

御手洗が陽気に言った。黒服の一番年かさの男が、子供だったら泣きだすのではないかと思えるほどに凶暴な顔を御手洗に向けて、じろりと睨んだ。

遠くからしか見ていなかったが、こうして近くで見ると、男の顔つきは、芸術的とでもいいたいくらいにものすごかった。顔の肌は厚く、ぽつぽつと穴があいたミカン肌で、ぶ厚い唇の上と左側には、えぐったような深い傷がある。人間とは思えない。こんな顔で見つめられたら、私なら言葉が出ない。

ところが御手洗は、やはり頭がおかしいとみえて、彼らの風貌にもいっこう頓着せず、刑事たちの横にゆっくりと腰をおろした。

「ま、おすわり下さい」

そう言って、丹下にも椅子をすすめた。私には椅子がないなと思っていたら、本宮が厨房の方から急いで一脚持ってきてくれた。

「あなた方、そんなに早く帰りたいんですか？　レジをごらんなさい。あんなに混み合っている。あの行列の一番後ろに並ぶ元気はあるんですか？」

「なんだ？　てめえは！」

男がすごんだ。すると御手洗は、にやにや笑いながら右手をあげた。

「まま、落ちついて。われわれはあなた方の会長の命を救ったのですよ。礼を言ってくれとまでは言わないが、せめてレジがすくまでお喋りにつき合ってくれても、ばちは当たらないと思うね」

すると黒服は黙った。

「それとも今回のことは迷惑でしたか？　だったらどうぞお帰り下さい、ただし会長は置いてね。われわれは会長に耳うちしたい面白い話を持っている。会長の方からも、きっと愉快な話が聞けるでしょうな、おっと！」

御手洗はまた右手をあげる。

「老人性痴呆が進んでいるという点なら、教えていただくには及ばない。よく存じあげております。そこでだ、これはわれわれのためでなく、みなさんのために申しあげるんだが、タクシーを呼んでお年寄りだけは先に帰しませんか？　その上で、われわれだけで膝をつきあわせて積もる話をするというアイデアはどうです？　みなさんもよくご承知の通り、こんどの一件は、そのお年寄りはなんの関係もない。加えて、お年寄りには夜更《よふか》しは毒だ」

「それが解ってるんなら、何故いつまでもわれわれの足留めをするんだ？　おまえ、調子に乗るなァ、いい加減にしておけよォ」

もう一人の年かさの男がすごんだ。このデリカシーを欠く対応には、御手洗もさすがに驚いたようだった。

「やれやれ。みなさんもう少し知恵があるかと思ったが、どうもご自分の置かれている状況がよく呑み込めていないようですな。そっちがその気なら、こちらとしても、少々強硬なやり方をせざるを得ない」

言って御手洗はつと立ちあがる。黒服たちの方へすたすたと歩いていく。やくざ者たちは、何ごとかとわずかに身構える。

「丹下さん、パトカーをもう二台ばかり呼んでもらえませんか。こちらの横瀬《よこせ》会長を恵比寿の自宅まで送り届ける段どりをしなくちゃならない。せっかく命を救けたのに、夜更しでぽっくりいかれちゃ骨折り損だ」

御手洗は言ってから、何をするのかと思っていると、黒服たちの横をすたすた素通りし、グリーンの電話の受話器をとりあげた。カードを入れ、ボタンを押す。

「あ、こちらレストランSと申します。私店長ですが、今横瀬さんが瀕死の大怪我をされまして、どうしても今あなたに会いたいんだと、こうおっしゃっておられます。あ、電話番号はご一緒にいる方からうかがいました。大至急こちらにいらしていただけますか。はい、よろしくお願いいたします」

御手洗は受話器を戻す。

「これで横瀬新会長がここへ来る確率は七割というところかな。悪く思わないでくれたまえ。君たちの顔を見ていたら、もう少し日本語の通じる人間と話したくなったのさ。あ丹下さん、パトカーは裏に廻すように言って下さいね」

こちらへやってくる御手洗と、立ちあがった丹下がすれ違う。こんどは丹下が、代わって受話器をとりあげた。

御手洗は席へ戻りながら、レジの方角を見ていた。もうかなり客ははけ、見物人は少なくなっている。店内はというと、すっかりがらんとした。

御手洗は席に復したが、しばらくは口を開かない。どうやら丹下の電話が終るのを待っているらしい。

「結局のところ今回の事件は、絶対的な権力を持つ人物に痴呆症が出たために起こっくる。

たというわけだ」

丹下が受話器を置くのを見届けると、御手洗が口を開いた。丹下がこちらへ戻って
「なんとも馬鹿馬鹿しい限りさ。殿様がいくら乱心して戦争だとわめいても、留める方法はいくらもあったろうに。なにも殺さなくてもね、養子の発言力の不足かね。

さあ丹下さんも、こちらへ戻ってよく聞いて下さい。今日ぼくは一日中走り通しで疲れている。一部始終を丹念に説明する元気がないのです。必要なら明日また続きをやりますが、今夜はだいたいのところを言います。早く帰って眠りたいんでね。

マナー完璧なこちらのみなさんは、恵比寿に本社がある不動産および貸ビル会社、E連合の幹部役員の方々です。しかしそれは表向きのことであり、裏の顔はもっと立派で、今さら言うまでもないでしょうが、ヤのつく自由業として近頃憧れと尊敬を集めている人たちです。事件の原因は、もうだいたいお察しの通り、あそこにおすわりの老いた会長を、この紳士方が葬り去らなくてはならなくなったからです」

すると黒服たちが、何を根拠に、などと口々にわめきはじめた。

「静かに、静かに。君たちがタクシー代をけちるからこうなるんだぜ。だが大丈夫、ボケているんだろう？　君たちさえ騒がなければ、ろくに聞こえはしないよ。一時の感情でとり乱して、墓穴を掘らないようにしてくれたまえ。

その通り。さっきの若い殺し屋は、ここにいる紳士諸兄が雇ったものです。あとで、その線で自白を引き出して下さい。ここで会長を殺《や》ろうとしたのは、ここ以外に可能な場所がないからです。横瀬会長は、恵比寿の本社ビル十一階の自室に、一日中こもっている。楽しみといったら屋上へ出て菜園に水をやったり、ゴルフのパターをやるくらい。あとは自室でテレビかヴィデオを観て暮らす毎日です。朝も昼も、近所の一流レストランから出前をとり、自宅の窓は防弾ガラス、壁には鉄板が入っているのでね、空から爆撃でもしない限り、外部の人間が会長を殺すことはむずかしい。むろん内部の者が殺すなら簡単だが、これは外聞が悪い。かたちだけでもよその組の者が殺ったという格好にしておかないとね。では会長が外に出る機会はないか？　それがあった。このレストランＳです。

会長はどうしたわけか、このＳの玄米粥がいたく気に入ってしまった。で、周囲がどう反対しても毎週火曜日と金曜日、このレストランＳへ来て玄米粥を夕食に食べるのが習慣となっていた。おそらく外の世界も見たかったんでしょうな。恵比寿から、こうして幹部の護衛つきのベンツで表へ出かけていたのです。これが外界と接する唯一のチャンスなわけです。またこれは同時に、外部の人間が会長を襲える唯一のチャンスでもあったわけです。よろしいですか？　では今夜の講義はこのくらいで、石岡君……」

御手洗は腰を浮かす。

「ちょっと待ってくれませんかね」

丹下が荒い声を出した。

「そうだよ！」

私も言った。

「まだ解らないことが山ほどある」

「あのう、このレストランへこの方たちがいらしたのは、今夜がはじめてなんですが
……」

遠慮がちに中島店長も言う。横で本宮も大きく頷いている。

御手洗は席に復し、うんざりしたように不平を言った。

「みなさんはここにすわって食事をしていただけだ。ぼくの方は今日一日中走り廻り、どれほど忙しい時を送ったか、どなたもご存知ない」

私たちはしんとした。それはそうだろうなと思ったからだ。黒服の彼らを除き、われわれはこの事件の裏の事情をなにひとつ知らない。御手洗の千分の一も知らないのだ。せいぜい快活にふるまってはいるが、友人が疲れきっているのは、私の目にも見てとれた。

「ぼくに訊かなくても、ここに当事者たちがいる。あとで彼らに詳しく訊いて下さ

い」

「ではとにかく、彼らがこの事件のすべてを計画して……」

丹下が言いはじめると、御手洗はまたうんざりしたように首を左右に振った。

「とてもとても！　彼らじゃない。計画の大筋は今お話しした通りだが、それですべてじゃない。この事件はなかなかどうして、複雑な裏側があるのです。そう言っちゃなんだが、彼らの能力では無理です。計画をたてたのは、ほら、今駐車場に駈け込んできた、あの車の男です。みなさん、こっちへ隠れて。石岡君も椅子へすわって、何ごともないような顔をしているんだ。中島さん、彼をここへ案内してきて下さい」

やがて背後でガラス扉が開いた気配がして、何ごとかぼそぼそと話し声がしていたが、中島店長が一人の小さな男を私たちのテーブルに連れてきた。

彼は老人が無事でいるのを見ると、だっと逃げ出そうとしたが、すかさず金宮に二の腕を掴まれた。

「みなさん、E連合の次期会長、横瀬春明《はるあき》さんをご紹介しましょう。IQ160、T教育大出身の秀才です」

御手洗が言い、私は驚いた。横瀬は色白で、小柄で、ほとんど貧相といいたくなるほどに痩せた人物だったからだ。組関係者にはとても見えない。年も若い。少なくとも若く見える。三十前のようだ。学校職員がよく着るような、グレーの毛糸のチョッキを白いワイシャツの上に着て、茶色のジャケットをはおっている。ひげ剃り跡がやや濃く、おどおどしたような大きな目で、神経質そうな視線をあたりに配っていた。

「面白い計画でした横瀬さん、感心しましたよ」

御手洗が言うと、驚いたことに彼は、友人に向かってぺこんとおじぎをした。

「あなたも不運だった。この見かけ倒しのこわもてのおじさん方が、揃いも揃って例の現代病にかからなければね、計画はきっとうまくいったでしょう」

ガラス扉が開き、あわただしく制服警官が入ってきた。

「お、パトカーが来た」

丹下が言って立ちあがる。

「さあ、では重役のみなさん、これからパトカーに分乗して戸部署へどうぞ。あまり手こずらせず、すらすらと喋って下さい。隠したところでぼくがすべてを知っているということをお忘れなく。

丹下さん、レンタカーの料金と修理代の請求がもしそちらへ行ったらよろしく。会長は誰かがベンツでお送りしたらいかがです？」

「俺は行かんぞ！」

黒服の一人がわめいた。

「弁護士との相談なしには一歩も動かん。おまえの話は全部想像ばかりだ。証拠がただのひとつもない。そんなやり方が裁判で通ると思ったら大間違いだぞ。どれかが立証されるまで、われわれは拘束されるいわれはない、おい、帰るぞ！」

「帰って弁護士を一枚かませて態勢をたて直しますか？　嘘八百の証人を金で買って、また一からシナリオの書き直しか。ご苦労なことだ、時間と金の浪費だというのに。では致し方ない。こんなことはしたくなかったが、警察でなく、警察病院に入ってもらおうか。どうせ訊問などどこでやっても同じだ」

御手洗は厳しい言い方になった。

「どういう意味だ？　頭がおかしいのかおまえ！」

幹部はわめき、立ちあがった。仲間にも立ちあがるよううながす。

「今からこのヴィニール袋を破って、中身をここにぶちまけるけど、かまわないかい？」

立ちあがった御手洗の手には、黒いヴィニール袋が握られている。

「何だ？　それは！」

黒服がまた一声わめいた。

「さて、これは何だったかな……？」

御手洗が言い、ヴィニールの口を開いた。もったいぶって右手をさし入れる。さらさらと、中でかきまわしている気配。

「ああ、何かの粉だね」

袋から出した右手の、指を一本ぴんと立てた。それに鼻を近づける。

「植物の匂いがする。植物の何かだな……、これが第一ヒントだ」

もう一度右手をさし込む。

「第二ヒント、おやこいつは花粉だな。……どうやら杉の花粉のようだ」

御手洗が言うと、

「早くその口を閉めろ！」

幹部がまたひと声怒鳴り、

「手早くすませてくれよ！」

丹下に向かって念を押した。

「そりゃこっちの言うことだ」

丹下が言い、部下の刑事たちが寄っていって黒服三人を囲んだ。

「最初から早くそう言えばいいのにね」

御手洗が私にささやく。

「どこからそんな花粉とってきたんだ？」

私が訊くと、

「嘘だよ。そこの公園の砂場の砂さ」

御手洗はまたささやいた。

7

ノックの音に私がドアを開くと、丹下が立っていた。一人だった。

翌日の午前十一時で、遅く起きた御手洗は、すでにやってきていた本宮と一緒に、トーストと紅茶の朝食を食べていた。入ってきた丹下の姿を認めると、本宮はあわてて立ちあがり、ズボンに降りかかったパンのかけらをパタパタと払った。

「ああいや、そのままそのまま！　どうぞそのままで」

丹下は右手をあげて本宮の動きを制した。

「いや、もう食べ終ったんです」

本宮は言った。

「御手洗さんも？」

丹下は訊く。

「この紅茶を飲めばおしまい」

友人は応えた。

「ゆうべはよく眠れましたか？　だいぶお疲れのようだった」

「ぐっすりね。E連合の幹部たちはすっかり吐きましたか？　そのソファへおすわり下さい。今そっちへ行きます」

「ここですな？　いや素直に吐いてくれてりゃ、ここへは来ません。おっとり刀で駈けつけてきた弁護士と密談して、わけの解らないことつべこべ言ってます。それで、ことの次第をすっかり教えていただこうと思ってこちらへね。おや、この方はゆうべのレストランの人ね？」

「はい、本宮といいます」

「制服脱いだら解らなかった」

「この人がすべての始まりだったんです。Sの便器が何度も壊されるという事件を、ぼくに教えてくれたんですよ」

「便器が？」

「はあ、昨日も壊されてました。毎回同じ便器なんです」

「なんでまた……」

「ぼくもそれ聞きたくて、ここ来て待ってたんです。御手洗さんが、丹下さん来たら説明するって言われるもんで……」

「御手洗、あれだろう？　便器は、老人ボケしたあの会長が、毎度壊していたんじゃないのか？」

私が言うと、この珍解答は御手洗の意表を突いたものとみえ、彼は噴き出した。

「そういう解釈もあったね石岡君！」

ご機嫌になった御手洗は、なかなか笑いをおさめることができず、揉み手をしながら絶えず噴き出し続け、ずいぶん長いこと笑っていた。私としてはあまり愉快ではなかった。

「いいね石岡君、来店のたび、思わず便器を盗んでしまうボケ老人か。詩があるね、そして自宅のベランダに、便器のコレクションをやってるのさ。でもそりゃ無理だ。老人がトイレに入るたび、のこのこ便器を持ち出してきては大いに目だってしまう。それに彼ら一行があのSへ来たのは、ゆうべがはじめてだって店長も、こちらの彼も証言している。

さて、では手短かに説明を行ないましょうか」

言って御手洗は立ちあがり、丹下の向かい側のソファに移動した。本宮はその隣りにかけた。私は立ったままだった。

「大ざっぱなところは昨日説明しましたね？　E連合というのは、終戦直後は新橋、昭和三十年頃からは恵比寿に本拠を移して活動を続けている暴力団です。新橋時代は川田《かわだ》組といいました。今の会長の横瀬源一郎《げんいちろう》は、焼け跡時代はマシンガンの源と呼ばれた鉄砲玉で、この時代の生き残りは彼だけでしょう。

とはいうもののE連合は、現在近代的な会社組織への脱皮に、それなりに成功しているのです。不動産部門が一昨年までに相当の収益をあげ、都内にE連合所有の貸ビルは十九を数えています。金融ローン部門も好調、現在の商売相手で、E連合株式会社がかつての川田組だと知る人は皆無でしょう。世代が変わったせいもあって、彼らの堅気としてのイメージ・チェンジは一応成功したのです。

ところが昨夜の重役連の印象を見ても解る通り、三つ子の魂百まで、体質はなかなか変わるものじゃない。水面下の裏取引の世界では、池袋のK組と深刻な確執が続いていたのです。K組も、焼け跡時代からのしあがった組で、E連合の長いライヴァルなのです。このK組が、E連合に対して、ずっと執拗な嫌がらせを続けていた。しかしその程度のことはビジネスの世界ではよくあることで、こんなことでいちいち腹をたてていては会社経営は務まらないが、短気なマシンガンの源さんが堪忍袋《かんにんぶくろ》の緒《お》を切って、戦争だと言いはじめた。

彼は実は半分ボケていたのです。しかし経営上の実権は彼が握っている。組織上の約束事からいうと、あの世界は封建的であり儒教的ですから、会長の命令は絶対であるわけです。何があってもしたがわなくちゃならない。しかし今さら戦争などやった日には、E連合はおしまいです。もう戦後のどさくさの時代じゃない。今まで営々として築いてきた信用もぱあとなります。ところがいくらこのあたりの事情を話しても、会長はボケているものだから通じない。そこで彼らは悩んだあげく、老い先短い前時代の生き残りには、早いところあの世に行ってもらうことにした。

それでE連合幹部は、若い殺し屋二人を刺客に雇った。それが今回の事件です。護衛の自分たちも含めて食事をしている時、殺し屋二人がなだれ込んできて、会長をいきなり射殺、ふいをつかれた自分たちは大あわてで殺人者を追うがとり逃がす、というう筋書きでした。護衛役の幹部としてはいささかだらしがないストーリーだが、もうほかに道はなかったのです。会長が表へ出る機会というのは、この時だけなのでね。

会長の死後、E連合は、形ばかりK組に厳重抗議のジェスチャーを示す。一応K組の刺客であるかのように世間に見せておくためです。K組は当然濡れ衣だと言ってくる。そうすれば抗議の矛《ほこ》を引っ込めて、堅気らしく泣き寝入り、こういうシナリオができていたわけです。このストーリーの作者は、昨夜申しあげた通り、横瀬春明です。彼は横瀬会長の娘、暁子《あきこ》の婿に入った人物ですが、もと鉄砲玉としては、娘にだけはこういう堅気のインテリをあてがいたかったのでしょう。さて以上のこと、解りましたか？」

「そこまではよく解ったけど、まさかそれで全部だっていうんじゃないだろうな？」

私が言った。

「全部だよ」

御手洗が言った。

「何度も壊されるSの便器はどうなるんだ？　秦野大造さんのところへ現われたあの謎の美女というのは何なんだ？　これらは政治と汚職みたいにつながっていると君は言わなかったか？」

「言ったね。それもみんな横瀬春明の考えさ。計画全体は今話した通りまことに単純なものだったが、世の中はうまくいかないものでね、決行を前にして、ちょうどタイミングの悪い時期にさしかかってしまった」

「タイミングが悪い時期って？」

「今が三月だということだよ。ただこの一点のために、この単純な殺人計画が、おそろしく複雑なものにならざるを得なくなった。今回の事件の発端となった、君が今言った二つのミステリーも、まさにこのために生じたのさ。

もう二、三ヵ月時期を待てば、あるいはよかったのだが、老人の戦争命令が強硬でね、とても待てる状態じゃなかった。今すぐに彼を消してしまわないことには、今や大企業の看板を掲げたE連合そのものが、この世から消えてしまいかねなかったのさ」

「言ってる意味が解らない。どういうことだ？　老人たちの一行は、毎週火曜と金曜、Sへ玄米粥を食べに来ていた。そこを襲うと……、それがどうして複雑なんだ？」

「石岡さん、うちのSへ、あの人たちは一度も来たことないんですよ。ゆうべがはじめてです」

本宮が私に言った。

「え？　あそうか……、すると？　……どういうことなんだ？」

「石岡君、川崎のあのSじゃないんだよ。彼らが毎週火曜と金曜に愛用していた店というのは」

「あのSじゃない……!?」

私と丹下が揃って言った。私たちは思わず顔を見合わせ、呆然とした。

「じゃあどこなんだ!?」

私はほとんど叫び声をあげていた。

「石岡君、君もぼくも見ているんだぜ。下馬小公園脇のSだよ」

「下馬小公園脇の？　ああ！　あの駒沢通り沿いの？　木がいたずらされたってニュースに出ていた……」

「その通り」

「じゃあ……、それが……？　それでどうしたんだ御手洗。あのSに、横瀬以下の幹部連が、火曜金曜になると食事に、玄米粥を食べに行っていた……」

「そうだよ石岡君、Sのメニューはどこも共通している」

「それで？　だからどうなんだ？　どうしてあの夜は川崎なんだ⁉」

私は勢い込む。声には出さないが、丹下も本宮も身を乗り出している。

「石岡君、ゆうべ殺人が行なわれようとした。しかし直前でこれが回避された。このことが一番重要なんだ。それに較べればこんな謎解きなんて退屈さ。優先順位を間違えないでくれよ」

「間違えないよ。でも今はこれが知りたいんだ、解るだろう？　早く答えてくれ！」

「御手洗さん、つまりS目黒店ではいけない理由が生じたんですね？」

本宮も言う。

「その通り。どうしてもあの店ではことが決行できない理由が生じた。しかし老人はまれに見る頑固者で、これはほとんど病気のレヴェルだった。まるで惑星が軌道を変えないように、自分の行動パターンをてこでも変えようとしない。周りが少しでもいじると、ヒステリーを起こして暴力を振るうんだ。大した爺さんだろう？

あの爺さんは毎週火曜日と金曜日になると、判で押したようにあの三人の黒服をガードにひき連れて、ベンツで目黒のSへ行く。毎度決まったあの奥のテーブルにつく。そして水を一口飲むと立ちあがり、目の前にある公衆電話から世田谷に住む娘の家に電話して孫の声を聞く。それからトイレに立ち、心おきなく玄米粥を食べると恵比寿の家に帰って眠る。これを長寿の秘訣と会長は心得ていた。ゆえに火曜日と金曜日の夜は、こういうかっちり決まったスケジュールのもとに、彼ら一行は行動するのが仕事だったんだ。これをわずかでも動かすことは、何人《なんぴと》にも許されない。

　さてそうなると、老人を殺し屋に射殺させるなら、この時をおいてないことになる。ゆうべ話した通り、老人の住居は要塞だ。ところが目黒店ではどうしても決行ができないとする。もしこうなったら、君ならどうする？　石岡君」

「ぼくなら殺さない」

「そうすると池袋のK組と全面戦争になって、優良企業E連合は潰《つぶ》れるんだぜ。千人にも及ぶ社員が路頭に迷うよ」

「解った！」

　本宮が言った。

「もしかすると川崎店は、内部の造りが、つまり厨房や客席やトイレの配置が、目黒店とまったく同じだったんじゃないんですか？」

「その通り！　この両店はね、敷地面積や土地の形状、周囲の環境が似ていたことから、同一の図面によって建てられている。入口や店内の配置が同じであるのはもちろんのこと、壁紙やカーテンの布地、壁の掛時計やテーブル、椅子の形状まで、すべてがうりふたつなんだ」

「ああ……」

私は放心し、丹下は激しく膝を打った。

「それでか！」

御手洗はそれで昨日の電話で、まるで透視術でも使っているように、私の動きを逐一指示できたのだ。私のいるSの店内の配置が、目黒店を見ることによって彼にはすべて解っていたからである。

「なるほど、そういうことか……。店内の印象はまったく同じだし、店の外観にしても、玄関の印象や、駐車場の感じはよく似ている。両方とも店の前には大きな道路が走っているしね……」

「第一京浜と駒沢通りですね」

本宮が言う。

「恵比寿から目黒までの道が、多摩川を越えて川崎までと少々延びるが、まあボケ老人相手ならいくらでもごまかせるわな！」

丹下も言った。

「工事してるから廻り道します、とかなんとか言えばいいんですもんね」

本宮が言う。

「お解りになりましたね？　この計画と、いくつかのミステリーは、日頃愛用のSと、まるっきり同じSをもう一軒別の場所に見つけたことから始まった。この計画を思いついたのは、娘婿の春明です。彼は養子のせいもあり、老人の戦争命令を説得してやめさせることなど、とてもできなかった」

「それはよく解ったが、ミステリーが何故起こったのか……、まだ解らない。川崎店の便器はどうして何度も壊されたんだ？」

私が言うと御手洗は、いつも私によく見せる、いらだちの舌打ちを洩らした。

「石岡君、そんなのは、あの便器だけが唯一違っていたからに決まってるじゃないか」

「え？　……」

私はまだ解らない。

「あの小児用の便器は、川崎店の方にだけあったんだよ。これを除けば、トイレ内部も目黒店とまったく同じになるんだ。便器の数も同じになってね。だから目ざわりなこれを壊して、トイレ内部もすっかり目黒店と同じにしておいたんだ。老人を連れてくる前にね」

「ああ！」

と丹下も本宮も声をあげたので、私は少し安心した。私一人がとりたてて頭が鈍いわけではなかった。

「便器を壊すということは、計画決行の準備はすべて完了したということを意味するんだ。しかもE連合の連中は、前に壊した便器がすでに修理されたことを知っているはずだ。つまり壊してもすみやかに修理されるという事実を知っている。それを知ってなお昨日の午前中に壊したということは、計画決行がその日、あと数時間後に迫っているということを意味した。だからぼくはあわてたのさ」

「じゃあ、……すると、あの老人はゆうべ、自分は目黒店にいると思って川崎のSへ来ていたのか」

「そういうことだよ」

「なるほどなあ、これはまいった！」

私は大声を出した。

「いやあ、私もこりゃまいりましたなア！」

丹下もがらがら声を張りあげた。しかし私ははっとした。

「ちょ、ちょっと待て御手洗！　じゃああの秦野さんの事件は、ありゃ何なんだ？　あの謎の美女っていうのは、いったい何だ？」

「石岡君、たまには自分で考えたらどうだい？　ごく簡単な応用問題だよ」

「うーん……」

と私はしばらく唸《うな》ってから、

「解らない。早く教えてくれ」

と言った。

「全然考えているように見えないね、格好だけだ」

御手洗は冷たく言う。

「あの事件も、これと関係あるんだな？」

「当然大ありだよ」

「何だ？　解らないな……。丹下さん、解ります？」

私が訊くと、彼も首を横に振る。

「みなさん、E連合のお偉方が多摩川を渡ったことを忘れてはいけませんよ。多摩川を渡ればもう東京都ではない、川崎市なのです」

「ああ川崎市、うん。……それがどうしたの？」

「石岡君、それじゃあ一生成長しないぜ。死ぬまでそうやって、誰かが出してくれる答えを待って暮らすつもりかい？」

「時間があれば考えるけど、今は早く知りたいんだ」

私は言った。

「人生に時間がある時なんてないんだよ。いつだってあたふた知恵を絞るしかないのさ。老人の行動パターンを思い出してくれたまえ。彼はSへ入ると、すぐに娘の家に電話をして、孫の声を聞くのが習慣になっていたと言ったろう？」

「うん……」

「川崎へ入れば、電話のエリアが変わるじゃないか。川崎のSからだと、娘の家の電話番号へかけても、同じ番号を持つ川崎の別の家にかかってしまうだろう？」

「あ、……ああ……ああ、そうか！」

「そうだ！　川崎で、東京の電話番号を押すと、全然別の家にかかってしまう！」

本宮も言った。

「なるほど、で、どうしたんだ!?」

「彼らが採用したのは、簡単にして確実な方法だよ。孫の家と同じ局番、同じ番号を持つ川崎市の家の主《ぬし》を、前もって表へおびき出しておき、代わりに横瀬春明がそこへ忍びこんでおく。老人から電話が入ったら、今日は遊園地に行って疲れてしまって、息子はもう寝入ってしまった、などと応えればそれでいい。解った？」

「なあるほど、つまり、娘の家とまったく同じ電話番号を持つ川崎の家というのが……」

「秦野大造の仕事場だよ」

「なるほど！」

「家族の住む民家なら大いに面倒だったが、音楽家の仕事場だったんでね。謎の美女一人を送り込んで、彼女に主を表へ連れ出させれば、部屋に入り込むのは面倒がなかった。それともこういう状況を知ったから、春明はこんな計画を考えたのかもしれないね。

平成三年の今、東京の市内局番は四桁となってしまったが、去年までは三桁で、川崎市と同じであったため、こういう計画が可能だった。局番が四桁となった今は、一番最後の数字を切り落とした川崎の別の家へかかるから、この番号の家をまた捜さないとね。

実はね、今週すでに計画が決行されかかったことがあったんだよ。秦野先生のところに美女から電話があって、先生が品川のホテルへ来てくれと言われた時だ。あの時も、E連合側はすっかり準備完了で、決行を待つのみだったんだよ。ところが、先生の仕事場に弟子が三人も来ていて、彼ら全部を外へ連れ出すのは到底無理だったんで、急遽計画を中止して、ゆうべの時点まで延ばしたんだ。おかげで事件はぼくのところへ持ち込まれ、まずいことに殺人は防がれてしまったというわけさ」

「そうか、彼らとしてはまことについてなかったね……。じゃあ、謎の美女の秦野さんへの不可解な行動は……」

「一から十まで理由が解読できる種類のものさ。謎なんてかけらもないね！　マンシヨン地下のレストランで彼女が倒れてみせたのは、先生の上着を借りて、中から仕事部屋のキーをすり盗るため、医者に化けた春明が近づいたのは、彼女からその鍵を受け取るため。

横浜でのデートの後、先生のマンションの一階の『珈琲芸術』で彼とまた会ったのは、コピーの終った鍵を彼女が返してもらうため、仕事部屋のドアの前までついてきて抱きつき、先生にキスしたのは、先生の上着のポケットに鍵を返しておくためさ。あれだけ純情可憐《かれん》な先生がお相手なんだからね、海千山千の女なら、赤子の手をひねるようなものさ」

「はあ……」

私は、なにやら秦野が気の毒になった。

「石岡君、気の毒になんて思うことはないよ。君にもたぶん憶えがあるだろうが、これが一般的な男女の姿さ。しかし女性がいつまでもそんなふうにふるまっていると、ベッドの中で帳尻が合うようにできている。世の中面白いものさ」

御手洗はまた謎のようなことを言った。

「しかし、君はよく解ったたな。たったあれだけの材料から、よくここまで突きとめられたものだ」

「時間がなかったから少々重労働にはなったけれど、仕事の質としてはやさしい部類だった。だって君、犯人の家の電話番号が解ってるんだぜ。考えようによってはこんな楽な事件もないよ」

「え？　……ああ、……ああそうか、……そうだね、それはそうだ。じゃあ君は春明の家の番号から……」

「秦野氏の仕事場の電話番号と同じ東京の持ち主を、建設省を名のって調べようと思ったが、さすがにそれは失敗した。それで警視庁の顔見知りに頼んで突きとめた。あとは彼らの持っている資料と自分の足、ささやかな演技力も動員して、裏の事情をすべて洗い出した。でもたった四時間の猶予《ゆうよ》しかなかったからね、さすがに疲れたよ。だから、これからゆっくりワーグナーでも聴こうかな。丹下さん、もうすっかりお解りでしょう？　連中に舐《な》められないようにうまくやり、すべてを聞き出して下さい。本宮君、ごきげんよう。またこのくらいの楽しい謎があったら、いつでも遠慮なくいらして下さい」

「ちょっと待って下さい御手洗さん、もう一つ、不明な点が残っておりますよ。何故目黒のSではいけなかったんです？　そこまでの面倒を押して、何故川崎まで現場を移す必要があったんです？」

　丹下が言った。これは本宮の疑問でもあったはずだ。六つの真剣な目が、揃ってまた御手洗に注がれた。

「ああそれはね、目黒店の隣には小公園があり、そこに杉の木があったからですよ」

御手洗はうるさそうに急いで言う。

「杉の木？　それが何で？」

「あの立派な人相の幹部たちは、揃いも揃って重度の花粉症だったのですよ」

「花粉アレルギーか！」

「なにしろ人を雇い、前もって木を切り倒そうと画策もしたくらいだからね、重症だ。これは近所に発覚して、失敗した。だからやむなく川崎店にステージを移したというわけさ」

「それであなたは砂の入った袋を使ってあんな脅迫を!?」

「丹下さんも、いよいよ駄目となったらあの手を使うといい。よほど辛《つら》いとみえて、連中は何でも喋りますよ」

言って御手洗は笑った。

8

「でもＩＧなんとかというのは何なんだ？」

その夕方、御手洗と二人になってから、私は思い出して尋ねた。高名な音楽家からは、以後何も音沙汰はない。

「ＩｇＥだよ」

「そのＩｇＥというのは何なんだい？」

「これはね、人間の血液中の物質で、免疫グロブリンＥと呼ばれるものなんだ」

「免疫グロブリンＥ？」

「そう。現代医療の最前線で、人間の体にアレルギー症状を起こさせる最大の要因と考えられている」

「ばい菌のようなものなのかい？」

「そうじゃなく、全然逆なんだ。家ダニや花粉、ハウス・ダストなどの異物や、回虫などと闘うために人間の体が持っている重要な防御メカニズムなんだけれど、これが過剰に分泌されて、自らの体内組織まで壊してしまうのがアレルギーだと考えられている。現時点ではまだ仮説の段階だけれどね。

たとえば最近の花粉アレルギーひとつをとってみても、医学界の一大難事件なんだ。食品アレルギー、添加物アレルギー、どれをとってみても、発病のメカニズムはまだ完全に解明されてはいない。しかも気管支喘息《ぜんそく》など、過去の三倍にも患者の数が増えている。アレルギー体質は遺伝するとされる。ＩｇＥを多く造る体質の人がアレルギー体質と考えていいんだけれど、最近の数の増加は、遺伝だけでは説明できない。ぼくはこの謎に関して解答を持っている。でも話すととても長くなるからね、ここでは述べない」

「そのIgEがどうやってアレルギーを起こすの？」

「その説明をしても、たぶん君には理解してもらえないと思う。……まあ簡単にいうと、異物が体内に侵入するとマクロファージがこれを捕らえ、T細胞に分析情報を与え、T細胞がB細胞にIgEを量産するように指令する。こうしてできたIgEは、血液中を移動して体内の粘膜組織や皮膚等にある肥満細胞の表面にとりつき、化学物質を出すよう命令する。肥満細胞の化学物質が、血液中の白血球などの成分を血管壁を通過させて呼び寄せ、異物攻撃、あるいは排除にあたらせる。しかし過剰な兵を動員すると、体内組織も一緒に破壊してしまう。この過剰破壊がアレルギーと考えられる」

「全然解らない」

「かつて回虫など寄生虫が人体内に多くいた頃は、簡単にいえばこのIgEの量と、体内敵との量はバランスがとれていたと考えられる。しかし日本の都市では近頃寄生虫が絶滅し、異物専用のIgEが、敵を失って暴れはじめている。

徹底したコンクリートのカヴァーにより、花粉が土に還らなくなったこと、渋滞によって激増する性質を持つディーゼル・エンジンの窒素系排出物、睡眠時間の減少、ストレス、これら都市特有の条件が、発病に拍車をかける。

このアレルギーというのはね、都市型文明の成就《じょうじゅ》へ突進するわれわれへ向けての、自然界が鳴らす警鐘といえる。医学界のみならず、実に興味深い文化人類学上のテーマなんだよ。最近ぼくはこの問題をずっと考え続けていた。ＩｇＥ、ＩｇＥってね。そうしたら、今回一連の不思議な出来事がぼくの目の前に皿に載って運ばれてきて、関連場所は池田、五本木、遠藤町という話だった。Ｉ、Ｇ、Ｅと並んでいたんでね、その偶然に目を見張った。そしてこの偶然の重なりが、ごく短時間のうちにぼくに謎を解かせるキーともなっていた。昨日の昼、ぼくがあんなに驚いた理由はそういうことなんだよ」

「へえ……」

よく解らないまでも、私は感心した。偶然が示す医学用語の暗号か、そういうことも広い世間にはあるものなのだろう。

「東京ははたしてどこへ行くのかな？　石とガラスですべてを覆いつくそうとするこの世界に、一部の人間たちは適応不能の悲鳴をあげはじめているんだ。君も丹下さんも、暴力団Ｅ連合の会長殺害未遂事件としてのみ、こんどのどたばた騒ぎをとらえているようだけれど、ぼくにとっては、こっちの方がよほど面白かった。事件そのものは、単純なカラクリを裏に隠しているだけだった。こんどの事件は実は、急速な都市化に、人間の体の方がついていけないでいるという現象を、ぼくらに如実《にょじつ》に示した出来事だったんだよ。

さて、さいわいにも花粉症という、時代の警鐘を鳴らすべき使命からはずされているらしいぼくらは、花粉に充ちた春の都市へ、ちょっと散歩に出かけないか？」

御手洗は立ちあがる。

気持ちのよい春の宵《よい》だった。アパートを出て馬車道の舗道に立つと、夜の暖かげな空気の底に、ひっそりと、植物のものらしい甘い匂いがひそんでいた。

「御手洗さん」

どこかでふいに女の声がした。歩みだしかけた足を停め、振り返ると、馬車道のベンチにかけていた一人の女性が、ゆっくりと立ちあがるところだった。

「おや、これはこれは。謎の美女のお出ましだ。お一人のようですが、秦野先生はどうされました？」

御手洗が言った。

ああこの女性が、と私は思った。しげしげと眺めた。立ちあがり、馬車道の街灯に浮かぶ彼女の姿は、細《ほ》っそりとして美しかった。顔を隠すように、鼻のあたりにセピア色のハンカチをあてていた。しかし、それでも彼女の美しさは、充分に察せられた。

「ゆうべお会いしました。今後はもう二度とお会いするつもりはございません」

「冷たいお言葉ですね。それでは彼は今頃、すっかりしょげているでしょう」

「先生、よく私がお解りになりましたね」

「胸のそのライシス・オーキッドです」

「ああ、これ」

「それは一九六〇年よりずっとシンガポールのシンボルになっているもので、一九五〇年にボタニック・ガーデンの蘭の花を金箔の中に閉じ込めたのが始まりです。ぼくはしばらくシンガポールにいたことがある。ローヤンウェイのその花工場については、多少知識があるのです。ところで、春明さんとは別れられたのですか？」

「ええ、今夜きっぱり。私は一人でしばらく旅に出ようと思っております。それでひと言ご挨拶をと、私は先生のファンですので……」

「それはご丁寧に。どちらへ行かれるのです？」

「はっきり決めてはいませんが、シンガポールや、インド、エジプト、ガーナなどへ」

「ははあ、英語がお得意なのですね？　そういう職業にお就きだった」

「しばらく一緒に歩いてもよろしいですか？　あの角でタクシーを拾います。……私は、なんでも中途半端なんです。英語も、日常会話が少しできるだけ。声楽も志《こころざ》したことはあるけど中途半端。演技の勉強も結局挫折」

「しかし、スチュワーデスの夢は果たされたではないですか」

「ほんの四年間だけ。それも日本航空は落ちて……」

「シンガポール・エアラインに就職」

「なんでもよくご存知なんですね。私を警察にひき渡さないんですか？」

「事件は終りましたのでね。ところで犬はどうされたのです？」

「死にました。だから、マンションを替わったんです。この街、花粉がいっぱいですね。横瀬も花粉症でしたし、秦野先生もおとしからかかったとおっしゃってました」

「あなたもですか？」

「ええ、私が泣いているのは花粉のせいです。春先は、日本にいたくありません。どうしてこんな病気が、急に増えたのでしょう」

「この退屈な世界に、謎というアクセサリーをつけ加えるためです。あなたもぼくも、謎がなければ生きていけない人種だ。ちょっとした切なさや、喜びや、そんなもののためだけに生きていくのは、少々貧しすぎるでしょう？　この国のそういう時代は、もう終ったのです」

「旅から帰ってきたら、また会っていただけますか？」

彼女は唐突《とうとつ》に言った。

「旅で、もしあなたが不可解な出来事に出遭われましたら、是非」

「もしそうでなければ？」

「あなたもぼくも、そうでないことなどあり得ませんよ。お、タクシーが来た」

御手洗が手をあげた。タクシーが速度を落とし、滑り込んでくる。足もとで白い粉がぱっと舞いあがったように見えたのは、梅の花びらだった。

「では、よい旅になることを祈っています」

「またきっと会って下さい御手洗さん、約束して！」

タクシーの自動ドアが開き、彼女は叫ぶように言った。

「それを楽しみに旅をします。私は弱い人間で、将来にそんな目標がなければ、生きていけない……」

彼女は声を詰まらせた。御手洗はいっとき無言だったが、頷いた。

「いいですよ」

「ありがとう御手洗さん、手紙書きます。どうもありがとう、さようなら」

タクシーにおさまり、ドアが閉まり、彼女は何度も礼をして、走り去った。

「今、辛いものがあるのさ彼女は」

御手洗が言った。

「そうらしいね、彼女は横瀬春明の？」

「愛人だったんだよ。あの様子なら本当に別れたんだろう。秦野先生の気分も、今頃は彼女と似たようなものだろうし、春明もきっと大差はない。花粉症のように、世界中に悲しみが蔓延《まんえん》しているね。さて、海はこっちだね、石岡君」

言って御手洗は、元気よく歩きだした。

SIVAD SELIM

Masterpiece Selection
Great detective Kiyoshi Mitarai

1

平成七年の春、岡山県の龍臥亭《りゅうがてい》から帰ってきた私は、部屋に戻ってひと眠りするなり伊勢佐木町《いせざきちょう》の外科に直行し、結果治療に専念することになった。旅先にいたらそれなりに気も張っていたが、家に帰ったら却《かえ》って気が抜けて、病人のようになった。しばらくしてギプスがはずれても、孤独な毎日に生活のハリは戻らず、首や肩が痛く、時に腰まで痛くなるので、何をするのもやっこらさと立ちあがり、前屈《まえかが》みのままで老人のようによろよろと動き廻ることになった。このままでは中年時代は消滅、一挙に老境に突入となりそうだったから、恐くなってリハビリに通った。

別に卒中になったわけでもないのにリハビリは大袈裟《おおげさ》だが、ほかに言葉がないからそう書いた。重いギプスを毎日首からぶら下げていたせいで首や肩の筋肉が張ってしまい、さらに左手ともなればまったくの役立たずとなってしまって、何も仕事をしようとしない。食事をしていても、手紙を書いていても、ふと気づけば左手は遊んでいて、肘《ひじ》を曲げ、首から吊っていた時の格好になっているのだ。

首も心なしか前屈みになったままで伸びず、肩こりはひどいし、放っておいたらこの格好のままで固まってしまいそうなので、知人に紹介されて週に一回ずつ指圧と鍼《はり》治療に通った。生まれてはじめて受ける指圧は悲鳴をあげるほど痛く、終わるといつもぐったりとして、アパートに帰り着くのもやっとのありさまだった。そこへいくと鍼はなかなか気持ちがよい。上半身裸になって肩や首に何本も鍼を打ってもらい、この鍼に電極をつないで電気を通してもらうと、筋肉がぴくぴくと勝手に波打つ。上空には笠付きの電灯に似た小型温熱器があって、背中をぽかぽかと照らしているから、気持ちがよくて私はいつも眠ってしまって毎度先生に揺り起こされた。

まあこんなことを長々と書いていてもしようがないが、こんな病人状態はその年の秋まで続いた。気力の萎《な》えは、精神的なショックもいくらかは作用したのだろう。こんなリハビリ中は、仕事らしいことは結局何もできなかった。その間、龍臥亭で知り合った人とちょっとした関わりもあったりしたが——、と書くと読者はすわ里美《さとみ》のことかと勘繰られるだろうが、これはノーコメントである。近頃そういう問い合わせが多いが、手紙で訊《き》かれても何も応えませんのでそのつもりで。たいしたことでもないし、書くとしても別の機会に譲る。

左手が駄目になっている時はむろんワープロが打てないし、ギプスが取れてからも、しばらくの間は使いものにならない。人間の体の動きのメカニズムは微妙で、一週間もベッドに寝たままでいたらもう歩き方を忘れるそうだが、一ヵ月ほど左手に何もさせずにいたら、ワープロの打ち方をきれいに忘れてしまった。かといってワープロに馴れてしまった今、手書きで原稿を書く気にはなれないので、その間の私はぐずぐずと本を読んだり、過去の資料の整理などをしてすごした。

私の手もとにある資料は、もちろんすべて、御手洗《みたらい》が日本にいた時代、一緒に関わった数々の事件を語るもので、私一人の体験などはない。しかしこのたび、たったひとつだけだが例外ができた。岡山県貝繁村で死亡した人たちのことを伝える小さな新聞記事である。この記事は横浜の新聞には出なかったが、中国新聞には載ったそうで、関係者が切り抜いて私に送ってくれたのだ。こういったものや、二、三の資料、そして未整理だった以前の事件の資料なども、この機会にと思って加えた。

このファイルは、年代順にすでに何冊も作っている。終わったので私は、大型のファイル帳をなんとなく繰っていたら、黒人男性の写真を含む、大きな新聞の切り抜きにぶつかった。続くページはグラフ誌の切り抜きで、こちらにも同じ人物の写真が中央にある。グラフ誌の方は新聞より紙が上質だから、気むずかしそうな老人の表情は鮮明だった。すっかり忘れていたが、写真を眺め、記事の文章を読んでいたら、この記事を切り抜いた当時の自分の驚きや、しみじみとした感動がありありと甦《よみがえ》り、同時に、このエピソードはまだ読者に語っていなかったことにも気づいた。早いもので、あれからもう五年という歳月が経った。

私の作ったファイルは、その内容から大きく二種類に分かれる。ひとつ目はむろん事件の資料であり、これが最重要な部分であることは言うを待たない。そしてこの事件も、弁護士ふうに言えば刑事と民事とに分かれることになる。しかし私はこれらを、そういう基準で分類することはしていない。ファイル中ではランダムに混在する。両者の比重は、どちらかというと逮捕で終わるような刑事事案が多いが、民事事件も負けないほどに多くあり、双方ともに読者の興味を引けそうな奇怪な様相のものや、不可解な印象の出来事の記録がまだまだ残っている。

読者にたびたびせかされるので、私としても早くこれらを筆にしたいのはやまやまなのだが、書けばああの事件かと読者に気づかれるようなものが多いので、仮名《かめい》を用いても当事者の名誉を毀損《きそん》しかねない。したがって現時点ではまだ公表はむずかしい。これらの事件の資料は、現在私のデスクの抽斗《ひきだし》の奥で、熟成を待つブランデーのように時機の到来を待っている。今後はおりを見て、無難なものから順次発表していけるだろう。

残るもう一種類は、事件とはならなかったものの記録である。怪我をしたり傷ついたりした人は出ず、友人の分析的能力が格別鋭く発揮されたわけでもないのだが、私のうちに、長く忘れられないような思い出を残したエピソードである。

奇怪な事件はその不可思議さでいつも私を恐怖させ、これに対して御手洗が示す分析能力は必ず私を驚かせたが、時として、なんでもない出来事なのに、それらに負けないほどに私の心に残るものがある。この新聞記事とグラフ誌が語る一九九〇年十二月のこれが、まさしくそういうものだった。

2

御手洗とのつき合いから頻繁に実事件に関わるようになり、思うのだが、どんな陰惨な事件も、時を経れば追憶に甘みが出る。それはまさしくただの酸っぱい水が酒に変わっていく過程なのだが、同時に他人事《ひとごと》たる残酷な事件が、ますます他人事になっていく過程と言えないこともない。派手な事件はどうしても人の関心を引く。それが他人の不幸であれば、しばらくは考えることにも躊躇が湧くのだが、時さえ経てば話題にするのにも気兼ねがなくなる。午後のお茶の時間、ローマ帝国の滅亡のドラマを手軽な話題にするようなものだ。今われわれがこれをお茶の話題にしても、古代ローマ人を傷つけることを気に病む必要はない。

だが追憶の甘さにも種類があり、事件によって味が違う。そして中にはまるで真空パックした料理のように、発生時以降いつまで時が経っても味が変わらないものもある。私にとって、今から語ろうとするものがそうだ。あれは御手洗がしきりに何かを考え込んで、私の持ち出す話題に全然関心を示さなかった時期だと思う。まあそうは言っても、いつも大なり小なりそんなふうではあるのだが、この時の彼は特に、私の声がまるで耳に届かないらしかった。

一九九〇年も押し詰り、馬車道《ばしやみち》の商店街のあちらこちらから、ジングルベルとかホワイト・クリスマスのメロディが間断なく聞こえはじめた十二月の中旬だったと思う。今こうして思い出しはじめても、なにやら現実感がない。私の住み暮らす平凡な横浜のひと部屋が、世界の歴史と直結しているように私に感じさせた、あれは出来事だった。午前中、突然私のところに電話が入ったのだ。それが始まりだった。声の主はまだ若いふうで、もの馴れた様子がなかった。横浜のある高等学校の、英語研究会の者なんですと自分のことを語った。緊張しているのか声が少しぎこちなく、わずかに震えているようだった。

実は今度の二十三日の日曜日に、「手作りコンサート」と銘うって、ぼくらはI町市民会館で、外国人高校生の身障者の人を楽しませるためのコンサートを開くんです、と彼は言った。本当はクリスマス・イヴの日にしたかったんですけど、それでは学校が終わってしまってまずいから、その前日にしました。自分たちが企画して、会場借りて、ティケット売って、舞台の飾りつけとか採点のカードとかも全部手作りですから、今その準備に追われているところなんです、と言う。外国人の身障者という言い方が耳新しかったので、そういう人は日本にいるのかと訊いたら、大勢いるという返事である。アメリカン・スクールにそういう生徒のための特殊クラスがあり、自分たちは英語の好きな者の集まりなのだが、生の英語に触れる機会を兼ね、車椅子を押すなどのヴォランティア活動をして、この特殊クラスの外国人生徒の世話をしているのだと言う。そう言われると英語に弱い私などは、二重の意味で頭が下がる。

コンサートの出演者はみんな高校生のアマチュア・バンドで、ロック・バンドもフォーク・バンドもあって、その数は十一もあるから、当日はこれらのバンドの採点をアメリカの身障者の学生代表にやってもらって、コンテスト形式にしたい。優勝者には賞状も授与したいのだと言う。非常にささやかな演奏会のようだった。

彼は言う。十一バンドもあれば数は充分だし、時間も持つとは思うけれど、何と言ってもみんな素人で、しかも高校生バンドばかりだから力量は知れている。おまけにみんな歌入りのポップ・バンドで、ジャズとかフュージョン系の本格テクニック派がいない。アメリカン・スクールの学生たちは耳も肥えているだろうから、プロのミュージシャンがゲストとして来てくれたら最高なんですと言った。

私はひたすら相槌《あいづち》を打ちながら聞いていた。話の内容は、音楽にあまり詳しくない私にも解ったが、だから彼がこちらに何を要求しているのかが解らなかった。彼は続ける。でもぼくらは予算がないから、日本のプロの人呼んでも払えるお金がないし、諦《あきら》めていたら、仲間がふと思いついたんです、とそこまで言って彼は口ごもる。その先を口にするのは遠慮らしかった。私はじっと待っていた。

自分らのサークルの者はミステリーも好きで、石岡《いしおか》先生が書かれるものをみんな読んでいます、と彼はいきなり言いだした。だからみんな御手洗先生の大ファンですと言うので、私は急いで礼を言った。そうしたら彼も少し話しやすくなったらしく、続きが始まった。それでぼくらは思いついたんですけど、もしかして御手洗先生はどうかなと思って。すごく恐れ多いことですけど、あの人のギターはプロのミュージシャン顔負けだっていう話だし、駄目でもともとと思ってこうして思い切って電話してみたんです。お金も全然払えないし、毎日お忙しいと思うから、とても無理だとは思ったんですけど、みんなが言うから、こうして一応電話してみました。当日来るアメリカン・スクールの生徒にも、御手洗先生のファンがいます。日本語読める人が、本の内容を英語で話してあげているんだそうです。だからもし来てもらえたら、みんな大喜びします。御手洗先生とか石岡さんなら、ぼくらのこの気持ちも、解ってもらえるかもしれないと思って。

私は聞いていて、反応の言葉に困った。感激屋の私は、すでに気持ちを動かされていたのだ。彼の気持ちももちろん解ったが、なにより言葉の通じない異国で、どんなにか苦しいだろう身障者の外国人青年たちの気持ちが理解できた。そこで私はこう即答した。うん解った、とてもいい会みたいだね、ぼくは大賛成だよ、だから今から御手洗を口説いてみます。今忙しいふうだけど、なに、ひと晩くらいどうということはないはずだ、きっと口説いてみせますよ、そう言って請け合ったのだ。

彼はすると、それまでの暗い声からは予想もできなかったほど明るい声になって、本当ですか？　と叫ぶように言った。彼の言葉から、突然ぎこちない調子が消えた。もし来てもらえたら、どんなに嬉《うれ》しいか解りません。とても光栄なことです。そして自分の家の電話番号を告げ、私に向かって馴れない社交辞令を懸命に言い、何度も何度も礼を言って電話を切った。

私はすぐに御手洗の部屋の前まで行ってノックをした。無愛想な声が戻ってきたから中に入ると、彼はベッドに仰向けに寝て、両腕を枕に何事か考え込んでいるようだった。天井を睨《にら》んでいて、こちらには一瞥《いちべつ》も向けてはこない。いつものことだから私は気にかけず、たった今受けたばかりの電話の内容を、一言一句漏らさずに伝えた。しかし不思議なくらいに反応がないので、私は不安になって言った。

「君の力を必要としているんだぜ。そりゃこれは別に難事件ってわけじゃないけど、君以外の人じゃできないってことには変わりがない。君が、まさかお金が出せない高校生だから断るなんて人間じゃないことは、ぼくはよく知っている」

するとは、ぼんやりした目をやっとこちらに向けた。

「ああ、お金なんて問題じゃないさ」

彼は言い、むっくりと起きあがった。

「だけど時間がない、ほかの日ならなんとかなったろうが、クリスマス・イヴの前日だけは駄目なんだ。アメリカから大事なお客さんが来るんだよ」

そして床に足をおろし、爪先をゆっくりとスリッパに入れた。私は焦《あせ》って訊き返した。冗談じゃないという思いだった。

「大事なお客さんだって？」

御手洗はベッドからおり、立ちあがる。髪を両手で背後に向かって掻《か》きあげた。そして面倒臭そうに言う。

「そうさ、ぼくはもう約束しちゃったんだ。彼としても、この日一日しかないんだよ、残念だがね」

言いながら御手洗は部屋を出ていく。私も続いた。衝立《ついたて》の脇を通ってキッチンに入り、鍋に水を注いでコンロにかけ、ガスに点火する。私は彼の体を追いかけ続け、ずっと密着した。

「御手洗君、純真な高校生なんだ」

私は言った。

「その彼らが、誠意からヴォランティア活動をしている。アメリカン・スクールの身障者は、言葉の通じない異国で、身体障害に悩んでいる。ずっと車椅子の生活なんだよ。高校生の彼らは、そういう人たちを慰《なぐさ》めようと、全部手作りでコンサートを企画している。無償奉仕なんだよ。そういう彼らの誠意が解らない君じゃあるまい」

「解るさ、ちょっとそこどいてくれ、ティーバッグが取れない。嫌だと言っているんじゃない、ほかの日なら考えてもいい。ギターを弾くだけじゃなく、お喋《しゃべ》りをしてテイケットを引き受けてもいい。しかし二十三日は前々から予定が入っているんだよ。もう変えられないんだ」

「ぼくは聞いていない」

「そうだったかな」

「全然聞いていない」

「全部の予定を君の耳には入れられない」

「世の中にはとても大事なことがある、そうだったね」

「ああそうだ。人それぞれ何物にも代えがたいものがある。君にとってはアイドル歌手のCDだろうし、ぼくにとってはお茶を飲んでものを考える時間だ、ちょっと邪魔をしないでくれないか」

「人の真心に応えることだ、そう言っていなかったか?」

「言ったかな?」

「これ以上の真心が世の中にあるのか? 十二月二十三日の宵《よい》に予定が入っているなんて、ぼくはちっとも聞いていない」

「ぼくも聞いていなかったぞ、おととい君が森真理子《もりまりこ》さんと食事の約束をしていたなんてね。それがわれわれの運命なのさ、互いに腹を探り合い、秘密の中を独立独歩で生きていくのさ、お茶もこうして自分で淹《い》れる、食事も各自自分で作る」

「話を逸《そ》らすなよ。じゃ君は、高校生からのコンサート出演の依頼を断るって言うのか? 英語研究会のメンバーは、みんなわれわれの本を読んでいて、君の大ファンだって言うんだぞ。今度のは、PTAのおばさんたちが君に会いたがっているわけじゃない」

「できれば顔を見せてあげたいね」

「これ以上の真心が世の中にあるんだろうか」

「真心の問題じゃない、ただのスケジュールの問題だ。問題をむずかしくしないでくれよ」

「断るのは君らしくない。百万円積まれて無理に演奏依頼をされているというのだったら解るが」

「それは君の趣味の問題だ。世の中にはできることとできないことがある。例えば君だって……」

「アイドル歌謡のCDくらい捨てたっていい！」

私は先廻りして言った。

「ついでにギャル・タレントの写真集も捨てようか？　それにぼくはアイドル歌謡ばかりが好きなんじゃない、ビートルズも好きだ。でもいくら頼んでも、君はちっとも弾いてくれないじゃないか。ぼくは感動したんだ。この高校生の依頼と引換なら、何だって捨てていいぞ」

「じゃああのヴィデオの山もお願いしたいね」

御手洗は遠慮なく言った。

「ああ、君と趣味が違うから……、いいとも、君がこのコンサートに出てくれるなら処分しようじゃないか」

「本棚を占拠している『自分に克つ』とか、『ユダヤ商法ここが違う』なんて本も頼むよ」

「君はそんなにぼくの趣味が気にいらなかったのか？　今回もそうなのか？　高校生のお遊びには時間が割《さ》けないのは、ぼくとの趣味の違いなのか？　君はこんなことには感動できないと」

「そうは言ってないさ」

御手洗はうんざりして言う。

「じゃ、どうしたら君は彼らに顔を見せてくれるんだ？」

「耳の不自由な水牛みたいだな石岡君、突進あるのみか。お茶でも飲んで落ちつかないか」

「なんとでも言ってくれ、でもぼくの顔を潰《つぶ》さないでくれ、たとえ相手が高校生でも、志《こころざし》の高貴さに高低はない」

「コンサートの趣旨はよく解ったよ石岡君。依頼の相手が高校生だろうと小学生だろうと関係はない」

「じゃいいのか？」

御手洗は大袈裟にうなだれた。

「先約があるんだって言っているだろう」

「ぼくはもう引き請けてしまった。ぼくの顔を潰すのか？」

「悪いが断ってくれたまえ、できることとできないことがあるんだ」

「いったいこれ以上どんな重大事があるんだ？　ファンを大事にしないとあとで泣きを見るぞ、ぼくらの本もちっとも売れなくなって、ぼくらは一緒に物乞いしなくちゃならなくなるぞ、それでいいのか」

「物乞いはアメリカでは立派な職業だ。ライセンスまで発行されている」

「ここは日本だ御手洗君、ぼくは日本の話をしているんだ！」

「一緒にアメリカに行ってやろうじゃないか、百ドルくらいでポンコツ車を買って、夜はその中で眠ればいい。昼は公園のベンチで眠って気楽なものだぜ。コインランドリーで頑張っていて、みんなの洗濯物を受け取って、洗って畳んでおいてやるっていうのもいいね、そうすればティップで生活ができるんだ」

「君が一人でやれ、ぼくはごめんだ」

「石岡君、飲まないか？」

鍋に煮立ったお湯を、ティーバッグを放り込んだカップに注ぎながら御手洗は言った。沸騰しているものだから、お湯の飛沫《しぶき》が音をたてながら派手にあちこちに飛んだ。

「一人一人でやろうじゃないか御手洗君、君がこの話を断るなら、これからはそう覚悟してもらおう。ぼくは非人情な男に淹れてもらったお茶は飲みたくない。君も今夜から、ぼくが作った鯖《さば》の味噌煮は諦めてもらおう。一人でラーメンを作って、部屋で食べてくれよ」

「解らない男だね君も。アメリカから来た男の方は放っておいても非人情じゃないのか？」

「アメリカからわざわざ来るのなら、時間は用意してあるだろう。それともアメリカから二十三日の朝飛んで来て、二十四日の早朝には帰るってのか？　会うのは前の日でも、その翌日でもいいじゃないか。いくらでも時間はあるはずだ。二十三日一日、いや夕刻の一時間くらい放っておいても殺されはしないだろう。高校生たちのコンサートは、この日のこの時刻しかないんだ。時間がないなら、君はとりに出てくればいい。八時くらいにI町市民会館の会場に来て、ちょっとギターを弾いて、すぐに帰ってくれてもいいんだ」

「友人はたいへんに忙しい男なんだ、本当にこの日一日しか空いていないんだよ。いずれ理由を知ったら君も納得するさ。万難を排して、この日に会っておかなくちゃならないんだ。これはとても大事なことなんだ」

「どんなことがあろうと、ぼくは納得なんてしない」

「それに石岡君……」

ティーカップを持って彼は歩きだす。私もむろんついていく。ソファに行ってすわった。私も横にすわる。

「ギターをちょっと弾くといったって、電気ギターかい？　それともアクースティックかな。アクースティックなら、ＰＡが神経質だ、高校生にできるかな？　もし電気なら、バックはどうなっている？　電気ギターなら、一人じゃ様《さま》にならないよ。バック・バンドを誰かに頼まなくちゃならない。そうなれば練習も必要だ。高校生たちにちょっと頼んでブルースの進行で弾くといったって、多少は音合わせの必要がある。打ち合わせも全然しないで、八時にちょっと顔を出して、八時十分にさっさと帰るってわけにはいかない。だから今回だけはどうしても無理なんだ、是非解ってくれ」

「そんなに不人情な男だったのか、君は。やはり高校生からの依頼だから、君は断りたいんだ。これがちゃんとしたプロからのコンサート、ゲスト出演の依頼だったら君は行くだろう」

「百万円で引き請けて、家計の足しにするかな。君がもし今のぼくの頭の中を覗けたら、そんなことは決して言わないだろうな、今ぼくの考えていることを解ればね」

「解らないとは思わないね」

私も冷ややかに言ってやった。

「君はおとといあたりから何かいらいら、せかせかしている。頭の中でまた何か考え続けているんだろう」

「それが解っているんだったら、何も言わないでくれよ、否定はしない、ぼくは今とても忙しい」

「だからアメリカから友人が来るとかなんとか、それにかこつけてるんだ。本当は自分のやりたいことをやりたいんだ。だから高校生のお遊びにつき合っている気分にはなれないんだ」

「気分の問題じゃない、物理的に時間がないんだ」

「アメリカの友人はまた来るかもしれないじゃないか。それに君はそんな風来坊だ、君がちょいとアメリカに行くのは、なんの造作もないことだろう。どうして今回はそんなにこだわるんだ」

「石岡君、それは逆なんだ。この次はもうないんだよ、高校生たちのコンサートこそ、来年またあるかもしれない。そうしたら、来年こそは出ようじゃないか。今から予約しておいてくれたら、きっと予定しておく。約束したなら、ぼくは破ることはしないよ」

「まるで大演奏家だな、そんなに偉いのか君は。高校生の真心の『手作りコンサート』よりも、その友人に会うことの方が大事なのか」

「申し訳ないね石岡君。答えはイエスだ」

「なんてエゴイストなんだ！」

「見解の相違だね」

「ぼくは大演奏家だ、だからスケジュールは自分じゃ解らない。ちょっと秘書に電話してくれたまえ、来年の末までスケジュールはいっぱいだろうが、来年のクリスマス頃なら何とかなるだろう、か。たいしたものだな。電話してきた彼は、三年生だって言ってた。来春にはもう卒業してしまうんだよ。だから来年はないんだ」

「それはとても残念だね。彼の命が危ないとでもいうなら考えよう。だがそうじゃないのなら、悪いが結論は変わらない。この世界には、できることとできないことがある。間《ま》が悪かったんだ」

「だがね、御手洗君……」

私が言いかけると、御手洗はさっと右手をあげて制した。

「議論はもうこれまでだ。あとはもう繰り返しになるだけだ。できないことはできない、誰が何と言おうとだ。それを無理じいするのはわがままというものだよ。高校生の彼には、申し訳ないとぼくが謝っていたと伝えてくれないか。翌日でいいなら部屋に遊びに行く。ここに来たいなら、どうぞ来てもらってかまわない。だが、二十三日の夜だけは駄目なんだ。悪いね、ではぼくはもう出かけなくちゃならない。帰りは遅くなるかもしれない。このカップは、嫌なら洗わないでそこらに置いておいてくれていい。帰ってからぼくがやるし、鯖の味噌煮は諦めよう」

お茶を飲み終わり、御手洗はせかせかと立ちあがった。部屋にあるコートを取るため、くるりと私に背を向けた。一度言いだしたら、てこでも動かない男だ。だからその背中に向かって私は言った。

「今ぼくがどんなにがっかりしているか、到底君には解らないだろうな」

御手洗は何も言わなかった。それでしばらく沈黙ができた。

ドアを開け、自室に入り、コートを取ってまた出てきた。首の左右にはマフラーの両端をぶらさげており、ゆっくりとショート・コートを羽織っていた。

「世の中の弱い立場の人のために、骨身を惜しまないのが君だと思っていた。たいした勘違いだったな。これからは認識をあらためよう。外国人の友人のためなら、真心も踏みにじる男だとね」

「紙に書いて壁に貼っておいたら?」

御手洗は言った。

「身障者で、車椅子で、おまけに外国人だ。これ以上弱い立場の人が世の中にいるのかい? 言いたくないが、もしかすると今日のは、ぼくの生涯最大級の失望だぜ」

「弱い立場の人は、世の中にたくさんいる。だがぼくは一人だ、できることは限られる」

言いおいて御手洗は、せかせかと玄関に向かう。

「どんなに大事な友人か知らないが、君はこの頃堕落したんじゃないか」

腹がたったから、私は言ってやった。

「それが現実だよ石岡君」

背中を見せたまま、彼は言った。

「人間は成長する、いつまでも聖人君子じゃいられないさ」

そして彼はドアを閉めた。

3

この時の私がどんなに面目ない思いがしたか、電話をしてきた佐久間《さくま》君という高校生に報告の電話をするのがどんなに辛《つら》かったか、ちょっと表現ができないくらいだ。高校生なら帰っているだろうと思われる午後の七時に電話をしたのだが、電話に出たのは彼のお母さんと思われる人で、息子さんをと言うと、「手作りコンサート」の準備とかで、まだ帰ってきていないんですよと言った。連日深夜まで頑張っているという。受験前なのに、とても心配だと彼女は私にまで言った。

そう聞くと、彼がこのコンサート実現にどんなに打ち込んでいるかが解り、断られたと告げるのがますます苦しくなった。が、言わないわけにもいかないので、お帰りになったらこちらに電話をくれるようにと言って、電話を切った。石岡と言うと、ひょっとして母親は事情を知っているかと思ったが、何も聞いていないようで、石岡さんですね？　と念を押し、はじめて聞く名前に怪訝《けげん》そうだった。

十一時頃、彼から電話が入った。二度目だからうちとけ、弾んだ声で、はじめて電話をしてきた時とは別人のようだった。お電話いただいたようで、と彼は言った。そして、今I町市民会館から帰ってきたところで、舞台の飾りつけもほぼ終わり、十点満点での採点カードの作製もやっと終わった、今日は、点数出す時にともす審査員席の白色電球の取り付けと、配線をやっていたんですと言った。まったく夢中のようだったから、私は無力感でいっぱいだった。最近の高校生には、すれからしたような不良も少なくないと聞く。特に横浜にはその手の高校生が多いそうだが、彼にはそんな様子が微塵《みじん》もなく、純粋で誠実なエネルギーに突き動かされて行動しているというふうだった。

お母さん、君の受験のことを心配していたよ、と私はまず言った。彼を満たしている情熱に水をさすのが恐くて、御手洗に断られたことを開口一番では言いたくなかった。だから本題に入る前に、まずクッションをもくろんだのだ。すると彼は言う。ええ、でもぼくは内申書はたぶん悪くないと思うし、目指してるのは英語系の大学だから、これも勉強の内なんです。それに御手洗さんが来てくれるって言ったら、学校中に伝わってしまって、関係ない子まで大勢手伝いにきてくれるようになっちゃって、みんな徹夜してでも頑張るって言ってはりきってますから、ぼくが頑張らないわけにはいきません。もともとの言いだしっぺはぼくなんですから。今日はみんな手分けして、自分の家から鉢植えの花持ってきてくれたので、舞台が花でいっぱいになりました。

そう聞いて私は、ますます言いだせなくなった。高校時代の自分は、こんな価値のある活動をやってはこなかった。それに彼の年代の頃に、彼のようにもっと積極的に英語に取り組んでいたら、今こんなにも英語コンプレックスに悩むことはなかった。

私が沈黙がちになったので、御手洗さん、引き請けてくださいましたでしょうか、と彼はおずおず訊いてきた。しかしその声は相変わらず明るく、屈託がなく、私を信じきっている様子だった。私が請け合った以上、御手洗が断ってくるなど考えてもいないふうで、追い詰められて私は、御手洗を激しく怨んだ。

本当に申し訳ない、と私は始めた。この苦痛の時間よ早く終わってくれ、と祈りたい気分だった。御手洗なんだけれど、その前の日でも後の日でもいいと言うんだ。でも十二月二十三日だけは、前々から予定が入っていてどうしても駄目だと言うんだ。ぼくもそのことは聞いていなくて、あわてて食いさがったんだけど、どうしてもどうしても駄目だって言うんだ。引き請けながら本当に申し訳ないんだけど、そしてずいぶん口説いたんだけど、ぼくとしてももうどうしようもなかった。小声ながら、私は一気にまくしたてた。そうしたら、沈黙が私を待っていた。私の気持ちは沈んだ。

ああそうですか、と彼は、ややあって残念そうに言った。みんな、残念がるだろうなあ、とつぶやくように言う。私がそうであったように、彼もまた、仲間の手前面子《メンツ》を失うだろう、私は想像した。繕《つくろ》う言葉がなかった。

でもしようがないです。コンサートの日取りがこんなに近づいてきていきなりなんですから、御手洗さんも予定あると思います、男らしく彼は言った。みんな、御手洗さんが来るって言っても半信半疑だったから、だからこれでいいんです。そういう彼の言葉に、私は心臓が冷えた。彼の活動のようなもののために、本来私のような者の存在はあるべきなのだが、私は務めを果たせなかった。

ああ、お詫びと言ってはなんだけど、と私は大あわてで言った。ぼくでよければ何でも協力するから、だからぼくにできること何かあったら言ってね。でもぼくはギターは弾けないけど。それに音痴だし、何かパフォーマンスやれと言われても駄目だけど。

はい、ありがとうございます、と彼は力なく言った。私にそう言われて、彼が戸惑うのが解った。私などにそんなことを言われても、仕事の割りふりようがないだろう。コンサートだから、ギタリストでもある御手洗に声がかかったのであって、音楽会に、音譜も読めず、アイドル歌謡を聴くだけが趣味といった無芸の男に仕事はない。

じゃあ、開会の挨拶をしていただけますでしょうか、と彼がこともなげに言った。え、と私は、内心心臓が止まるほどにぎくりとした。自慢ではないが私はあがり性で、口下手で、人前で話すのは大の苦手である。人の視線を遮って立っていることだって苦痛なくらいなのに、大勢の人前で何か話すなど思いもよらない。だから講演の類《たぐい》の依頼は、すべてお断りしている。彼としては私がもう年齢がいっているし、時に先生とも呼ばれる人種なのだから、学校の先生と同じように考えて、みなの前で喋ることくらいなんでもないと思っているのだ。

しかしこんな間の抜けた行きがかりでは、私には断る資格もない。も、もちろんかまわないけど、でもぼくなんかでいいのかなぁ、ぼくは音楽のことは何も知らないし、ヴォランティアの趣旨も全然理解していないし、英語はひと言も話せないし、ほかにもっとふさわしい人がいるんじゃないかと思う、例えば君の学校の先生とか。もしぼくに気を遣《つか》って言っているんだったら、それは全然無用のことだからね。ぼくが言ったのは、荷物運びとか、切符切りとかのことであって、と汗まみれで防戦したのだが、まるで効果はなかった。そんな仕事なんてもうとっくにみんなで分担してあるし、当日は、学校から先生は一人も来ないのだと一蹴《いっしゅう》された。抵抗のかいもなく私は、コンサート開会の挨拶、そして審査員の一人を引き請けさせられてしまい、また別の意味で落ち込むことになった。

彼としても、これは今訊こうと思っていたところだと言う。御手洗さんの返事聞いてからチラシやティケットを印刷しようと思っていたので、仲間が今家で自分の電話を待っているのだと言う。だからこの電話切ったらすぐに仲間に電話して、石岡さんは来てくださることになったとチラシに入れるのだと言った。あまり嬉しくはなかったのだが、責任上致し方がない。それまでを断れる人の悪さは、私は持ちあわせていなかった。舞台に上がったら、自分がいかに音楽に素人であるかの説明と、御手洗を口説き落とせなかったお詫びを言おうと心に決めた。

彼の口調から、今や当初の弾んだ調子は消えている。ああは言っているが、彼がいかに気落ちしているかが私にもはっきりと感じられ、気の毒でならなかった。それでも彼は、気力を奮いたたせるようにして無力な私に礼を言い、電話を切っていった。

彼と私とは、年齢は親子ほどにも違うはずだが、私は教えられた思いがしきりにした。それにしても感じるのは、御手洗への立腹だった。彼の不人情ぶりが私には信じられないとともに、ひどく悲しかった。御手洗は変わったと思った。以前なら、こんなことをするような人間ではなかった。

それで、その夜から御手洗とは冷たい戦争に入った。彼のために夕食など作る気はさらさらなかったし、となると自分一人の分だけを作るのも馬鹿馬鹿しく思われて、私は食事を表のレストランに行ってすませた。実は魚を買ってきていたのだが、冷凍庫に放り込んで凍らせた。

御手洗が帰ってきても、当然ひと言も言葉を交わす気はない。帰宅すると私はさっさと自室に籠《こも》り、読書したり、ヘッドフォンでビートルズのCDを聴いてすごした。この頃私は、何度目かのビートルズ狂いの日々をすごしていた。御手洗と出遭った当時は、むしろ御手洗の方がビートルズを好んでいて、私はなにかと彼に教えられた。彼はもともとはジャズの人なのだが、ビートルズだけは例外のようで、中期以降の彼らの創造性を気にいっている、といったセリフを何回か聞いた記憶がある。

音楽を聴きながら、そうか、高校生による今度の「手作りコンサート」で、もしビートルズ調のバンドが出るなら、私などにも採点ができるかもしれないと思いついたりした。私はなにもアイドル歌謡ばかりを聴いているわけではない。数は少ないが、英語の歌だって聴いている。ただ正直に言うと、私は歌なしでは寂しく聞こえる方で、そして歌入りなら、英語がからきしの私だから日本語の方がより感動できる。これは事実だ。そして同じ歌入りなら、男より若い女の子の声の方に魅《ひ》かれてしまう。残念ながらこのあたりは、まったく御手洗の言う通りなのであった。

しかしその頃の御手洗はといえば、もうビートルズは聴いているふうではなかった。この頃の彼は、ロックぽくなったジャズをしきりに聴いていて、以前はビートルズを自分なりにアレンジし、ギター曲ふうに弾いたりもしていたのに、この頃はいくら頼んでも拝んでも、ビートルズは弾いてくれなかった。そういう彼の態度は、なんとなくビートルズを軽んじているようにも受け取れて、これもまた私は気に入らなかった。ビートルズは私にとって唯一理解できる英語の歌で、これは言葉を替えて言えば、英語コンプレックスが強い私としては、自分が理解可能の音楽中の唯一高級な部分であったから、これまでを軽んじられては、私はまったく立つ瀬がなかった。

玄関のドアが開いて、御手洗が帰ってきたようだった。洗面所に行って手を洗い（この手を洗うという行為は、御手洗は実によくやる。一日に何度もやる。名は体《たい》を表すとはよく言ったものだ）、そのまま居間を横切って自室に入っていく気配。食事は外ですませてきたのだろう、厨房には興味を示さない。そうなるとまた少し寂しいような思いがするのは複雑だが、ドアがパタリと閉まり、あとはことりとも物音がしなくなる。このあと、アンプを通さない電気ギターの音がよく聞こえたりするのだが、このところはそれもない。今彼の頭を占めているのは全然別の何かであって、音楽ではないのだ。

私はまた内耳型のヘッドフォンを耳に入れ、「マジカル・ミステリー・ツアー」を聴くことにした。その頃はこれと、「ホワイト・アルバム」の四面目、「リヴォリューション・ナンバー9」を除いた部分を特に気にいっていた。

そしてこの時だった。不思議なことだが、私はようやく思い当たったのだった。この頃暇さえあればビートルズを聴いていたのに、全然考えてもみなかった。今年は一九九〇年、ジョン・レノンが殺されてちょうど十年目の年だ。おまけに十二月、ジョンが射殺されたのも一九八〇年の十二月だった。私はかなりびっくりした。まったく気づかずにいたからだ。

あの日のことはよく憶えている。一九八〇年の確か十二月八日だ。もう御手洗と出会ってから三年近い年月が経っていて、一緒に馬車道に引っ越してきてからもう一年が経っていた。そう考えると、彼とのつき合いも長いと気づかされるが、ビートルズは、むしろ御手洗と暮らすようになってから詳しくなった。

師走《しわす》のあの日、私は御手洗にステレオの部品を買ってきてくれるように頼まれ、一人秋葉原に出かけて、メモの品を求めて半日電気街をぶらついていた。そして黄昏時《たそがれ》に馬車道の部屋に帰りつき、ドアを開けた途端に彼からジョンの死を聞かされた。彼もさすがにショックを受けたようで、腕を組んでしきりに何か考え込んでいた。私はと言えば、誰もがきっとそうであったように、しばらく信じがたかった。しかしその頃私は、今ほどにはビートルズを知らなかったし、愛着も持ってはいなかったから、ショックは感じたものの、言ってみればショックを感じる資格がないような受けとめ方だった。だから割合余裕もあった。このとてつもない悲劇は、私などではなく、もっと別の人たちのためのものだった。

私にとってジョンの死の衝撃は、むしろそれから何年も経ち、ビートルズをよく聴くようになってからじわじわとやってきた。事件自体はそれはひどいことだったが、同時に私にとっても、八〇年前後といえばこの上なくひどい時代だったので、とても個人的な感じ方なのだが、妙に心にしっくりと来た。あり得ることのように納得したのである。あの頃なら、私だってそんなふうに命を落としていて不思議はない。八〇年前後、あれはとても危険な時代だった。

いずれにせよ、私にとってビートルズの死はそんなふうだ。どこまで行っても静かで、仲間とともに悲劇を共有し、涙を流すチャンスを逸した。出会いの熱狂にも遅れ、アルバム一枚一枚の成長ぶりに対する尊敬にも遅れ、そして死のショックにも出遅れた。私にとってのビートルズ体験は、簡単に言うとそんなふうだ。そして今、八日はもうとうにすぎている。ジョン・レノンの死の十周年もまた、私はこんなふうに一人でぼんやりと生きていたのだ。

4

御手洗との冷戦は、二十三日当日まで続いた。それまでの数日というもの、私は彼とはいっさいの口を利《き》かなかった。これが夫婦なら、さしずめ家庭内別居というやつだ。しかしそう思っていたのは、案外私だけかもしれなかったのだが。

あれ以降、もう口論の場面はなかった。私がベッドから起きだし、活動を開始する午前十時頃には友人はすでに出かけていて、帰宅してくるのは自室に籠った私が、そろそろベッドに入ろうかという頃合いだったから、エゴイストの同居人の不人情ぶりを面と向かってなじる機会は、二度と訪れなかった。

御手洗はひどく忙しそうで、ひょっとして悪いことをしたと思って、自分に顔を合わせまいとしているのかとも思ってみたが、考えてみればそんなことをいちいち気に病むような男ではない。彼としては、ただ自分のやりたい仕事がたくさんあるというだけなのだ。私に何を言われたかももう忘れているに違いない。

高校生の佐久間君とは、その後も何回か電話で話す機会があった。当日の打ち合わせをしなくてはならなかったからだ。家まで迎えにいきましょうかと彼が言うから、そんな偉い人でもないし、I町市民会館は知っているから、ちょっと距離はあるけれど、自分で歩いていくと言った。すると彼は、ではコンサートは夕刻五時からで、だいたい三時間くらいの予定なのですが、石岡先生は四時半くらいに小ホールの受付にいらしていただければいいですと言う。自分たちが借りているのは小ホールの方ですから、と彼は言った。

話しながら彼は小声になり、今御手洗さんそこにいるんですかと訊いた。少しでもいいから彼と口が利きたいようだった。冷たく断られても、彼はまだ御手洗のことが好きなのだ。気が知れないとまでは言わないが、一緒に暮らしていなければ、よいところしか見えない。御手洗は出かけている、そう私が言うと、ああそうですかと彼は言い、明らかに残念そうだった。しかし彼は、御手洗さん、出演の方はやっぱり駄目なんでしょうかといったような、往生際の悪い態度は決して見せなかった。

高校生たちだけのコンサートかと思ったが、会場のたぶん三分の一近くは父母も来るはずだと言う。これはつまり、出演バンドの家族である。となると、開会のスピーチもあまりいい加減なことは言えないように思われた。アメリカン・スクールのバンドも四組くらい出るし、審査員は石岡先生を除いてみんな外国人だし、父母にも外国人がいますから、スピーチには英語を混じえてもらってもいいですと彼に言われ、じょ、冗談じゃないとばかりに私は即座に断った。めっそうもない、そんなことができるようなら苦労はしない。

それでコンサート当日が近づくにつれ、私は自室で一人、ぶつぶつと開会の挨拶の練習をしてすごした。レポート用紙に挨拶の文面を書き、憶え、暗唱するのだが、当日、暗い足もとに整列しているだろう観客の無数の顔を想像したら、簡単なこれが全然頭に入らない。だんだんに食欲までなくなるありさまだったから、これは駄目だ、格好をつけず、舞台上でメモを読もうと決めた。

それにしてもいつも思うことだが、作家と名のつく職業人は、よく「講演」ということをやる。それも二時間も三時間もである。これが作家という人間の仕事の一部と一般に考えられているらしい。私にはこれがまた全然解らない。読者と同じただの人間が、本を何冊か出したら、どうして人前で長々と喋るような大それたことができるようになるというのだろう。みながそう考える理由が、私には理解できない。自分がそんなことをする際を想像したら、緊張でショック死しそうになる。ほんの三十秒の(そんなにもないかもしれない)挨拶でさえこれなのだ。

私は一生、講演などという大それた真似はできないに違いない。とすれば、たぶん私は作家ではないのだろう。いやたぶんではない、まったくの言葉通り、私は作家ではない。そんな偉そうな人ではないのだ。私は単に御手洗という友人の仕事の記録者であり、彼の推理理論の注釈家程度の存在にすぎない。人を集めて主張すべきどんな思想も、私は持ち合わせてはいない。自慢ではないが、これは胸を張って言える。

いよいよ二十三日の朝となった。緊張のあまり、私は前夜よく眠れずにいた。開会の挨拶くらいでこれなのだから、講演だったらいったいどんなことになるのであろう。考えるだに恐ろしい。

あれは午前十時くらいのことであったろうか、睡眠不充分なのでまだ起きる気にはなれず、かといっていつもはもう起きる頃合いなので、なかなか眠りの内に戻ることもできない。それで私は、頭から布団をかぶったまま、しばらく悶々と寝床の中にいた。私の狭い部屋は、どういうわけか窓がないので（これは前の住民がカメラマンで、暗室にするために潰したらしい）、寝坊したい時にはまことに具合いがいい。このまま明日の朝までだって眠っていられる。しかし時間が解らないから、早く起きなくてはならない時は地獄で、だから目覚まし時計二個は必需品である。

半分眠り、半分覚醒したような気分の底で、私は玄関のドアがノックされ続けているのを聞いていた。眠りが徐々に覚醒し、私はぼんやりと、この音が夢なのか現実なのかと考えた。枕の上で目を開き、枕もとのスタンドをともし、暗い天井をしばらく見ていたら、またどんどんと音がする。現実だ、と知り、私はあわてて跳ね起きた。寒いのでサイドテーブルに置いていたガウンを引っかけ、「はーい」と大声を出しながら玄関まで飛んでいった。

急いでドアを引き開けると、そこに一人の痩《や》せた黒人が立っていた。ぎくりとする。ひょっとして日本語を話さないのだろうかと心配したのだ。しかしここは日本だし、この国に住んでいるのなら、まさかまったく日本語を解さないということもあるまいと考え直した。

大きなサングラスをかけ、見るからに高級品らしい革のジャンパーを着ていた。外国人にしては背はそれほど高くはなく、私くらいだったろうか。外国人だったから、今日のコンサートの関係の人かと考えた。しかしそれにしては年齢が行きすぎているし、一人で来るのも妙だ。黒人の歳は解りにくいが、すでにもう老人のように見えた。

あ、と言い、緊張のままに私がぺこりと頭をさげると、彼はにこりともせず、「ハイ」とまず、ひどく嗄《しゃが》れた声で言った。それからまさかと思った悪い予想の通り、彼の口からずらずらと英語が出てきた。私にはまったくひと言も解らないから、師走というのに例によって全身から汗が噴き出す。解らなかったのは、英語だからというだけではない。彼の声がひどくかすれ、無理をして喉から絞り出しているような様子だったからである。苦し気なきしり音が、かろうじて言語になっているというふうで、だからこれがたとえ日本語であっても、非常に聞き取り辛かったろうと思う。私はまったく、なにひとつ解らなかった。

私が痴呆のようにだんまりで突っ立っているので、彼は呆れ果てたようにちょっと笑い、両手を広げた。その様子に、あるかなしかの私の自尊心はいたく傷つき、劣等感の井戸の底にすとんと落ちた。こうなると私は、正気を失って変なことをやりだすのが自分で解っていたので、私はできるだけじっとしていようと考えた。英語が解らないのは誰でもない自分のせいなのだから、誰を怨むこともできない。

彼が、私の体の脇につと手を伸ばしてきた。何をされるのかと思ってぎくとしたら、彼はドアをついと押し開けただけだ。そして首をかしげ、中を覗くふうである。

この時彼の体から、高そうなオー・デ・トワレの香りがした。

それから老人は、私の肩にぽんと手を置いた。そしてわずかに微笑《ほほえ》み、体をゆっくりとはすにした。諦め、帰ろうとしている。緊張の極《きわみ》にあった私だが、この時ようやく、彼が御手洗を探しているのかと見当がついた。それで、

「あの、御手洗、でしょうか」

と私は、断るまでもないだろうが日本語で言った。するとこれが通じたらしく、彼は「ヤ」と言って頷《うなず》いたのだ。

「あ、ちょ、ちょっと待ってください、今部屋見てきます！」

私はまた日本語で言って、御手洗の部屋のドアの前まで走っていった。どうしてこの程度の英語も出ないのだろうと、われながら心底不思議だった。部屋のドアをどんどんと叩き、返事がないからがばと開けてもみたが、彼の姿はない。

私は汗をだらだらと流しながら、また小走りで玄関にとって返した。もう駄目だ、もうどうしていいか解らない、といったパニック寸前だった。

「あの、あの、今いません、どこかに行きました。今いません！　今いません！」

悲鳴のように繰り返しながら、気づくと私は両手を滅茶苦茶に振り回し、まったく意味もなにもないジェスチャーをやっているのだった。その時だった。

「オウ、ハーイ」という明るい声が廊下でして、御手洗らしい足音が階段を上がって

くるふうだ。黒人の彼も何か声を出し、少し階段をくだって迎えにいくふうだ。御手洗が帰ってきた！　そう思うと私は安堵の虚脱で、その場にへなへなと膝をつきそうになった。

御手洗は、黒人と肩を組むようにして部屋に入ってくる。年齢は親子ほどにも違うようだが、仲がよさそうだ。どうやら旧知の間柄といったところらしかった。御手洗が英語で私を紹介した。その時、黒人がサングラスを取った。するとその下から、まるで射るようにするどい視線が現れたので、私はぎょっとして立ち尽くした。こんな眼光に、私は今まで出遭ったことがない。インドの予言者のようだと思った。同時に私は、この老人は、このただならぬ眼光を隠すため、これまでサングラスをしていたのかと考えた。

私は、汗ばみ紅潮しているに違いない顔を、またぺこりとさげた。すると彼は右手を差し出し、握手を求めてくるふうだ。顔つきに似ない、案外気さくな様子に戸惑いながら私がその手を握ると、彼は私の極限的動揺を見透かすようににやりとする。笑う時も、大きな鋭い目の印象はいささかも変化しない。それで私はというと、どうしたことか自分の意志でなく、またしても反射的に頭をぺこりとさげてしまうのだ。彼は、また私の左の二の腕あたりをぽんと叩く。自分の身についた卑屈さに愛想が尽きる思いだ。私は、どうやっても堂々と振る舞えない人間なのである。

御手洗がソファを勧めている。黒人は少し足を引きずるような歩き方で寄っていき、ゆっくりと腰をおろした。すると御手洗は、

「石岡君、熱い紅茶を頼むよ！」

と明るい大声で言った。さも当然のような口調である。すると私もまた、緊張から解放された安堵のせいか、喧嘩をしていたこともすっかり忘れ、大あわてで厨房に飛んでいくや、夢中で紅茶を淹れてしまうのだった。

盆に載せた紅茶を運んでいくと、二人は夢中で何ごとか話し込んでいる。そして紅茶を半分も飲むと、話がまとまったらしく、揃って立ちあがった。どうやら一緒に表に出ていく風情だ。老人が、私に向かってちょっと右手を上げていった。すると私は、恐ろしいことにまたしてもぺこりと頭をさげてしまうのである。紅茶のことといい、長年で身についた習性とは恐ろしいもので、私の脳の回路には、これ以外の反応動作がインプットされていないのだ。

ぱたんとドアが閉まり、部屋には気の抜けたような静寂が戻る。虚脱し、私はソファにすとんと腰をおろしてしまう。そしてこの時にいたって私は、ようやく自分がまだパジャマを着ていたことにも気づいたのだった。しばらくすわっていると、別にそんなことなど考えてもいないのに、「ちょっと待って」は「ジャスト・モーメント」だったと思い出すのである。今頃思いついてもなんにもならないのに、続いて「今い

ません、今いません」と頭の壊れたオウムみたいに繰り返さないで、「マイ・フレンド・イズ・アウト・ナウ」とかなんとか言えばよかった、などとしきりに悔やまれてくる。必要がなくなってから、英訳は快調に進むのである。そうなるともう「ジャスト・モーメント」と、「マイ・フレンド・イズ・アウト・ナウ」が頭の中で千回もリピートし、責めたてられる思いで、だんだんに目が回ってくるのであった（ちなみに、正しくは「ジャスト・ア・モーメント」である）。

御手洗が言っていた、二十三日にアメリカからやってくる友人というのが、どうやら今の黒人なのであろう。今の彼と前々から約束していたため、御手洗は高校生の「手作りコンサート」にはゲスト出演ができないというのだ。これから一日をかけ、二人で横浜と東京見物だろうか。これからの何時間かで、いったい何が観られるというのだろう。何者なのか知らないが、彼がそんなに大事な人なのだろうか。高校生の純真な心と、自分へのラヴ・コールをあっさり無視してまでつき合わなくてはならないほどの相手なのか。確かにただならない気配を漂わせ、その割に案外よさそうな人ではあったが、私には、やはりどうしてもこれが解らない。

緊張が徐々に去っていくと、友人への憤《いきどお》りもまた甦る。しかし今やこれに、自分のふがいなさへの憤りもない交ぜになるから、ひどく複雑な気分である。パニックの極にあってひとたび解放されるや、喜びのあまり正気を失ってすべてを忘れ、尻尾《しっぽ》をぷるぷる打ち振るようにして、要求されることを何でもやってしまう自分にも腹が立つ。

だが冷静になるにつれ、そういう憤りの大半は自分へ向けられるべきとも解ってきた。すべては自分の罪なのか、と私は力なく思う。御手洗は約束を破ったわけではない。あの黒人との約束が先にあったのだ。約束を破れと言っているのは私の方だ。御手洗の約束相手に会ったことで、私の内にようやくそういう気づきが訪れた。誰なのかは知らないが、確かに彼は年寄りだし、礼を尽くすべき威厳に似たものが備わっていた。

それなら私は、自分のできるすべてを、今夜のコンサートへの協力というかたちで出し尽くすべきだろうと思った。御手洗の行動はもう決まってしまった。協力は無理だ。となると今自分たちにできることと言えば、もうそれしかない。御手洗が駄目なら、いかに非力といえどもその分私が働き、欠落をほんの少しでも小さくするほかはないのだ。

5

I町市民会館の小ホール受付に行くと、大書《たいしょ》されて掲げられた「手作りコンサート」のボードの下に、スティールのデスクが出されていて、向こう側に三人ばかり女の子がかけていた。デスクの上にはチラシが積みあげられている。みんなもの馴れたふうでなく、どこか緊張していて、私服姿だったが一見して高校生たちと解る様子だった。

椅子にかけた女の子の背後には男子生徒が二、三人立っていたが、私が入っていくと全員がぴくんと顔をあげ、私に会釈を送ってきた。男子生徒の一人が、急いで女の子たちの背後を廻ってこちらにやってくる。色白の顔立ちで、痩せた小柄な青年だった。細面《ほそおもて》だが童顔で、その少年らしい印象から、私には高校三年生には見えなかった。もっと若く見えた。

「石岡先生でしょうか」

と彼は言った。受付に入っていったのは私一人ではなく、別にも何人か年配の客がいた。彼らは女の子にティケットをちぎってもらい、チラシを取って黙々と観客席へ向かう。そういう何人かの人間の内から、彼は私を見つけた。

「はあそうです」

私が言うと、佐久間ですと名乗り、そこにいた全員を紹介してくれる。みんな起立して、私に黙礼してくれた。校長先生にでもなったようで恐縮だった。佐久間君がデスクの上のチラシを一枚とって、私にもくれた。見るとこれに、「審査員、石岡和己《かずみ》

（作家）」と私の名前が印刷されてある。午前中の外国人とのやりとりなどを思い出し、なにやらまた冷や汗が出る。

I町の市民会館には大ホールと小ホールとがあり、小ホールの方は、観客のキャパシティがせいぜい三百人くらいに見える小ぢんまりした会場だ。とてもよいホールで、私はなかなか気に入っている。今までここに何度か足を運ぶ機会があったが、それらはいずれもそれほど有名でない文化人の講演会だったから、会場はいつもせいぜい五分《ごぶ》くらいの入りで、静かなものだった。

したがってI町市民会館小ホールでの催しといえば、せいぜいその程度の客の入りしか私にはイメージができず、特に今回は高校生の素人バンドによるコンサートでもあることだから、客はそれよりもさらに少ないくらいだろうと予想して出かけていた。ところが佐久間君に案内されて後方から会場に入ってみると、まだ開演までに時間があるというのにほぼ満席だったから、びっくり仰天した。しかも客は、私たちに前後してさらにどんどん入ってきている。じきに満員御礼になるのは明らかだった。佐久間君の話では、新聞記者も取材に来ているという。私は震えあがり、それでいかに抑えても、私の激しい緊張はスタートしてしまった。

緞帳《どんちょう》がおりていたから、舞台上の飾りつけなどは全然見えなかった。私の横を歩きながら佐久間君が、舞台後方にはひな壇みたいな台を置いて、その上に鉢植えの花を並べたので、なんだか植木のショーみたいになってしまいましたと説明する。しかし私は、今から自分があの舞台に上がり、これら大勢の観客に対して開会の挨拶をするのかと思うと、信じられない思いがして早々とあがってしまい、気もそぞろになって彼への相槌もぎこちなくなる。本当にできるのだろうかと試しに挨拶の文面を思い出すと、どうしたことか頭の中は真っ白けでまったく何も出てこない。まあいい、メモを読めばいいのだと思い直す。

佐久間君は終始気恥ずかしげな話し方をする。私の姿を見かけて以来、ことあるたび何度も何度も会釈を寄越すので、なんだかさっきの自分を見るようでこちらも少し気恥ずかしい。とはいえ、むろん私としては彼から、絶えず言いようのない好ましさを感じ続けた。御手洗が来られなかったというのに、彼は私程度の者の来訪にも心から喜んでくれているようだった。

佐久間君に導かれ、私は舞台のすぐ足もと、最前列まで案内された。私の席は舞台に向かって左端で、右手を見ると、ずらりと横一列に車椅子が並んでいた。二十人もいるだろうか、壮観だった。車椅子の前には小さなデスクが、椅子ひとつについてひとつずつあり、採点のためらしい点数カードが載っている。デスクのひとつひとつには、それぞれ白色電球が取りつけられていて、それらは私の前にもある。数字は紙の裏表に墨汁で書いたらしく、いかにも手作りである。

車椅子の後方には、それぞれヴォランティアか、家族らしい付き添い人がすわる椅子があり、彼らは外国人日本人が半々で、その手はたいてい車椅子の後方に付いたグリップにかかっている。車椅子の人たちは、私の視界の及ぶ限りすべて外国人だった。彼らの頭はたいてい真っ直ぐに立ってはいず、左右に寝ていた。その仕草は、私には眠っているか苦痛に堪《た》えているように見え、胸が痛んだ。ヴォランティアの人たちの献身と苦労に私は思いを馳せ、来てよかったと思うとともに、これからも自分にできることがあれば何でもやろうと決めた。

会場の壁に取りつけられた時計が、午後の五時を告げる。後方を見廻すと、客席はもう満員である。いよいよ始まる、と思うと、私の心臓は知らず早鐘のようになる。左の肩がとんとんと叩かれたので、私は跳びあがった。見ると、佐久間君が横の通路に立っている。

「石岡先生、まずぼくが上がって始めること言いますから、それから先生の名前を紹介したら、この階段から上がってあのマイクの前まで来てください」

こともなげに言う彼は、まことに落ちついている。あとでクラスメートに訊いたら、彼は生徒会長で、大勢の前で話すことに馴れているのだそうだ。私の方はというと、え、もう？　という焦った思いと、そういう彼の言葉を聞いた途端に自分を見失ってしまい、早鐘のように鳴る心臓の音を聞きながら、うんと言って頷くこともできない。

言いおくと佐久間君は、たった今私に示した目の前の階段を、さっさと上がっていく。すると轟然《ごうぜん》たる大拍手が会場から湧き起こり、その音を聞いたら私はもう駄目で、なかば気を失ってしまってすごすごと家に帰りたくなった。

佐久間君がマイクの前に到着すると、拍手はすうっと鳴りやむ。彼はゆっくり口を開く。その様子は、私などに対して喋っているのとまったく変わらぬごく自然な調子なので、ああ、あんなふうにやらなくてはいけないんだなぁ、と私はしみじみ思った。

このイヴェントの趣旨を説明している。見ると紙など持たず、空で話しているではないか！　激しいショックを感じ、私の心臓は喉もとまで駈けあがる。自分たちがコンサートを始めようと意図したいきさつ、そして開会にこぎつけるまでの多少の苦労話なども、彼は淡々とユーモアさえ交えて語る。彼のジョークに会場が沸くたび、私は自分との話術の差に縮みあがる。

特殊クラスの生徒が日頃いかに苦労しているか、そして一般がいかに無理解で、車椅子を押していると街にどんなに多くの障害が存在するかなどを、嫌味なく彼は訴えている。あがっているような気配は微塵もなく、私は心から感心する。これだけ意を尽くした挨拶があるのに、何故この上私などがのこのこと上がっていって喋る必要があるのか。そんなことをしてもぶち壊しになるだけだ。だがその時だった。

「今日は、横浜在住の有名な作家、石岡和己先生にも審査員としていらしていただいています」

彼の口がいよいよそう言ったので、私はいろんな意味で悶絶しそうになった。私は有名でもないし、作家でもないし、先生でもない。

「では先生に、ちょっと開会の挨拶をいただきたいと思います。では石岡先生、お願いします」

そして嵐のような拍手が、容赦なく私の虚弱な心臓を直撃した。私はもうすっかり足が震えてしまって立てなかった。いったい私はどうしてこう気が小さいのか、自分でも不思議でたまらない。そんな自分がどうしてこんなことを引き請けてしまったのだろうと激しく後悔する。たとえどんなに不人情をしようと、できないことはできないのだ。ああ引き請けるのではなかった、そう心から思う。しかしこうなってはもう家に帰ることもできないから、立ちあがり、よろよろと前進しようとしたら、足がデスクの脚にひっかかって転びそうになった。そしたら、観客席がちょっとどよめく。

するともういけない、私はますますあがってしまう。こんなに長く生きてきたのに、こういう経験が今まで一度もないことは驚きだ。私は、ただただだらだら生きてきたというだけの人間で、まったく引っ込み思案で、学生時代からこんな晴れがましいことには関係した記憶がない。楽器も駄目、歌も駄目、弁論大会の時も、私に出ろとは誰も言わなかった。生徒会長はもちろん、学級委員もやったことがないから、こんなに大勢の人の前に立ったことは一度もない。

しかし、机の脚に蹴つまずいたことはかえってよかった。体に気合が入って、なんとか歩けるようになった。あれがなかったら、私はおそらく階段を踏みはずして転落したことであろう。そして開会挨拶はあえなく中止、大観衆注視の中、担架に乗せられてうめきながら退場となり、翌日の横浜新聞には「作家石岡和己氏、コンサート会場の舞台から転落、骨折して入院」などと三面を飾ったに相違ない。

舞台に上がってみたら、大拍手が私を包み、自分の靴が舞台の床を踏む音も聞こえない。雲の上を行くようだ。夢うつつでマイクの前に立つ。横にいた佐久間君が、さらに何ごとか私について紹介してくれたはずなのだが、まったく何も憶えていない。ええいままよと、上着の胸ポケットからメモを取り出す。格好など言ってはいられない。メモなしで人前で喋る力は、私にはないのだ。

無我夢中でお辞儀をすると、勢いよくマイクに頭突きをくらわし、轟音とともに車椅子の人たちの頭上に倒しそうになる。佐久間君があわててマイクに取りつき、かろうじてもと通りに立ててくれた。観客は度肝を抜かれたか、拍手が急速にしぼむ。極端に焦り、私は震える手でメモを顔の前に持ってくる。私としては、静かになることなど全然望んではいない。もっともっとざわついていて欲しいのだ。私の声など聞こえなくていい。どうせ今からたいしたことを言うわけでもないのだ。

そろそろとメモに目を落としていった。すると、恐怖で髪が逆立ち、私は大声で泣きたくなった。なんということだろう！　ライトがそっぽを向いていて手もとが暗く、しかもメモの字が小さすぎて、たったの一文字も読めないのだ！　ああ、もっと大きな字で書けばよかった！　そう後悔したが、すでにあとの祭りだ。私は茫然と舞台中央で立ち尽くした。

ふと足もとを見てしまう。すると暗い中に着席し、私をじっと見つめている顔顔顔、無数の顔の海が目に入る。全員がしんとしている。しわぶきひとつない。そして、私が何か言うのをじっと待っている。その恐怖！

この瞬間が、わが人生最悪の時のひとつだった。メモがまったく読めず、私はそれでやむなく、考えていた挨拶の文句を思い出そうと努めてもみた。ところが、予想した通り、まったく何も出てはこない。やはり私はこんなところに上がるべき人間ではなかった。さっきもそう思ったが、まったくその通りで、挨拶などできはしない人間だったのだ。ああ、引き受けるんじゃなかった、とまたも激しく後悔する。

メモの文面を読もうと、もう一度空しい努力を試みる。目の一センチ前まで持ってくる。しかし、やはり駄目だ。それで私は、自分でも気づかないうちにこうつぶやいていた。

「ああ駄目だ、読めません」

するとと意外なことが起こった。観客席がどっと沸いたのである。客は、私がジョークを言ったと思ったのだ。途端にホール中の照明があかあかとともり、舞台上も含め、館内は真昼よりも明るくなった。そうしたら、印画紙の像が現像液の中で浮かびあがるようにして、すうっと文字が目に入ってきた。

「あ、どうもすいません、見えてきました！」

喜びのあまり、私は思わず叫んだのだった。そしたら、観客がまたどっと笑う。実際私としては、そう言わずにはいられなかったのだ。この時私が照明係の人物にどれほど感謝したか、到底筆舌《ひつぜつ》に尽くしがたい。

「最近、どうも老眼が進んできたものですから、暗いところで小さい字はちょっと……」

日頃思っていることが、正直に口をついて出る。するとどうしたことか、場内はもう爆笑だった。しかし私としてはすっかりあがっているものだから、自分が何を言っているのか全然解っていない。ジョークどころか、真剣も真剣、いいところであった。生まれてこのかた、これほどに真剣になったことがかつてあったろうかと思うほどに真剣だった。だから、観客が何故沸いているのかが皆目見当もつかない。

「石岡和己です」

と私は言った。正確に言えば読んだ。私はどうやら、自分の名前も忘れているらしかった。

「本日はお招きいただきまして、ありがとうございます。本当は友人の御手洗を連れてきたかったのですが、彼は今日はアメリカから来た友人を連れ、東京と横浜を観光案内して廻っているものですから、どうしても口説き落とせませんでした」

私の読み方は、どうしてもたどたどしくなる。もう百回も読み、練習しているはずなのに、あれだけの経験はいったいどこに行ってしまうのか。私はまったく、何ひとつ憶えてはいないのだ。だからこの場ではじめて読んでいるのと同じことである。まるで子供の作文朗読のような棒読みとなり、観客はどうもそういう私の何かが面白いらしくて、ずっとくすくす笑いが続いている。

「この次にはきっと連れてこようと思います。ですからこのような社会的意味のある催しは、これから何回も続けていただきたく思います。でも私をまた呼んでいただいても、お役には立てないでしょう。何故かと言いますと、私はギターのコードというと、CとAmとDmとG7しか知りませんし、聴いている音楽というとアイドル歌謡ばっかりで、歌の技術についても全然解りません。歌はまったく音痴で、この前カラオケというものをはじめてやらされたら、私はまだ一生懸命歌っていたのに、伴奏の方が先に終わっていました。だからこの次、ティケットもぎりでも楽器運びでも何でもやりますが、審査員にだけはしないでください」

私は大汗をかいて一生懸命だったのだが、最後の方は自分の声が全然聞こえなかった。何故かと言うと、理由は解らないのだが、観客が爆笑してしまって場内が、騒然としたからだ。

はっとわれに返ると、私は割れんばかりの拍手に送られ、よろよろと舞台を歩いた末、そろそろと階段をおり始めていた。拍手は鳴りやまず、席に復しながらも私は、何が起こったのか理解ができない。佐久間君がまた舞台に駈けあがっている。急いでマイクの前に立った。

「石岡先生、どうもありがとうございました。いやぁ、さすがにプロの先生は違いますね！　こんなにユーモアあふれる名スピーチははじめてです。ぼくもこれから一生懸命練習して、いつかあんなスピーチができるようになりたいです」

と言ったから腰が抜けた。

「じゃあこれから始めます。石岡先生のあんな楽しいスピーチのあとだから、コンサートはもう成功したも同然です」

彼が言い、緞帳がゆっくりと上がっていく。私のスピーチは楽しかったのだろうか？　私は真剣に首を傾《かし》げた。放心はまだ続いていたが、どうしたことか、気分は悪くなかった。

6

緞帳が上がると、佐久間君が言っていた通り舞台背後に五段ばかりのひな壇が現れ、この上にはぎっしりと花や植木の鉢が載っていた。ひな壇は左右にひとつずつ置かれ、その中央には空間が取られて、ここから背後にかかっているブルー一色のカーテンが望めた。出演者は楽器を抱え、このブルーのカーテンの中央部分をかき分けて登場したのち、植木の載った左右のひな壇の間を通って、舞台の上まで進んでくるようになっていた。

佐久間君の言うように、確かに植木のショーのように見えないこともない。植木の載ったこのひな壇の手前に、ロック・バンド用のアンプやドラムセットが並んでいて、右端には大きな三角形のボードがひな壇に立て掛けられていた。ボードには「手作りコンサート」と大きく書かれ、周囲には紙で造ったらしい白やピンクの造花がぐるりと留められて、いかにも高校生による手作りといった素朴な意匠だったが、悪くないできだと私は思った。

ブルーのカーテンをかき分け、ひな壇の間を通って最初に出てきたバンドは、女の子二人、男の子一人という編成のフォーク・グループだった。ギターは一本で、これは男の子が持っていた。三人でおずおずマイクの前まで進み、男の子がギター用のマイクの先を調節し、ギターのホールの前に持ってきてから伴奏を始めた。ところが歌が始まるべき場所まで来ても、女の子たちはあがってしまっているのか歌えず、また最初からやり直した。みんな自分と同じようなので、私はかなりほっとする。いくら小ホールとはいっても、こんな本格的な会場で歌うことは、高校生にはなかなかないのだろう。

出演バンドの実力は、正直に言うと私にはよく解らなかった。私自身にしどろもどろの開会挨拶の余韻が続いていたせいもあるのかもしれないが、高校生たちの演奏の中に、自分の知ってる曲は一曲も出てこなかったし、上手なのか下手なのか、私には判定がつかないというのが正直なところだ。ただ、声が小さすぎて歌詞がよく聞こえなかったり、明らかに途中と解る場所で歌が停まったりしたようなバンドに関しては、点数を低くすべきなのだろうと見当をつけ、適当に数字を掲げていった。

高校生の手作りになる審査員席の装置は、なかなかよく考えられていて、一つのバンドの演奏が終わり、司会の佐久間君が「では点数をお願いします」と言うと、審査員席のデスクの白色電球にぱっと明かりがともり、われわれが掲げたボードの数字が、客席からよく見えるようになるのである。

途中で歌が停まったり、演奏自体が中断して、もう一回最初からやり直したりするようなバンドの中にあって、アメリカン・スクールのロック・バンドはさすがに上手だった。まずは英語の発音がうまい。それはまあ当り前の話だが、それだけでもう私にはうまく聞こえてしまう。日本の高校生のバンドはフォーク・グループが多く、ドラムが入っていないし、どうも遠慮がちに歌っているふうだったから、こういうものに較べるとドラムが入ったロック・バンドは音量が違うし、歌も堂々として聞こえる。するともうそれだけで、私などには上手に思われるのだ。

日本の高校生のバンドは、素人っぽいがとても可愛い印象のグループが多かった。女の子ばかりのグループも多く、そういうグループはたいていアクースティック・ギターがひとつふたつ入っただけのフォーク・バンドで、花についての歌詞を、ハーモニーを利かせて歌った。

だが女の子だけのロック・バンドも何組かあり、中にひと組、アメリカン・スクールのバンドで、凄いお化粧をしたバンドがあったから、私は度肝を抜かれた。まるっきりのプロという印象で、高校生がこんなことをしてもいいのだろうかなどと思わず私の方がびくつき、しかし私は、このバンドにしっかり十点満点をつけてしまった。演奏も悪くなかったし、なによりびっくりするような美人の子たちだった。

審査員をやりながら右手を見ていると、車椅子にすわった人たちも、笑ったり手を叩いたりして、盛んに楽しんでいるふうである。私などには明らかに上手に聞こえるアメリカン・スクールのロック・バンドに、彼らの与える点数が案外低いのは意外だった。彼らは、日本の女の子によるコーラス・グループなどに、総じて高い点を入れている。

一時間と少し経った頃、休憩が入った。佐久間君がそう告げ、緞帳がおりた。私はほうっと大きく息を吐いて椅子の背にそり返り、気持ちがいいのでしばらくそのままでいたら、「あのう」という遠慮がちの声がしたのでびっくりして跳ね起きた。私の周りに、車椅子の人たちが集まってきていた。椅子を押している日本人女性の一人が、私に声をかけたのだ。

「は、はい」

私が応えると、彼女でなく、車椅子に乗っている白人の青年が何ごとか私に話しかけてきた。しかし彼は口が少し不自由で、発音が明瞭でない。それでも彼は何ごとかを、懸命に英語で訴えた。

「お聞き取りにくいかと思いますが……」

ヴォランティアの女性が言ったが、たとえ発音が明瞭であっても私には解らない。

「今夜、御手洗さんはいらしてはいただけないんでしょうかと、彼は言っています」

聞いて、私は衝撃を受けた。車椅子の人たちは、続々と私の周りに集まってくるふうだ。見廻すと、二十人全員が私の周囲に寄ってこようとしていた。目の前の通路は、だから交通渋滞だった。そして彼らは、不自由な言葉で口々に同じことを言っている。みんな、御手洗は来ないのかと私に訊いているのだ。

私は言葉に詰まってしまう。どう弁解していいか解らない。

「どうも、本当にすいません、ぼくはずいぶん口説いたんですが、今日は、アメリカから友人が来るということが前々から決まっていたらしくて、昨日でも明日でもよかったらしいんですが、今夜だけはどうしても駄目だって言うんです。いくら食いさがっても駄目で、みなさん楽しみにしていただいたみたいですが、ぼくが力足らずで、本当にどうも申し訳ありません」

私は頭を下げた。こんなにたくさんの若者が御手洗に会いたがっていたとは知らなかった。まったく予想外だ。車椅子の背後に立つヴォランティアの人たちが、それぞれ英語に直して私の釈明を伝えている。すると車椅子の上の人たちの顔が、徐々に頷きはじめた。その様子を見ると、私は言いようもなく感動する。

別の車椅子の人が発言する。この言葉もやはり明瞭ではない。背後の若い女性が通訳する。

「おととしの秋に、あなた方はベルリンに行ったのかということですが……」

「はい、行きました」

意表を突かれ、私は思わず応えてしまう。どうして知っているのだろうと思った。

また別の人が発言する。ヴォランティアの人が通訳する。

「日本でも、薬害で踊りだすような人が実際に出たんですか、ということです」

「出ました。とても珍しいことなんですが、ありました」

私は応える。すると彼は、続けてまた何か発言する。

「彼は、この問題には以前から大変関心があるんだそうです。アメリカでもそういう症例が報告されていて、日本にもあると知って驚いたそうです」

私は頷く。彼は車椅子の生活だから、薬害や、医療の問題にはとりわけ関心が高いのだろう。しかし何より、彼らが私たちについて非常に詳しいことに驚いてしまう。休憩時間は、私への質問時間になってしまった。

「石岡さん！」

という日本語の大声が後方からした。

「横浜新聞です。今夜は御手洗さんはいらっしゃらないんですか？」

という質問がまた飛んできたのでびっくり仰天した。御手洗の動向は、今や新聞の関心事にもなったらしい。

「はあ、今日だけは駄目だというんです、アメリカから友人が来るというんで……」

と私はまた弁明である。これではまるで私の釈明記者会見だ。

「それは誰です？　友達って」

新聞記者はさすがにプロで、突っ込みがある。

「それが、ぼくは知らないんです」

「会ってはいないんですか？」

「ぼくがですか？　会いました」

「どんな人です？　有名人ですか？」

「痩せていて、黒人のお年寄りで、でも有名な人ではないでしょう別に」

私は応えた。

「私たちのところでも何か変な事件があったら、御手洗さんに、いらしていただけますか？」

車椅子を押す女性が私に訊いた。

「もちろん御手洗が興味を持つ事件だったら、喜んでうかがいます」

私は応える。

「横浜では、暗闇坂以外に、何か変わった事件はありませんでしたか？」

別のヴォランティアの人が問う。

「ありました」

私は即答する。

「でも、ちょっとまだ発表の段階ではないので」

私は言った。

「いつか、御手洗さんに会える機会、私たちにもありますでしょうか」

別の女性が訊く。通訳しているのか自分の意志なのか不明だが、私は可能だろうと応えた。

「望まれるなら、この埋め合せはすると言っていましたから、明日でも、明後日でも、呼んでくださるなら出かけると言っていました」

「本当ですか？」

叫ぶように彼女が言い、ほかの女性たちの顔にも笑みが浮く。別の女性が、

「この人たちはみんな、御手洗さんに会いたがっています」

と言うと、車椅子の上の人たちが、てんでに頷いている。

「それから、もちろん私たちもです」

私が応えて何か言おうとした時、開演のブザーが鳴った。それで、質問会は打ち切りとなった。みんな私に黙礼し、車椅子は、遠くの人から順に、ゆっくりと席に戻っていく。手前のヴォランティアは、私に背を見せたまま、自分の前があくまでしばらく立って待っている。

緞帳が上がり、司会の佐久間君が現れる。彼の紹介で、また別のバンドが出てきて

演奏が始まった。フォーク・グループだった。フォークのグループが多い。音が小さい方が、練習がしやすいからだろう。

二時間も審査員を続けると、さすがの私も気分が落ちついた。いろいろな緊張が去って、ようやく人心地がついたのだ。そうなると、たった今の休憩時間の様子が、私にあれこれと考えさせた。思い返すと、たまらない気分になる。この貴重な場所に御手洗が姿を見せなかったことを、許しがたいように感じるのだ。さっきまではそれほどでもなかった。だが、みなのああいう様子を見てしまった今は違う。私は息が苦しいような気分にさえなっていた。みんなあれほどまでに御手洗に会いたがっている。それをあの男は、にべもなく断ったのだ。

彼は、ああいう人たちの存在を知っているのだろうか。私も充分自覚してはいなかった。私などは、こっちで会いたいと言っても相手は逃げる。御手洗の場合、あんな勝手な男なのに、みんな彼に会いたがって行列しているのだ。これほどありがたいファンを、何故ないがしろにするのか。もし私が御手洗だったら、何を犠牲にしてでも彼らの期待には応える。人気などいっときのものだ。こんな状態はいつまでも続かない。人気があるうち、ちゃんと誠意を見せておかなくては、こんなものはじきにしぼむのだ。あの男にはどうしてそれが解らないのか。

また、佐久間君が電話で私に言ったことは完全に正しい。出演しているバンドの音楽はすべて歌入りだ。間奏でギターのソロを聴かせるバンドもなくはないが、またアメリカン・スクールのバンドなどかなり上手ではあるのだが、間奏は短いし、格別驚くようなテクニックは見せない。フォーク・バンドにいたっては、間奏も弾かないグループが大半だ。楽器構成も、フォーク・グループはギターだけだし、ロックはといえばギター、ベース、ドラムの編成ばかりで、キーボードが入ったバンドもなく、変化が乏しい。ここはやはり御手洗が、歌なし、ギターだけの音楽を聴かせるべきだった。

しかし私の思惑とは無関係に、コンサートはとどこおりなく進行し、最後のロック・バンドの演奏も終わった。採点は十点満点で、小数点以下はなかったから、私はあるいは同率首位や、同率二位が何組か出るのではと心配した。が、審査員の数が多いので、つまり総計得点の数字が高いので、そんなことはなかったらしい。一位、二位、三位がすんなりと決まった。ファンファーレなどの用意があるわけでもないから、佐久間君が淡々とバンド名と、メンバーの名前を読みあげた。一位は、日本の女の子二人組のフォーク・バンドだった。二位はアメリカン・スクールのロック・バンド、三位もまたアメリカン・スクールのバンドだった。アメリカン・スクールのお化粧バンドは、残念ながら三位以内に入らなかった。そんなものかなぁ、と私は審査員として首を傾げた。彼女たちなら、ＣＤが出たら買ってもいい。

一位、二位、三位、の彼らがまたステージに出てきて、佐久間君から賞状と、リボンのかかった賞品の包みをもらった。彼らは観客席に向かって一礼をし、「感想をどうぞ」と佐久間君に求められ、一位の女の子たちは「ありがとうございます」とひと言言った。二位、三位の高校生たちは英語で何か言ったが、むろん私には解らない。

コンサートは終わった。会場は、いくぶんかざわついた雰囲気になる。観客席後方の気の早い人たちは、もう腰を浮かせ、帰り支度を始めた。私は、何かひとつ食い足りない気分がしきりにした。高校生の素人バンドによるコンサートだから、プロによる演奏会のような充実感や感動を期待したわけではないが、それにしても、何かが足りないとしきりに思った。

壇上の佐久間君が、最後の挨拶をしていた。

「今夜はみんな、どうもありがとう。父兄の方々も、どうもありがとうございました。練習不足のバンドもあったようで、ちょっと恥ずかしかったですけど、まあみんな一生懸命やったから、全然悔いはないです。でも最後にひとつ、これは言わないつもりだったけど、やっぱり言わずにはいられないな。今のぼくにはひとつだけ悔いがあります。御手洗さんのギターが聴けなかったことです。でも仕方ないな、ぼくたちはまだ若いし、これからの長い人生には、きっとあの人のギターを聴ける日もくると思う」

その時、ギターの音が聴こえた。和音を分解した、アルペジオふうの奏法だった。音は馬鹿に大きくて、立ち上がって背後を向きかけていた人も、足を停め、舞台に注目した。

馬鹿でかい音をたてているらしい電気ギターのネックが、ブルーのカーテンの隙間から覗いた。それはギブソンの335らしく、私には見覚えがあった。と見る間に、さっとブルーのカーテンが撥《は》ねあげられ、御手洗が颯爽《さっそう》と姿を現した。そして何小節か流麗なソロを聴かせた。弾きながら植木の間をゆっくりと歩き、舞台上に進んでくると、背後に、今朝見かけた黒人がしたがって来ているのが見えた。黒人は、赤いトランペットを持っていた。

マイクの前まで進むと御手洗は、ピックを持った右手をギターから離し、

「ハロー、マイ・フレンズ！」

と元気よく英語で話しかけた。

私は知らなかったが、会場でカセット・テープを廻していた人がいたから、この時の様子は録音されて残っている。私もこのコピーをもらったから、こうして様子が正確に再現できるのである。御手洗の発言はすべて英語だった。私が今これを書けているのは、テープを停めては聴き直しながら、懸命に翻訳したからだ。

「遅れたかな？　間に合ってよかった」

そして湧き起こった拍手と歓声は、文字通り会場を揺さぶった。この中には、私のものも混じっている。私は胸が熱くなった。笑いながら御手洗は右手を伸ばし、壇上の佐久間君と握手をした。彼もまた、熱く感激しているのが私にはよく解った。

「とてもいいコンサートだったようだね、席で聴けなくて残念だ。でもきっと友人が、ぼくの代わりに聴いてくれたと思う。ところで明日はクリスマス・イヴ、どんなしまり屋も、愛する人のために贈り物をする夜だ。今夜の君たちは幸せだ。ぼくの古い友人が、今から君たちのために演奏をしてくれる。凄いやつなんだ、世界最高のトランペッターだぜ。でも一曲だけだ、とても忙しい男だからね。一曲吹いたら、すぐにアメリカに帰るんだ。だが一曲で充分のはずだ。今夜の経験は、きっと君たちの思い出に長く残ると思うよ。彼の名前はシヴァ・セリム、アメリカから、このコンサートのために駈けつけてくれたんだ！」

御手洗は、黒人の老人を左手で指し示した。彼は、赤いトランペットを少し持ちあげ、振った。拍手が起こる。

御手洗のギターから、いきなりコードの音が流れた。ゆっくりと、時計のように、正確に音を刻んだ。観客は、急激にしんとする。黒人が、やや俯《うつむ》くようにして、マウスピースを口にあてた。ペットの先は、床に向かってだらりと下がっていた。と見ている間に、朗々としたメロディが、ペットの先から床にあふれて落ちた。それは最初は低く、今日一日いろいろとあって疲れていた私の心を、ゆっくりと撫でるようだった。

突然、彼の顔が上を向く。ペットの先も天井を向いた。そうしてしばらく吹くと、今度はぐいと観客席の方角に向きなおり、気分を鼓舞するような、強い高音をたてた。

御手洗はその間アルペジオの音に徹していて、これをじっと支えている。二人のアンサンブルは、それはとても不思議な音楽を創っていた。リズム楽器がいっさいなく、トランペットと電気ギターだけ。しかし私には、それがとても重い音楽に聞こえた。これまで聴いたことがない種類の音だ。だが同時にその何かが、絶えず私を、懐かしい気分にと誘い続けた。聴いたことがない曲のはずなのに、私はこれを知っていると感じるのだ。これは何だ？

あっ、と声に出してしまった。老人がまた俯き、崩さないメロディを吹いた時、私に解った。この旋律、これは「ストロベリィ・フィールズ・フォーエヴァー」だ。ビートルズだった。知っていたはずだ。そして老人の音が沈む時、私は感じた。なんと美しい音だ。なんて心に染みいるようなメロディだろう。土の匂いがして、草や、緑の香りがするような、なんて優しい響きだ。私はこれまでの心の疲れや、重なる赤恥で少しささくれ立っていた気分が、ゆっくりと癒《いや》されるのを感じた。

老人の立ち振舞いは、観客などいないがごときだった。観客に背中を向けて吹き、そうかと思うと、しゃがみ込んで得心がいくまで吹いた。少し疲れているのだろうか、じっと立っているのが辛そうだった。老人は、今朝見た時と同じ、濃いグレーの革ジャンパーを着ている。そして市松《いちまつ》模様に似た、黒白の派手なパンツを穿《は》いていた。ずいぶんお洒落《しゃれ》な老人だなと思った。立ったりしゃがんだりする時、この市松模様がゆるやかに動く。

そして私は、この時になってようやく、この老人はトランペットを吹く人だったのかと知った。今まで二人でどこを歩いてきたのか知らないが、御手洗は、このコンサートのことが気にかかっていたのだろう。決して忘れていたわけではなかった。この老人が音楽家だから、いっそ彼を誘ってコンサートにやってきたのだ。

老人が立ちあがる。そしてマウスピースから口を離した。存分に吹いたので、しばらく休むふうだった。その様子に、われわれは拍手を送らないではいられない。割れるような拍手が起こった。老人は、赤いトランペットをついとあおって、御手洗に合図を送った。その仕草は板について、この老人が、昨日今日のアマチュアではないことを観客に語った。

すると、御手洗のソロが始まった。それまでおとなしくしていた彼のギターが、会場の床をびりびりと震わせるような、とてつもない音をたてた。大きくて重いドアが、ゆっくりときしるような物凄い音だった。私は、まずこの音量に度肝を抜かれた。そして今、自分の扉が開いたと感じた。なんの扉かは知らないが、私は、自分の心の内にある何かの扉が、今強引に押し開かれたのを感じた。胸が波立つような気分だった。不思議なことだが、私はこの時、自分は変われると思った。きっといつの日にか、変わることができると確信した。

とそう思った瞬間、御手洗の圧倒的なソロが始まった。それはまるで雪崩《なだれ》のようだった。ギター一本でなんであんな音がたてられるのか。私は今までこんな音を聴いたことがない。そして御手洗が、あれほどに打ち込んだソロを弾くのも、私はそれまで聴いたことがなかった。御手洗のギターから物凄い風圧が観客に向かって浴びせられ、われわれの体は、なすすべもなく、観客席の背もたれに押しつけられた。

この時の衝撃は、ちょっと表現の言葉がない。低音から果てしない高音まで、御手洗のギターは天空を縦横に駈け巡るようだった。その喩《たと》えようもない自由さ。聴いていると呼吸が詰まり、目が回るようだった。

ペットを持つ老人は、じっと立ち尽くしている。彼もびっくりしていることは間違いがなかった。彼もまた圧倒されているのだ。御手洗は、たったの一小節も、「ストロベリィ・フィールズ」の旋律を弾かなかった。

御手洗がソロを止めた。見ると、彼の手がまったく止まっている。ちょっと空白ができた。老人が白い歯を見せている。苦笑いのように見えた。そして御手洗に向かい、右手の親指を立てた。御手洗の手は止まっていたが、音は変わらずに続いている。アンプが余韻を鳴らし続けているのだ。

すると老人のトランペットが入ってきて、「ストロベリィ・フィールズ」の主旋律を、ゆっくりと、崩さずに吹いた。それは、まったく宝石のような瞬間だった。観客が息を呑むのが解った。魂《たましい》が自由になり、宙に浮かぶのを感じた。どうして彼らはこんな音がたてられるのだろうと、私は心から不思議に思った。われわれと違わない人間として生まれ落ちたはずなのに、どうして彼らにだけ、こんなことができるのだろう。

しかしそれはもう嫉妬でも、自分に劣等感を強《し》いる何かでもない、ただひたすら、音楽というものの意味を考えた。音楽には、こんなことができるのだと知ったのだ。これは凄いことだ。そして、なんと素晴らしいことだろう。今この瞬間に自分が居合わせたことを、心から神に感謝した。私は幸せだと感じた。こんな取得《とりえ》のない自分だが、生きていてよかったと思ったのだ。

気づくと、音楽は終わってしまっていた。私たちは、拍手をすることも忘れていた。二人が見つめ合ってにやりとし、御手洗の左手がゆっくりとネックの上に載ったから、ようやくわれわれは音楽が終わったことを知って、拍手を始めた。拍手は最初は小さく、そして、果てしなく大きくなった。そしていつまでも終わらない。いつまでも、いつまでも終わらない。このままでどうなるのか、どう収拾《しゅうしゅう》がつくのかと、私は本気で心配した。

老人が、ゆっくりとマイクの前に進んできた。観客がこれを見たので、拍手がすうっと沈む。老人は、赤いトランペットを胸の前で抱えた。唇が今度はマイクに近づき、ひどい嗄れ声の英語が、こう言った。

「ゆうべ俺は、鳥になった夢を見た。マリブの海岸の波打ち際を飛んで、潮の香りや、果物の匂いをたっぷり嗅いだ。幸せな一瞬だった。鳥になったことを、一瞬たりとも後悔はしなかった。マイ・フレンズ、差別だらけの世の中だ、だが負けずに、ベストを尽くそうぜ。いつか天国で会おう！」

そして彼はくると背中を向け、すたすたとブルーのカーテンに向かって戻っていった。代わって御手洗がマイクに近づく。彼は日本語で、こう言った。

「さあ、今度こそコンサートは終わりだ。楽しんでくれたのならいいんだけれど。そして石岡君、早く家に帰って熱い紅茶でも飲もう」

7

それは私にとって最高のクリスマス・プレゼントだった。御手洗がそう意図したかどうかは不明だが、彼は私に、私が望み続けていたビートルズ・ナンバーの演奏を、これ以上ないかたちでプレゼントしてくれたのだった。それからしばらくの間、私はあの夜の音楽の余韻に浸《ひた》るようにしてすごした。「ストロベリィ・フィールズ・フォーエヴァー」は、その頃私の最も気にいっていた曲であったが、すぐに最も愛する曲になった。今私は思わず「これ以上ないかたちで」と書いたが、そういう表現の真の意味を知るのは、実はもっと先のことになる。

その後の御手洗はというと、いつもとまったく変わる様子がなかった。彼のそのペースに巻き込まれているうち、私の気分もいつか日常的なものに戻り、そしてクリスマスをすぎ、年が明け、春がすぎて夏になった。私はいつか、九〇年の師走にあった出来事を忘れるようになった。九一年もまた、それなりにいろいろなことがあったからだ。

私は今もたやすく思い出す。それは九月三十日月曜日の朝刊だった。どこだったかは忘れたが御手洗は外国に出かけていて、長期不在だった。アメリカの有名なジャズ・ミュージシャンが、二十八日にロスアンジェルスで死亡したという記事が出たのである。彼の名前はマイルス・デイヴィス、死因は肺炎、呼吸不全、卒中などの合併症だという。亡くなった病院はLA、サンタモニカのセント・ジョンズ病院健康センター、享年六十五と記事にはあった。

新聞には、晩年のものと断ったマイルス・デイヴィスの写真が掲載されていた。写真を目にした際の衝撃について、私の筆は語る言葉を持たない。私は体が硬直し、呼吸が停まってしまった。突然、I町市民会館小ホールで聴いたトランペットの鋭い響きが耳許に甦り、私は激しく緊張した。しかしそれは朗々として豊かな低音も持っており、記事を読んでいる間中、それらは私の内で鳴り続けた。写真は、たった今私がかけて新聞を読んでいるまさにそのソファにすわり、私の淹れた紅茶を飲んでいた黒人の顔だった。

私はその頃、マイルス・デイヴィスの名前くらいはむろん知っていたが、彼がどれほどに偉大で、世界的に有名なミュージシャンであるかは知らなかった。記事は、「今世紀最後の巨人」と表現していた。

私はしばらく放心した。それほどの巨人が、あんなI町の素人バンドのコンサート会場に姿を見せた？　もしそうなら、御手洗が言った「世界最高のトランペッターだぜ」という言葉は、嘘でもジョークでもなく、過不足のない、文字通りの説明である。

にわかには信じがたかったが、思い出すことがある。去る間際、彼が観客に向かって言った最後の言葉だ。「差別だらけの世の中だ、だが負けずに、ベストを尽くそうぜ」。黒人である巨匠が、同じ英語圏の身障者のための集まりと聞いて共感し、無償で顔を出す気になったのだろうか。身障者も黒人も、受ける疎外感は共通する。そう思った時、私は巨匠の精神の高さに、しみじみと感動した。

放心虚脱の何日かをすごしたのち、私は街に出て、マイルスの死亡を報じ、彼の価値ある仕事の歴史を紹介した雑誌の類を、片端から買いあさった。そしてさまざまに知識を増やした。彼が二度と現れない天才であること、しかし非常に気むずかしい人間で、決して人に媚《こ》びず、生涯一度も人に謝ったことがなく、いたってつき合い辛い男であることなども知った。「威張り屋の帝王」と書いたものもあった。

しかし、私にはそんなふうではなかった。気さくに私の二の腕を叩き、部屋を去る時には、ちょっと手をあげていった。ただ威張るだけのつまらぬ男が、街の高校生のコンサートなどに顔を出すだろうか。自分のこの部屋で見た彼のあの仕草を、私は生涯忘れることはないだろう。

多くの記事を読むうちに、彼の生涯最後の来日が、一九九〇年の十二月であったことも知った。彼の謎のひとつに、気むずかしい男であるのにもかかわらず、なかなかの日本びいきだったことがある。彼は晩年多くの病気を持っていて、例の嗄れ声も喉のポリープ手術のためらしいが、そのため七六年からの六年間、沈黙の時期を送っている。しかし八〇年代に入って活動を再開してからは、たびたび来日していて、この最後が九〇年の十二月二十一日、二十二日の二日間、後楽園のビッグエッグで行われた「ジョン・レノン追悼コンサート」への出演だった。

マイルスはこのコンサートで、ビートルズの曲を一曲だけ演奏するために来日している。そしてこの来日が彼にとって、また日本のファンにとって最後になった。その九ヵ月後、彼はロスアンジェルスで亡くなるのである。彼の自宅はニューヨークだが、LAのマリブにも別荘があるのだそうだ。亡くなったサンタモニカの病院は、この別荘から道を下っていった先にあるらしい。

それでまた私に、解ることがある。「ゆうべ、鳥になった夢を見た」と彼は言った。「マリブの波打ち際を飛んで、潮の香りや、果物の匂いを嗅いだ」とも言った。マリブというのは彼の別荘がある場所だ。あの言葉は、思えば日本のファンへの遺言ともなったわけだが、あの夜がビッグエッグでのコンサートの翌日なら、あの前夜彼は東京のホテルで眠ったはずである。彼は東京で、鳥になる夢を見たわけだ。それもまた象徴的だ。彼は好きだった東洋の一都市で、死後の自分のイメージを垣間見《かいまみ》たのだ。

御手洗が、なんとしても彼に会っておかなくてはいけないんだと言っていた理由も解った。御手洗は、マイルスの体がよくないことを知っていて、これが会える最後と予想していた。彼自身は、決してそんなふうには言わなかったが。だからこそ彼は、あんなに打ち込んだソロを聴かせた。短いが、全身全霊を賭けた異様なほどのあのプレイは、偉大な友人に送る、最後の 贐《はなむけ》 だったのであろう。

御手洗がどこにいるのか知らないが、今頃どこか遠い異国で、この訃報《ふほう》に接しているだろうか。私は想像した。これほどの大物なら、世界中どこにいてもニュースが届くだろう。彼は、私などとは比較にもならないほどに感慨があるに相違ない。

それにしても御手洗は、どうしてこんな有名な友人を作り得たのか。いかに同胞の身障者のための集まりといっても、御手洗の説得がなくてはあんな小さなコンサートに、彼ほどの大物が顔を出しはしなかったろう。彼は世界最高峰のジャズ・ミュージシャンだ。巨額の金を積んでも断られるケースが多いと聞く。たった半日ほどの説得で、横浜の片隅のまた片隅の素人コンサートなどに、今世紀最後の巨人を無償で出演させるいったいどんな力が御手洗にあったのか。二人はどんないきさつで知り合ったのか。過去にどんな関わりがあったものか、これがその後の私に、長く謎になって残った。

いずれにせよジョン・レノンの傑作「ストロベリィ・フィールズ・フォーエヴァ

ー」は、私の最も気にいった曲から最も愛する曲になり、こうして他を圧するほどに特別な曲となった。街のどこにいても私は、この曲の旋律を耳にするたび、あの夜横浜の小さなコンサート会場に颯爽と姿を見せた世界の巨人マイルスと、わが友御手洗を思い出す。むろんこうして、資料のファイルに貼りつけたマイルス・デイヴィスの写真を見ていてもそうなのだが。

写真の下に私は、ようやく知った巨人の本名を、英文字で書いている。「MILES DAVIS FOREVER」と。そしてこれを書きながら、私は御手洗が壇上で口にした暗号を、やっと解読したのだった。おそらくあの夜、エイジェントとか契約しているレコード会社などとの関連で、巨匠は本名を名乗れなかったのであろう。だから御手洗は、友人の名の綴《つづ》りを逆に読んだのだ。「SIVAD SELIM」、「シヴァ・セリム」、わが友は確かに巨匠をこう紹介した。私の耳もとに、あの夜の友人の発音がまだはっきりと残っている。

解説

千街晶之（ミステリ評論家）

二〇一四年に刊行された探偵小説研究会・編著『2015本格ミステリ・ベスト10』で、「古今東西　みんなが愛した名探偵」というアンケート企画が組まれたことがある。この時、横溝正史が生んだ金田一耕助（二位）や、アーサー・コナン・ドイルが生んだシャーロック・ホームズ（三位）といった錚々たる名探偵を抑えて一位に輝いたのが、島田荘司が生んだ御手洗潔だった。本格ミステリに一家言を持つ約七十人から募った回答でこの結果が出たということは、御手洗の根強い人気を証明するものと言えるだろう。

著者のデビュー作『占星術殺人事件』（一九八一年）で初登場し、現時点での最新長篇『屋上の道化たち』（二〇一六年）でちょうど五十作に登場したことになる御手洗潔は、まさに著者の作家としての歩みと同じ歴史を担う存在だ。長いあいだ書き継がれてきた探偵だけに、著者の作風の変遷に伴ってイメージが変化した部分もある。

第二十六回江戸川乱歩賞の最終候補作『占星術のマジック』を改題・改稿した『占星術殺人事件』に、御手洗はやや精神的に鬱状態の占星術師として登場する。ここで御手洗は友人の石岡和己とともに、一九三六年の二・二六事件と同じ日に画家の梅沢平吉が密室で殺害され、その後梅沢家の六人の娘が、画家の手記どおりのバラバラ死体となって発見された……という迷宮入り事件に挑み、日本中が四十年間翻弄されていた謎を解き明かすという鮮烈なデビューを飾ったのだ。この作品はさまざまな出版社から判型を変えて刊行されており、『東西ミステリーベスト100』（二〇一二年）のアンケートでは国内三位、二〇一四年にイギリスの《ガーディアン》紙でアイルランド人作家エイドリアン・マッキンティーが選んだ世界の密室ミステリ・ベストテンでは二位になるなど、国産本格ミステリの金字塔として評価が高い。

続くシリーズ第二作『斜め屋敷の犯罪』（一九八二年）では、御手洗と石岡は北海道北端の風変わりな豪邸「流氷館」を訪れ、連続殺人事件を解決する。異形の館、密室殺人、不気味な人形、読者への挑戦状……と、古典的本格ミステリの様式美の粋を凝らした設定に相応《ふさわ》しく、御手洗の言動のエキセントリックさもこの作品で極まった感がある。

その後、御手洗の登場する短篇が『御手洗潔の挨拶』（一九八七年）にまとめられてから、第三長篇として、記憶喪失の男を主人公とする傑作サスペンス小説『異邦の騎士』（一九八八年）が刊行された。『斜め屋敷の犯罪』から間が空いたのは、この期間、著者が生んだもうひとりの名探偵・吉敷竹史刑事が登場する作品が多く発表されていたからである。なお同じ一九八八年には、御手洗らしき人物が謎を解く『切り裂きジャック・百年の孤独』も発表されているが、御手洗シリーズ五十作のうちには数えられていない。他にも、『毒を売る女』（一九八八年）所収の「糸ノコとジグザグ」に御手洗らしき人物が登場するなど（原点火によるコミック版では御手洗とはっきり描かれている）、シリーズに数えるかどうか迷う作品が存在する。

一九八七年には綾辻行人が『十角館の殺人』でデビューし、所謂《いわゆる》「新本格」ムーヴメントがスタートしている。この時、著者が多くの新人を推薦して世に送り出したことは知られているが、作家として彼らから逆に刺激を受けた面もあったのだろう、一九九〇年代に入ると、バロック的とも言える壮大な奇想が横溢する御手洗シリーズの大作を年一作ペースで発表するようになる。『暗闇坂の人喰いの木』（一九九〇年）、『水晶のピラミッド』（一九九一年）、『眩暈《めまい》』（一九九二年）、『アトポス』（一九九三年）といった作品群がそれだ。なお、『暗闇坂の人喰いの木』に登場した松崎レオナを主人公とする外伝的長篇として『ハリウッド・サーティフィケイト』（二〇〇一年）がある。

戦時中に実際に起きた大量殺人事件「津山三十人殺し」を背景とする『龍臥亭《りゅうがてい》事

件』（一九九六年）には御手洗は殆ど登場せず、石岡が孤軍奮闘するかたちとなっている。吉敷竹史刑事の元妻・加納通子が登場し、御手洗・吉敷両シリーズがクロスする点に注目したい。また、石岡はこの事件で、後に弁護士を目指すことになる犬坊里美と出会う。続篇として、二〇〇四年に『龍臥亭幻想』が発表された。

今世紀に入ると著者は、脳科学や分子生物学の知見を、ミステリにおける冒頭の幻想性を成立させる要素として重視する「21世紀本格」という新たな概念を提唱する（ただし『眩暈』のように、この発想から生まれた小説はそれ以前から発表されていた）。その実作における具現化が『魔神の遊戯』（二〇〇二年）や『ネジ式ザゼツキー』（二〇〇三年）だ。一方で、ロシア史の謎に挑む『ロシア幽霊軍艦事件』（二〇〇一年）、異色の野球ミステリ『最後の一球』（二〇〇六年）のような、「21世紀本格」と異なる方向性での創作活動も並行して続けている。今世紀の御手洗長篇の最高峰と言っていい完成度を誇る大作『摩天楼の怪人』（二〇〇五年）では、若き日の御手洗がニューヨークの高層ビルで長年起こり続けてきた怪事件を解明する。『星籠《せいろ》の海』（二〇一三年）では御手洗がスケールの大きな悪役と対決したかと思えば、最新長篇『屋上の道化たち』では自殺する理由など全くない男女が立て続けにビルの屋上から身を投げて死ぬという怪事件を扱うなど、著者は一作ごとに趣向を変えて意欲的な創作活動を続けている。なお、『星籠の海』のスピンオフと短篇として執筆された「香具山の白い衣」（《ダ・ヴィンチ》二〇一六年六月号掲載）では、御手洗が持統天皇の歌を手掛かりに古代史の大きな謎を解いてみせる。

また、中篇・短篇にも注目に値する作品が多い。粒揃いの第二短篇集『御手洗潔のダンス』（一九九〇年）のあと、第三短篇集『御手洗潔のメロディ』（一九九八年）まで間隔が空いたが、以降は、御手洗の幼少期の活躍を描いた中篇「鈴蘭事件」「Pの密室」を収録した『Pの密室』（一九九九年）、上京した犬坊里美が石岡とコンビを組む『最後のディナー』（一九九九年）、『ロシア幽霊軍艦事件』に続いてロシアと日本の歴史が絡んでくる『セント・ニコラスの、ダイヤモンドの靴』（二〇〇二年）、表題作と「山手の幽霊」の二作を収録した『上高地の切り裂きジャック』（二〇〇三年）、御手洗の新たな相棒であるドイツ人ジャーナリストのハインリッヒ・フォン・レーンドルフ・シュタインオルトを語り手とする三篇に『異邦の騎士』外伝とも言うべき「海と毒薬」を併録した『溺れる人魚』（二〇〇六年）、表題作のほか後にドラマ化された傑作中篇「傘を折る女」を収録の『UFO大通り』（二〇〇六年）、東欧情勢が絡んだ異色の中篇二作「リベルタスの寓話」「クロアチア人の手」から成る『リベルタスの寓話』（二〇〇七年）、若き日の御手洗が登場する『進々堂世界一周　追憶のカシュガル』（二〇一一年。文庫版では『御手洗潔と進々堂珈琲』と改題）と、コンスタントに刊行されている。現時点で最新の短篇集にあたる『御手洗潔の追憶』（二〇一六年）はミステリではなく、御手洗のさまざまな側面を描いた短篇や証言形式の文章を集成した一冊である。

長年に亘って書き継がれているシリーズであり、さまざまな設定があとから付け足されたので少々錯綜気味ではあるが、これらの作品から窺える御手洗潔の経歴を簡単にまとめてみると——彼は一九四八年、外務省の高級官僚だった父親・御手洗直俊と、名家出身の数学者で大学教授の母親のあいだに生まれたことになっているが、「天使の名前」（『御手洗潔の追憶』所収）によると出生には秘密があるようだ。父は戦後渡米して音楽大学の教授となり、母も仕事に没頭して家に帰らなくなったため、幼少期の御手洗は横浜の女子大の理事長だった母方の伯母と祖父に育てられた。幼稚園児だった御手洗が人生で初めて解決した事件が「鈴蘭事件」であり、小学二年生の時にも「Pの密室」事件を解決している。この時期の伯母への反感が、その後の女性に対する冷淡な姿勢を形成したようだ。

小学二年生の夏休みに家出同然で渡米し、飛び級で十五歳にしてボストンの名門大学に入学（『御手洗潔のメロディ』所収の「ボストン幽霊絵画事件」はこの時期の事件）、二十歳そこそこの若さでコロンビア大学の助教授となった（『摩天楼の怪人』はこの時期の事件）。その後は世界各地を放浪し、帰国して京都大学医学部に入学したものの二年で中退、日本とアメリカを行き来していたようで、横浜の綱島を拠点とする占星術師になったのは一九七〇年代後半と思われる(一九七八年、ある事件で御手洗は石岡和己と出会う。そして一九七九年、『占星術殺人事件』を解決)。その後、横浜の馬車道に事務所を構える私立探偵となり、石岡をワトソン役として数々の難事件を解決した。それらの事件で御手洗は、北海道まで足を運んだかと思えばスコットランドやアメリカやエジプトなども訪れ、フットワークの軽いところを見せている。作品自体の発表こそ最近だが、『星籠の海』『屋上の道化たち』などで描かれているのは一九九〇年代前半の出来事である。

一九九四年一月、石岡に「ちょっとヘルシンキへ行くので留守を頼む」というメモを残して日本を離れ、スウェーデンのストックホルム大学、次いでウプサラ大学で教鞭をとりつつ脳科学の研究に専念するようになった。この時期、『魔神の遊戯』ではスコットランドを再訪し、「リベルタスの寓話」ではボスニア・ヘルツェゴヴィナで起きた猟奇殺人事件をハインリッヒとの電話でのやりとりで解決した。「上高地の切り裂きジャック」「クロアチア人の手」などでは、石岡と電話やメールでやりとりするかたちで日本での事件を解決している。また、現時点では小説として発表されていないが、一度だけ日本に短期間戻った際に「伊根の龍神」という事件を解決しているらしい。

御手洗潔の名探偵としての特色を簡単にまとめるなら、天才としてのエキセントリックさと、その背後から滲《にじ》み出る人情味ということになる。ＩＱが三〇〇以上あり、脳科学など幅広い知識を蓄えているが、性格は躁鬱の落差が激しく（ハイテンションな時は突然意味不明の大演説を始めたり、ズールー族の勝利の踊りを始めたりする）、世間的には変人と見なされるであろう人物だ。そういう点では、シャーロック・ホームズのまさに直系と言える探偵である（関心のある知識の分野が偏っている点もホームズに似ている）。最初は占星術師と設定されていたのは、著者自身の当時の関心が盛り込まれていたのだろうし、著者が脳科学に興味を抱くようになると御手洗もその専門家へと変貌するなど、御手洗には著者自身を反映させた面がある。最近の御手洗が国際的存在となっているのも、著者がアジア圏を中心に日本のミステリ界との交流を推進していることとパラレルな関係にあると言えるかも知れない。

あまりに超人性を強調しすぎると名探偵は往々にして記号的存在になりがちなものだが、御手洗は――特に初期の彼は、大言壮語の背後に弱者への同情に満ちた心を秘めている。『占星術殺人事件』で彼がある人物の手記に心を打たれ、「ぼくは東京のはずれの、こんな薄汚ない街の一角に占い師の看板をあげて、さまざまな悲しみの声を聞いてきた。そしてぼくは、汚れた瓦礫《がれき》の山みたいに見えるこの都会が、実はさまざまに抑圧された叫びの巣であることを知った。そのたびにいつも思ってた、聞くだけなんてもうたくさんだとね。そんな時代は、今日できっぱり終りにしよう。もうそろそろ誰かを救ってあげてもいい頃だ」と語るくだりは印象的な名場面だ。同書で、御手洗はホームズの推理の誤謬を批判しつつ、「完全無欠なコンピューターなんかにぼくらがどんな用事があるっていうんだ？　ぼくが魅力を感じるのは彼らの人間にだ。機械の真似をしてる部分にじゃない。そういう意味じゃ彼ほど人間らしい人間はいない」と高く評価しているが、同じことは御手洗自身にも当てはまる筈だ。

ところで、御手洗潔が生み出された前後に、同じく本格ミステリ作家によって世に送り出された名探偵たちのキャラクター造型を見てみると、泡坂妻夫『亜愛一郎の狼狽』（一九七八年）で登場した亜愛一郎は貴族的な美貌のカメラマンだがすぐに白目を剝《む》くなど言動に奇妙なところがあり、笠井潔『バイバイ、エンジェル』（一九七九年）で誕生した矢吹駆は現象学に基づく推理を駆使する博識な謎の青年、竹本健治『囲碁殺人事件』（一九八〇年）で登場した牧場智久はＩＱ二〇八で囲碁をはじめとするゲーム全般に通じた天才美少年、栗本薫『絃《いと》の聖域』（一九八〇年）で登場した伊集院大介は金田一耕助を想起させる飄々とした青年だった。御手洗を含め、それぞれタイプは異なっているとはいえ、共通しているのはキャラクターとしての輪郭が極めてくっきりしており、フィクション的存在であることを意図的に前面に打ち出している点である。社会派隆盛期のミステリ界では、リアリズムの抑圧のもと、人工的な趣向やヒーロー的な名探偵が不自然と見なされがちな傾向があり、この時期に誕生した探偵たちの過剰とも言えるキャラ立ちぶりからは、そのような傾向に抗《あらが》おうとした作家たちの、名探偵復権に寄せた想いが読み取れるのである。御手洗のような名探偵が登場した理由として、そのような時代背景があったことは書き留めておきたい。

さて、この御手洗潔シリーズの短篇から、代表的な五篇を選出したのが本書『名探偵傑作短篇集　御手洗潔篇』である。まず初出について記す。

「数字錠」《EQ》一九八五年十一月号↓『御手洗潔の挨拶』（一九八七年、講談社）収録

「ギリシャの犬」《EQ》一九八七年九月号↓『御手洗潔の挨拶』収録

「山高帽のイカロス」《EQ》一九八九年一月号（掲載時タイトル「鳥人間事件」）↓『御手洗潔のダンス』（一九九〇年、講談社）収録

「IgE」《EQ》一九九一年五月号↓『御手洗潔のメロディ』（一九九八年、講談社）収録

「SIVAD　SELIM」『島田荘司読本』（一九九七年、原書房）のための書き下ろし↓『御手洗潔のメロディ』収録

比較的初期の作品が多いことにお気づきだろうが、これは、近年の御手洗シリーズに多い中篇が、分量の点で収録が難しかったからである。

「数字錠」は、『占星術殺人事件』で最初は御手洗を敵視したものの最後にはその才能を認めた竹越文彦刑事が、警察も悩む怪事件の謎を御手洗のもとに持ち込んでくるところから始まる。現場のシャッターは施錠され、もうひとつの出入り口である裏木戸にも、被害者以外キー・ナンバーを知らない数字錠がおりている……という密室殺人事件だ。

本作は三つの意味において忘れ難い作品と言える。まず、御手洗シリーズの最初の短篇であるということ。次に、御手洗が私立探偵を名乗った最初の事件だということ。そして何よりも、御手洗の人間性が顕著に現れた作品であるということだ。本作の終盤、東京タワーに昇ってから結末にかけての御手洗の述懐は、先に引用した『占星術殺人事件』での発言と並んで印象に残る。ファンの人気が高いのも頷《うなず》ける作品だ。

「ギリシャの犬」は、発表順こそ前後しているものの『水晶のピラミッド』の直後の出来事として設定されている。御手洗の事務所を盲目の女性が訪れた。隣のタコ焼き屋が消失し、彼女の盲導犬が毒殺されたというのだ。この奇妙な出来事に興味を示した御手洗と石岡が、翌日彼女の家を訪れると、思わぬ誘拐事件が発生していた。

本書収録作のうち、最も著者らしさが顕著なのがこの作品である。とりわけ、現場に落ちていた紙片の暗号めいた謎の文字に関する謎解きは、「これぞ島田荘司」と言いたくなるユニークな発想だ。魅力的な謎、誘拐事件をめぐる中段のサスペンス、そして意外かつ説得力のある結末と、短篇ミステリのお手本のような仕上がりを示している。

さしもの御手洗が「こんな素頓狂《すっとんきょう》な事件は聞いたこともない」と唸ったのが「山高帽のイカロス」だ。人間は空を飛べると主張する画家が失踪し、心配した知人が御手洗に相談を持ち込んできた。ところが事態は奇怪な方向へと発展する。画家はまるで空を飛んでいるかのようなポーズで地上二十メートルの電線に引っかかった死体と化し、彼の妻は近くの公園で発狂。しかも前夜の東武伊勢崎線の最終電車が、人間の右腕が絡みついたロープを引きずっているのを発見されたのだ。

「数字錠」が御手洗シリーズの人情路線の代表作ならば、「山高帽のイカロス」は奇想路線の代表作ということになるだろう。事件自体のとんでもなさに比例して、謎解きにおける御手洗の芝居がかったやり方もシリーズ屈指である。人間の空中飛行を信じる登場人物たちが醸し出すおかしな雰囲気のおかげで、事件の異常さのわりに深刻な話にならず、読後感には軽みさえ漂う（この味わいは『屋上の道化たち』の喜劇性に継承されたとも言える）。

「IgE」は御手洗のもとに立て続けに持ち込まれた二つの依頼からスタートする。一つ目は、愛した女性が行方をくらましたことを心配する高名な声楽家からの相談。二つ目は、勤務するレストランでトイレの便器が三度も破壊されたというアルバイトの青年からの相談だ。御手洗は、一見無関係なこの二つの謎がつながっていることを看破する。

冒頭で提示される謎自体も魅力的だし、先に真相を見抜いた御手洗の指示で石岡が振り回される展開もスリリングで面白い。解決の納得度も高く、御手洗シリーズの短篇中、本格ミステリとしての完成度でトップクラスの出来映えだ。なお、作中に登場する丹下刑事は、一九八四年の出来事と設定されている『暗闇坂の人喰いの木』で御手洗と知り合っている。

「数字錠」「最後のディナー」など、著者の作品に幾つかあるクリスマス・ストーリーの系列に連なるのが「SIVAD SELIM」だ。石岡はある高校生から、十二月二十三日に開催される身障者のためのコンサートに御手洗の出席を依頼される。当然引き受けるものと石岡は思っていたが、御手洗はその日はどうしても外せない用事があると主張し、二人は仲違いする。当日、石岡は苦手な人前での挨拶を行うべく、ひとりでコンサートに向かったのだが……。

作中で犯罪が起こらない異色作だが、本作の初出である『島田荘司読本』がファン向けのガイドブックとして企画されたものであるため、「あまりがちがちの本格ではなく、よい読み物であることを心がけた」（『御手洗潔のメロディ』講談社文庫版自作解説）とのこと。その後のファンのあいだでの評価を知り、「作者が考えていた以上にこの小編の人気は高く、それは御手洗潔というキャラクターが、作者の予想しなかった種類の存在に育っている証らしかった」（同）と感慨を洩《も》らしている。一読忘れ難い感動的かつ衝撃的な内容の小説であり、同時にその後は非ミステリ的な作品も含まれるようになった御手洗シリーズのひとつの転換点とも言える。

このように多彩な作品が揃《そろ》えられた本書からは、名探偵・御手洗潔の――ひいては島田荘司という作家の、さまざまな側面や魅力が窺えるようになっている。本書に凝縮された島田ミステリのエッセンスを、是非多くの読者に堪能していただきたい。

「数字錠」
「ギリシャの犬」
「山高帽のイカロス」
「ＩｇＥ」
「ＳＩＶＡＤ　ＳＥＬＩＭ」

『島田荘司全集Ⅵ』（２０１４年６月　南雲堂刊）
『島田荘司全集Ⅵ』（同）
『御手洗潔のダンス』（１９９３年７月　講談社文庫刊）
『御手洗潔のメロディ』（２００２年１月　講談社文庫刊）
『御手洗潔のメロディ』（同）

|著者|島田荘司　1948年広島県福山市生まれ。武蔵野美術大学卒。1981年『占星術殺人事件』で衝撃のデビューを果たして以来、『屋上の道化たち』まで50作に登場する探偵・御手洗潔シリーズや、『光る鶴』などの吉敷竹史刑事シリーズで人気を博す。2009年、日本ミステリー文学大賞を受賞。また、「島田荘司選　ばらのまち福山ミステリー文学新人賞」や「講談社『ベテラン新人』発掘プロジェクト」の選考委員を務めるなど、新しい才能の発掘と育成にも尽力。日本の本格ミステリーの海外への翻訳、紹介にも積極的に取り組んでいる。

名探偵傑作短篇集《めいたんていけっさくたんぺんしゅう》　御手洗潔篇《みたらいきよしへん》

島田荘司《しまだそうじ》

講談社文庫

定価はカバーに
表示してあります

2017年8月9日第1刷発行

発行者――鈴木　哲

発行所――株式会社　講談社

東京都文京区音羽2-12-21　〒112-8001

電話　出版　(03) 5395-3510
　　　販売　(03) 5395-5817
　　　業務　(03) 5395-3615

Printed in Japan

デザイン―菊地信義

本文データ制作―講談社デジタル製作

印刷―――凸版印刷株式会社

製本―――加藤製本株式会社

ISBN978-4-06-293736-8

講談社文庫刊行の辞

二十一世紀の到来を目睫に望みながら、われわれはいま、人類史上かつて例を見ない巨大な転換期をむかえようとしている。

世界も、日本も、激動の予兆に対する期待とおののきを内に蔵して、未知の時代に歩み入ろうとしている。このときにあたり、創業の人野間清治の「ナショナル・エデュケイター」への志を現代に甦らせようと意図して、われわれはここに古今の文芸作品はいうまでもなく、ひろく人文・社会・自然の諸科学から東西の名著を網羅する、新しい綜合文庫の発刊を決意した。

激動の転換期はまた断絶の時代である。われわれは戦後二十五年間の出版文化のありかたへの深い反省をこめて、この断絶の時代にあえて人間的な持続を求めようとする。いたずらに浮薄な商業主義のあだ花を追い求めることなく、長期にわたって良書に生命をあたえようとつとめるところにしか、今後の出版文化の真の繁栄はあり得ないと信じるからである。

同時にわれわれはこの綜合文庫の刊行を通じて、人文・社会・自然の諸科学が、結局人間の学にほかならないことを立証しようと願っている。かつて知識とは、「汝自身を知る」ことにつきていた。現代社会の瑣末な情報の氾濫のなかから、力強い知識の源泉を掘り起し、技術文明のただなかに、生きた人間の姿を復活させること。それこそわれわれの切なる希求である。

われわれは権威に盲従せず、俗流に媚びることなく、渾然一体となって日本の「草の根」をかたちづくる若く新しい世代の人々に、心をこめてこの新しい綜合文庫をおくり届けたい。それは知識の泉であるとともに感受性のふるさとであり、もっとも有機的に組織され、社会に開かれた万人のための大学をめざしている。大方の支援と協力を衷心より切望してやまない。

一九七一年七月

野間省一